力潮文创
POWER TIME
白鲸文化

为纯粹的乐趣而读

Qing Wu

青乌

赵熙之·著

时代出版传媒股份有限公司
安徽文艺出版社

图书在版编目（CIP）数据

青乌/赵熙之著.--合肥：安徽文艺出版社,2022.4
ISBN 978-7-5396-7332-5

Ⅰ.①青… Ⅱ.①赵… Ⅲ.①长篇历史小说－中国－当代 Ⅳ.①I247.5

中国版本图书馆CIP数据核字(2021)第226962号

出 版 人：姚　巍　　特约编辑：唐　婷
责任编辑：姚　衎　　装帧设计：卷帙设计

出版发行：时代出版传媒股份有限公司 www.press-mart.com
安徽文艺出版社 www.awpub.com
地　　址：合肥市翡翠路1118号　邮政编码：230071
营 销 部：（0551）63533889
印　　制：嘉业印刷（天津）有限公司　(022)68696724

开本：880mm×1230mm 1/32　印张：10.25　字数：300千字
版次：2022年4月第1版
印次：2022年4月第1次印刷
定价：46.80元

151 第八章
168 第九章
193 第十章
218 第十一章
242 第十二章
272 第十三章
289 第十四章
307 第十五章
312 番　外
317 后　记

目录

001 第一章
011 第二章
030 第三章
043 第四章
068 第五章
093 第六章
127 第七章

第一章

好大的雨！像是从四面八方涌来，势要将长安淹没。

锋利的闪电催赶着雷声，一阵阵捶击宫殿楼阙，李淳一感到地面都在颤抖。

深夜，殿中除了她一个人也没有，灯火如萤，飘飘晃晃，随时要灭。天冷得教人战栗，李淳一牙根酸痛，胃气翻涌。杂沓的脚步声随着雨水在迫近……

人，全是人……

“轰隆”一声，惊雷当空劈下，殿门被数十只手一起推开。

光影憧憧，人面如魔，同汹涌的雨气一道扑进殿内。李淳一想逃，却如被魇住一般动弹不得，连惊叫声都被遏在了喉咙口。数只手朝她伸来，暴虐地拽过她单薄的衣袍，将她扯出殿门。

“嗞啦”声伴随着被锐物划伤的疼痛骤然袭来，李淳一面目几近扭曲。暴雨淋透衣袍，黑乎乎的雨水灌涌入耳，一阵天旋地转。这无休无止的雷雨声忽然消停了一瞬，紧随而至的是金器颤动般的噪音，引得耳内鸣叫，尖锐得甚至盖过了雷雨声。

她被拽下龙尾道，长二十一丈的步道，数百阶蜿蜒而下，每一阶都硬且冷。血腥气在潮冷的空气中浮动，她想喊痛却无法作声，数只手撕扯着她的头发，血滴在黑漆漆的雨水里，洇开，再洇开……

头痛欲裂，耳朵几乎要失聪，呼吸迟滞而沉重。她睁开眼，模糊的视线中只有一座巍峨的宫阙，雨夜里的灯晕圆成一团，随风飘移。

飞翘的檐角下铃铎叮叮作响，声音细碎缓慢，似响在缥缈的雾中，就在李淳一意识将散之际，将她召回。

李淳一血肉模糊，疼痛撕心裂肺。她痛苦喘息，努力回想，也只意识到自己将去往刑场，去见证某个人短暂人生的终结。

雨夜的灯极尽吝啬，子时风中满是阴湿。

她被拖进夹城，数只手倏忽松开，将她扔在了步道入口。如豆大的雨倾倒而下，碾压得她几乎喘不过气，闪电扑下来，雷声轰隆隆。李淳一奄奄一息地抬头，只见得一层又一层的阶梯，却不见是谁在受刑。

哀号厉鸣声直蹿入耳，一只乌鸦落在她耳畔啄她的头发，她想往上爬，手刚攀上一级阶梯，那嘶鸣声戛然而止。

血腥气汹涌而来，几乎是同时，她呕吐了起来。

胃腹强烈的痉挛颠倒夜日，颠倒阴晴，颠倒梦与现实。

车驾的巨大颠簸让她从未关好的车厢侧门跌落下来，车夫闻声一惊，旋即停稳车驾，回头一看，即瞧见了从车上滚进河边蓬堆里的李淳一。

李淳一的呕吐从梦里延续到了现实。痉挛令她脸色煞白浑身发抖，仿佛有人将手伸进她的嘴里，掏挖她的五脏六腑，无休无止。趴在地上的手青筋凸起，根根分明，好像随时都会爆开，额颞处的血管突突跳痛，这一瞬，简直生不如死。

一只通体漆黑的乌鸦扑棱棱飞下来，落在她肩头，尖喙啄散她的发髻，一下又一下，悄无声息。喘息声终于平静下来，李淳一费力地睁开眼，轻盈的蓬落在她脸上，细碎又温柔。芦花开遍的时节，风过白浪起，灰褐色的鹈鹕扑腾蹿出，京都的秋风里藏着一缕萧索三分温情，天是湛蓝的，生机勃勃。

酸涩黏腻的胃液污了她身上的礼服，于是她坐起来剥掉这沉重的外袍与鞋履，光着脚走到河边，俯身洗了脸。车驾在不远处悄悄等着，谁也没有过来。李淳一径自洗完，惨白的脸被冷水逼出一丝血色，周身虚汗都已经凉透，身子像从水里刚刚爬出来，潮腻得难受。

她步子有些虚，额头微热，是在发烧。独自回到车厢，她轻拍门板提示，车驾便继续往西，直奔长安城。

李淳一有七年没回长安，上一次走时，凄风苦雨夜。如今游子返途，天朗气清，却掉入虚梦巢窠，算不上是什么好预兆。

长安如牢，方方正正；坊墙林立，泾渭分明。暌违多年的都城，似乎一丝未变。

车驾行至朱雀门，向左监门卫兵出示金鱼符，得核验后予以进皇城，再一路奔驰，即可见高耸楼阙，那是承天门。进得承天门，乃是旧宫城，如今仍住着她的亲人们。

母亲、阿兄、姊姊，还有主父。

而她母亲，既是宫城的主人，也是帝国的掌权者。

当年她母亲跟随她祖父打天下，最后排除万难接手帝国大权，同样也继承了她祖父的铁腕与气魄，在位将近三十年，政绩斐然，几乎无可指摘。

如今这位威名赫赫的女皇也已垂暮，大寿在即，预备热闹办一场。被遗忘在封地多年的幺女李淳一，也因此终可回归。

她刚进承天门，便被告知太极宫内这会儿正有一场击鞠比赛，前来贺寿的西戎人与帝国朝臣之间正斗得如火如荼，请她直接前往观看。

李淳一下了车，年长的随行侍女发觉她已将礼服换成了玄色道袍，在她卸去妆容、束起长发后，再无先前的狼狈了。

她翻身上马直奔击鞠场。

小内侍匆匆赶在她之前去报信，就在她下马之际，击鞠场观台上即报"吴王殿下到——"，皇储连同几位朝臣和外使在内，都朝她看过去。

场内鼓声激越，尘土飞扬，马嘶声不绝于耳。李淳一在一片嘈杂中进了观台，未见女皇，只有她姊姊李乘风坐在主位上。

她躬身行礼，李乘风抬头看她一眼："坐。"

后面几个外使交头接耳，议论忽然到来的吴王；帝国朝臣们亦各怀鬼胎，但都闭口不言，目光若有若无地扫过李淳一的玄色道袍。

李淳一刚刚落座，即传来腾腾鼓声，以庆贺帝国骑手们击球入门。

帝国朝臣们面露喜色，外使却个个皱眉不服。飞扬了许久的尘土终于平静下来，马蹄声也渐渐停歇，为帝国击进制胜一球的那人，骑马前行了两步。

内侍宣布比赛结果，他没有走得更近，只下马微微躬身行礼，接受了嘉奖。

“此乃我大周中书侍郎！”某白须朝臣指着那人同外使如此说道，言下之意是：我朝文臣入可运筹帷幄，出可安边护国，仅文臣出战即能击败尔等蛮夷。

李淳一听出了其中的炫耀意味，她眯眼看向偌大的击鞠场，在这后面是大片植被，各色树木蓊蓊郁郁，春日里是桃花开遍粉霞接天，此时层林尽染一片红云，热气腾腾。

臂上系着红巾的中书侍郎，似乎正在看她，但面目被护盔遮了，看不明朗。

“喜欢吗？”身侧的李乘风看着大周的骑手们，开口问了李淳一，又道，“陛下想让你从中挑一人，将婚事定下来。”

“姊姊，我出家了。”李淳一抬起玄色袖袍，一双明眸带着笑意看向李乘风。

“出家？”李乘风无谓地笑了笑，侧过身罔顾身后的一群人，抬手就捏住了李淳一的双颊，“这样好看的孩子，怎能出家？不可以。”她面上在笑，下手却一点都不温柔，李淳一痛得要命，但也弯起眼尾来附和她。

实际上在多年前，已是少女的李乘风就这样对尚是幼童的她下过手。那时李乘风狠命蹿个子，比她高了一大截。在朱明门与两仪门之间的横街上，李乘风忽然俯身用力捏住她一团稚气的脸，笑意盈盈却又咬牙切齿地说：“真是好看，眼睛同你阿爷的一模一样。”

她以前不懂其中缘由，只觉得疼，长大后明白了那言语里的微妙，仍觉得疼。

李乘风倏地松手，看向大周骑手们，凤眸敛起，特意强调：“总之这些人中你选一个，不过中书侍郎，不行。”

她言罢起身，内侍便宣告比赛结束，这秋日下午热气腾腾的活动也走到了尾声。

李乘风一走，李淳一即紧随其后，就像许多年前一样。

“今日击鞠陛下本要出席，但头风犯了，这会儿在内殿。”李乘风边走边道，“你既然回京，就回我原先的府上住着，好好玩上一阵。”

李乘风言语间已是安排好了一切。自太子犯事被废，她一跃成为皇太女，俨然是帝国下一任掌权者。接手帝权需要魄力与能力，她的行事风格与女皇的极为相似，狠辣程度甚至青出于蓝。如今女皇频频为风疾所困，储君李乘风便顺理成章替帝王分担政务。

她忙得分明没空顾及幺妹的吃住，却仔细到叮嘱对方住到她原先的府邸上。

李淳一知道这不是出于长姊对幺妹的关心，李乘风只是想掌控她。

于是她又不厌其烦地重复：“姊姊，我出家了，住观里方便些。”她头发束着，白净面容上连粉黛也没有，看起来倒真像是清心寡欲的女冠。

李乘风眸光无波，手忽然伸过去探她的额头，声音稳淡：“道士非要住到观里去吗？”

李淳一被她按着脑门，老实交代住处：“兴道坊至德观。”

李乘风倏地收回手，递了结论：“你在发热。”她不顾李淳一的话，侧过身向同行一名男子道，“送吴王回府。”言罢领着一众人往中殿去，直到消失在廊庑尽头，也没再回头看一眼。

李淳一身边的青年男子恭敬开口：“殿下请——”

这男人的衣着不是内侍的，也不是朝臣的，能如此堂而皇之着私服出入宫廷，很可能是内宠。

李淳一没兴趣也不打算理会，自顾自往前走。日头西沉得越发厉害，仿佛要藏到楼阙后面。旧宫城在日落时看起来十分壮丽，与她梦中的宫阙不太一样，只有铃铎声是一致的。

“叮——叮——”

不慌不忙，缥缈如雾。

女皇一手缔造了这盛世，浩大的新宫城正在东北角龙首原上如火如荼地筑建，似乎预示着帝国将走向更繁盛的明日。

李淳一在这满目繁荣中驻足，漆黑的乌鸦落在她肩头，猎猎东风翻卷她的袍角，熟习天文的她知道，黑夜将至，长安城也很快要变天。她惧怕的黑夜和雨季，将携手而至。

内侍将马牵来，她转过身，见那年轻男人还在，忽然伸手往他袍上贴了张符章，神神道道又十分客气地说："送你符章，辟邪长命，请勿再跟。"那男人一愣，她却已翻身上马，策马朝承天门疾驰而去。

她肩头的乌鸦霎时飞起，哀鸣声回荡在承天门上空，长安城的闭坊鼓也终于敲响了。

李淳一预测到的这场雨，在夜幕低垂时携侵人的秋意徐徐到来。

道观上了年纪，走廊里的陈旧地板被细雨悄然覆湿，后来雨点骤急，积水一时下不去，走廊里便湿答答一大片，行走时每一步都踏着潮冷。

屋外雷雨交错，间或冒出几声鸟鸣，夜风时缓时急，走廊里的灯也被折腾灭了。

李淳一浑身乏力，伏在软榻上，空气里浮动着药味。白日里摔下车遭遇伤痛，夜晚拉下衣袍抹完药，却无法缓解这持续的恼人低烧，连意识也混乱。潮气泛滥，一盏灯柔柔弱弱地亮着，李淳一在半梦半醒间，甚至错以为自己泡在雨季的古桐林里。

夜晚迷幻，梦境潮腻。

屋外走廊里响起脚步声，最终在李淳一门口停下来。道观寮房的门有些年头了，被推开时发出"嘎吱"的声响，但混在夜雨声中，也不至于吵醒梦中人。

那身影跨进门，室内灯苗便随气流跳晃，直到人在榻旁止步才消停下来。颀长身躯挡掉了大片灯光，李淳一的身体便隐在了阴影中。她的脸埋在散开的长发里，只有光洁的背裸露在空气中，一对蝴蝶骨伴随呼吸声起伏，皮肤上覆着一层带药味的薄汗，又湿又凉。

来人一身单袍，携进深夜雨气，但从容齐整，连发丝都是干燥的。他在榻旁坐下，手抬起来便能轻易触到李淳一的脊背，但他并没有这样做，而是抓过搭在李淳一腰间的薄毯，往她脖颈的方向拉起。

在那毯子覆上李淳一脊背的同时，他俯下身，唇瓣几乎贴上了李淳一的耳朵。

气息盘旋入耳，李淳一痛苦地睁开眼，但还没来得及坐起，对方便贴着她的耳朵低语道："听闻殿下需要内宠？"

语声终止，然气息犹在，继续招惹她耳窝脸侧，鼻尖甚至蜻蜓点水般掠过她凉凉的皮肤。就在李淳一想努力摆脱那热气时，一只干燥热烫的手却隔着单薄的毯子握住了她的后颈，手指没入汗湿的散发中，指腹温柔却强势地摩挲她的皮肤。

李淳一忍不住战栗了一下，肩头微微缩起，连呼吸也愈加沉重。她无法辨别对方的脸，只知此刻他们挨得很近，而那气息，是在这秋夜里显得相当突兀的桃花气味。

低烧令人迷乱，她甚至难以分辨梦与现实，对方却不厌其烦地纠缠。

李淳一短促地补了口气，借着昏昧的灯火，用余光瞥到一张模糊的假面。那金箔面具几乎遮掉了他的大半张脸，却掩不住挺拔的鼻梁与漂亮的唇形。

她几乎喘不上气，想要侧头看清楚他的脸，但后颈的压力制约了她的动作。他忽地扳过她的脸，迫她看向自己，眸光则纠缠她的双目不放，鼻尖交触，唇瓣几乎要碰到，彼此气息相撞。短兵相接中他用压抑的声音追问她："臣够格成为殿下的内宠吗？"

李淳一喉间似被锁住，连声也发不出。金箔面具下的那双眼睛，她终于认出来了。她本能地要往后退，却动弹不得。对方仿佛看不够她，要在这雨夜里将她这些年的变化彻底看透。两人间气息不断升温，呼吸声越发急促，屋外雨点也骤然转急，李淳一脑海深处的记忆再一次翻涌上来，嘶哑的声音逼到喉间之际，顶上惊雷乍响。

伴着那撼地雷声一道扑来的是栖在顶梁上的乌鸦，黑漆漆的身影俯冲而下，尖喙狠狠啄向男子后背，深入皮肉毫不留情。血腥气在一瞬间漫开，灯台火苗猛烈跳动了一下，男子倏忽坐起，乌鸦却稳稳落在灯台旁，严阵以待，随时准备扑向对方。

整个过程中，李淳一趴着没动。她闭眸又睁开，本打算挣开对方钳制，然而对方的手却始终压着她的后颈。哪怕遭遇方才这样的意外，哪怕皮肉被啄开，对方根本没有因此而动摇。他仍从容坐于榻上，掌控着主动权。

他一直都是如此，从小到大，几乎没有失过手。

李淳一头痛欲裂，低声开口道："宗相公。"

“臣在。”

“能移开手吗？”

请求才刚刚说出口，他干燥热烫的指腹便抵住她枕骨下的风池穴揉了一下：“殿下觉得不舒服吗？”

手温妥帖，力道适中，且按压风池穴解头痛，但李淳一觉得“不舒服”。于是她倒吸一口气：“疼。”

“是吗？”他眸光微垂，又问，“殿下在发热吗？”

“嗯，宗相公来错了时候。”

李淳一语速变缓，低哑的嗓音里压制着情绪。

“来错了吗？”他轻声反问，又不容置疑，“殿下雨夜因病卧榻，周围却一个信得过的人也没有，如此境况，若有人欲图谋不轨，殿下只会像方才那样无能为力。”他略略低下头去，亲切又缓慢地说，“只有臣能保护殿下。”

说话间他抬手握住脸上假面，缓慢移开。那张脸随七年时光变迁，到如今仍然璀璨夺目，教人移不开眼。且时间将他的眉目养得越发温润无害，仿佛是谦谦君子，但没人知道，这皮相之下，藏着一颗怎样的心。

金箔面具落地，砰然声响，恰逢屋外闪电，激怒了灯台旁的乌鸦。漆黑的影子一瞬跃起，然还没来得及啄人，下一瞬就落入了敌手。

他的力量与速度都惊人，他将乌鸦的羽翼钳在手中，下手没有半点犹豫。

乌鸦只通主人之意，对陌生来者时刻戒备，遂出其不意俯头猛啄其手。伤口很深，血液飞快涌出，滴落在榻上，但他没有松手。

似乎越疼痛，反而越有力量。

他手背上分明青筋暴突，面上却浮了半分淡笑，越发温和地向气呼呼的乌鸦道：“既然尝了我的血肉，又何必再如此咄咄逼人？”言罢他几乎要折断它的双翼，却闻得一声“住手”传来。

“宗相公，适可而止。”

他应声松手，乌鸦避到一旁，然他手上鲜血却不断往下滴，带着腥气，又有些铁锈味，或许还混杂着一丝隐秘的桃花气，落在榻上洇开，于暗光中绽出花来。

一滴血擦着李淳一的鼻尖滴落在她散乱的头发里，随后那只手垂下来，带血的指腹擦过她的唇角，血腥气便随之涌来。

她那因病而发白的唇变得艳丽，只听得对方耐心地问道：“殿下可也要尝尝看？”

李淳一却抿着唇翻过身，只留了个背给他。

她看一眼角落里受伤的乌鸦，道：“宗相公所言并非一无可取，我初回长安，的确没什么人值得信任。但你弄伤了它，我眼下能仰靠的力量便又少一分，宗相公说可以保护我——”

她下意识地合上双目，又睁开：“我是很容易轻信别人的人，你可不要食言。”

“决不。”他俯身理她被虚汗浸湿的头发，她也安安静静地接受，似乎方才这些求援与许诺，都是十足真诚，至于是否有虚情是否有假意，只有各自心知肚明。

这之后李淳一合上眼，睡了很久都没有翻身，自始至终她都以背示人。灯油缓缓燃尽，夜雨也悄悄停了，室内只剩下呼吸声。薄毯下的身体因为发烧不断冒出虚汗，呼吸沉缓，肩膀微微起伏。

夜深人静，他伸手至里侧探她额头，光滑触感下是即将恢复的体温。这场影响她状态的风寒或许快要结束，他似乎更愿看到她生机勃勃的模样，而不是毫无反击之力的痛苦样子。

他收回手，发觉屋外廊灯不知被谁点亮，竟有几缕光线照进来。他于暗光中起身下榻，又转过身，掖好李淳一身上的毯子，这才打算离开。

恰这时，他又看见那只乌鸦，乌鸦亦看见了他。他将长指移至唇中央，竟对乌鸦做了个噤声的动作，又回头看一眼床榻，这才像个合格的内宠一样，在侍奉对象入睡后悄无声息地离开。

他脚步声轻缓，走到门口打开房门，有些许风涌进来。就在他关上房门之际，李淳一却于黑暗中睁开眼，舌尖缓慢地舔了一下唇上已经干涸的血液。

低烧将退，雨夜也要结束，过不了多久，鼓声就会从承天门开始响起，坊门次第打开，晨光将慷慨地铺满整座都城，所有人都会被唤醒。

舌尖上的腥气渐渐消失，铁锈般的苦涩味道返潮一般强烈起来。

这味道，其实她是尝过的，一模一样的味道，来自同一个人，他的名字唤作宗亭。

七年前他不过是尚未弱冠的白衣国子监生，但如今他是高门世族的继承人，亦是独当一面的朝廷要臣，执掌帝国政令核心的中书省，位次仅低于中书令，是为中书侍郎——

他虽为中书省副官，却已位居紫袍宰相之位，时人尊称为“相公”。

第二章

雨后黎明，空气格外清新，街鼓声与道观钟鼓声此起彼伏催人醒。

角落里的乌鸦低低哀鸣，似乎因双翼损伤而感到痛苦。李淳一睁开眼，伸手取过铜罐给它，里面还有些食物，足够它吃上一会儿。晨光肆无忌惮地爬上床榻，让人无法继续安睡，李淳一裹着毯子坐了起来。

烧退了，身体干燥且凉。她取袍子穿上，下榻时回头看了一眼，褥面上血迹斑驳，提示昨晚一切并非梦境。宗亭的确来过，弄伤了她的乌鸦，还将金箔假面留在了这里。李淳一俯身，捡起了地上那只假面。

时间催生出很多东西，包括这假面。久别重逢，各怀鬼胎，就譬如各自戴上假面，骗人欺己。

李淳一将假面丢进妆奁，敲门声随即传来。

来者是至德观的常住道人，道号司文，三十来岁，是个面目清秀的女冠。

李淳一的随行侍女就跟在司文身后，此时正捧着漆盘候在门口。漆盘上叠放着干净整齐的亲王礼服，与先前被胃液污了的并不是同一身。

显而易见，这是从宫城里送出来的新物。

司文道："昨晚便送到了，说是圣人今晚设宴，请殿下赴宴。"她说完接过侍女手中的漆盘，吩咐道，"殿下尚未洗漱用饭，去准备吧。"

打发走侍女，司文将漆盘放在凭几上。李淳一坐在几案后，抬手摸了一下那衣料，忽问司文：“有话要同我说？”

司文遣走侍女正是为此。她道：“昨夜是太女遣人到观中送礼服，那人欲单独见殿下传话，但被道长拦下了。”

李淳一问：“来者是哪个？”

“来者是太女府上的一位幕僚，据闻近来十分受宠。”司文说得含蓄，实际是指李乘风的所谓内宠。

李淳一忽然想起昨天傍晚想要送她去太女府上的那个男人。

李乘风明知道她发热体弱，雨夜却遣内宠前来。打算单独见面传话？其中的心思不太好猜，但李淳一知道，送礼服也好，探病也罢，都是借口。

她骤抬眸，又问：“昨日可还有其他人来过？”

“没有了。”司文眸光中没有半点隐瞒，这应是她所知道的实情了。

那宗亭的到来又如何解释？不从大门进，难道翻墙入？可他昨夜似乎干燥清爽得很。至德观是女观，晚上闭门后便谢绝男客，宗亭避开耳目悄无声息地进来，并不是太容易的事。

他为何要来？

李淳一短促闭目回想一番，昨夜他前后态度很是不同，起初戴着金箔假面时的狠戾模样差点吓到她，摘去面具后则又是一番姿态。

他伪装成陌生人前来吓唬她，又说她因病卧榻，周围无人可信，若遇人图谋不轨，便无计可施，分明是警告。好像倘若他不到此，就会有心怀不轨的人前来，且后果严重到难以估量。

因此他移去假面，流露虚无缥缈的温情，给出信誓旦旦的承诺。他低着头同她说“只有臣能保护殿下”，这一句，李淳一仍记得十分真切。

她下意识地舔了一下唇角，忽听司文道：“观中如今也未必太平，殿下可要多做些防备，或是避一避？”

李淳一移开那礼服，将她推演幻方的盒子搬上几案，似乎并不害怕，只说：“避无可避，要来的总会来的。”

司文看她低头推演的幻方已达百数，繁复细密，变幻莫测，遂问道：“殿下推演幻方之法，是贺兰先生所授的吗？”

李淳一思路骤停，抬首回说：“不，另有其人。”

司文只知她在江左封地这些年，是以青年名士贺兰钦为师，没想到另有师父。幻方是孤独的算学游戏，不便打扰，司文遂识趣离开，只留她一人沉迷于这数字变幻。

秋日天光渐短，临近傍晚时天阴了下来，东风刮得很是恣意，似乎明日又要变天。年轻女冠们在日暮前忙着收符章，晒了一天的符章已经干透，每一张在俗世人眼里都显得神神秘秘。

李淳一练完功，换上新礼服往宫城去。她很久没见女皇陛下了，甚至不太记得那张脸。女皇不喜欢与她亲近，只扔下一座空荡荡的偏殿给她，拨几人照料起居，也不带她念书，完全放任自流。而那时她姊姊李乘风与兄长李琮，早已入东宫馆阁学习，似乎再长几年就要成为国之栋梁。

她到十几岁才勉强入了国子监，与门阀世族家的子女们同窗。

国子监的生活短暂，谈不上十分愉快，但也不能说一无所获。如今回想起来，那大概是她人生中最恣意的时期，不过都过去了。

长安傍晚的街景显得匆忙，到处都是在闭坊前赶着回家的人。红衣金吾卫骑着高马腾腾而过，即将开始夜间的警备与巡查。

这时李淳一的车驾也驶进了宫城。承天门外东西朝堂，为中书、门下二省，是最接近帝国权力核心的地方。继续往里，是外、中、内朝，格局规整，泾渭分明。途中可见忙着点灯的小内侍，宫灯必须在规定的时辰内全部亮起，风雨无阻。

晚宴所在的两仪殿，已算是内朝，女皇习惯在这里宴请群臣。今日晚宴，请的是昨日赢得击鞠比赛的大周骑手们。昨日西戎人遣出的皆是强劲骑手，因之前战败给大周，本想在击鞠赛中赢回一口气，可最终还是输了，且还要被大周朝臣嘲笑西戎所谓的精英骑手连大周文臣也打不过。

击鞠是危险的游戏，但尚武的大周人嗜之如蜜糖。

让西戎受辱的骑手们，是今晚女皇嘉奖的对象，也是供她挑选的成婚对象，因此，这宴会的动机显得耐人寻味起来。

“殿下来迟了半刻钟。”熟悉的声音在李淳一身后响起，声音的主人正是不在被选择之列的中书侍郎宗亭。

他往前一步，与李淳一并行。

李淳一好像不在意迟到，拢拢袖说：“相公走路没声，真是吓了我一跳。”

“殿下这么好吓唬吗？”

“本王胆子一向不大。”李淳一说。

宗亭不以为然地笑道：“殿下这些年没长个子，不好好吃饭吗？”李淳一这才意识到他长高了不少。七年前他不过比自己高了大半个头，现在她只勉强够到他肩膀。

“本王不矮，是相公太高了。”李淳一仍拢着袖子。

两人都走得不着急，好像因为身边反正有个垫背的，所以根本不在乎迟到。

外面夜风凉凉，两仪殿内却歌声不歇，甚是热闹温暖。主位坐着女皇，东西两边分别坐着太女李乘风和骑手们，中间圆地毯上，高昌乐工正奏琵琶曲，叮叮咚咚即将收尾。

李淳一二人进殿时，乐声刚歇。一番行礼免礼声之后，李淳一终能抬头看一眼女皇。七年前她头发漆黑如墨，如今已是花白。

“怎么来迟了？”

“儿臣估错了时辰。”

“那罚你舞个剑吧，琵琶拿来。”

女皇言罢，内侍即将琵琶递过去，同时又有内侍将剑递给李淳一。

她舞剑，女皇亲自伴奏。铮铮声响，女皇才是舞剑节奏的控制者，李淳一只有配合的份。不仅舞剑，在所有的事上，都是如此。她不需要有想法，乖乖地服从就是正理。虽然看上去女皇对她一直放任不管，但女皇的掌控欲，绝不亚于她姊姊李乘风的。

舞剑全程，都在女皇的掌控与注视下。女皇以前也看过她舞剑，七年过去了，这幺女剑越舞越好，女皇甚至隐约察觉到了其中被悄悄按捺下的锐利与锋芒。

与其说是罚，不如讲是试探。李淳一收剑躬身，女皇也将琵琶搁置一旁，道：“坐。”

李淳一应声入座，她对面的小案后面，坐的正是李乘风。李乘风右手边的位置，依次坐着宗亭等三人，李淳一右手边也同样坐着三个人，皆是昨日上场的骑手。

其中李淳一只认出三个人：中书侍郎宗亭，左千牛卫中郎将谢翛，还有一位起居舍人宗立，是宗亭的从弟。

共同点是，他们都是她的同窗。

不同点是，其他人都安安分分用餐观舞，只有宗亭隔着两丈远用唇语同她说话。他说的是“离他们远点”，要命的是她居然看得懂。

有些默契就像本能一样难弃，于是她张了张嘴，用唇语回敬“本王不懂”。

对李淳一而言，如此宴会无趣至极。事实上这样的无聊场合有许多，譬如国子监以前毫无新意的讲学集会，老夫子一讲便是一两个时辰，令人昏昏欲睡。她曾和宗亭在集会上隔着很远的距离讲唇语，甚至用唇语下完了一盘盲棋。

以前集会人多，但今日人少，明目张胆用唇语交流太显眼。李淳一讲完那句便不再开口，只低头喝了些羹汤，期待宴会能早些结束。

她把案上一碗素羹汤几乎全部喝完，其余菜品一点也没动。舞乐声暂歇时，对面的李乘风问她：“那罐烩肉不合你胃口了吗？你小时候分明很爱吃。”

李淳一回说：“姊姊，我如今不吃肉了。”

“荤腥不沾？”

“嗯。”

“可你方才喝的那碗素羹，是加了肉汤的，不要紧吗？”

李淳一将唇角不起眼地一压，但随即又笑道：“不要紧。”她看向宗亭，轻轻张了下逐渐变冷的唇，是一个“走”字。然宗亭稳坐着不动，不慌不忙地饮尽了面前的酒。

李淳一胃气翻涌，自觉等不到宗亭回应，正打算起身告退，宗亭却稳稳当当地站了起来，在这时当了一回谏官：“陛下，明早还有朔日大朝会，实在不宜休息得太迟。”

女皇淡笑，饮了一口酒，终开金口：“那就散了吧。”于是起了身，几个内侍紧跟其后，诸人连忙恭送。

女皇走后，李乘风亦带着内侍打算离开，然她刚走两步，又折回来，凑到李淳一耳边道："听姊姊的话，别在中书省过夜。"她说完意味不明地瞥了一眼宗亭，转过身便带人回东宫去了。

几位臣子各自结伴离去，唯宗亭与李淳一还在原地。他们还未走远，李淳一忽然转过身直奔廊庑尽头，最终在高耸的槐树前停下，弯腰呕吐了起来。

那呕法似要将五脏六腑都吐出来，她大口喘气，有胃液溅到袍角上，空气里浮动着酸涩气味。她合了下眼，放缓了呼吸，宗亭已走到了她身后。

"这么多年，臣还以为殿下的毛病早已经好了，看来没有啊。"他缓缓说着走到她面前，摸出帕子伸手过去擦她的唇。带了一点潮气的夜风轻卷他的袍角，与他的动作一样温柔。

宫灯暗淡，这夜没有月光。他擦完俯身，盯着气息未定的李淳一，单手握住她颤抖的肩，很是笃定地低语道："殿下的病不在胃里。"手往下移，按在她起伏不定的心口处，"是在这里。"

心病难医，尤其经年累月拖成大疾，更是难上加难。李淳一是合格的道家子弟，在天文历法、符章经文、医理单方上皆有造诣，但对自己的毛病束手无策。

治无可治，就藏起来。她藏得一直很好，可回了京便原形毕露，吐得一塌糊涂。

风过柳梢头，窸窸窣窣。李淳一心口传来隐隐压力，隔着初秋袍服甚至能感受到对方的手温。宗亭离她很近，肩膀随时可以借给力气透支的她倚靠，不过她听到了不远处的脚步声，于是只抬手摘了一片叶子，后退一步转过身，低头吹响了薄薄的叶片，不满意地说："长安的树叶吹起来还是这么难听。"

她言罢大步跨上台阶，廊庑下恰有一队卫兵经过。卫兵停下来向她行礼，领头郎将道："末将奉命送吴王出宫，夜已深，殿下不宜在此久留。"

"知道了。"李淳一说着又转头，指向宗亭道，"不过那个家伙难道就能留在内朝过夜？"

郎将瞅见宗亭，蒙了一下："宗相公也要一起走。"

"宗相公，"她隔着三丈远对他说话，"你也该走了。"说完径自走了，走出去好些路，才听到宗亭跟上来的声音。她回头稍稍看了一眼，暗淡的宫灯下见宗亭低声同郎将说话，郎将心领神会。

在宫里安插心腹，是本事，不过权臣都爱玩这套，不稀奇。

李淳一下了台阶，走得很快。空气越来越潮了，她不想淋雨。卫兵将他们二人一路送到承天门，核验鱼符后开门出宫城，非常顺利。

门再次关上，李淳一站在门道外，抬首一看，黑夜里巍峨的楼阙好像几十年如一日的老样子，但是分明又不同。

“晚上进出宫城什么时候变得这样容易了？”

“出易入难。”

“噢。”

不，其实是一样的。只要门打开，不管是出是入，宫廷的危险都会多一分，不然她那位太子兄长，又怎能挑起元平年间那场政变呢？

李淳一拢袖转身，却不往前迈步。前面是承天门街，此街同她所在的横街交会处西侧，就是中书外省。

李乘风“别在中书省过夜”的临别警告在耳畔回响，李淳一弯了弯唇角，豆大的雨点便突袭下来。

雨由疏转密，由缓至急，讨厌淋雨的李淳一拔腿就往横街那边的官署跑，她往东，但一只手却突然伸过来将她拽往西边。待她气息初定，人已是站在了中书外省的廊庑下。只喘够了气的工夫，地上就已湿透，顶上汇聚的雨水如流线般顺檐角飞落。在耳房值夜的庶仆闻声打开窗飞快地朝这边瞅了一眼，见是宗亭，转瞬又飞快地关上小窗，仿若未见。

李淳一见那扇窗被关上，抖落抖落身上的雨水：“庶仆避得这么快，莫非视相公如猛虎？”

“殿下看臣像猛虎吗？”宗亭背着手往东侧楼梯走，李淳一紧随其后。她回“说不好”，又瞥一眼廊庑北侧公房，此时灯火通明，宿直官员仍在忙碌。此处是帝国政令的草拟与决策机构，事务繁重，不过长官倒似乎一脸轻松。宗亭停住步子，下意识地将手伸给李淳一，是要带她上楼。

狭窄的楼道一片漆黑，李淳一将手伸过去，跟他往上走。行至拐角处，李淳一差点以为这楼梯是在国子监，而他们是深更半夜偷偷去阁里寻书，并非去什么中书省公房。

然光亮就在出口，再往上走两阶梦就醒了。

楼梯东面一扇门，推开便是中书侍郎公房。虽然中书省最高长官为中书令，但中书令往往在禁内的中书内省办公，中书外省的常驻长官则是中书侍郎宗亭。

李淳一脱掉潮湿的鞋履，摸黑要往里走，宗亭握住她的手臂拦了一下。李淳一于是待在原地，等他点起烛台，四下看了看，这才走了进去。

不过是皇城内的一间普通公房，毫无特色，外面的树一贯地高，从窗户伸出手去就能摸到湿漉漉的树叶。夏天草木最蓊郁时，坐在窗边甚至会觉得阴凉。往边上走有个小间，可供休息。李淳一抬手拍拍门板，若有所思地皱了皱眉，摸出一张潮湿的符章贴了上去。

“殿下是在装神弄鬼吗？”

“怎么会？本王是为你好。”

她言罢看看那扇门，煞有介事地说：“这里曾死过人哪。”随后径自走到案几前跪坐下来，阴恻恻地评价，“中书外省的风水好像不太好。”言罢眸光迅速将长案扫了一遍，最后落在一只推演幻方的盒子上。

九九八十一子，不算多也不算少。潮湿的手指探进去扒拉了两下，她头也不抬：“相公还在推演九九图？”

宗亭在案对面坐下，看她灵巧纤长的手指在盒子里翻动标着数的小木块，也不打断她。

她却说：“知道姊姊临走前同我说了什么吗？”她顿一顿，“她讲不要在中书省过夜。”又说，“雨停了本王就会走的。”

“殿下要当乖孩子臣决不阻拦。不过殿下何时开始对太女言听计从了呢？”

“从小到大。”她仍低头推演幻方，却另起话头，“相公的手还疼吗？”

“怎么会不疼？殿下没受过伤吗？伤口不会一朝一夕就好。”他当着她的面打开小屉，开始换手上的药。几句话明明说得直白，却好像另有所指。

李淳一不理会他话中深意，继续推演幻方。这时楼下传来一些说话声，听不太清楚，总之小小地热闹了一阵。李淳一问：“发生什么事了吗？”

“公厨给宿直官员送吃食。”他说着低头咬住纱布打了个结，又问她，“殿下方才吐了个干净，可要吃些东西？”

“不吃。”李淳一语声固执，忽然瞥了一眼砚台边上的一盆金钱菖蒲，那几乎算得上是无趣的公房里的唯一亮点。这种东西没有养成庞然大物的风险，小巧可爱，香气文雅，一只手就可以盖住，她曾经因为喜欢，兴冲冲地种了一盆。不过后来她离开了长安，就再也没有养过菖蒲。

“看它眼熟吗？”他捕捉到她神色转瞬即逝的变化，将那盆长了很多年却依然小巧玲珑的金钱菖蒲移到了案桌正中央。

李淳一抬头注视它半天：“它又没有脸，我要怎么认它？”

“殿下真是薄情典范。”宗亭静静地笑了一下，“自己亲手种下，却一走了之说不要就不要。那年天冷，又下了很多雨，你将它丢在国子监，它差点就死了。”

“我好像想起来了。”李淳一认真地看看它，“所以之后一直是宗相公在养？我依稀记得宗相公那时候去了边地任职，莫非将它也一道带去了？”

七年间他经受历练，因仕途辗转多地，难道还随身带一株盆栽？

“怎能不带？若我不养，它就只能死了。”他说得一本正经，措辞唬人，“我对殿下的物件，可是一贯长情。”

“我信。”李淳一低头继续推演幻方，语气诚挚，“相公说什么，本王都信。所以本王想问一件事，请相公慎重回答我。”

宗亭眉头轻挑了一下：“问。”

外面雨声渐缓，楼下也安静了。皇城内醒着的人寥寥，灯也一盏接一盏地熄灭。李淳一停下手中动作，拈了一个木块悬在盒子上方，抬起头不急不缓地问宗亭：“陛下突然召我回来，当真只是因为大寿吗？”

女皇素来不爱办寿辰，今年却说要大办，且还借此机会将她召回，有反常态。她心中有一些揣测，但也想听听宗亭的说辞。

“皇夫身体每况愈下，据说已难回天。陛下之所以大办寿辰，大约有为他冲喜的意思。而大寿之际召殿下回来，臣也没觉得有什么不妥。”

他讲得轻描淡写，李淳一听完不置可否，终于将手中最后一个木块放进了盒子里。她缓慢转了一圈盒子，将正面呈给宗亭：“推演完了，请相公算一下对不对。”

宗亭没有算，他知道这结果一定无误。不论行列、对角，她肯定已经心算妥当才会给他看，她有这样的把握。

以前她到国子监，他教她最简单的幻方推演办法，那时只有九个数，变幻有限。后来她自己推演，数字越玩越多，且乐此不疲，很快就显出青出于蓝的架势。而如今他确定，她是真的青出于蓝了。

九九图他推演用了很长的时间，但现在她只花了一顿饭的工夫便将其中的一种完整呈现，这期间甚至还一直分心与他说话，这意味着她已经玩到了更高阶，九九图对她来说算不上什么了。

李淳一仍保持跪坐姿态，双手按住幻方盒，眉头轻轻地皱了皱。

“怎么了？”

她上身前倾，压低声音一字一句地说：“腿、麻、了。”言罢抬头看他，声音更低，几乎是用唇语吩咐道，“你抱我起来。”

宗亭眸子紧盯住她，她便不甘示弱地回盯：“本王想去里间休息一会儿。”

宗亭绕过案几，俯身将她抱起，他袍服上的桃花熏香便瞬间盈满她的鼻腔。这怀抱有力却温柔，完完全全属于成年男子，与七年前那个介于男孩与男人之间的胸膛已大不相同。

李淳一的手自然环住他的脖颈，指腹却触到他的喉结。她不太避讳这触碰，那喉结在她指腹下的每一次轻动，她都可以清晰感知。他皮肤很热，对她来说甚至有些烫，这与七年前倒几乎是一样的。

“殿下在摸我吗？”

“没有啊，是不小心碰到了吧。”李淳一紧挨他，说话时气息就在他颈间萦绕。她借着暗光细细观察岁月带来的一切变化，闭眼轻嗅了一下这潮湿隐秘的桃花气味，声音微哑：“相公到底在期待什么呢？”

指腹下喉结轻滚，李淳一忽然凑过去，将指腹移开，柔软的唇便触到他的喉结：“这样吗？”

李淳一的举止虽没有更近一步，她甚至将唇移开了半分，但鼻尖仍擦碰着他颈间的皮肤。气息令人觉得有几分暖，更多的则是麻酥酥的痒，宗亭抬脚踹开了通往里间的门，门上的符章颤颤巍巍要落，被李淳一伸手抓住。

“重新贴好。”她说。

“臣抱着殿下，又如何腾出手来贴？”宗亭睨她一眼，继续往里走，连灯也不点，径直将李淳一放在了榻上。就在李淳一打算坐起时，他却将双手撑在她肩侧，俯身看黑暗里的她。

李淳一蜷躺在榻上，回盯着他，手里紧攥着符章，声音低哑，语气则显出一丝神秘："符章掉了可是会出事的。"

"符章不重要。"他像看蛰伏将醒的小动物那样看她，"殿下知道臣不信这些，何必拿这些把戏来唬人？"

鼻音稍稍拖长，身体再往下低两寸，带来的是近在咫尺的压迫感。

"我倒是觉得相公太盲目了。相公平日里不在这里歇吧？因躺下就做噩梦，哪怕只是打个盹，是不是如此？"她阴恻恻地说完，右手攥了攥榻上的褥面，上面手感潮湿，隐隐散发着许久未换洗的陈旧气味，同这小间一样。一贯挑剔的宗亭怎可能容忍自己睡在这样的地方？有榻不用，那么只可能是他因为某些缘故，不愿意歇在这。

而其中原因，李淳一好像能猜到一些。

宗亭暗中的确皱了下眉，却将身体压得更低，他甚至能听到李淳一吞咽唾液的声音："殿下卖弄小聪明的本事丝毫不逊当年，不过臣不会再上当了。"几乎是在音落之际，他低头吻了下去。近乎压迫的强势的亲吻，带着一些酒气，混杂着桃花气味侵袭而来，李淳一后脑抵着褥面，避无可避。

她张唇迎接他的亲吻，手探进他宽大的袍袖。年轻男人的皮肤干燥又温暖，反之李淳一的手又潮又凉，触感奇异交错，带来极其隐秘又久远的体验。隔着单薄的皮肤甚至能感受到血管的搏动与线条分明的肌肉。她不出声，舌尖与他相触纠缠，湿润的凉掌心覆着他越发烫人的皮肤。

喘息升温，宗亭却咬住她的下唇瓣，她肩头轻颤了一下，他却松开牙关，潮湿的唇瓣移到她耳边，声音中充溢着压迫感，甚至带了些恶狠狠的意味："这些年殿下可有一丁点想念过我吗？"

"想，每天都想。相公期待的可是这个？"她胸膛起伏，越发感受到他的压迫，"相公压得我喘不过气了，我很累。"

她承认得太轻而易举，每个字都透着不愿意过脑子的无情无义。宗亭压着她肩窝一言不发，天知道他刚才多想咬她。

黑暗中的角斗难分胜负，李淳一也不太想赢，她从他袖袍里抽出手，送到他唇边："相公想解恨就咬一口吧，本王不怕疼。"

宗亭到底没有下口，他说：“既然累了，殿下就睡吧。”

“今晚雨会停吗？”

“殿下精通天文之道，何必问臣呢？”他扯过一条毯子躺下来，李淳一翻了个身面对他。他分了一半的毯子给她，在屋外渐小的雨声中闭上了眼。李淳一跟着合目，但过了一会儿又睁开，视线里是昏昏暗暗的一张睡颜，她伸手想去触摸，但最终没有碰到他。

屋外雨声停的时候，李淳一悄无声息地坐了起来，蹑手蹑脚地下了榻，光着脚往公房内去。

灯早已经熄了，窗户虚闭，有隐隐光亮照进来。她借微光翻了翻公案上的折子，粗略读了几本，手探到案下，摸到一只匣子。

有锁。

她小心地将匣子移出来，摸到那把锁。锁身有七个转环，每个转环上刻着一圈图文，需每一轮都转对位置才能打开。李淳一凑得很近去解那把锁，她记得宗亭在国子监时便习惯锁匣子，当时用的与这个似乎并没有什么不同。铜轮缓慢转动，声音极细小，然就在她转到最后一个时，头顶忽地传来呼吸声。

“找什么？”他贴着她低声问，冷冷的，像黑夜中惊醒的毒蛇。

李淳一脊背紧绷，头皮甚至有一瞬发麻，但她一动未动，手仍按在那把锁上。

“殿下想知道什么我都会告诉你。”他声音轻缓，听起来却充斥着压抑，“所以何必要偷偷找呢？”他的手越过她，握着她的手将最后一轮转了小半圈，锁应声打开。

李淳一背后一层冷汗。

她道：“我饿了，想找些吃的。”

“是吗？可谁会将吃的锁起来？”

“别人不会，换作相公就不好说了。”

她仍能面不改色地狡辩，宗亭笑笑，转过脸忽然面色一沉，李淳一还不知发生了什么，他已是起身往窗边走去。

他推开虚闭的窗，一只湿漉漉的信鸽跳了进来。他解下它腿上的细竹管，搓开字条借着微光看完，凤眸瞬敛，随后走回公案前点亮灯台，将字条燃尽。

李淳一也站了起来，若无其事地问："发生什么事了吗？"

"小郡王死了，半个时辰前。"

李淳一没有见过这位小郡王，尽管他们是亲姑侄。因小郡王出生那年，她就已经去了江左封地，如今回来，一面也没见上，就得到了他的死讯。

一个孩子的死，对于子息单薄的皇室来说，是大事。

这位小郡王的父亲，正是被废的太子。太子被女皇折翅断足，如今拖着病体被软禁在夹城内，他唯一的儿子，被养在掖庭，每日也见不到几个活人。

幼小的孩子受急功近利的父亲牵连，似乎丧失了重新继承帝国大权的机会。然而，皇太女李乘风成婚七年无子，吴王李淳一入道出家，在许多保守的大臣心中，他们仍隐隐希望这个孩子能够成为帝国的掌权者。

老臣们虽不敢言女皇是非，但他们对男性继承者的渴求，从没有减少过。

可现在，小郡王死了。

从他死，到消息传开，用了半个晚上。因此一大早的大朝会，气氛越发显得剑拔弩张。

拜宗亭的耳目所赐，李淳一半夜就得到噩耗。彻夜未眠之后迎来的早晨，浓云低垂，秋雨欲来，太极殿里乌泱泱一阵，气氛分外压抑。

李淳一头次参加朝会，站在西边柱子旁，听朝臣咄咄逼人地要求彻底追查小郡王死因。

"郡王一向身体康健，区区伤寒竟会不治？此间或有隐情，还望陛下将此事追查到底。""眼下应将郡王身边御医、宫人即刻拘押，彻查用药及照料中是存有疏忽还是有人授意，故意为之。""倘是人为致郡王暴毙，便是蓄意谋害皇长孙，其心可诛。"

李乘风耐心地听完朝臣意有所指的诘问，终于开口："郡王年幼，孩童幼体总不如成人坚强。诸卿如此咄咄逼人，似已有凿凿铁证，全然不顾陛下丧孙之神伤，可是不妥？"又道，"此事自会有查证定论，诸卿于朝会上紧追不放，实无必要。"

"殿下眼中，这竟是无必要追问之事？我朝龙脉单薄，郡王早夭，更是雪上加霜。况且殿下身为储君，到如今膝下仍无子嗣，如何令陛下放心，令天下安心？”矛头直指已经成婚多年却无子的李乘风。

与寻常人家生养孩子不同，天家子嗣乃是国事。李乘风既然已是太女，是帝国名正言顺的继承人，倘若一直无子女，便只能从兄妹膝下过继子女，不过显然李乘风对被废的太子的子嗣毫无兴趣，因只要这个小家伙在，朝臣们就永远惦记着夹城里的被废的太子。

矛头悉数指向李乘风，但她毫不在意，只淡笑了一声。

此时朝臣里忽有人道：“吴王殿下已到婚龄，为何迟迟不定下亲来，为大周宗室开枝散叶？”

“正是，吴王早已成年，理应择婿完婚了。”

“臣等恳请陛下为吴王选婿——”

原本指向李乘风的矛头，倏忽之间都对准了李淳一。

李淳一从进殿到现在一句话未讲，只安心做个摆设。但她留意着每一个人的动向。各方声音便是派系，朝臣们的心思其实并不复杂。逼着女皇彻查郡王暴毙死因的，多是怀疑太女“为毁掉最后一点威胁弄死了小郡王”，恐怕是平日就对太女不满；追问子嗣的大多也是这批人，但其中也有中立派；至于最后扭转矛头，将话题挪到她身上的，那多是太女心腹。

大臣们议论得火热，女皇却如坐冰窟，一言不发。

李淳一面对大臣们的逼婚，同样无动于衷。

过了好半天，她拢拢袖正要开口，忽闻宗亭道：“宗正寺卿，我朝僧道还俗可是不得强迫？”

所谓宗正寺卿乃宗正寺长官，宗正寺掌皇族宗亲事务，并管理僧道。

年轻的宗正寺卿忽然被问到，愣了一愣，忙说：“是。”

“那么——”宗亭将目光转向身穿朝服的李淳一，“臣想请问吴王殿下，可自愿还俗吗？”

宗亭忽将问题抛给李淳一是诸人未料的，一众人静等李淳一的表态。李淳一速瞥了一眼李乘风，又看向宗亭，不慌不乱道：“相公问得实在太唐突了，教本王如何答呢？倘若出家还俗都是临时起意做决定，那是对神灵的轻慢。我朝奉道，怎可将此事说得如此随心所欲？”

她不表态，只说若你逼我当堂做决定那便是你藐视神灵。宗亭便顺理成章接了这话，道：“既然如此，那就请陛下深思熟虑之后再做决定，毕竟事关天家，出家还俗便不只是殿下一人之事了。”

李淳一不再出声，转头看向女皇。女皇昨夜未能睡好，此时头风似乎又要发作，甚至觉得这阴天的光也刺目，殿中嘤嘤嗡嗡的声响吵得脑袋疼，于是她微微合目，开口道：“吴王同宗正寺、礼部尽快将郡王的后事料理了吧。”她言罢略略偏头，老内侍忙宣“退朝”，满朝文武百官即恭送女皇离开。

李淳一没着急走，朝臣从殿内往外去，人影憧憧，走路声、议论声纷至沓来，她有些耳鸣，又似乎能听见自己的呼吸声。许久没进食的腹中胃液寂寞地翻涌，她张口低喘了一口气，一转头便撞上李乘风。

李乘风抓住她双臂，下手有力，捏得她骨头疼。

李淳一按捺下翻涌的胃液，两边唇角配合地弯起：“姊姊有事吗？”

“多吃点，抓起来都是骨头。”李乘风说完，倏地松开手，盯住她眼眸甚是贴心地叮嘱，“身体不好，许多事都是做不成的。”言毕短促地给了个笑脸，转过身往殿外去了。

“许多事都是做不成的”，这一句意有所指太明显，因此即便李乘风已经走了，李淳一仍然身体紧绷，紧张的肩头根本松不下来。她转过身，看见礼部侍郎及宗正寺卿正站在外边等她，于是快步走了过去。

周侍郎道：“郡王的事虽十分突然，但有礼制可循，也不难办。只是时间紧迫，不好再耽搁，所用物事臣已令人筹备，请殿下看看还有无缺漏。”他办事似十分得力，来朝会之前便安排好了一切，眼下直接将单子取出来给李淳一及宗正寺卿过目。

李淳一低头阅毕，问宗正寺卿：“小舅舅？”

一旁的宗正寺卿点点头：“这样妥当，有劳周侍郎。”

周侍郎拱拱手：“那某先行一步。”说罢略弓着腰快步走下台阶离去。

宗正寺卿又道：“幼如，你还得随我往掖庭去一趟，今日是要小敛的。”

宗正寺卿虽是女皇族弟，但很是年轻，只比李淳一大了七八岁。他对李淳一倒无甚偏见，哪怕在这等地方，也亲切称呼她的小字。

很久没人唤她小字，李淳一甚至愣怔一下，反应过来才随他往前走。她脸色越发地差，宗正寺卿没发觉她的异常，径自轻叹道：“一个孩子无依无靠住在掖庭，不慎得了病也是命里可怜。”他刹住话头，将后面的话留在了心里。今日朝会一众人咄咄逼人要查清真相，可都是耍嘴皮子功夫，哪那么容易？要知道，病中稚童根本无须再格外加害，少喂一顿药都可能要了他的性命。如此，到哪里去找凿凿证据？更何况……

“一大早太女便令郡王身边内侍陪葬谢罪，这时辰，大约该饮的药也都饮了。”宗正寺卿声音凉凉地说着，“皇家对待性命，真是隆重又轻贱哪。”他不怕死地继续絮叨，忽然瞥向一直沉默的李淳一，这才发觉她面色惨白。

“呀！怎么了？”

“小舅舅，等我一会儿。”李淳一走得飞快，宗正寺卿还在发愣，她已是拐个弯消失在了西侧廊庑尽头。

她如无头苍蝇般乱撞，一只手忽伸过来将她抓到身前。李淳一强抑恶心，抬眸看到宗亭的脸。他咬掉一半药丸，按住她唇瓣，将余下的塞给她：“张嘴，咽下去。”

凉风从北侧入口处涌进来，李淳一咽下半颗药丸，却往前一步将宗亭压在冷硬的殿墙上。为平抑呕吐的冲动，她闭上眼一句话也没有，头抵在他肩窝，冷如冰的指头一根根锁住他的手，掌心相贴。这样却还不够，她又探进他袍袖攫取热量，手在施压的同时，也在微微颤抖，冰冷的，像一条痛苦的蛇。

三丈远之外便是中书内省，飞阁上有人行走，只要回头就能看到这一幕。

这需索与依靠，争分夺秒。

如此强烈地感受到来自亲王殿下的压力和需要，宗亭内心隐秘地溢出一丝微妙的愉悦，方才为让她“信任他”而吞下去的半颗苦药丸，在一个瞬间，有吝啬的回甘。

她的颤抖逐渐平息，手指头似乎也逐渐回温，紧绷的肩头甚至稍稍放松。然这时却传来宫人行走的脚步声，几乎是在瞬间，李淳一收回手，若无其事地转过身连句道别的话也没有，便沿原路折了回去。

“小舅舅，走了。”

掖庭位于宫城西侧，李淳一对此并不陌生，她曾在此住过很长一段时间，同几个话少不爱笑的宫人一起生活。掖庭人多、杂乱，匪夷所思的事常常发生，但多数时候无人问津，墙外的人也不会知道。

或许是知道的，只是他们不关心也不在乎罢了。

她抬头，看到阴云挪开，有惨烈的日光覆下来。天气诡异到超出她的推算，本该轰轰烈烈落下来的一场雨，忽然间就被老天悉数收回。

李淳一低头敛眸，随宗正寺卿进门。

堂内浮动着强烈的气味，来自沐浴水中的香料。几个宫人将煮好的淘米水端到西边的敛床前，打开帷幕安静地为小郡王擦身。小敛重善，需精心以待，无人敢在这时多言，气氛算得上非常压抑。

宗正寺卿拢袖站在旁边，面上愁云惨淡。他记忆中的小郡王聪慧可爱，就像志怪里的小神仙，十分生动顽皮；不过如今躺得平平，乖得要命，一点声息也没有。

沐浴完，屋外宫人洗净手，捧着小敛衣走入堂内，层层叠叠为他穿好，又束好他的头发，正要盖上衾被时，堂外却响起了嘈杂声。

李淳一后知后觉地回头，宗正寺卿却忙扯了一下她的袍子，低声道："别管！"

但事情似乎没这么容易避开，李淳一刚转回头，便有一女子冲了进来。还未待她反应过来，一双瘦骨嶙峋的手就紧紧攥住了她的袍子，尖锐的指甲甚至隔着单薄的衣料扎痛了她的皮肤。

李淳一分毫未动，因她辨出了这张脸。这是她嫂嫂，虽然已经瘦得要脱形，但她仍然认了出来。

"你杀了他吗？是你吗？"

女子言语颇为混乱，神志似也不清楚，大约是将李淳一当成了李乘风。

自太子出事后，家眷该杀的杀，其余的都进了掖庭，这位皇嫂因娘家尊贵避开一死，但进掖庭当晚就疯了。

李乘风是被废的太子之事的最大得利者，招怨揽恨在常理之中。这位被废的太子妃将她当成李乘风，用力掐着她的皮肉，恶狠狠地像要杀了她。

旁边的宗正寺卿见状连忙扯开两人："这是吴王，是吴王哪！"

被废的太子妃恍惚了一下，但眨眼间又扑上去，揪住李淳一的衣领："你回来了？"她眸中闪过一瞬清亮，好像很清醒似的，却又压低声音神神道道地同李淳一说，“我看到你死了，就像……”她措辞又迷乱起来，眸子也变得浑浊，将视线移向西侧那张小敛床，“就像阿章一样……你和阿章，是一样的。”

她说着忽然松了手，之后也不等李淳一回答，恍恍惚惚走到了小敛床边，手颤颤巍巍地伸了过去，抚摸小郡王冰冷的身体：“不要睡了，阿章，不要睡了……”

“不，还是好好睡吧。”

那声音里透出哀凉，眼泪是热的，也是清醒的。或许就算疯癫至此，这一刻她也大约很清楚亲生骨肉已经永远离开了自己。

李淳一这时无知无觉走到了她的身后。小郡王的脸白如玉，闭着眼格外安静，小孩子柔软温暖的身体早已经僵硬冰冷，令她想起非常久远的旧事，那件只在宫人口中隐秘传递的旧事，发生在她刚出生时的旧事。

有关她短命的阿爷，那样漂亮、有才情，却在刚刚绽放的年纪，变成了一堆枯骨，连墓也没有。

宫廷里的死，往往不讲道理。

她阿爷、这个孩子，还有陪葬的内侍，似乎都是如此。

有人上前拖走被废的太子妃，宫人们按指示将衾被拉起，缓缓覆下，将敛床上的小小躯体包裹起来。堂中白烛燃起，烟味与香料味混杂，格外呛人。

被废的太子妃于慌乱中忽然拖住了李淳一的袍角，李淳一差点站不稳。她的视线倏忽对上被废的太子妃的目光，自己鬼使神差地蹲了下来，伸手握住妃的肩膀。被废的太子妃挨着她，气息低弱：“不要生，她不能生，才要你生，生完你就没有用处了。”

李淳一松了双手，却攥起了拳。先前朝臣逼婚时，她就已经确定了召她回来的目的，但话明明白白地被说出来，更显出残酷与蛮不讲理。

她起身，注视着宫人们将小敛床移走。白烛火苗猛跳，号哭声骤响，李淳一静静站着，忽然按住了小腹——痛并且冷，仿佛内脏在痉挛。兔死狐悲，然心中的悲伤到了头，取而代之的只有愤怒与不甘心。

李淳一迎着惨白的日光走出门，风停了一瞬，随即又汹涌而来，吹得树叶簌簌掉落，袍袖里鼓满风。

她回头："小舅舅，该走了。"

宗正寺卿闻声连忙跟上，皱着眉嘀嘀咕咕："疯疯癫癫地活着或许比死人还可怜吧？真是……"他摇摇头，同李淳一离开了掖庭。

两人穿过太极殿与西侧中书内省的走道时，宗亭恰好迎面走来。宗正寺卿正要停下来同他打招呼，李淳一却视若未见地与他擦肩而过，继续前行。

"你与宗相公关系不好吗？"宗正寺卿连忙跟上去好奇地问，"你们不是同窗吗？听说你们以前很要好啊！"

李淳一压根不答，只问："接下来还得再去宗正寺吧？"

"这倒是。"宗正寺卿挠挠头，"这时节天光短得厉害，我今日还得做完事趁早回去，哎哎，快走快走。"

两人越走越远，廊庑里的宗亭却驻足，直到那背影消失不见，眸中才一点点蓄起了寂寞。

一只从兴道坊至德观方向飞来的白鸽子扑棱棱落下，栖在他肩头，宗亭解下信筒，搓开字条阅毕，唇角饶有意味地弯了起来。

第三章

李淳一几乎一整天都在为小郡王的丧礼奔波，同时她也快速适应着皇城各衙署内的行事风格：宗正寺拖拉，太常寺敷衍，礼部一丝不苟，太府寺精明抠门，秘书省一群病鬼，弘文馆穷酸……

待到承天门上鼓声响，她才出了朱雀门，回东边的兴道坊。暮色四合倦鸟归巢，金吾卫兵仍骑着高头大马巡逻，百姓纷纷拥回匣子一样的里坊，度过他们安稳又无趣的夜晚。

至德观的钟鼓声也响了，门口香客寥寥。她径直入观，却见道观常住司文朝她走来。司文步子略急，到距离她一步远的地方忽然停下来："殿下的行李，已不在观中了。"

李淳一抿唇不语，司文续道："金吾卫将殿下的东西全部搬走了，就在昨夜。"

"别在中书省过夜"的警告声再次于耳畔浮响，李乘风是猜透她了吗？知道她不会回道观，所以让人搬走了她的行李。

李淳一笑了笑："是搬去别业了吗？"

司文摇摇头，李淳一转过身，仅有一只乌鸦拖着病体栖落在她肩头。

出家人不在乎行装，也无所谓居所。但李淳一除了出家人的身份，还是皇室要员，他们不肯让她摘掉吴王的帽子，不想让她自在逍遥，她便不能算是真正出家人。

司文不知她行李的去向，于是李淳一借了马往务本坊别业去。

所谓别业，是多年前女皇赐给她的府邸。那时女皇不愿见到她，让她去国子监读书，同时在务本坊内赐了一座宅子给她，有水有桥，毗邻道观与国子监，她在那里度过了人生中难得的自由时光。不过如今想起来，那自由，也只是看起来像那么回事罢了。

她去封地多年，别业按说早已荒废。然她骑马抵达时，却见其灯火通明，有仆从出入忙碌，比她多年前在此居住时热闹得多。据她所知，这座别业从未转赐给他人，且她回京那天，这里甚至没有人。

一夜之间，让冷清居所焕发出勃勃生机，并非人人能够办到。

别业大门敞开，乍一看似张开双臂迎接在外多年的游子回归。但在今夜看来，倒更像是凶戾猛兽的血盆大口，等着吞食回家的人。

李淳一心中已有了答案，那些被搬走的行李以及她失踪不见的侍女，不出意料都在此地。但她掉转马头，往坊西街北的国子监奔去。

奔驰在黢黑的夜里，风从耳畔掠过，仿佛要将过往全部唤醒。她经历了糟糕的一天，此时饥肠辘辘，格外想去寻一朵桃花果腹。

国子监里有许多桃树，春时桃花开遍，香气调皮地蹿进每一间学舍，招惹春困学子。然而现在是秋季，没有茂密的桃林，自然也不会有一朵桃花可以填补她空冷的胃腹。

马蹄声停止，耳房的老庶仆将头探出，眯眼愣了愣，终于认出她来。她以前总穿着国子监生的袍服进出，那时看起来是青涩美少年，如今身着朝服倒有几分江左士子的风流，十分倜傥。

老庶仆忙出来行礼迎接："老仆眼拙，不知吴王殿下到访，倘有怠慢，还请殿下莫怪。"

李淳一也还认得他，她将手中缰绳递过去给他，人却还是像当年一样不爱说话。以前监生们私底下讲她是小哑巴，因为被笨笨的宫人养大所以连话也不会说。她不关心嘲讽，一旦主动关上通往外面世界的门，无论外面是雷雨交加还是艳阳高照，对她来说都没有什么不同。

她只想找个地方待着，但这样的地方在国子监并不好找。国子监"左庙右学”，一边是孔庙，一边是太学；孔庙不好随意走动，太学则空间有限，只有沿渠那一小片桃林后有个荒废楼阁，平日里鲜有人至。

廊宇粗健，门口蔓草卷曲。费力扒开窗子，瘦弱的身体可以爬进去，但她头次进去就呛了一鼻子灰。里面有卷册有杂物，乱糟糟一片，全无前边国子监的明净齐整。但沿着北边楼梯往上走，二楼靠南的窗子边上，却被收拾得格外洁净。推开窗，恰是桃花繁盛时的大片粉霞，有轻盈的自在感，是极难得又宝贵的体验。

钻进来一次，就可以有第二次第三次。她有时睡觉，有时翻读些陈旧不知所云的卷册，总不会无聊。风从窗口过，花在窗下落，就在桃花将要开败、天气愈来愈热的时候，有人打断了她的午睡：“你是谁？为什么来这里？”

她原本伏在案上，听到声音坐正了转过头，看到一个比她高很多的白衣监生。

她照例不说话，转回头趴下来继续午睡。那人却在她身后道：“这里是我的地方，请你走。”

她无动于衷，也不认为自己哪里有错。不过显然对方不这样认为，他一字不落地强调了三遍，最终上前一步将这个讨厌的少年从地上揪了起来。

他揪着她的监生袍服，年轻俊美的脸上却写满老成的不悦：“我不管你是谁，不要再到这里来，你伏的那张案是我的。”

她不想同外面世界的人有什么纠葛，遂一直关着门不让他们进来，但这双手却掰开那扇门，强行攥住她，用行动告诉她外面那个世界蛮不讲理。

正在快速发育的身体一碰就疼，他紧紧揪着她的前襟，那勒疼从柔软的前胸传到脊背，令她倒吸气。

应对这个世界虽然困难，但打架不需要讲道理。本能地为疼痛复仇，她反抓住他的手臂，与他厮打，瘦弱的身躯迸发出难以估计的力量，像一头凶戾的小野兽，露出尖利爪牙，拼尽全力争夺领地。然而她到底不是他的对手，处处落尽下风，还要被逼问：“你是哑巴吗？你的舌头被割掉了吗？！”

她满腔怒气无可宣泄，哪怕处于下风，却仍然顽强得像头不服输的小老虎。对方似乎也没有料到她会这样纠缠不休，到最后连监生服都被扯乱了，发髻也被打散，她的斗志却分毫不受影响。

待到气力耗尽，对方躺在地上想要收手，她却不由分说地狠狠下口咬了他。她的确是头小老虎，有一口利牙，毫不留情地咬住他，扎破皮肤，瞬间满口血腥味。

然后她站起来，抹了抹嘴，胸膛剧烈起伏，仍没有开口。她夺得了胜利，“砰——”地重新关上了自己世界的那扇门，从头到尾，一句话也没有说。

后来他们又打过几次，只要在二楼碰见就会打架。对方忍无可忍：“你都已经吃了我的血，还想怎样？”她不知道自己哪里来的这么多力气，也不说话，只是很愤怒。

对方忽然抓住她的手，掰开她握得紧紧的手指头，将这一季最后一朵桃花，放在她的手心里：“不要用力，你一用力，花就碎了。”

她看着那朵桃花，没有再握拳，也没有再“砰——”地将自己的门关上。握手言和来得莫名其妙，而那朵桃花虽然渐渐枯萎，最后皱缩褪色，但那隐秘的气味一直在她人生里盘旋，日夜不散。

桃花的气味。

时隔多年，李淳一再次穿过桃林走到楼阁前，却没有再捕捉到那味道。石台缝里的蔓草随季节而萎败，门口的石狮在黑夜里瞪目，它永远不睡，它知道一切。

她依然爬窗而入，灰尘味依然浓重，她掩唇忍住不咳，摸黑独自前行。这楼阁仍常年被人遗忘，一切都没有变化。沿楼梯往上，她忽然察觉到了不同，有风，流动的风轻涌，鼓动着灰尘飞旋又降落，桃花的气味愈来愈近。

她走到楼梯口，有人已等候她多时。两人没有像多年前一样见面就打架，他忽然走过来将她抱起，行至窗边，将她放在高足案上，双手撑在她身体两侧，这才对她表露笑脸。

李淳一从惊诧到镇定，不过一瞬间。她并没有觉得别扭和不适，在这无月有风的黑夜里，方才的怀抱也好，这若有若无的桃花的气味也好，似乎都自然得恰到好处。

“相公为什么在这儿？”她垂足坐在高案上，抬头问他。

“殿下的行踪不是秘密，殿下的心对臣来说更不是秘密。既然殿下要来，臣自然要先来清扫，免得脏了殿下的袍子。”宗亭垂首回答她的问题。

“那为什么不打开门呢？”

“殿下习惯从窗户进来，臣当尊重殿下喜好。”

李淳一只要低头就抵到他胸膛，但她面上是近乎寡淡的轻松。她侧头垂眸盯着他压在案上的手指，又倏忽转回头，昂起脑袋说：“本王饿了。”

宗亭忽然移过案边上的食盒，打开来拿了一只小馃子咬掉一半，又将余下来的喂给她，在李淳一打算下咽时，他却又说：“殿下记住，哪怕像臣这样也不能全信。倘若有人甘愿与你共亡，为了杀你，试毒时也会不顾一切。”

不过李淳一还是毫无顾虑地咽下了食物，不过并不是因为信任。

夜长长，风绵绵，故地重游，本该有聊不完的话题，但两人说到的都是些没头没尾的细碎事情。

“臣在那之前从不与人打架，臣家里没有人会做那样蛮不讲理的事。”

“蛮不讲理的是相公，这样的地方谁都能来、谁都能用，相公又凭什么说是自己的呢？”

“因为的确是我先来的，且这张案也的的确确属于我。”

“我那时总觉得相公能孤单出高傲来，真是很令人费解。”

“殿下不是哑巴却从不开口讲话，臣也觉得很费解。”

他说着垂眸睨她一眼：“下手那样狠，臣同样觉得很费解，臣当时不过只是想吓唬吓唬你。”

“你揪了我的袍子。”她抬眸与近在咫尺的他说道，“那时我在长身体，你却揪得那样不留情面那样用力，我又疼又恼火，这个解释你满意吗？”

“臣那时以为殿下是小男孩。”他微微俯身平视她的眼，然而这时却有人走到楼下，赖着不肯走，一边烧纸钱一边絮絮叨叨，大约是偷偷祭祀某个人。

有烟熏味飘进来，宗亭忽伸手将窗子关起，对她做了个噤声的动作。她低着头，鼻息里尽是他的气味；而他下颌挨在她头顶，一句话也不说。

楼下重归安静，李淳一乍然开口：“相公先前有一事没有讲实话。”她说完头抬了一下，宗亭略略避开一些，手撑在她身体两侧，等下文。

然而她上身却前倾，盯着他的凤目道：“相公分明知道太女的目的，为何不直接与我说呢，嗯？”她学他拖长尾音，靠他更近，“且我知道，相公也有目的，且与姊姊的目的也并没有什么不同。”

她边说边将手压在他手背上，感受他血管的搏动，自己的气息与声音也变得越发诡秘：“我差点忘了，相公作为宗国公的唯一嫡孙，怎会不期待更大的权力？”

“与姊姊一样，相公也想要孩子，想要有皇家血脉的孩子，想要我的孩子。因为不论我的下场是生是死，这个孩子都极有可能成为储君，到那时宗家就会成为最大的外戚。”

她凑到宗亭耳边道：“不过我并不打算让相公如意。你们有无数办法让本王生孩子，但本王不愿生，一种办法就足够了。”她说着伸手拿过边上食盒里的馃子，在宗亭的注视下塞进嘴里，大力咀嚼然后咽下去，最后双唇弯起，“本王从不找人试毒，相公方才全是多此一举。本王入道后便不太在乎生死，而死，却是最直接又简单的办法。”

她说得自暴自弃，但一针见血。

宗亭听她讲完，不怒反与她更亲近。他眸光不定，气息也有些难捕捉，鼻尖则与她相触：“殿下当真要将自己逼进牛角尖，而不打算换个思路吗？”

他说话时甚至碰到她的唇，却始终没有真正吻上。呼吸交融厮磨，陈年灰尘与桃花香气混杂，令人有微妙的迷乱，也现出一点点真心，如萤火一般，在宗亭忽然直起身的瞬间，熄灭。

李淳一睁开眼，将暗中的他看清，忽然转了话头：“我知相公这七年间因为服丧回了母家，关陇军还太平吗？”

“殿下想要的太平是什么？不太平又是什么呢？”他弯了一下唇，饶有意味地反问。

宗亭母亲出身关陇大族，手握雄兵盘踞在西边。他母亲在宗族中地位尊贵，他身为独子，为母服丧三年，却也在关陇蓄养了羽翼，加上宗家的威望与势力，他如今可操控的力量，不能小觑。

“如相公所想。”

“很好。”宗亭撑案俯身，目光灼灼，“殿下想要什么臣都会尽量满足，请说。”

“说服陛下，给我一支名正言顺的卫队。”

“可以。”

“离本王远一点。”

“不可以。”他抓过她的手，像很多年前一样，掰开她紧紧攥着的拳头，“臣的心在殿下这里，倘若离得太远，臣会死的。”

她要重新将拳头握起，他又说：“不要用力，你一用力，心就碎了。”

宗亭面不改色地将自己的心比作当年李淳一掌上的桃花，不过李淳一却不解风情地将手一握，抬首看他：“时辰不早了，本王要回府过夜了。”她言罢跳下高足案，举止里带了几分我行我素的挑衅。

在黑暗里待久了，辨别方向的本事也见长。李淳一顺顺利利下了楼梯，穿过遍地的灰尘杂物，推开门走出了楼阁。

宗亭推开窗往下看，只见她头也不回地穿过落叶遍地的桃花林，越过沟渠，意气风发，没有丝毫踯躅与畏惧。

哪个才是她？是在太女面前乖顺示弱的天家幺女，还是罹患心病久不能愈的贵族青年，抑或是看起来莫测又暗藏锐利的道家子弟……他只知她在江左的这七年并未虚度，也知妥协忍让并非她本色，不然她当年也不会因为一张案，因为能看到桃花的一扇窗，与他厮打争夺。

面对这蛮不讲理的世界，她看起来并不像那样不堪一击。

李淳一在深更半夜时分重回别业，杀了个措手不及，将大多数已经入睡的奴仆吓了一跳。诸人纷纷扯下身上薄衾，迎着深夜里昏昧如雾的灯光，会集到门口迎接旧主的回归。

李淳一始终站在门外不走进来，年轻执事于是走出去，郑重地请她回府。

“热闹。”她看着黑压压的人头，只说，“以前只寥寥几个人，如今为何会有这么多人呢？”

俊朗的执事回道：“是太女殿下的好意，请吴王笑纳。”

好意？看起来确实很妙。男人们一个比一个好看，像春天里的繁花，让人眼花缭乱，且衣着鲜亮，绝不是真正做事的家仆。养人只为一张脸，这种事她之前从没做过，但李乘风在用自己的方式教导她怎样去享用“身为王"的特权。

而且，这位年轻的执事看起来十分眼熟。噢，是她刚回城那日，奉李乘风之命送她出宫城的那一位，她当时甚至还送了他一枚符章。

她未提当日事，只偏头问他："你叫什么？"

"小人宋珍。"他答道，"先前在太女殿下府中做事。"

李淳一知他是李乘风的人，但没有流露戒备，只是问他："府里这么多人，有人给磨墨代笔吗？"宋珍站在她侧旁回道："自然是有的。"

"那很好。"李淳一于是吩咐道，"识字的各自抄一册《道德经》，要用心写，写得好本王会赏。"言罢又说，"本王倦了，寅时前不要来打扰。"

"喏。"宋珍低头应声，再抬首却见李淳一径直往里去了。

李淳一对别业的结构仍十分熟悉，一路无碍地行至卧房，开门点灯，终在角落里见到了她的行李。她打开箱子看了看，发现被翻过之后倒也不紧张，只一屁股坐下来，疲劳地往后躺去。

灯油悄无声息地燃烧，顶上横梁在昏光中更显得沉静，有一种无形的压迫感。窗外忽响起一阵"哆哆"声，是乌鸦尖喙啄击窗棂的声音。李淳一躺着没有管，很快，黑色身影顺利顶开窗子挤了进来，落在李淳一身侧，低声叫唤。

李淳一没有多余气力再同它交流，她安安静静看了它一会儿，过度的劳累就迫使她闭上了眼。这个梦境干燥，但充斥着细碎的议论声，令人睡不安宁。她惊醒，想要坐起来，但整个身体几乎有一半是麻的。

报更声响起来，天还是黑的。待鼓声落尽，她终于坐起来，灯已经熄了，乌鸦也不知所终，她起身开了门，晨风涌进来，庭院晨景与多年前几乎一致。这让她有微妙的亲切感，但她目光一转，便瞬时察觉到了陌生。

宋珍站在走廊里，悄无声息，十分吓人。谁也不知他在这站了多久，他一动不动像个木偶，双手捧着长漆盘，上面摆放着数本纸册。

李淳一还未开口，他就已躬身问候："还未到寅时，殿下就醒了吗？"

"嗯。"

宋珍注意到她连衣服还未换过，即道："昨夜殿下未洗漱便歇下，过会儿还要回朝操心郡王丧礼，不如趁眼下还早，先沐浴洗去疲惫。"言罢上前一步，将漆盘递到李淳一面前。

李淳一取过一册翻阅，其中所书，正是她要求抄写的《道德经》。她半夜才交代的事情，天还未亮就悉数交到了她面前。且因她叮嘱“寅时前不要打扰”，他便在外面站到了寅时，直到她主动走出来。

宋珍此人，比她预想中“周到”，也更麻烦。

“将东西放下，去备热水吧。”她说完让开路让他进屋，宋珍将漆盘放下，随后退出门。李淳一见他走远，敛眸揣摩他是否就是那晚送礼服至道观的李乘风的内宠。

她一时无法得出确凿结论，只能选择以静制动。

然宋珍并没有做什么逾矩之事，甚至连过多的话也不问一句，俨然是合格的执事模样。侍女将沐浴的热水送到房中，待她洗完，早饭便端上了案——清淡、温度合宜，十分贴心。她用完早饭，车驾也已准备妥当。最后宋珍亲自送她登车，并道：“殿下请勿太劳累了。”

悉心至极，却令人很不自在。

车驾从安上门直奔皇城，各衙署相接挨靠，穿着诸色袍服的官员穿梭于皇城街道，刚刚开始一天的忙碌。长安的雨季仍没有结束，太阳也吝于露面，因小郡王的死，停朝三日，自然也看不见各衙署长官摸黑赶去上朝的情形。

路过中书外省，李淳一挑开帘子朝外看了看。那看起来并不雄伟壮丽的建筑，却是帝国政令处理的核心所在，不过以她的力量，目前什么都够不到。宗亭拥有权限，但他未必当真乐意让她去触碰权力的核心。

她在封地时，虽也处理政务，但都太过琐细且局限。她或许清楚州县的运转之道，但面对“偌大一个帝国如何运行，庞大的皇城内近百个衙署如何平衡如何协作”等问题，她只能算是门外汉。

铃铎声响在潮湿的清晨里，听起来倒是有几分轻灵。李淳一下了车，礼部周侍郎匆匆忙忙跑来，躬身道：“殿下来得正及时，大殓之物已准备妥当，还请殿下前去过目。另，太常寺、鸿胪寺的几位长官此时也在礼部，有些事还需殿下拿定。”

一天一夜，全部妥当，效率惊人。

宫城里一个孩子的死，来得突然，结束得也很快。因帝国不需要这样的悲伤，所以会在礼制规定内，尽可能快地将其掩盖，然后装作若无其事的样子，迎接大盛会。

四方来贺，八方来朝，这是帝国繁盛的证明，女皇的寿辰不会因一个孩子的死而取消。长安城的百姓也日夜期盼着盛会快些到来，他们不太在乎天家的权力争夺，只关心女皇寿辰当日会不会“解除宵禁”，因为他们对沸腾的长安城夜晚已经渴望了很多年。

而对于李淳一来说，这盛会愈迫近，愈让她不安。

她蛰伏得够久了，期待苏醒，期待张口说话，期待摆脱控制。然而忙完小郡王的丧事，她便一头扎进务本坊别业，闭门不出，没日没夜推演更高阶的幻方。

她府中的人也不得空闲，因她以风水不好的理由令人重新修改格局、修缮府邸，虽然动静不大，但也很恼人就是了。至于府里那些帮不上忙的白面郎君，就只能窝在屋中替“修道走火入魔”的吴王殿下抄写经书、刷印符章，简直无休无止。

这雨季快要结束了，李淳一能感受得到，她内心甚至因此有几分愉悦。不过她很久未见宗亭了，自那晚在国子监相会之后，他就再没有出现过。她后来得知，他以朝廷特使的身份往西北去了，因为关陇军不太安分。

女皇这时遣他去关陇别有深意，因他与关陇有着千丝万缕的关系。如果他一去，关陇军便能顺利平定下来，一来是对中央朝廷有利，二来也可以此来估量他同关陇集团的牵扯到底有多深。

至于隐藏在这背后的第三层意思，没什么人知晓，且不宜挑破。因女皇察觉到了他与李淳一之间的密切往来，所以眼下实在无法容忍他继续留在京中。

女皇十分忌惮宗家及其背后门阀世族的势力，君臣之间的权力需要平衡，这些年她独自面对与她一样强势的世族势力，一直维持得十分吃力，她不希望帝国将来陷入权臣控制君主的境地。

李淳一是有可能诞下储君的天家女，这个孩子绝不能有权臣世家嫡长子的血脉。

又一日街鼓声尽，长安城再次沉寂下来。

务本坊别业内灯火寥寥，宅内工事也终于歇了。

书房内，李淳一跪坐在案前推演幻方，但数字庞大，她一时未能演出结果，便保持盒子内现状不动，合上盖子将其收进柜中。

火苗忽跳了一跳，外面有人敲门，她听出是宋珍，栖在案头上的乌鸦瞬时警敏起来。禽类通晓主人心思，主人对人设防，它也一样。

她坐正了问："有事吗？"

屋外宋珍无波无澜地回："殿下令人抄写的经文已全部妥当。"

"搬进来。"

门被打开，乌鸦猛地扑过去，宋珍往后退了一步，似乎被吓了一跳。李淳一不多做解释，宋珍也只默不作声地将经文放下。

但他不着急走。

"宋执事还有事？"

宋珍应道："是。"他旋即往前一步，躬身递了一只封死的锦囊给她，李淳一不接反问："是从何处送来的？"

宋珍却说："殿下看了便知。"他言罢后退，转身离去，并自觉将门带上。

李淳一细察外面的动静，过了一会儿，取过小刀挑开封口针线，从里头取出一张字条来，上书："勿私相授受，符章亦不许。"没有留名，但这的确是宗亭的字迹。不过连她都能将宗亭的笔迹学个八九分相似，所以字迹并不可信。

然她一捏袋子，却发现还有一只小巧硬物在内。她将小物件倒出来，石头落在案上迸出一瞬声响，之后便乖乖躺着不动。昏黄灯光下，是一朵淡粉桃花，分明以玉石雕琢而成，却仿佛散着香气。

字迹或许可以作假，但"一朵桃花"的深意，却只有他们二人知道。

她再次将视线移至那字条上，"勿私相授受，符章亦不许"，前半句是宗亭一贯的蛮不讲理，后半句却引人琢磨。

为何特意强调不许赠符章呢？李淳一略蹙眉，她回长安后，只送出过两张符章，一张在承天门给了宋珍，另一张则贴在了中书外省的公房里。宗亭断不会纠结第二张符章，难道他连她送过符章给宋珍都知道吗？

李淳一思忖间耳朵忽动，她骤然抬眸看向门口，冷静地问道："你还在门外吗？宋执事。”

宋珍的确没有走远，他送完信物，便一直在等李淳一的反应。

于是他应道：“小人在。”随即缓慢推开门，再次步入书房内。

不待李淳一询问，他已是上前一步，将先前在承天门收到的符章主动退回了李淳一案上：“相公曾令小人在送完锦囊后等一等再走，倘若殿下在阅完锦囊后唤小人，便让小人将此前收到的符章归还给殿下。”

他是宗亭的人，他连收到一张她给的符章，都要报告给宗亭。

李淳一低头看着那符章，只能得出这个结论。

明明是李乘风信任的内宠，却是宗亭的人。鬼骗鬼，假套假，真是好戏。

她沉默了一会儿，问：“宋执事是何时进的太女府？”

“五年前。”

五年前，宗亭那时虽然人在关陇，却已经未雨绸缪。她虽也有眼线，但与宗亭的比起来，只能算作皮毛。他埋棋子有深有浅，浅的用来迷惑人，深的却只有他主动告知才会浮出水面。而这颗埋了五年的棋子，他借着李乘风的手送到了她这里，并且堂而皇之地告诉她：“别怕，这是我的人。”

他远在关外，却阴魂不散。

如此顺水推舟，李淳一绝不认为这是最后一次。按照宗亭的脾性，这样的事以后还会有。她是该夸他布局周密，还是讲他可怕呢？

此人的成长已远远超出她的想象，令她难安。

她不想被女皇和李乘风控制，同样也不愿被一个男人控制，哪怕这个人对她而言，意义非凡。

她将那朵石桃花紧紧握在掌心里，桃花没有碎，疼的是她；流血的，也是她。

血缓慢往下滴落，乌鸦闻到血腥气忽低鸣了一声，将她唤醒。

她回过神，同宋珍道：“符章与他物不同，送出便不好再收回，宋执事还是收下吧。”

宋珍本欲推拒，但最终还是将符章重新收起来，并道：“谢殿下赏赐，若无他事，小人先行告退。时辰不早，殿下请早些休息，明早有大朝会，寅时需得出发。”

他仍然贴心且周到，但这与之前的表现，落在李淳一眼中，已是不同。

月由亏转盈，是人间半月。

女皇的寿辰适逢十五满月，但庆贺盛会在十四就拉开了帷幕。除礼部、太常寺、太府寺、鸿胪寺等衙署的官员还在忙碌外，多数官员都因此提前开始了休沐。长安城解除宵禁三日，十四这夜，街鼓未响，坊门未闭，东西二市未歇，月亮将满，百姓们离开家拥上街头，提前开始了狂欢。

而李淳一，则关上房门手持蜡烛往地道走。

与外面耀眼的灯轮、飘香的美酒截然不同，刚刚开挖完成的暗道里潮湿晦暗，只有泥土的气息。

第四章

这一夜，长安城中几乎每个人都未眠。难得通宵的城市被人们的热情与欢愉灌醉，至晨间才带着蒙眬醉眼，迎接冷冽的秋日晨光。

霜还未融开，朝臣外使就已在太极殿前会集，一个个哈欠连天，面带倦色地强撑着。

“昨日喝得太放肆了，不好不好，头痛得很哪，不过那酒倒是十分妙，魏明府没去真是亏了。”“哪能都像李郎中一般逍遥，昨日某在公房忙了整晚，天还没亮便赶过来，到现在还未合眼，实在困顿得很。”朝臣们悄声议论，待巡视仪容的殿中侍御史走近，又倏忽闭了嘴。

承天门楼上鼓声骤响，“咚、咚、咚”，缓慢有力，每一下都震彻宫城。太常寺奏鸣礼乐，迎接帝王的到来。久未露面的皇夫也于今日出现，身姿仍然挺拔。传闻他身体每况愈下，似大限将至，然今日露面看起来却并非那么回事。他与女皇并行，从二十岁到今日，已携手走过几十个年头，算得上彼此最亲密的亲人及同盟，顺理成章的，死后也要葬在一块儿。

人到垂暮，仍然并肩，执手共享同一份荣耀与喜悦，是冠冕的维持。

秋日里凉凉的楼台在太阳不吝照耀下渐暖，高台上的衣袂环佩沐浴在阳光中，礼部仪官立于东侧，展开手中长卷，奏：“喜圣寿无疆之庆，天下咸贺……”

他语声清越又庄正，诸人屏息不言，连鼓皮都安安分分，不发出一点声响。然此时却有一只漆黑的乌鸦凌空俯冲而来，落在李淳一面前。李淳一站在朝臣前列，此时一众人都悄悄朝她看去，因乌鸦乃不祥之鸟，在这样的场合到来，实在不是什么好事。

李淳一低头瞥了一眼，却又轻蹙起眉。因落在她面前的乌鸦，并非她养的那一只。

那乌鸦在她跟前盘桓了许久，最终扑翅飞起，往太极殿顶飞去。

它的出现像白纸洇了墨点一样令人不舒服，然这对李淳一来说，却是某个人到来的信号。

她站着不动，听仪官宣读诸方进献之礼。各国使节挨个露面，寿礼大小、列队排次都互有比较和说法，礼部与鸿胪寺、四方馆先前为此事愁得掉光了头发，到最后深思熟虑定下来，仍是得罪了好些使节。

在使节们暗中瞪眼互相不服之际，仪官已宣朝臣们进万寿酒。众人齐齐伏地拜贺，太常寺礼乐再次奏响，高台上的白鹤展翅跃上青天，朝臣们待礼毕再抬头，高远的天空里一缕云也没有，是久违的明净。

长安的天空哪，倘能一直这样干净就好了。

可这片天空，数百年来见证着权力的此消彼长，被铁蹄震得发颤过，也被战火熏得满面乌红过；为天门街上累累白骨纵情哭过，也为满城繁花飘香美酒温柔笑过。风雨有时，晦暗有时，如今它目睹一位垂暮帝王谢幕前的盛会，清朗平静，却透着几分难言的寂寥。

和它一样的是站在高台上的女皇，经年累月对抗病痛的身体，早学会了麻木的平静。身着盛装，面对来朝使臣，她面上是体面的愉悦，跟个人无关，只关乎帝国。这是她的时代，大权在她手中，但如今她越握越觉得吃力。

就在日头快移到当空之际，礼部安排的仪程终于走到尾声，底下朝臣们均松了一口气，恭送女皇及皇夫离开。下了高台，背向日光，女皇走得很快，皇夫甚至赶不上她。她早年也是英姿飒爽，眼下老了，仍存了当年几分风姿，然此刻面上一星半点的笑也没有。

承天门外的热闹寿宴即将开席，另一边却仍是空旷冷寂的宫城。不过朝臣外使们现在并不关心墙内的世界，他们站了许久，已饥肠辘辘，只惦记光禄寺即将送来的美酒佳肴。

大鱼大肉，都不合李淳一的胃口。她饮了一些酒，低头琢磨方才到来的那只乌鸦。那乌鸦属于她的老师贺兰钦，但他久居江左不出，在她离开吴地之前，也与她说不会来长安。那么老师的这只乌鸦为何到了呢?

她正思忖着，有外使上前打招呼。身为亲王，她有义务代天家招待外使及朝臣。喝多了的西戎使者渐渐放肆起来，想要拉着她的手与她对饮，却被李乘风攥住。李乘风与身旁的四方馆小吏道："这位来使都已醉了，还不送回去吗？"

四方馆小吏赶紧带着外使离开，李乘风却忽然十分用力地握住李淳一的手，轻描淡写地说："他若真拉了你的手，姊姊就将他的手剁下来。"

她说得非常轻松，似乎剁手与拔一根头发没什么不同。

李淳一脸上瞬时浮了些醉意，她说："姊姊，我有些醉了。"

"那就歇会儿，等天黑了，更热闹。"李乘风似也有些醉，她直起身看向不远处的高台，神情里有炫耀的意味，仿佛那已是她的领地，"登上去，你就能看到长安最大的灯轮。"

二十丈高，衣锦绮饰金玉，灯有五万盏，大约是开国以来最大的灯轮。

如此奢侈，是女皇执政几十年间从未有过的。此次寿辰由李乘风督办，从头至尾，都隐隐透着属于李乘风的偏好，而这举止中仿佛藏了深意。

她将是新的女皇，她需要拥有全新风貌的帝国。

李淳一安静地等来了夜晚，承天门前已是残羹冷炙一片。朝臣使者们皆散去，或回家，或簇拥上街头，融入更大的欢愉之中。

光禄寺官吏和宫人们留下来收尾，李淳一瞥向李乘风的位子，那地方早已经空了。傍晚时她最后一眼看到李乘风，是见她吞下丹药，愉悦地饮下了满满的一盏酒。

李淳一迎着满月，负手登上高台。蕴含着酒气的晚风有一点点冷，不断纠缠袍角发丝。长安城夜景尽收眼底，她也如愿看到了那座灯轮，人们在偌大的灯轮下踏歌，前俯后仰，似无休止。

人世也是一样，反复其道，无有不同。

她算了算时辰，走下高台进得承天门，回宫给女皇请礼问安。

女皇的寿辰还未结束，对她来说，今日就不算完。

内朝的灯火明显比前面要暗淡得多，虽有往来侍卫巡夜，但还是显得冷清。她走得很快，不料迎面撞上了一名女官。

李淳一驻足，女官亦停下来同她行礼：“殿下。”这女官身上带着酒气，细细分辨甚至还有一些隐秘的潮湿气味。李淳一觉得这气味有些熟悉，但又不太确信。这女官是从何处而来？夜色里虽然辨不太清楚她的面目，但李淳一微妙察觉到了她表露出来的一丝局促。

李淳一与这位女官并非初见，先前她为小郡王丧事在宫城内奔走时，同这位女官打过交道。

这位女官当时甚至开口想问李淳一要一张辟邪符章，不过被李淳一拒绝了。

李淳一知她是女皇身边的近臣，官阶虽不高，却接触许多机要。以李淳一的立场，她并不适合与女皇近臣太密切，更不能私相授受落人以把柄。

“殷舍人。”李淳一客套回礼，“是要回去了吗？”

“是。”女官低头应道。

“夜路小心。”李淳一随口叮嘱。

女官“喏”了一声，低头快步离开。就在她脚步声即将消失之际，李淳一面上忽闪过一瞬恍然，那气味——

她霍地转过身去，却不见那女官身影。

此时有侍卫走来，领头郎将同她行礼，问：“殿下可是前来给陛下贺寿的吗？”李淳一颔首。郎将道：“夜路不安全，末将奉命护送殿下。”李淳一便只好按捺下心中的汹涌揣测，与卫队同行。

郎将将她送至殿门不远处，便躬身告退。他们走后，李淳一甫转过身，暗光中却有一名小内侍不长眼睛似的冲了过来，差点将她撞倒。

就在她恍惚之际，手心里却忽被塞了一张字条。

她被吓了一跳，站稳后连忙转过头，那内侍却如鬼魅般消失在了夜色里，而她甚至没有看清楚他的脸。

她低头搓开那字条，暗光中只模糊看到一个“忍”字。她心跳得厉害，黢黑的深宫中这突如其来的、不知善恶的提醒，又踩在这个时间点上，让她进退维谷，也令她嗅到了一丝莫测的恐惧。

然而这时殿门外的内侍已宣她进殿。廊庑宫灯昏昏沉沉，一副沉重的疲态，又强压着几分厌倦。她手心里那张字条像火炭般烫人，脊背却冒冷汗，每一步都走得心有余悸。

此时的女皇闭目独自坐着，头风欲再发作，这无休无止的疼痛快要将她折磨疯。她呼吸声有些沉重，殿里熏香燃出奇怪的味道来，每一个角落里似乎都藏着怒气，一触即发。

李淳一进殿之际，恰逢这一幕。

她跪伏下来，循礼恭贺寿辰，随后抬头，女皇却像蛰伏的兽一样忽睁开眼，抬手极狠戾地给了她一巴掌。

突如其来的耳光怒气冲冲，李淳一被打得头昏耳鸣。回过神，她才察觉到钻心灼人的痛，那痛从面颊烧起，蹿入耳内深处，尖锐的噪音持续着。

女皇出手暴虐，戾气比起以往更甚，但使尽力气后再垂下来的手一直在颤抖。她头风又犯，额颞跳痛，血管皮肉都在痉挛，额头甚至沁出冷汗，起伏不定的胸膛里是满腔怒火，难掩难控。

女皇一向定力惊人，但面对令人发狂的疼痛，意识仍展露出了错乱的马脚。李淳一忍下耳鸣与疼痛带来的不适，抬首看向女皇，女皇痛苦的眉目里既有克制，又有厌弃，甚至有转瞬即逝的懊恼。

李淳一捕捉到了这微妙情绪，忽然伸手抓住女皇的袍子，继而紧紧握住了她的手。女皇那手冷如冰，反握起来却十分有力，她抓着李淳一的手指，气力大到似要将其指骨捏碎。这世上疼痛能够传递，有时亦可共担，尽管那可能是平白的加倍的痛，但内心由此得到补偿纾解，变得更容易承受。

女皇痛到目不能视，只隐约能感知火光，模糊听到悲伤哭声。那哭声压抑又委屈，好似已将这些年的真心都掏了出来，每次抽泣都如尖利的竹签往女皇心窝里扎。

女皇意识几近混沌，唯独这哭声在耳畔纠缠不休，格外清晰。对抗耀武扬威的疼痛，等它暂时撤退，也非常耗时耗力。等这一切都缓下来，女皇后背已经湿透，唇色白如纸，她像打完仗一样失力地瘫下来，挺直僵硬的脊背也终于松弛弯曲。

然而她内心却一点也不轻松，负疚感与自我厌弃感一道袭来，几乎将原先的愤怒掩盖。她低头瞥见被自己紧紧攥在手中的、属于李淳一的手，眸光陡跳，像丢开污秽之物一样，倏地松开手，甚至下意识地往后缩了一下。

她声音沙哑，透着疲倦：“滚。”

然而李淳一伏在地上不动，她的手被捏得几近麻木，又因哭得太久周身疲倦。单薄的肩头因抽噎而起伏，只有呼吸声回响在空旷的殿中，越发低弱。

暗光中，女皇眼神有些恍惚。

远处钟鼓声响，似还有歌舞，而这殿中却只有她母女二人，因为疼痛筋疲力尽。

她声音缓下来，显得更无力：“你走吧。”

李淳一起身，再次深伏，躬着身退出了大殿。

宫灯摇晃，连影子也跟着摆动，李淳一转过身，沿着寂寥的廊庑前行，等下了台阶，避开了守卫与内侍，她抬手抹掉眼泪，低头吐了一口带血的唾沫。

口腔里的伤痛不足为道，耳鸣也不值一提，她更没什么值得哭泣，哪怕挨了耳光，几乎被捏碎指头，她连眉头都不会皱一下，又怎会真正哭呢？

眼泪只在逢场作戏时有用，这是她许多年前就明白的事。

女皇今日流露出来的懊恼与负疚，实在难得一见，对她来说，却是转机。

她不确定女皇今日这反常到底是为何，但她猜这与她死去的父亲或许脱不了干系。当年的事，宫里人谁也说不出个所以然来，真相被捂得严严实实，其中原委大约只有当事人自己知晓。

她经反复筛选确信的部分是，当年直到临盆前一日，女皇与她父亲都十分恩爱，反目几乎是一夜之间发生的。那时她迎着朝霞降生，而她的父亲枕着前一晚的雨夜，与世长辞。

此后她被交由宫人在掖庭抚养长大，而女皇从不屈尊踏足她的居所。

再后来的事乏善可陈，她没什么心情去回忆。

女皇之后再没有过其他男人。她生命中仅有的两个男人，一个陪着她“长长久久”地走到今日，另一个在风华最盛时猝然离世。而为帝国耗尽一生心血的女皇，如今也只是个孤独的垂暮之人，看起来竟有几分孤立无援、大势已去的情状。

李淳一匆匆往回走，她本应该出宫，却忽然转了向，快步往东行去。

那里有一处小殿，是李乘风少年时期的居所，因有舒适合宜的汤泉池，李乘风如今也常回去小住。

果不其然，此殿今夜不仅有宫灯环绕，内殿的灯也亮了起来，足见李乘风的确来了。李淳一撩袍往上走，却被侍卫拦下："太女殿下已歇下了。"

"已经歇下了吗？"李淳一脸上似闪过失望，又朝里瞅了两眼，从袖袋里摸出一小瓶丹药递过去，"那将这个转交给姊姊吧。"

她的举止俨然是投其所好的天真，身为道士给喜服散的太女送丹药，不是讨好是什么？不过事关药物，侍卫倒也警觉："此物还是由吴王亲自交给太女殿下为好。"

"罢了。"

李淳一说着就要转头走，却有小内侍从里出来："吴王留步。"李淳一倏地站定，转过身："不是说姊姊已经睡了吗？"

小内侍未多做解释，引她入内才道："殿下适才在沐浴，不便见外客。"他说罢带李淳一继续往里走，甫进一室，便感方寸之间，尽是潮气。

李淳一只在幼年时来过这里。那会儿她身量很小，偌大的浴池里全是水，她十分恐惧，但李乘风笑着将她拎下水，看她扑腾扑腾沉下去，又将她拎起来，捏住她双颊说："连凫水都学不会，又笨又好看，真是好玩死了。"说完再松手，让她沉下去。

后来她仍不懂水性，但学会了在李乘风松手时屏息沉进水里，这样便不会呛到水，也不会慌张。李乘风不会让她淹死，但看不到她呛水扑腾的蠢笨模样，便觉得没趣，不乐意再玩。

从那之后，李淳一就再没来过这里。但这浴室内的气味，她却记忆犹新。何况就在这之前——她在路上碰到那位女官时，就已经复习了一遍这久违的气味，潮湿的，包裹着李乘风一贯喜欢的线香味道，再加上一些更隐秘的、纵情之后才有的气味。

女官手中握着大量机要，其中甚至包括女皇的起居和医案。

帝王的医案，对储君来说，是绝对的忌讳。

因此李淳一才自觉与那女官保持距离，连对方求一张符章她都不肯给。

李淳一此时回想起狭路相逢时那女官的局促，甚至觉得那局促中藏着害怕。毕竟在这四处都是眼睛的宫廷大内，与太女密切纠缠，是件极冒险的事。倘若此事败露，不论是对她的仕途还是对太女而言，都极其危险。

为何要冒险纵情？这两人又不蠢。但李淳一看到从冷水浴池里走出来的李乘风，便瞬时了然。

李乘风披着单袍，身体很热，因为酒，也因为丹药。今晚几乎所有人都在狂欢，李乘风也不例外，她甚至更欢愉，好像这盛会不属于女皇，而是为她自己庆贺。

医案中有什么了不得的内容吗？除了频繁发作诸人都知的头风，还有什么其他不可告人的秘密能令她愉悦至此，甚至得意忘形呢？

李淳一思忖之际，李乘风忽然压了过来："你来做什么呢？"

"姊姊。"李淳一背抵着墙壁，无路可退，只好举起手里的瓶子，"我知道姊姊喜服散，昨日有位炼丹师给了我一些极好的丹药，遂……"

她话还没说完，李乘风就抓过她手中的药瓶："好吃吗？你试过吗？"

李淳一点点头。

李乘风因为服过药物泛红的脸上浮起淡笑来，看起来有些飘飘然。不过她道："我虽喜欢，倒只是偶尔食之，太热了，你知道我不太喜欢冷浴。"她一挑眉，"骨头疼。"

她气息就在面前，李淳一感到了压迫，这压迫中有恐惧，更有厌恶。

李乘风拔掉塞子，倒了些丹药出来，看着她微笑："我吃不了那么多，就给你吃吧。"言罢她迫李淳一张嘴，一粒粒地将丹药喂进去。

李淳一身为道士，比谁都清楚这丹药的奥妙。身体会发热，需饮大量的酒，意识会迷乱，渴望更大的欢愉。

这丹药可以带来快乐，但吃它不过是饮鸩止渴，她从来都不食。

不过现在，她甘之如饴地吞下李乘风喂来的丹药，并在可能会过量的瞬间，偏头拒绝："姊姊，我想回去了。"

"好。"李乘风迷乱却又别有意味地说，"回府好好睡一觉。"

李淳一迈出殿门时神志还很清醒，她顺顺利利下了台阶，在夜色中继续穿行。有侍卫奉命跟着，送她离宫。归途漫长，药力渐渐发作，她手心开始冒汗，但仍竭力稳着自己的意志，好不容易撑到快要出宫，她却忽闻宫内的尖叫声。

她循着那惊骇的叫声看过去，只看到深夜槐柳下挂着的一具女尸。

是殷舍人，是不久前还与她打过招呼的女官。

殷舍人叮嘱她“夜路小心”，但她现在只是一具冰冷的尸体。

像有当头冷水浇下来，李淳一脊背绷紧，身后却有侍卫催促：“殿下，不早了。”

此时宫城内悄然蓄起了潮气，满月扯过乌云当被，昏沉沉睡去。铃铎声在风里细碎又无节制，尸身上的衣袂飘飘荡荡，李淳一移开视线，踏着夜色出了宫。

宋珍在府中等候多时，早在李淳一回来前，他便得了宫中传来的李乘风手信，叮嘱他“好好服侍”吴王殿下。

在李淳一服食了大量丹药的前提下，“服侍”便显得别有深意。宋珍当然懂，他不仅明白，且还按照太女殿下的指示做足了样子。于是大半夜，他将府中养着的白面郎君们都召集起来，齐齐候在门口，迎接吴王回府。

李淳一早料到会如此，但她还不至于迷乱。绿叶丛中走过，她最后谁也没有挑中，而是将手伸给了她身侧的宋珍。宋珍心领神会，在一众白面郎君的注视下虚握着吴王的手，行至后院。

避开耳目，宋珍垂手道：“小人猜想殿下可能需要冷水浴及酒来发散药物，遂已备好，就在房中。”

他一贯妥当，李淳一应道：“门关好。”

“喏。”宋珍应声，抬头见李淳一转身进了房。依他的经验来说，服食大量丹药后能冷静的并不多。多数人无法控制药物带来的变化，索性将身体交给药物去支配，理智便悉数被抛到了脑后，不过李淳一似乎不属于此列。

进得门后，她连灯也未点，便褪下繁重礼服躺进了冷水里。服过散的身体燥热而敏感，连轻微的碰擦，皮肤都察觉出痛来。汗从额头沁出，每一颗都透着烦躁，飘飘然的迷幻感缓慢侵蚀着理智，不过李淳一并未察觉出快乐。

丹药给人带来的不过是麻痹的快意，有时甚至要付出性命的代价，但仍有人趋之若鹜。

高热难忍，冷水却浸得人肺疼，唯有酒是热的，一盏盏下肚可温暖胃腹。外面起了风，不知何时连廊庑中的灯也灭了。屋外寂寥得只偶尔听得几声秋虫悲鸣，屋内弥漫着湿漉漉的酒气，李淳一筋疲力尽地从冷水里爬上来，潦草地披上单袍，躺进了厚实的被窝里。

高热过后的身体既疲劳又冷，像得了疟疾一样，四肢发凉，脊背似捂着冰，只能蜷缩起来取暖。

半夜走廊里响起脚步声，那人推开门，将秋夜的风一道带来。李淳一睡得很熟，但是蜷缩得厉害，厚厚的被子覆着，只有头露出来。

宗亭俯身将手伸过去试探，她额头是高热后的凉，面容则透着疲倦。这情形既熟悉又难得，许多年前的上元夜，她喝醉酒翻上了宗家的墙头，吓得小仆不知所措赶紧去喊宗亭，宗亭匆匆赶到墙下，却见她仍提着酒壶坐在墙头上旁若无人地喝，简直可恶到了极点。

接着，她将酒壶扔下去，灵巧地翻身下了墙头，一句话也不说只紧紧抓住他的袍子。那张脸透着酒态，有些红，又十分热，睫毛在暗光中垂下大片阴影，鼻翼悄悄翕动，呼吸里都带着醺意。

少年时期的感情总是不知所措，心中蓄积的情绪莫名其妙且无处告解，彼此试图接近却又丢不下身份和自尊心的捆束，更不用说去处理那些连自己都想不明白的渴望。

于是在上元夜的满月下，他低头吻了她，无师自通的唇舌追逐中，他捕捉到了少女的馨香，分享了她的醉意，原本恼火的情绪全化作了一腔温热的酒，暖麻麻的，沁入心里。

后来他守着她过了整晚，等她热退，等她醒来。那时她也是这个模样，蜷成一团，好像只有自己才能够给予自己温暖与力量，无法去倚靠任何人，而他当时能借的，除了一腔真挚，便什么都没有了。

没有力量连自己都保护不了，又谈何保护别人？

睡梦中的李淳一仍然一动不动，宗亭解开外袍在她身侧面对面地躺了下来。

被窝里几乎没什么温度，她的自我取暖此时一点用处也没有。温柔的桃花气味轻贴上她的身体，一只手探到她脑后，在黑暗中悄悄地借枕给她。

外面淅淅沥沥又落起了雨，雨点踏着落叶欢歌，将彻夜在外狂欢的长安人都赶回了屋，强行结束了这场盛会。灯轮被雨水浇灭，锦衣淋透，金玉当当响，原本夜如昼，一瞬间全被打回原形。

宫中的消息却不受这突如其来的秋雨影响，至晨间，殷舍人的死便传遍了每个角落，至于怎么死的，又是为何而死，则语焉不详，各有揣测。

但她死前是从太女的旧寝殿出来的，这一点毋庸置疑。小内侍低头嚼舌根，穿过帝寝廊庑时却闭了嘴，生怕被人听见。帝寝内此时灯也熄了，女皇将近一夜未眠，面上是深不可测的疲倦，只有太女站在她面前，周围连一个内侍也没有。

“胡闹得有个度。”女皇分明知道李乘风借殷舍人之手获取她的医案，分明已经愤怒至极，却只是心平气和地提醒了她一下，“女官也好，朝臣也罢,都不宜走得太近,哪怕朕不计较,御史台也不会令你好过,明白吗？”

她避重就轻，只说她与女官亲近不好，却不提窃取医案的重头事。然而仅这样，就能够令李乘风有所收敛，至于她会收敛几分，那是另一回事。眼下女皇要的是“了如指掌”的权威，以证明她对宫城也好、帝国也好，仍拥有绝对的掌控权。

欢娱达旦之后的李乘风一句话也没有，收敛一时对她而言确实没什么坏处，但她已快要按捺不住内心对控制权的渴望。

殿内沉寂了一会儿，女皇又道:“你没有子嗣,所以要对幼如格外关照。不要逗她，她已不再是小孩子，有自己的想法。逼迫不是办法，要让她心甘情愿。”女皇说着起身，“所以朕会尽量满足她的要求，你不要插手。”

李乘风知自己在此局上已是输了一步棋，只得躬身称“喏”。

女皇转过身，想起昨夜的哭声，心中懊恼又烦躁，她有一瞬的局促，面对阻拦了她去路的一架屏风，不知是往左还是往右，最终将手往背后一负，从右边绕过屏风走了出去。

天快要亮了，李淳一仍在梦中徘徊。

梦里是酽酽墨味，也是秋日，天朗气清，她面前摆着抄不完的书。东风从窗户涌进楼阁，纸张随风翻动，看似自在，实际却受制于镇纸的重量无法脱身，她心血来潮拿开镇纸，写满字的纸张便接二连三地与东风恣意私奔。

她不管那些逃离压制的纸，也不回头看，心中腾起一些微妙的畅快。再提笔要往下写时，身后却有脚步声逼近，有人拾了她的纸走近。

空气中的墨味渐渐淡了下去，取而代之的则是沉缓迫近的桃花气味。

秋天里为什么会有桃花呢？窗前的桃花明明在几个月前就已经败了。

在她恍神之际，一双手越过她的肩膀将她沾了墨的袍袖挽起："你真是很邋遢啊。"那手清爽干净、骨骼修长，皮肤上的温度几乎可触知。她看着发愣，那只手却忽然握住她的手，控制了她的笔，声音在她头顶响起："在宫里没有师父教你写字吗？写得真是毫无章法，难看极了。"

柔滑的衣料蹭着她的脸，香气若隐若现令人迷醉，也让她冷硬得像石头一样的心焕发了生机，像是有嫩芽从石头缝里蹿了出来。

那香气从梦里飘荡到了现实中，李淳一睁开眼，就看到了宗亭。

他离她这样近，令人忍不住想要拥抱他，但理智打断了她这个想法。

她满腹疑问，想要坐起来，宗亭却闭着眼按下她肩膀，扣住她的下颌低头亲吻，从紧闭温软的唇瓣，到撬开后潮湿的舌尖，碰触、追逐，以弥补想念，但还不够，单薄的衣裳下是热烫的身体，渴望分享与传递，他将她压在身下，手握着后颈，手指探进潮湿的长发，拇指轻揉她逐渐发热的耳垂。

差一点，只差一点可能就要溺下去。李淳一别开脸，推开他坐起来："我头很痛。"经历了一个夜晚的斗争，她的确疲乏，但有些事她还需要再想一想，她偏过头问，"相公不是在关陇吗？为何眼下就回来了？"

"离殿下太远，觉得自己快要死了，所以就回来了。"他轻描淡写地说着，抬起她的手，摊开掌心，因为石桃花弄伤的地方还没有痊愈，"臣说过，心在这里，殿下是好好捧着的吗？"

李淳一不答反问："陛下知道相公回来了吗？"

"臣子偷懒，提前回来，怎敢令君知？"

"那相公为何来这儿？"

"因为按计划臣得一个月之后才能回来，既然提前回来，自然只能躲着，家是不能回的，殿下这里最安全。未来一个月，臣得讨好殿下来换食宿，真是好极了。"

他无赖，李淳一就顺水推舟："相公打算如何讨好呢？"

"殿下想要的卫队，想要的实权，想要的一切——"他轻轻握住她的手，"都会有。"

李淳一敛眸，忽问："殷舍人死了，相公知道吗？"

“哦，死了吗？”他唇角轻弯，“果然是死了，是谁动的手呢？殷舍人死了，对那人有什么好处吗？”言罢他饶有兴味地看她，仿佛是教她猜谜底。

宗亭对殷舍人之死未表露出任何惊讶，足证他之前就清楚殷舍人与太女私通，也知道太女借殷舍人之手窃取帝王医案一事。

至于他是何时弄清楚的，又在此事中扮演了什么角色，李淳一无法确定。于是她问：“陛下先前可知道殷舍人与太女的事？”

“她二人谨慎，故此事十分隐蔽，且陛下对殷舍人极信任，倘若早就察觉，陛下又怎可能毫无动作？”宗亭说话间有几分慵懒，同时也带了些风尘仆仆的疲倦，索性在外侧躺下来，阻了李淳一的出路。

李淳一回想起昨晚女皇的暴怒。

当时头风发作是一方面，另一方面可是因为察觉了殷舍人之事？

女皇因被亲信和储君背叛而怒气冲冲，又因身边无人可信而伤悲。身为垂暮帝王，她确实感受到了力不从心——权威被缓慢瓦解，领地也逐渐被蚕食，这让她不安又恼怒。头风更是让她失去对自己的掌控，对于自制力惊人，且一贯要将权力牢牢握在手中的帝王而言，无疑是加倍的折磨。

所以昨晚女皇表现出的种种，似乎也有了解释。因得知被背叛所以暴怒，加上头风难控，当时进去问安的李淳一便顺理成章成了替罪羊。

她是被迁怒的，但那一耳光也不会白挨。

女皇对她是存有愧疚的。李淳一谈不上对那久违的愧疚有多感激，但这愧疚对她有利，她就得紧紧抓住。

那到底是谁杀了殷舍人？太女、宗亭，还是女皇？

倘若是太女，动机只可能是杀人灭口。她得知女皇已发觉此事并开始追查，于是直接切断了线索，伪造殷舍人自缢假象。但从她昨夜的放纵与迷乱状态看，实在没有半点要杀人的征兆。何况在宫内杀人，也实在容易露马脚。

倘若是宗亭，则很可能是为了栽赃嫁祸给太女，制造“太女灭口”假象，从而引发女皇与太女之间更深的猜忌。但那样需应万变，难度极大，实际上并不好操作。

难道——

是女皇吗？为了震慑太女，同时再次树立自己的权威？

不论如何，猜忌都已经发生，将来女皇对太女只会更防备，而太女的争夺恐怕也会变得更隐蔽更迫切。

让李淳一困惑的，是那张写了“忍”的小字条。

她没有看清那内侍的脸，纸张也最寻常，似乎无迹可追踪。唯一可知的是，那字写得极潦草，想必是仓促写成的；选择用那样冒险的方式告诉她，则意味着连行动也是临时起意的。

主使此事的人，应了解女皇已得到被背叛的消息，且也知道女皇头风快要发作，更清楚她那时进去极有可能会被迁怒，这才写了“忍”字给她。由此看来，此人极有可能是女皇身边的人，至于此人与宗亭有无牵扯，不得而知。

因为不确定，李淳一对宗亭瞒下了此事。且眼下要解决的问题也不是这个，她看看挡了她去路的宗亭，本还想说些什么，最后索性站起来，弓着腰跨过宗亭的身体，轻盈地翻下了床榻。

她扯过衣袍披上，束发套靴，一气呵成地走出了门，姿态是十足潇洒。雨仍在下，但对她的心情毫无影响，她走得极快，宋珍追上来，压低声音问道：“相公要在府里待上一阵子，此事……”

“你昨夜既然放他进来，就该考虑到这些。”李淳一对此事显然不太满意，然而宋珍说白了是宗亭的人，她教训对方也没意义，但还是补充道，“锁好门，告诉他本王愿意借只金丝笼给他住，因此庭院里不能逛，除了你我外其他活人不能见，不，连猫狗也不能见。”

她言罢就出去了，撑着伞踏过潮湿庭院，去东市挑选印符章的纸。

尽管寿辰盛会才进行到第三天，朝臣还在休沐，百姓仍可上街狂欢，然街市上已冷清了不少，只有无忧无虑的孩童从深巷里蹿出，嬉笑追逐带来一点生机。

再快乐，再热情洋溢，也总有消失殆尽的时候，人们倦了、厌了，就重新回到原来的生活，等待入暮时再次敲响的鼓声和重新关上的坊门。

由盛转衰总教人难过，李淳一不太确定这看起来生机勃勃的帝国背后，是否藏着危机。国运长久，离不开居安思危，但如今满朝上下都透着夸耀和浮躁的气息，从办事手段和对待外使的态度来看，多少有些飘飘然。

雨渐渐小了，李淳一从东市回来时，务本坊别业来了一位内侍和一些卫兵。

跟了李淳一一路的乌鸦倏忽从她肩头跳下，落在地上，警备地在来客面前踱来踱去，似乎在替主人审视。来客们盯着这只黑禽不由得揣摩，养乌鸦的亲王不太可能是和顺懦弱的脾气，将来相处想必也不好松懈怠慢。

领头的内侍与中郎将同李淳一行礼，内侍道："殿下，这是左千牛卫中郎将。"

李淳一认得他，前阵子击鞠赛庆功宴上出现过的昔日同窗，谢翛。用李乘风的话来说，谢翛身为那日出场的骑手，也是供她李淳一挑选的成婚对象之一。而如今谢翛被安排来做她的卫兵统领，别有用意，但很有趣。

谢翛再次同李淳一作揖，只简单交代了他的护卫任务："末将奉陛下之命护卫殿下安全。"他手下兵士上千，然而平日里派遣过来守卫别业的，只可能是其中极小的一部分，但对李淳一而言这已经足够。

李淳一颔首，又听内侍道："殿下借一步说话。"李淳一随他走到边上，内侍道，"制科在即，诸事都需筹措，陛下又十分重视此次制科，需得可信有能之人督办，因此欲令殿下担纲此事，旨意很快会下，老奴今日先与殿下知会一声，望殿下有个准备。"

此人是女皇近侍，李淳一遂恭敬一揖："有劳中使。"

内侍躬身："老奴告辞。"他言罢抬首瞥了眼李淳一的神情，这才不急不忙离开了别业。

而谢翛身为堂堂四品中郎将，不可能屈尊日夜守在此地，他因有其他要务在身，遂留下一队卫兵，与内侍一道走了。

务本坊别业再度平静下来，连雨也停了，庭院里涌动着风，李淳一拢拢袖大步往后院行去。

朝臣的选拔素来是女皇的一块心病。科举难兴，门阀世族仍把持着实际权力，朝堂中缺少新鲜的血液与更合理的制衡，女皇一人对抗世家的力量，已是筋疲力尽。屡次增开制科，然选拔上来的新贵们，却仍难进入帝国核心，能封相者，更是凤毛麟角。这样一来，新晋士族自然也就没法与强大的门阀相抗衡，想要势均力敌无疑是痴人说梦。

此次女皇要她督办制科，既是考察也是利用。李淳一抬头看一眼灰蒙蒙的天，推开门恰看见衣冠不整的宗亭。

“宗相公。”她关上门，却不往里走，“在本王这里请着好衣冠，这副模样实在太放荡无礼了。”

宗亭刚睡醒起来，坐在案前懒散撑着下颌看李淳一抄的书，很是不以为意：“殿下心里充斥着男色，看到臣这样才会觉得放荡，这是殿下的问题。臣既然不能出门，为何不能随心所欲呢？”他言毕眸色变了变，“殿下的字迹变了许多啊。”

她原本是同他学的书法，字迹与他十分接近。但许多年过去了，她的字完全像是另一个人的，这些年又是谁教她书法，让她刻意抹掉之前的痕迹呢？

他抬首看她，只见她走过来，在案对面坐下。她伸过手，夺过他手里的书卷置于一旁：“本王收留相公，但并不希望相公随意乱翻。”她将书卷收拾了一番，霍地站起来，俯身越过长案，伸手抓住宗亭敞开的前襟，倏地合上压紧，“本王不要看你的胸。”

宗亭抬头看着她，两边唇角缓慢弯起来。她的手不太暖和，隔着单薄的衣料压在他胸前，语声里藏着克制，有几分恶狠狠的意味，但很可惜吓不到他。

“袒胸而已，殿下反应就如此激烈，殿下给的这只金丝笼真是不太好待。”

他笑，她也一脸平静：“是相公自己偷懒欺君罔上，不得不寄人篱下。倘相公不听话——”她略弯了下唇角，眸光中闪过一丝久违的狡黠，“就勿怪本王翻脸不认人了。”

“无情无义。”宗亭“甘之如饴”地说。

“相公作茧自缚，将软肋让给人捏，怪不得别人。”她言毕松手直起腰，忽转过身往外去，打开门，一只乌鸦就停在廊庑里。

她俯身将它抱起来，从它腿上解下了信筒，同时放它离开。

黑禽一跃上天之际，宗亭敏锐意识到方才这只乌鸦并非李淳一豢养的那只。那会是谁的呢？还有谁会和李淳一有一样的爱好，豢养乌鸦呢？

他敛眸收笑，是贺兰钦吗？

李淳一收了字条，转身回屋。刚坐下来，宋珍便敲响了门：“殿下，该用晚饭了。”

“进来。”李淳一移开案上条陈与书卷，宋珍推门而入，低头将漆盘放下，始终当坐在另一边的宗亭不存在。他布置妥当一躬身，悄无声息地退了出去。

菜肴冒着热气，在秋雨刚尽的傍晚显得格外温暖。一盏灯幽幽燃起来，屋外传来断断续续的秋虫声，杯碟碰撞，筷勺起落，晚饭进行得十分顺利，不过李淳一很快就放下了碗筷。一碗胡麻粥吃干净，蒸饼只掰了半块，她擦完手，抬头看宗亭用晚饭。

他头发未束，套着一身道袍，露出半截小臂，姿态一如当年的挑剔和倨傲，十分欠打。倘若官袍未加身，他又会过着怎样的人生？可惜这设想毫无意义，出身决定了他现在的路，身为宗家嫡长房唯一血脉，哪怕他自己没有入仕打算，家族也会将重担移到他肩头。

他祖父宗国公将他管得极严，自小不准他乱与旁人交游，整日不是读书便是听先生讲课。高门教养之下，看起来温温润润很合规矩，但他能与少年李淳一为一张桌子撕破脸，实际是很不讲道理的人。

他吃到最后，忽然掰开饼取了张字条出来，当着李淳一的面阅毕，抬眸看她：“中书省已发敕，贺喜殿下，代陛下主持制科为大周招揽贤才。”

内侍才刚刚来传过话，他却已了如指掌。其可恶与危险皆在于此——消息通达，事事透着处心积虑的盘算，皮相却坦荡无害，好像全是真心。

以理智看他，李淳一脑海里全是防备。但若用心来看，她随时都可能动摇。于是她问：“长安城内有什么事能瞒过相公吗？”

“有，臣不关心的事。”

她瞥一眼那块被塞了字条的饼。他要做这样的小动作没问题，但又为何要当着她的面？是想告诉她“臣什么都不会瞒着殿下”吗？

还未等她做出反应，他霍地起身，自在舒展了在屋中蜷了一天的身体，径直走到屏风后，手指探进浴桶中一试，道了声“水不烫了”，便径自宽衣沐浴。屋里响起水声，李淳一本要起身离开，但想想这是她的卧房，自己离开简直毫无道理，于是单手撑额，翻阅条陈。

夜幕悄然落下，灯苗飘摇晃荡，案牍已无新事，水声也尽了。李淳一撑着额头昏昏欲睡，忽闻得屏风后响起宗亭的声音：“臣忘了拿换洗衣袍，能不能有劳殿下递来呢？”

昏昏沉沉的李淳一被他的声音惊醒，坐正了身体一本正经道：“不是有换下来的旧衣袍吗？相公就且委屈一会儿吧。”

她明知宗亭爱干净到挑剔，却偏挑这样的话说，果然顺利挑衅了宗亭。宗亭道：“殿下不送来，臣无计可施便只能光着出去了。”且语毕水声乍响，实乃说到做到之辈。

李淳一闻声倒不至于慌不择路逃出门去，起身镇定说道：“相公等一等。”她扫了一圈，终于寻到一只陌生箱子，打开来取了一件单袍，鬼使神差地低头贴近了嗅一下，袍上有些淡淡桃花香。

她好奇地低头翻了翻，摸到一只铜香球，又迅速放了回去。当下男人用香千奇百怪，花样丝毫不逊女子，但用得合适妥当的不多。花香多柔媚，桃花也不例外，且尤其粉嫩，多是少女妇人们的最爱，一个男人用此香就十分稀奇了。更稀奇的是，李淳一从没有觉得他用这香有些奇怪，反觉得有说不出来的合适。

她骤敛回神，捧着单袍绕过屏风，将其搁在浴桶旁边的矮架上，双手忽撑住浴桶边缘，盯住暗光中的宗亭，一句话也不说。宗亭弯起唇角：“殿下是在打量臣的体格与从前有什么不同吗？”

“非也，我在想相公方才那声‘贺喜’是真心呢，还是客套假意？”

“当然是真心，殿下此次得到的可是招揽贤才的实权。”

“开制科招贤才没错，但门阀如宗家对江左士族的姿态一向很差，相公竟是例外？”

“说实话臣也很讨厌那些酸腐文士，但殿下既然需要他们的力量，臣绝不会使绊子。”

他信誓旦旦说完，李淳一忽地握住他搭在桶沿的手：“好，不要食言。”湿漉漉的手被握住，宗亭想被她再攥紧些，可她很快就松了手。就在他略略失落之际，那只手却出其不意探入水下戳了戳他结实的胸膛：“相公体格是比以前好了。”她弯唇一笑，“不过水冷，不要着凉了。”

她言罢绕出屏风，外面火苗猛跳，宗亭觉得心似乎也被带着晃荡了一下。待他换上衣袍，李淳一已是潦草洗了脸睡下了。她在洗漱一事上真是一贯懒惰，长大了也还是老样子，实在无可救药。

她睡得十分霸道，几乎占去了半张床榻，外侧还栖了一只乌鸦，以至于宗亭无处可眠。宗亭抓过抢占地盘的乌鸦，乌鸦瞬时低鸣一声，李淳一闻声动也不动，仍侧身朝里背对着他，无情无义地说着风凉话："相公就睡地上吧，何必与一只黑禽计较呢？"

"殿下当真舍得臣睡地上吗？"当年能争一张案，如今也可争一张榻，管对方是人是鸟。宗亭毫不客气地扔掉乌鸦，在外侧有限的位置上堂而皇之地躺下，并顺利地分享了同一张被。

刚沐浴完的火热躯体就贴在她背后，气息于后颈萦绕，尚有些潮湿的手越过腰际握住她的手，力度适宜，并不会有压迫感。李淳一肩头绷紧了一下，随后又放松了下来，鼻间梦里都萦绕着花香，难得一夜好眠。

如宗亭所言，中书省很快发敕，吴王代女皇主持制科一事也传遍朝野。接连几日，李淳一都在尚书省行走，宗亭则安心做个井底之蛙。

这日清早，李淳一照例留下案前睡眼惺忪的宗亭，出门去尚书省视事。宋珍将她送走，折回来给宗亭送早饭。这几日府里已有了些流言，讲吴王似乎养了一名新欢，就住在殿下卧房里——

因为白天屋子里似乎有动静，不是人难道是闹鬼吗？

宗亭一边用早饭，一边听宋珍复述流言，最后放下碗筷，寻了张金箔面具，又换了身无味的袍子，大大方方推开了卧房门。

阳光照进来，清冽秋风不甘寂寞地撩拨庭院里的枯叶，实在是好天气。他闷了许多天，走出门步子甚是轻快，然就在他行至廊庑西侧时，忽有小厮匆匆忙忙跑来，对身旁的宋珍躬身道："宋执事，有客到了。"言罢将拜帖一递，小心翼翼又狐疑地瞥了一眼旁边戴着金箔面具的宗亭。

"知道了。"宋珍低头看一眼，又道，"带来客去西厅，要周到些。"

小厮转身就匆匆折回去，宗亭随即取过宋珍手中拜帖，瞥了一眼又丢给他，金箔面具下的眸光却瞬敛。

是贺兰钦。

"贺兰先生到访，殿下却不在，是请他喝完茶就走吗？"宋珍微笑问道。

宗亭不言声，径直往前走，转个身，又绕去西厅。

宋珍紧随其后，以他对宗亭的认识，宗亭绝不可能让贺兰钦就这样走了。不过贺兰钦非凡辈，其威望也好才学也罢，在江左都是数一数二的，更何况他精通推演道术，有玄妙如仙的魅力，数年前女皇曾想请他出山，但被婉拒。如此俊杰，恐怕是连宗相公也难与之比肩的。

宗亭从侧门进，坐于屏风后，这时小厮恰好领着贺兰钦进门。立于屏风前的宋珍上前相迎，不卑不亢道："今日殿下一早即出了门，便由某代殿下招待贺兰先生，望先生莫要介怀。"

他言罢抬首看着贺兰钦，此人着一身道袍，透着出尘的味道，风华更是夺目，是府里那些皮相漂亮的白面郎君根本无法比的。最为关键的是，他根本不是某些人嗤之以鼻的"老男人"，尽管已过而立之年，但看起来实在非常年轻。

宋珍看得着实愣了一愣，回过神竟有些庆幸宗亭瞧不见贺兰钦的脸。倘若相公瞧见了，脸色该变得多难看哪。他赶紧请贺兰钦入座，并亲自奉茶，待一盏茶尽，这才在另一边坐下，按先前宗亭的吩咐问些零零碎碎的问题，譬如"先生是何时到的长安""殿下可知先生已经到了"云云。

贺兰钦脾气极好，凡问必答，十分温和，最后宋珍又斗胆问道："听闻殿下七年来都以贺兰先生为师，先生对殿下想必十分了解吧？"

他此话比起前面，已算得上唐突和僭越，贺兰钦似乎想了一下，却还是答道："她是个好学生。"言罢唇角弯起，头微微侧开，看向一步以外的屏风，微笑问道，"宗相公，你说是吗？"

宋珍闻言吓了一跳，他见贺兰钦仍看着屏风那侧，心中更是忐忑，生怕下一刻贺兰钦就会起身绕到屏风后去将宗亭抓个现行。

与宋珍反应截然不同，屏风后的宗亭稳坐不动，根本没有半点要回应的打算。

贺兰钦能毫无预兆地点破他的存在，是当真能掐会算，还是因暗中得了消息才煞有介事地戳穿，抑或仅仅是试探？其心虽难测，但宗亭并不太在意，类似的把戏他也玩过，并不稀奇。无非是吓唬人的手段，他又不是没经风雨的少年郎，怎可能凭这一句就坐不住？

屏风后悄无声息，仿若无人。贺兰钦投石无波，本该尴尬，可面上却十分平静，仿佛刚才那句话只是讲给秋风听了。他低头继续饮茶，宋珍这才暗松一口气，赶忙岔开了话题。

"贺兰先生此次到长安，可是有久留打算？"

“还没有定。”

“那先生眼下住在哪里？能否留个居所位置，某也好交代给殿下？”

“她会知道的。”

这一副一切尽在掌握、诸事都了然的模样，令宋珍无端生出些景仰，但他毕竟忠心耿耿于宗亭，遂立刻收了心，恭敬地送贺兰钦出门。身为亲王执事，他面对贺兰钦或许不必这样谦卑，但贺兰钦是吴王老师，便要尽到礼数。他将贺兰钦送上车，目送那车驾腾腾而去，转头就匆匆折返回西厅。

宗亭未走，独身一人坐在厅中饮茶。小炉烧着，沸水翻滚，他饮得闲适从容，宋珍心里却是好一阵子琢磨。末了，他终于开口：“贺兰先生方才点破相公在屏风后坐着，小人真是吓到了。依相公看，他又是如何得知此事的呢？”

“他知道又怎样呢？”宗亭低头又饮一口茶，似乎根本未将贺兰钦放在眼里。他不修道，也不信神，贺兰钦唬人的本事在他眼里并不值一提；府里被安插眼线？他无所谓，要查总能查得出来，何况就算查出也无用，不过是逼着对方换个人，实际防不胜防；试探？更没劲了。

唯一令他不舒服的是，贺兰钦讲“她是个好学生”时那仿佛伴着笑的声音。他是她老师，一教便是七年，真是诲人不倦且多管闲事，连她的字迹也要改，妄图将她之前的痕迹全部抹去。

贺兰钦今日所递拜帖上的字迹，和李淳一眼下的笔迹几乎一模一样，难道她当年学了他的字还觉得不够，非要再“改头换面”学贺兰钦的吗？真是不可理喻。

宗亭抬手一口气饮尽了茶水，假面下的眸子里竟闪过一丝烦躁和气恼。

宋珍见势不对，闭口不谈此事，只在旁边站着，小心提醒：“相公还是勿在厅中逗留太久的好，毕竟府中人多口杂。”

宗亭轻放下杯盏，外表镇定，就连一贯敏锐的宋珍也没察觉出他内心的咬牙切齿。他虽然心中极不舒服，却也不是一无所获。贺兰钦看起来光风霁月毫无瑕疵，但今日还是暴露了一些弱点。他虽不能十分笃定，但也猜了八九分。

宗亭稍稍平复，独自往卧房行。而宋珍则双手拢袖站在廊庑里，不自觉神游了一阵。忽有小厮唤他道：“宋执事在这里站了许久了，可是有事要吩咐给小人吗？”

宋珍回过神，莫名地回说：“噢，我是方才突想起了一则故事，是讲二狼为夺另一只狼，趁那只狼不在时碰头打架，最后不欢而散，闹得两败俱伤。”

小厮听他饶有意趣地说完，无辜地亮了一张懵懂面孔给他，内心哀叹读书人的故事真是怎么也听不出趣味，无聊，实在无聊。

贺兰钦出入亲王府邸之际，亲王本人却在吏部督促举书的审覆。制科应举者可是前任官员，也可是白身，应举方式可是自举或他举，与进士科相比要宽松得多，也更利于招揽各色人才。

应举者多至数千人，但最后审覆合格顺利应考者，却还要再减少一些。这些应举者从出身看，有世族门阀子弟，又有寒门才子；从地域上看则集中在关陇、山东和江左三处，不过相较前二者，江左应举者要少得多，只在今年才格外多了起来。

先帝出自关陇，与关陇贵族多有牵扯，但这些年女皇与关陇势力之间矛盾重重，关陇遂在朝中自成一派，十分强势；而皇夫出身山东，当年也因握有雄兵成为先帝麾下的重要力量，后来他将世族的力量交给了女儿李乘风，连给她安排的丈夫元信，亦为山东门阀，拥持重兵，十分显赫。

庙堂中的制衡与反复令人筋疲力尽，维持极难，眼下几乎快到了你死我活的地步。看起来风平浪静的水面下，争斗似乎一触即发，就看谁去点燃这爆竹。

制衡的要点一贯在于引入新的血液，倘若这血液拥有足够力量，便会令许多矛头转向，至于结果是新血液被彻底吞噬，还是顽强存活下来自成一股新力量，靠人为，也看造化。

李淳一是开闸的人，她如今守在闸门口，只身召唤新的血液。姿态上事必躬亲、勤恳，给足信任，但似乎还不够。

时近中午，她去政事堂办事，穿过廊庑快到窗口时，却闻得熟悉声音传来。她几乎是无意识地瞬间收住了步子，悄无声息地站在窗外，轻拢袖等待里面的人下完棋。

廊庑里的风似乎也跟着静了一静，她甚至可以听见自己的呼吸声与里面落子的声音。交谈声沙哑老态，是两位不折不扣的老人家。其中一位正是已经被封为国公的宗亭祖父，时人尊称他宗国公。

李淳一只在很久前见过他，那时他是个不苟言笑的老头子。

宗国公如今年逾八十。比起衰老，岁月留下的更多是无可奈何——

暮年丧子，嫡系只留下宗亭这个独孙，尽管宗亭年纪轻轻已位及中书长官，但他仍是宗国公的一桩心病。

“那臭小子也快从关陇回来了吧？”

“快了快了。”

“去了关陇大约要更睡不好了，年纪轻轻便不得安睡，老了可要如何是好？”

“鬼知道。老家伙你不要乱动棋，这是耍赖。”

“别打岔，小孩子的事你不打算管管吗？”

沉默持续了很长时间，最后是落子声与叹息声一道传来：“如何管？心里的病，都是枉治。”

白日里也有秋虫鸣，一只苟延残喘至今的蚱蜢跳上廊庑地板，停下来与李淳一对峙了一会儿，又孤独地跳下去，最后消失在了酢浆草丛里。秋风又活泛起来，李淳一觉得天有些凉了，她同时也想起了另一件事——

宗亭父母的忌日，快要到了。

他父母合葬在关陇，若他没有提前回京，到忌日时他一定还在那里。但他选择了一种自我欺骗的方式避开那个日子逃了回来。

李淳一神思芜杂，她在廊庑下站了一会儿，看到有吏卒朝这边走来，遂赶紧敛回神，独自往西行去。

人的记忆有时也热衷趋利避害，她这些年努力回避了一些不太好的事，但稍稍一点拨，便又全记了起来，这滋味实在糟糕透顶。

好在事务繁忙，这糟糕也只持续了片刻。待到日暮时分，尚书省宿直官纷纷往公厨去寻一口饭食，她也得挟着疲倦回府了。安上门的灯格外凄清，车驾晃动时觉得灯也在晃，鼓声落尽了，坊门也闭着，只能靠金鱼符挨过一道道门往家里去。

一路走走停停，停停又走走，李淳一胃痛难忍，皮囊里像塞满了尖锐冰碴儿，动一动就折腾得人直冒冷汗。好不容易停下来，她不出声也不动，车夫便也不敢动。掀开帘子便能见到家门口，但她在车厢里坐了好一会儿，直到宋珍在外提醒“殿下，已经到了”，她才回过神，若无其事地下了车。

“殿下很累吗？”

“嗯，睡了会儿。”

“晚饭已备好，在堂屋用还是送回房？”

“不用了，我不太饿。”

“喏。”

宋珍的周到全打了水漂，只能目送亲王殿下往里走。和她初来的那个夜晚不同的是，尽管两次都显得很疲惫，但那晚尚能看出露在外的利爪，今日却多少有些委顿。

李淳一行至卧房门口，只有一盏廊灯照路，而屋里并未像往常那样亮起灯迎接她回归。乌鸦栖在窗棂上，似乎不太想进去，见到李淳一只低唤一声，便再无动静。李淳一双手轻按在门框上，迟疑了一会儿，最后小心翼翼推开门走了进去。

灯冷屋寂，案前没有人，饭菜早就凉了，动也没动过。借着屋外廊灯的暗光，李淳一走到床榻前，终于看到了宗亭。他侧身朝里，被子只覆到胸前，手臂露在外，袍袖往上缩了一截，手腕和半截小臂就裸露在空气里。

李淳一下意识想将他缩上去的宽袖拉好，然而手刚伸过去，却瞥见了他用来蒙眼的黑缎带。玄色长条覆在白皙皮肤上，冷硬而无解，就像她不清楚他这些年是如何度过的，她同样不知道他是何时养成了这样的习惯。

他睡得很沉很痛苦，皮肤竟然是冷的，李淳一甚至明显感觉到他肩头颤了一下，露在外面的手也下意识地握了起来，像在拼命忍住哭一样。她骤想起白日在政事堂外所闻，胸中微滞，费劲叹了一口气，鬼使神差地伸过手，去探他蒙眼的缎带。

出乎意料地潮湿，带了一点不起眼的温度，当真是在哭。

她略惊，却又不觉得奇怪，只是心跳得有些厉害，连日来的疲惫没了盛放的位置，弥漫开来要将人覆盖。

就在这时，他忽地伸手抓住了她覆在缎带上的手，同时十分痛苦地蜷起了身体。这一刻，李淳一甚至恍惚地以为他是以前那个会哭会笑会发怒会失落的少年，对她毫无戒备，也没有任何目的与设计。

“相公。”她垂眸低声唤他，想将他从噩梦中带回，却反被他攥住了心，随他一道往下沉。她俯身靠近他，在他耳畔低声问："相公，做噩梦了吗？"她语声是难得地温柔又发自肺腑，将噩梦中的宗亭一点点唤回，同时也察觉到自己的手被握得更紧。

宗亭显然未彻底醒来，于是她道："上次给相公的符章没有带着吗？"声音低软如呓语，像安慰人的贴心少女，"带着那个符，就不会再做噩梦了。"即便如此，宗亭紧绷的肩膀却还是无法放松下来，手将她握得更紧，好像她下一刻就会消失得一干二净。

他内心是如此害怕失去，噩梦反反复复，无有止境。李淳一几乎是俯身拥着他，想借他一些力量与温度，但收效甚微，他的身体仍然僵硬，尽管已经醒了，却还在对抗虚无缥缈的梦。她也很疲乏，闭了眼靠在他颈侧，忽然叹息一般道："相公，你听得到我说的话吗？"呼吸萦绕在他颈间，盘桓不去，是固执的坚持，她用自己的切身经历安慰他，"噩梦没什么大不了，都是假的。"

直到她说"我不会走的"，宗亭才骤然醒来，同时推开她，径自下榻光着脚往外走。他几乎从不在她面前示弱，对自己哭醒的事实也十分厌恶和抗拒，秋夜里廊庑地板都好像下了霜，既潮湿又冷，沿着脚底往上蹿，他无知无觉走了一段路，忽停下来解开缎带，暗淡的廊灯照下来，却让他觉得刺眼。

李淳一站在十步开外的地方，头顶一盏廊灯轻晃。她俯身拾起地上一块碎瓷片，视线延展出去，是一路斑驳的血迹。她从不知道他是这样后知后觉的人，踩了锐物也不自知，于是她直起身，遥遥看着他的背影道："你不要再往前走了。"

晚雾悄然弥漫开来。

第五章

黑夜中伸过来的一只手，虽无法将晚雾挥散殆尽，却能够拨开方寸间的混沌。

宗亭转过身，看她穿过晚雾走来，看她垂眸又抬首，看她将手伸过来握住自己的手，听她问道："不疼吗？"他迟钝地低下头，只见一双冻得发白的脚裸露在空气中，血迹从脚底延展出去。是什么时候伤到的呢？他竟没有察觉到。

其实很好找，沿原路走回去，到血迹结束的位置，就是受伤的地方。

人生是否也一样呢？所有的伤痛皆有迹可循，所有的噩梦也有源头，倘能将那些起因都遗忘，又是否能不再痛？是否能不再做噩梦？

不能，就如同受伤的足底一样，哪怕不知是在哪里受的伤，也还是会疼，甚至还会留疤，再也无法消去。

他回过神，李淳一却上前半步，抬起双手揽下他脖颈，同时踮起脚亲吻他额头。身高差了许多，她的亲吻显得格外费力，却也是郑重的安慰。她松开双手，脚后跟垂落着地，再次牵过他的手，带他往回走。

卧房门重新被推开，她点起灯，让他在软垫上坐下，抛开周身疲乏，端了一盆水放在案旁，绞干手巾，握住他冰冷的脚踝，微微敛眸将他脚底清理干净。她像对待幻方一样仔细地处理他的伤口，专注又负责，似乎已将他放在了很重要的位置上。

然而她收手，松开他脚踝看向他，道："相公的身体是朝堂的财富，要格外保重才是。这样的事本王只会做一次，相公以后可不要再这样了。"她擦了手，瞥一眼案上早已冷掉的饭菜，"我忽觉得饿了，得去吃些东西果腹，相公先睡吧。"

她起身就要走，宗亭却抓住了她的袍角。她回身，轻挑眉看他："有事吗？"

"为何退我的信？"她当年不辞而别，他又远赴西疆，多次将书信交付驿站，却几乎每次都是绕一大圈退回。从西疆到江左，隔着千山万水，思念和心意屡经辗转，明明都已经到了对方手里，却又原封不动地落寞归来。

李淳一没有着急回答，只转回身背对着他，压下喉间即将上涌的胃液，这才答道："都已经退回了，就没必要再徒增烦恼，以前有些事，还是忘记了比较好。我以为，我们会是很好的盟友。"

她讲完，两边唇角骤然下压，胸口也明显多了一些滞闷，显然是不打算再纠缠从前。

人总需往前走，然理智重新占领上风的感觉不如预想中那样好，尤其在这样的夜晚，显得孤绝又无情。她以为宗亭要放手了，可他牢牢攥着她的袍子，像个患得患失的白衣少年。

贺兰钦的出现加剧了他的得失心。他无法确定李淳一的真心，不知她是否会像当年那样一走了之，更不知她会不会转过身来给他一刀……这些疑虑担忧都让他优势尽丧。

夜太长了，快点结束才好。李淳一心中做了决断，毅然掰开他的手，大步走出了门。

她甚至让出自己的卧房，只随意寻了一间屋子休息，连乌鸦也不放进来。躺下去大半个时辰，又冷又难眠，疲乏更是无解。最终她披袍出门，坐到堂屋，宋珍赶忙跑来，妥帖地预备了满案的饭菜。

热气腾腾，香气诱人，她低头大吃了一顿。宋珍在一旁看得瞠目结舌，因吴王吃饭从来都只用寥寥几口，如此恣意倒是头一回见。她看起来有些愉悦，像是这些食物当真安慰到了胃腹和心，令人畅快。

胡椒发汗，散寒健胃，她手心也热起来，于是起身打算折回去睡觉。宋珍赶忙令人前来收拾，自己则跟在不远处送她回去。

灯在晚雾里睡眼蒙眬地亮着，两人一道经过她的卧房时，那里面灯已经熄了，门却没有关好。宋珍止步不动，大约是已经知道了什么，而李淳一皱眉踯躅了会儿，最终伸手轻推开门。

与先前相比，这次她明显察觉到了不同。待宋珍进屋点起灯，她才发觉屋中已没有了宗亭的踪迹，就连行李也悉数被带走。

“宗相公似乎已经走了。”宋珍在一旁小声提醒她。

“我知道。”她语声里甚至透着轻松，令宋珍着实有些讶异。在宋珍眼里，这两人关系虽琢磨不透，但何时这样无情无义过？他方才看到宗亭走时，发觉宗亭面色极差，还以为是身体不适或是与李淳一起了争执，可没料到李淳一却自顾自大吃了一顿，眼下回到房中欣然接受了宗亭离开的事实。

李淳一确实松了口气，近来头脑与内心的反复斗争扰得她不安。送走了宗亭，她也能静一静。宋珍见状赶紧告退，并主动替她关上了门，就在这一瞬间，李淳一倒在榻上，扯过仍带着隐约花香的被子，闭眼入眠。

香气终会消散。

秋阳明媚，被子曝晒一两回，风吹一吹，原先的香气便没了踪迹。亲王别业与先前似无不同，只是流言从“殿下养了一位新内宠”换成了“那家伙应是失宠被殿下逐出去了，专宠也不见得有好下场，要引以为戒”云云。

白面郎君们仍大气不敢出地替李淳一抄书、印符章，哀叹红颜易老没有富贵命。而他们暗中抱怨的亲王殿下，日子过得也丝毫不轻松。

制科的筹备已接近尾声，最后要定的是策问、应举者名录以及考策官。

因这次三科同时开考，各科策问争执取舍了好几次才最终定下来；至于应举者名录，到今日未时应全部检勘结束，由吏部书吏誊录整理好就算妥当；考策官设三名，其中一名是李淳一无误，余下则必然是由关陇、山东籍官员各据一席。

朝堂虽是天家的朝堂，却处处透着地域之争，连帝王要招揽新鲜血液也无法例外。关陇和山东的矛盾是老早前就结下的，明里暗里一贯对着干，但这两派在面对新晋士族尤其是江左势力时，立场却是出奇地一致。

排斥打压新士族，是他们共同热衷的。

李淳一面对这两位可能到来的“敌对势力”，却难以强势表达自己的立场——她内心是偏向新势力的，因李乘风仰靠的山东势力她无法去拉拢，宗家代表的关陇势力她也无法全信，她在江左多年，与名士多有交游。她唯有培养新士族的势力，才可能拥有属于自己的力量。

未时将至，她在公房坐着，等待其余两位考策官的到来。承天门内的钟楼里敲响了大钟，将疲惫了近一天的皇城官员从昏昏欲睡的状态里拽回来，也提示着下直的官员该回家去了。

公房门乍响，李淳一抬头，却听外面庶仆报道：“殿下，吏部侍郎到了。”

李淳一应声，吏部褚侍郎低头进屋，略一躬身，捧着誊好的名录禀道：“今秋制科三科共一千三百二十一名举子，名录吏部勘核已妥，请殿下予以审覆。”

一千三百二十一？

“为何又多了一个？今早不是只有一千三百二十吗？何时加上的？”李淳一问。

褚侍郎面上现出一丝难色：“一个时辰前，是淮南举子，勘验也是合格，并无不录的道理，遂加上了。”他言罢将名录双手递上，往后退一步道，“请殿下过目。”

赶着最后的点报上来虽说未必违制，但几乎不会有人这样冒险，所以十分稀奇。李淳一打开长卷，目光移到最后，恰是“淮南贺兰钦”五个字，她讶异至极，那边褚侍郎也是欲言又止——

贺兰钦可是亲王之师！其在江左备受名士追捧，连女皇也屡次想要请他出山，可他竟要前来应区区制举，实在出其不意，瞬时令今秋这场制科变得变幻莫测起来。

李淳一按下卷轴，轻吐了一口气。老师这一招已完全超出了她的预料，但他笃定她会让他考。

室内一片沉寂，外头忽又响起敲门声。

仆从报道：“殿下，考策官到了。”

褚侍郎避至一旁，门被推开，有二人撩袍进屋，顺带捎来一阵秋风，将案上薄纸撩起。

李淳一抬眸看去，视线却落在右边那人身上。那人也看过来，唇角轻挑，似笑非笑：“见过殿下。”他不躬身更不行礼，举手投足间净是权臣的倨傲，甚至暗藏了几分对立的挑衅。

考策官由女皇钦定，在此之前李淳一也无法确定另外两位会是谁。现在其中一位考策官对她笑道：“殿下很惊讶吗？”

李淳一倏地敛眸：“相公此时难道不该在关陇吗？”

“陛下开制科，此等要务，臣必然要为陛下分忧，因此提前回来了。”

分明胡说八道，他却说得一脸真诚。

李淳一简直无言以对，她敛眸移开目光，看向宗亭身边另一位考策官。其为詹事府的曾詹事。詹事府隶属东宫官署，是为制拟外廷宰相府与尚书省而设，由太子重要僚佐组成，而曾詹事明摆着就是李乘风的人。

这下齐了，关陇宗亭、山东曾詹事、江左李淳一，地域之争、旧门阀与新士族之争，悉数被摆到了案上，三人坐下来和和气气，实际却针锋相对。吏部褚侍郎略有些忐忑地杵在一旁，看他们几人共同审覆最后的举子名录。

曾詹事看到最后，眯了眼问：“淮南贺兰钦？是江左那位赫赫有名的贺兰先生吗？”宗亭瞥了一眼，却不以为奇，似乎早早就得知了此事。

曾詹事又道：“陛下当年曾请贺兰先生为太子师，被他婉拒，转头却收了刚到江左的殿下为徒。不知殿下是如何认识贺兰先生，又如何打动他的呢？”

他说着看向李淳一，明面上是求答案，心中则藏了几分龌龊猜测，当年的吴王少女初长成，美丽又聪慧，俘获一个老男人的心也不是难事。

李淳一若无其事地端起茶盏：“机缘巧合，不是什么值得探究的稀奇事。”

曾詹事获一盆冷水，不再自讨没趣，只关注宗亭的反应。宗亭却问：“殿下的老师前来应举，殿下又是考策官，倘若登第，将来殿下与贺兰钦的师生身份可是要颠倒？昔日尊师不计身份投于学生麾下，图什么呢？”

“很重要吗？”

“是啊，很重要。”宗亭续道，“我朝开制科是为招揽贤才，为造福社稷、造福天下苍生，倘若图谋纯为私利，这样的人是否能取，值得商榷。”言下之意，贺兰钦素来清高、不屑仕途，但此次因吴王主持此次制科而应举，定是有不可告人的图谋。

李淳一忽然上身前倾，不顾一旁的曾詹事，盯住宗亭笑道：“相公以己度人的本事是不是见长了呢？”

宗亭也不避退，将她气色还不错的脸打量一番：“殿下不要这样咄咄逼人，最后审覆做决断的也是殿下，殿下想让他考就让他考吧，只是作为考策官，判卷可不要徇私情。”

他轻易让了步，曾詹事也想看难得好戏，遂跟着道：“殿下能辨得清公私即可，贺兰钦应举，倘陛下得知，大约也是十分欣悦的。”

三人愉快地达成了共识，旁边褚侍郎松了一口气，等审覆盖完印，接过长卷就匆匆告退。

曾詹事随后也借口离开，待他出门，宗亭亦站起来，霍地俯身撑住案头：“看殿下吃得好睡得好，臣真是放心极了。”他简直是讲反话高手，明明心里咬牙切齿恨不得撕了李淳一，却只是风平浪静抬手将一张字条塞进了李淳一袖子里，似有若无蹭了一下她柔软微凉的皮肤：“恩师到京，怎么也该去拜访一下，殿下说是不是？”

他倏地收手，留下坐在案后的李淳一径自出了门。李淳一看他背影消失在门口，指头探进袖中摸出字条，飞快展开阅毕。

上面所书，正是贺兰钦在京中的居所。

从他今日的反应看，想必他是早就盯上了贺兰钦，不然也不会这么快获知其行踪。

李淳一将字条扔进炭盆，这天气理所当然地冷下去，她也早早燃起了火盆。手移在上方停留片刻，是炽烈又干燥的热意，字条成灰，她将手一拢，起身出了门。

各地举子奔赴京城，给即将步入寒冬的长安增了些鲜活气。平康坊像是彻底泡进了酒缸中，南北二曲处处弥漫着酒味，龟兹舞者似乎日夜旋转也不会倦；精明的粟特商人千方百计地掏挖举子的钱囊，打算借此机会大赚一笔；而尚书省上上下下，却忙得连休沐日也搭进去，只为制科这一天的到来。

天气平平，阳光并不耀眼，风不大不小，有一点点干燥，但也不至于令人难受。

应举者一大早就到了，排成长龙立在尚书省长长的廊庑之下，由令史逐一核对家状文书，并由金吾卫进行搜身，结束后等在一旁，直到所有人都检查完毕。

礼部令史焦急地催促："快些快些，就不能再加几个人手？这得等到什么时候？"他焦虑地走来走去，又命庶仆将看热闹的闲杂人等赶走。

宗正寺卿这时却恰好跑来看热闹，他在冷风里缩着手对一旁的太常寺少卿说："看到没有？最后那个人就是贺兰钦。"

太常寺少卿眼都直了："真是比传闻还可怕呀，单单是站在那就能显出周围这些人的不堪来。真的是吴王老师吗？既然已是吴王老师了，怎么还跑来考制科，他是不是有些毛病？"

宗正寺卿哧了一声，面上现出一副了然的神情来："朴少卿，某问你，倘若你最景慕的对象来考制科，甚至入仕了，你会不会追随？"

"这个嘛，倘若十分景慕，应是会的。"

"某再问你，倘若十个这样的你都考进来了，但你们都以为自己很厉害，各自为战不愿合力，倘这时你们都景慕的对象出现了，你们可会共同追随他？"

太常寺少卿终于回过味来。贺兰钦正是这样一个人物，值得追随信任，且很可能有本事将朝中如一盘散沙的新晋士族力量凝聚起来，也会引得更多新士子投赴朝堂之路。

他曾是吴王师，如今吴王为主考，他却来应举，师生二人身份虽然倒置，但有一点是可以肯定的——这两人关系十分密切，将来贺兰钦麾下聚集的力量，也只会为吴王效力。

真是好老师啊，竟能做到这地步。太常寺少卿沉思感叹之际，却有庶仆匆匆忙忙跑来，对他们二人一躬身，下了逐客令："多有得罪，但可否请二位暂离此地呢？"

宗正寺卿拢拢袖撇撇嘴，又哧了一声，也不等太常寺少卿，扭头就往宗正寺去了。

考前的勘验搜查也终于快到尾声，礼部令史紧盯着最后一名检查完，暗舒一口气，松了拳头与左金吾卫中郎将道：“妥了，有劳傅郎将。”

中郎将遂令卫兵带着诸举人浩浩荡荡跨过承天门，两边钟鼓楼内同时敲响，位于广场正北方向的太极殿打开大门迎接诸举子的到来。

这是百官大朝所在，亦是天子为帝国挑选人才之地。女皇坐于大殿主位，偌大的殿中已陈满小案，纸笔策问皆列于案上。千名举子入殿，齐齐跪拜天子，这才依次落座，等礼部官员宣读完辞令，这才被允动笔。

考策官的位置就在诸举子座次之前，但软垫放在了案后，显然考策官是与举子们面对面坐着的。

贺兰钦的位子被安排在了最前面一排，正好在西侧某考策官位置对面。他坦然翻开策问时，空气里忽有隐约的桃花香浮动，一人从他身侧走过，走到考策官案后，从容坐下。

他抬眸，对方却不看他，只随手翻了翻案上策问，举手投足俱是高门出身的从容。一身紫袍将其衬得如玉般纯净温润，漂亮的皮相无可挑剔。

此人正是考策官之一，宗亭。

宗亭将策问看完才抬头看贺兰钦，姿态有几分慵散，眸光里却暗藏挑衅。贺兰钦与之对视一瞬，眸中却平静无波，眸底漆黑，深不可测。两人初次见面，虽都没有进一步的动作，但这区区对视，就已经剑拔弩张。

贺兰钦低下头，开始磨墨。诸举子面对策问还一筹莫展之际，他已开始提笔作答，行云流水，思路似无任何停顿。隔着一张案，宗亭甚至看得到他的行文，亦能感受到他十足的笃定与自信。

就是此人，在李淳一身边待了七年，此次瞒着李淳一回长安，甚至应举制科，而他的目的，仅仅是为了帮扶李淳一吗？

宗亭从内侍手中接过茶盏，寡淡的脸上却慢慢有了不得的倨傲和压迫感。这座次安排只需他一句话就能办到，他若无其事地坐到贺兰钦面前，名正言顺地盯着他答题，实在是别有用心。对面案上正在书写的答卷看着十分令人窝火，因李淳一如今的字迹当真就是从这个模子上刻下来的，连细枝末节都仿得精妙，她真是不将本事用到正道上。

尽管很不爽快，但宗亭仍努力维持着基本的体面，在诸举子奋笔答题之际，他则提笔开始写信。贺兰钦只要抬头，便能看到他在写什么，然贺兰钦只是埋头写策文，理也不理他。

三科同考，一口气选了三科并全部考完的举子，几乎个个都挨到了傍晚。而宗亭也是写了厚厚一沓，全是书信。

女皇早已离开，考策官也纷纷起身给余下的举子递蜡烛。宗亭坐着不动，而他对面的贺兰钦答纸已是不够，贺兰钦抬眸看他，他却恍若未见，拿起茶盏饮茶，兀自将最后一封信写完。

恰这时李淳一走过来，将答纸递给了贺兰钦。李淳一自江左一别后，到今日才见到贺兰钦，先前宗亭给了她地址，然她去拜望时，却吃了闭门羹，小仆说是为了避嫌，所以未能见到。

她俯身亲自给贺兰钦点了蜡烛，抬眸欲直起腰时恰好对上宗亭的目光。她没好脸色地看了他一眼，用唇语道“相公太孩子气了”，宗亭轻弯起唇角，亦用唇语回道“他未问臣要，臣又不知他答纸不够”。

李淳一听懂了这狡辩，瞪了他一眼转过身要走，却忽被他拽了一下袍子。她扭头，厚厚一沓信纸却递来，对方用唇语道：“不许退回。”

李淳一毫不犹豫接了那沓信，转回身往自己的位置走去。殿内光线越发暗淡，数支宫烛如萤火跃动，只剩寥寥举子还在作答，殿外鼓声沉甸甸地响起来，长安也随之入暮。

李淳一在案后坐下，一只手伸到旁边炭盆上方取暖，另一只手则打开面前信件，借微弱烛光阅读。然她只大致浏览了开头，便忽然将一整沓纸都放进了身边火盆里。

整个过程悄无声息，只腾起一些纸张燃烧的气味，却惊到了坐在大殿东侧的曾詹事。曾詹事方才就瞧见宗亭给了她一沓信件，正揣摩那其中会有哪些猫腻，没想到李淳一却只瞥了眼便将其投进了炭盆中。

再看她举止，也只是若无其事地收回手，神情寡淡地饮了一口杏酪。

偌大的殿中，一点烟尘味并不明显，许多人对此都毫无反应。此时贺兰钦最后一科的策文也终于收了尾。他起身，将策文留于案上，走到李淳一面前，躬身行礼。此举引得殿中诸人侧目，但碍于场合，也无人敢交头议论，贺兰钦遂得以安安静静地离开了大殿。

从他起身，到他给李淳一行礼，自始至终，宗亭都未看他一眼。宗亭的目光仍停留在李淳一身边的炭盆上，他几乎目睹了那些纸张火速燃为灰烬的全过程，它们消失得那样彻底，又无情无义。一瞬讶异之后是黯然，最后转为一腔怒火，仿佛自己的心也被这样粗暴无情地扔进了火盆。

半个时辰不到，最后几名举子起身离开，内侍与吏部书吏即刻上前封卷，在殿中侍御史的监督之下，将举子策文依次糊名装箱，最后交由金吾卫押送至尚书省。

而等这些都妥当，实在是要等很久。曾詹事坐了一整日，已十分疲倦，遂同李淳一建议："殿下不若先去用过晚饭再来处理此事，这里有曹侍御等人盯着，也应是无碍。"

李淳一却道："曾詹事倘若饿了可先行去用晚饭，本王不饿。"

她既然这样说了，曾詹事也不好真撇下她自己走，但就在他决定留下来之际，却见宗亭闷声出了殿门，竟是连声招呼也未打。

"宗相公他——"曾詹事说着瞥向李淳一的脸，然她面上实在没什么波澜，对宗亭的擅自离去亦无动于衷。

"曹侍御，那边有一份落地上了，不要忘了。"她敏锐地捕捉殿内诸人的一举一动，不遗漏任何细节，也顺利转移了话题。

殿外这时天已黑透，长安城的鼓声也走到了尽头。几名举子跟在金吾卫兵后面往承天门去，其中一名举子红着脸激动炫耀："吴王殿下在某跟前坐了将近一天！还给某点了蜡烛！殿下太美了，哪怕不笑亦是很美！"

"殿下看你了吗？"

"那是当然！某好几次思路打顿不知如何继续，抬头就见殿下正在看某！"

"殿下不过是恰好坐在裴兄对面罢了，你以为她在看你，或许不然。"

"不会不会，一定是在看某，某十分确定！"

"裴兄，这样的话可要小心讲，你没在长安久待过，毕竟不清楚早年间殿下的一些旧事，倘若知道，你便不会如此乱讲了。"

"旧事？何等旧事？"

"是这样——"

那举子正欲开口同裴姓举子解释，却忽然嗅到空中飘来的隐约的桃花香，顿时吓得脸色一白，赶紧闭了嘴低头往前走。裴姓举子不明原委，追问道："姚兄怎么了？如何突然闭口不谈了？"

姚姓举子急得跳脚，瞪眼心里想：姓裴的真是蠢到家了，怎么连眼色也不会看？！

那裴姓举子仍是无畏追问，却见路过的一紫袍高官朝他瞥了过来，那一眼短暂又透着强烈的压迫感，简直如利刀一般，好像直接就要杀了他一样。

裴姓举子稍惊了惊，抓着姚举子道："方才走过去那位是中书侍郎吧？"

姚举子瞥了许久，等那紫袍背影走远，这才喘口气道："哪里还是什么中书侍郎？马上就要升中书令了！将来更是了不得！某跟你讲，裴兄，倘你将来真是登第了，可万万不要得罪这位宗相公，不然会死得极惨。"

姚举子言罢哀叹两声，哪怕裴举子再三追问，也闭口不肯再往下谈。

承天门闭了又开、开了又闭，最终将应举者悉数送出了宫城。待过了酉时，承天门前广场已是空空荡荡的，太极殿中最后一点微光也灭了。金吾卫抬着箱子出了殿门，李淳一与曾詹事及两位侍御史走在前面，在一路的昏暗宫灯中穿过冷寂的广场，往尚书省去。

尚书省留了一间公房专供考策官阅卷，出于保密及安全考量，同时安排了南衙卫兵守卫，甚至连窗角都站了人，当真是一只苍蝇都难入，更别说妄图潜进来的闲杂人等了。

曾詹事看着金吾卫兵将箱子抬进去，杵在门口肚子直叫唤。他已饿得不行，可偏偏李淳一压根不提吃饭这件事。

她只转过身来问道："宗相公还未来吗？"

守卫郎将回她："相公不曾来过，可要去唤？"

曾詹事插话道："宗相公许是饿了，故而先去用晚饭，应当过会儿就来了吧？"

曾詹事反复提醒，李淳一瞥他一眼："曾詹事也去用饭吧，不用顾忌本王。"

天大地大吃饭最大，曾詹事得了这话顿松一口气，撩袍跨门出去，直奔公厨。

郎将紧接着也退出去，只留李淳一一人在房内。为方便阅卷，公房内原先几张案桌悉数拼成大长案，两边各放了软垫，为照顾怕冷的吴王殿下，更是一早就燃起了炭盆。

烛火摇曳，李淳一倦乏地坐下来，双手撑额，掌心覆住了眼。然眼皮刚刚合上，写满字的信纸便跃入脑海，仿佛就在眼前。

她倏忽睁开眼，将双手搁放在冰冷的案上，侧身正要去找炭盆取暖，门却忽然被推开，有人闯了进来。

严格来讲不算闯，郎将甚至同他行了礼，因他是考策官，进阅卷公房实在是名正言顺。门被关上，宗亭走到李淳一面前，居高临下地看她。李淳一抬首，风平浪静地开口："相公用过晚饭了吗？"

"臣吃不下。"他道。

李淳一低下头，边磨墨边说道："不吃会饿的，相公快去用饭吧，公厨里已备好了。"她语声和气，公私分明，无可指摘。

"臣怎么会饿呢？"他俯身撑案，"殿下将信都投进炭盆时，臣就气饱了。"他语声里压抑着不满和怨气，李淳一听他竟连"气饱了"这种幼稚的意思都要传达给她，瞬时就不打算再理会他。

她从容磨墨，打算开始接下来的工作。可没想到宗亭却径直越过长案到她这一侧，还未待她反应，便不由分说将她压在了地板上。

他眸中藏着这些年的怨愤与不平，好像一腔真心悉数喂了狗，现在必须要同狗讨个说法。

"为何要烧掉？"他双手钳制她双肩，地板又挡住了她的退路，李淳一便只能直面这咄咄逼问。她回看他藏满怨气的眼，哪怕心疼也不想表露，只一脸平静地回道："我记得上次同相公说过，以前的事最好是不要再纠缠，这样对你不公平，对我也没有好处。"她顿了顿，"何况相公当着那么多人给我书信，我能收下吗？朝中猜忌最是理论不清，因此为避闲话，我只好烧掉。"

"殿下知道那些是什么吗？"

他胸膛起伏不定，甚至濒临失控，完全不像他一贯的作风。

"知道。"她直视他双眸，回得坚定而果断，"相公将本王以前退回的信，一字不落地复写了一遍。”

“一字不落，殿下以前难道看过吗？！”

李淳一忽闭了闭眼。

“只消热气一熏，就能不留痕迹地打开封口，我以为相公是知道的。”当年她受尽监视，贺兰钦让她将所有信件都退回，但她还是悄悄拆了许多，最后悉数封好再退回，“相公写给本王的每一个字，本王……都记得很清楚。”

她语声轻缓地陈述事实，却几乎击溃宗亭好不容易攒起来的、想要一股脑儿抛给她的怒气。

她又道：“相公是想告诉本王‘以前没看过没关系，现在给你看’，还是为了炫耀‘你没看的这些信，我都已经烂熟于心了，现在一字不落写给你看’呢？既然相公心中记得这样清楚，又何必拘泥于形式？那烧掉的一沓纸，不过就是一沓纸，相公倘能这样想，会轻松得多。”

她心如明镜，比他通透，比他更理智。

但她十分想要拥抱他，她并不想让他难过，可有些事无法做，有些话说出口就变了样：“我知道，那些是信，也是相公的心。相公觉得被辜负，我可以理解。所以我才让相公不要再执着，无意义的揣测会伤到自己。”

她瞥一眼自己的肩头：“同时也会伤到别人，我觉得很痛，相公可以松手了吗？”

她今日几乎击溃了宗亭。

心意相通的分离更让人难喘息，她不能抱他，他就回抱她，将胸腔里翻涌上来的酸涩，悉数压下去。

屋外响起动静，曾詹事酒足饭饱推开门，乍一看却连一个人也瞧不见，他扭头问门口守卫：“咦？殿下出去了吗？”

“没有，相公方才还进去了。”

见多识广的曾詹事骤然回神，皱眉为难起来。是捅破呢，还是悄悄出去好呢？灯光暗淡看不清，他本可以装作一无所知扭头出门，坏就坏在多嘴问了一句。这下好了，他倘若装作什么都不知道出门去，显得此地无银三百两；但留在这儿，难道就只能捅破吴王与宗亭的不轨之事？

中年男子脑海中早已经浮想联翩，喉结甚至都不住地滚动，但他及时打住，转过身不解地说："都不在啊，难道从窗子出去了吗？"他踱步出门，煞有介事地责问卫兵，"屋中哪有宗相公的身影？连殿下的人影都看不到，你几人方才是不是玩忽职守？"

"属下并没有！方才好像还有说话声呢！"

卫兵为自己的清白辩驳，曾詹事猛地拍他后背："还狡辩！"随后又往前走两步，"容老夫出去寻一寻。"

曾詹事刚出门，屋内宗亭却忽起身，顺着将李淳一也抱了起来，二话没说竟当真从北面的窗子出去了。而守在窗口的卫兵，宛若瞎了眼似的全当看不见。卫兵们平静的反应显出宗亭的肆无忌惮，他愈是如此明目张胆使用特权，李淳一对他如今的实力便愈多一分了解。

行至公厨门口，他才将她放下："既然要熬夜做事，殿下现在必须吃饭。"他全没了先前在公房的失控感，浑身上下书尽"体面"二字。

李淳一抚平衣上褶皱，坦然回道："相公所言很有道理。"随后踏进公厨，在一贯靠里的位置上坐下来。

矮案临北窗，晚风从窗缝中蹿进来，因时辰太晚，四下已无旁人，只有庶仆闻声匆忙跑来，认出是宗亭与吴王，便十分机智地闭口不问，径直跑回后厨知会仆人准备。

这两位都是对待食物十分长情的角色，吃惯了的决计不随便换花样。吴王一贯食素，钟情杏酪粥与时令菜，最简单的烹煮即可；而宗相公到尚书省公厨来，常食鲙饮酒，对其他倒没什么偏好。

庶仆将食物摆放至案桌，老老实实躬身往后退一步，眸光却往上瞟，借暗光确认他们二人面上无甚不满，这才松一口气，连忙再往后退几步，飞快溜了。

李淳一面前摆了一碗热气腾腾的杏酪粥，蒸熟的藕片淋了糖整齐摆放；宗亭面前则是一盘鲙鱼，又额外加了一壶酒。

过了很多年，难得的是口味从未变。

味蕾相对诚实，对喜爱的东西，总是忠心耿耿。

心意则不同，心意像风一样善变，故而难以捉摸，更难确定。没有人能拍着胸脯保证心意永不变，时间更是加剧了这种不确定感。今晚他们二人虽有心灵相触的一瞬，甚至差点为之战栗落泪，但这之后，却是重新占据上风的理智。

李淳一瞥向那盘鲙鱼，忽然开口：“相公知道我幼年时很喜欢吃肉吗？”

宗亭抬眸看她。

她看着那盘鲙鱼淡淡地说：“那时在掖庭吃得并不好，偶尔有肉吃就会很开心。最开始，姊姊会悄悄带我出掖庭，拿吃的给我。她很大方，也十分乐意与我玩，有时她捏捏我，我虽会觉得疼，但不要紧，她能因此开心就足够了。有一天，我坐在夹城一座殿里，吃姊姊拿来的一罐肉，我抱着陶罐子，姊姊就将肉一块一块地塞给我，问我好不好吃，我点点头，她便捏住我的脸，讲‘真是个乖巧的漂亮孩子，姊姊喂什么你都喜欢吃，真是同你阿爷一样听话’，再后来我知道，我只是姊姊的偶人，照她的意愿喘气就可以了。”

她依然面无表情，却抬眸看向宗亭：“偶人不会说话，因此我也不爱开口，但她养出了我的犟脾气。我想偶人大概不会这样犟，后来应当也不会同相公为了一张案打架，更不会有现在这些事。”

到这时，她才顿了一顿，眼眸中闪过一丝转瞬即逝的诚挚：“遇见相公，是我活了那么久碰见的最值得高兴的一件事。”

她全不否认当年的真挚与满腔热血，她甚至感激宗亭打开了那扇门，感激他将她带回寻常世界，尽管那所谓的“寻常”，后来再回头看也不过是虚幻假象。

“相公于我，就如这些菜食。”她道，“当年爱吃，如今虽无法再吃，但我对其他食物，再无那样的感情。”

她承认他的独一无二，承认他们之间的紧密联系。今夜将旧事都倾倒，这样说出来，似乎也没什么不妥。夜晚的言语最荒诞往往又最真实，可以更好地睁眼说瞎话，也能像今晚这样毫无节制地袒露真心。

她分明讲得风平浪静，却像在他胸腔里倒满碎冰，浸得他的心肺既冷又痛。

“那为何不再试试肉食或是重新接纳我？”宗亭将菜推至她面前，语声里藏着节制的揣测，“因为害怕吗？”

李淳一欲言又止。

他压下所有情绪，冷静追问：“当年还有事是我不知道的吗？有什么我被蒙在鼓里、却令你害怕的事吗？”

她掌心发烫，喉咙不自在地一紧，看着那菜道：“我没有准备好。”

“我知道了。”他表露出极少有的温柔，将手伸过去给她，但她没有握。于是他起身，隔着食案俯身轻捧着她的头，垂首亲吻她的前额。那额头发凉，是极没有安全感的体温，于是他道：“倘若将过去扔掉，殿下能走得更好，臣不会再提旧事。”

说话间唇缓慢下移，他又轻抬起她下颌，鼻尖相触，呼吸亦交融，亲吻依然眷恋而热切，宛如飞蛾欲扑火，丧尽理智，下一瞬就会焚身而亡。他甚至越过长案，在冷寂空旷的尚书省公厨里，将她压在临窗墙面上，继续这个压抑了很久，又格外火热的亲吻。

回应比预想的更热切，他腾出手推开窗，寒冷的夜风涌进来，吹灭微弱的烛火，刹那间一片漆黑。冷风令人清醒，热情却无法被浇灭，喘息声在黑暗中不断升温，像焦渴的鱼，想要潜入水底，重获生机。

战栗的指尖几近烫人，紧紧交握的掌心溢满潮湿渴望，贴合的身体传递久违的热力，在这寒冷的深秋夜里，几乎要烧起来。

吻落到细薄颈间，衣带都散开，黢黑的夜里喘息声甚至盖过风声，像许多年前的某个夜晚，秋风冷却撩人，是交织着复杂情绪的亲密交流，云掩去满月，大雨倾盆。

“吱——呀——”声迟钝响起，尚书省公厨上了年纪的木窗被风吹动，窗边有踏过秋叶的窸窣脚步声。那脚步声轻缓又小心翼翼，仿佛怕惊动公厨内的人，李淳一敏锐察觉到了动静，几乎是下意识地松开手，倏忽断开这纠缠，跨出矮窗往外看，只见一个熟悉的身影仓皇地往阅卷公房走去。

她站在窗外，借秋风平抑了自己的气息，转过身让黑暗中的宗亭将玉带递给她，并坦然吩咐道：“晚饭送到公房，我先行一步。”言罢系好玉带，在夜风里转过身，从从容容往阅卷公房去，姿态宛若夜潜闺房刚刚偷完情的风流贵公子。

李淳一平心静气回到公房时，曾詹事的心还扑通扑通跳个不停，眼神也变得可疑起来。他暗暗瞥向李淳一，却捕捉不到任何值得怀疑的地方——她衣冠齐整，呼吸平稳，连面色都一贯地冷淡。

曾詹事甚至怀疑起自己的耳朵来，方才在公厨窗外碰巧听到的喘息声，难道不是她与宗亭的吗？！

他困惑不已，忽闻得外面卫兵问道：“做什么的？”

“公厨来送晚饭。”

“放下吧。”

送饭庶仆放下食盒匆匆离去，卫兵将食盒送入内，打开来正是方才李淳一在公厨未动筷的晚饭。她若无其事地低头吃杏酪粥，将甜又脆的藕片一块块咀嚼最后吞入胃腹，看起来竟有几分凶残。

曾詹事见识过李乘风的狠戾与无情，但此刻他隐约察觉到面前这位锋芒未露的幺女，其实才更像陛下本人——不露喜怒，压抑又安静，炽烈的心几乎不示人。

待她吃完，宗亭携秋风与酒气从矮窗入内，瞥了一眼李淳一道：“殿下，臣坐了一天委实很累，能先睡会儿再阅卷吗？”

“没有睡觉的地方，相公请先将就一晚吧。”她公事公办地说，看曾詹事拆封举子的策文箱，又拿起剪刀挑了挑烛芯。

宗亭行至内侧，径直在地板上躺下，李淳一也没有理他，只接过曾詹事递来的答卷，展开来批阅。曾詹事亦坐下来，因瞧不见躺在案对面地板上的宗亭，遂问：“宗相公当真睡地上吗？”

“对。”李淳一应声，却觉腿上一沉，这个家伙恬不知耻地将她的腿当成了枕头。

深夜公房外乌鸦呱呱啼叫，偏偏寒风肆虐门窗都紧闭，守卫更是不许黑禽乱窜，乌鸦便蹲在窗口与卫兵对峙，好等主人出来。可惜它主人此时腿上枕了一只庞然大物，无法起身去接它入内。

夜随更漏一点一滴深，案上铺满制科策文，曾詹事硬撑着往下看，几次差点看得睡着，便不由得撑额嘀咕：“写得倒是华美，却谈不到点子上，此辈还是不要的好。”言罢提笔判第，将策文丢进手边一只箱子里，又开始看下一卷。

李淳一大约是受了寒，嗓子有些不适，偶尔节制地咳嗽一阵，阅卷时却是精神十足。公厨深更半夜送来杂馃子热茶水，曾詹事得了深夜补给，顿时回了气，抱着茶碗咕咚咕咚饮尽，拿了杂馃子边吃边继续往下看。

李淳一饮了几口热茶，想揉揉发麻的腿，手刚垂下去，便有一只手伸过来将其握住。李淳一迅速瞥了眼对面的曾詹事，低下头去，看懂枕在她腿上的家伙要什么，便伸手拿了一块馃子悄无声息地递下去。

她发完善心，又接着看面前策文，刚要提笔判第，却又被抓了一下袍子。于是她搁下笔，伸手端过茶盏递下去，就在她又要伸手拿馃子之际，曾詹事霍地也将手伸到馃子盒里，抬首盯住她问道："殿下是养了一只猫吗？"

李淳一不置可否，只抓过盒中最后一块馃子，煞有介事地低头吃起来。

曾詹事被抢了馃子略是不悦，又道："宗相公已睡了许久，是打算到何时才醒来呢？"言语中多有不满，又暗藏一些暧昧揣测。

他个子不高，上身更是不够长，偏偏就是瞧不见长案对面的情形，倘若他胆子大些，早就探头去一瞧究竟了。

有些事到底是能想不能做，曾詹事想通这点便索性放弃揣测，无可奈何地继续阅卷。但意志力到底熬不过年纪，在更鼓声响起时，终于笔一搁肘一塌，整个人趴了下来，不一会儿，便毫无风度地打起鼾来。

李淳一忍住咳嗽，低下头去，用唇语对已经醒了的宗亭道："相公既然醒了就不要再装睡了，起来做事。"

然宗亭置若罔闻，再次合上眼。他许久不曾有过好眠，今日这地方算不上舒适，甚至冷硬得教人浑身酸痛，但他睡得极好。哪怕先前住在吴王府，也不曾睡得这样安稳过。

他贪心地想要再待一会儿，好将这久违的好眠留存于记忆中，李淳一却无情无义地挪开了他的头，咬牙切齿地压低声音道："本王腿很麻。"

宗亭这才坐起来，睁眼睨她，伸出手臂用唇语道："殿下枕着臣胳膊睡觉时，臣从未抱怨过胳膊会麻。"

李淳一饮了口茶道："并非一回事，相公的手臂是送上门的，而本王的腿是相公强行占用的。"言罢将装了策文的箱子推给他，"相公该做事了。"

每份策文的留放定夺需有三位考策官的共同意见，宗亭擅自睡了近两个时辰，进度自然比另两位考策官要慢得多。但他不着急，只一份份地打开浏览又再次扔回箱子，自然也就没有评等第，就在他即将翻遍手边箱子之际，李淳一在他身后问道："相公在找什么？"

他闻声直起腰，手里已是握了一份策文，随后装模作样站起来，径直往西侧角落那炭盆走去，看架势分明是要将那策文投进火盆。

李淳一不顾腿麻，猛地起身追去。他停下来，将手中策文举过头顶，垂眸睨她："殿下这样着急做什么？"

李淳一比他矮一大截，自知踮脚也是够不到他举过头顶的策文，便不做这徒劳的看起来很蠢的事，但架势摆足："相公这样随意对待举子策文，是想被侍御史弹劾吗？"

他仍居高临下："殿下当真是因为臣随意对待举子策文而着急吗？"他言罢低下头，盯着她问道，"难道不是因为担心老师的策文被烧掉？为何如此袒护他？又为何要学他字迹？他写得比我的好看吗？"

他咄咄逼人，妒妇一般蛮不讲理。

"相公简直无理取闹，老师于本王有大恩，相公何必处处针对？"

她话音刚落，宗亭却接口："没错，臣还想黜落他，让他没有机会入朝堂。"他显出十足的小心眼来，瞥一眼呼呼大睡的曾詹事道，"东宫想必也不希望贺兰钦入朝成为殿下的一柄利剑，故曾詹事定会选择黜落贺兰钦，而我，出于私心自然也不会容他登第，二对一，殿下想保恐也保不了。"

他说完就将策文丢进炭盆，而李淳一几乎是在一瞬间，不顾被烫伤的危险将那卷策文从炭盆中救了出来。她捧着那卷略有些焦黄的策文，仿若捧着什么难得珍宝，然她小心翼翼打开它，辨清楚字迹，却霍地抬头看向宗亭，原本焦虑的脸上转而是怒火："相公为何要开这样的玩笑？"

"臣没有开玩笑。"宗亭眸中闪过一丝黯然，"臣从未讲过这是贺兰钦的策文，殿下这样着急救下来，却发现不是老师的策文，失望至极。殿下至于这样恼羞成怒吗？"

他伸手夺过她手中策文，大致浏览了一遍内容，随口评价道："殿下，江左士子倘若都是这样天真，不取也罢。"

策文辞藻华美，但实在对政局形势及国家运作认识不清，字里行间尽是读书人纸上谈兵的局限。这样的策文不止一份两份，应举者中几乎有一大半都是此类，而帝国并不缺这类人。

李淳一的手被炭火灼得有些发红，宗亭低头瞥一眼，抓过她的手不由分说出了门。

从顺义门大街往北走，沿着承天门街路过左监门卫及右武卫衙署，宗亭带她往中书外省去。夜色清美，皇城内各衙署像安静地挨在一块的盒子，到了这时辰，只有寥寥公房还亮着灯，多数一片漆黑，人们早已沉睡，连一向忙碌的中书外省也不例外。

廊庑下的灯有几盏已经熄了，摸黑沿阶梯抵达公房，宗亭点了灯，从匣子里寻出伤药来，又抓过李淳一的手仔细涂抹。

李淳一并不抗拒，只任由他抹药，又抬眸道："相公在别业时曾向本王许诺，在此事上绝不使绊子，今日之举莫非是搬起石头砸自己的脚？"

"哦？臣说过吗？"他睁眼净说瞎话，又狡辩道，"哪怕当真说过，贺兰钦也应该在这之外。"他给她抹完药，双手撑在她身侧，"殿下为何如此执着让老师入朝呢？有臣难道还不够吗？臣可是将心都剖给殿下了。"

"相公的心不过是诱饵，倘若我当真咬死，就要进鱼笼了。相公爱吃鱼，但我不想成为俎上之肉。"

她很直白地剖析清楚他们二人之间的纠葛与局势，索性将问题都摆上了台面："何况我并不明白相公在怕什么，难道老师入朝会抢了相公的权势吗？关陇军只有相公能动得了，宗家也只有相公说话管用，至于朝堂中这些盘根错节的关系，难道相公担心老师入朝，就无法再掌控了吗？"

宗亭收回手，拿过帕子擦了擦手，不慌不忙地回道："殿下所言很有道理，臣的确不怕，但贺兰钦实在影响臣的心情，倘若将来天天朝堂相见，委实教人心烦。"

醋劲翻天，无药可救。

李淳一无动于衷，拿过案头一只柑橘，隔着帕子剥皮。甘甜的果汁犒劳焦渴的味蕾，平息心头一点躁动，她听得宗亭道："江左这批儒生，可为文学侍从之臣，但面对朝廷之争、治国之策天真又自以为是，殿下还是不要盲信的好。"

他心底里存了偏见，并有意挑拨，却无法影响李淳一。她对贺兰钦的话尚是选择性地接受，又怎可能对江左儒生言听计从？

当年女皇为夺政权，过分仰靠了山东、关陇的军事力量；政权稳固之后，女皇却反而被这两股势力所掣肘，直至今日都无法完全摆脱。

前车之鉴明摆在那，谁也不想重蹈覆辙。

风袭进来，将公房内一扇小门吹得晃荡，发出"吱呀"声响，李淳一瞥过去，想到一些旧事。

她忽问："听闻相公即将升任中书令，这间公房要腾出来了吗？"

她的问题猝不及防，宗亭略怔，喉间不自觉地一紧，但仍从容回道："殿下难道不知吗？这间公房原本就是给中书令预备的,臣又为何要搬？"

李淳一察觉到了他眸光里一闪而过的不自然，只说："相公有没有想过，离开此地，就不会再做噩梦了呢？"

他瞳仁骤缩，李淳一平静抬眸看向他，似想要解开困束他的绳索。

她知道，他父亲就死在这间公房的里屋中，那时候他父亲乃帝国中枢的要臣，担任的正是他即将升任的中书令一职。

卒于任上，却死得甚不光彩。

天将转明，睡在尚书省阅卷公房里的曾詹事，睡眼惺忪地抬头环顾四周，却不见其余两人；而宗亭祖父宗国公，此时也已起身，即将奉女皇之召往宫城去。

乌鸦栖在下满霜的枝头，佯作春鸟啼。

近几年，女皇越发觉得太极宫过于潮湿，可东北角龙首原上的新宫殿却迟迟未能落成，每年到了这时节，宫里便又冷又潮，实在不宜居住。女皇年迈，皇夫身体亦每况愈下，这几年天一转冷，宫里及皇城部分衙署便要做好迁往骊山行宫的准备。

而在这之前，女皇又往往会在宫城内设宴款待一些旧臣，以此机会维系君臣感情。

这一日停朝，光禄寺虽不必为朝臣们准备廊餐，却也从半夜忙到了公鸡打鸣，只因要筹备宴会招待这些致仕旧臣。年纪越大口味往往越是刁钻，既然是维系君臣感情的重要宴会，自然马虎不得，这些旧臣哪个都不好伺候，光禄寺卿为记下这些老家伙的喜好，也快要掉光了额顶的头发。

长安的天终于亮了，李淳一像昼伏夜出的穴居动物一样，在天亮前返回了阅卷公房，灭了灯守着炭盆继续手头的工作；而宗亭则索性留在了中书外省。于是公房内就只剩李淳一、曾詹事和一只冻了整晚的乌鸦。

曾詹事不时瞥那只乌鸦，嘀咕道："养什么不好偏偏养这般不吉利的，看着不是祥兆。"他后面的语气阴森森的，李淳一不在意，只将装食的罐子拿给它。

曾詹事瞧不起丑陋的家伙，索性就扭过头避开它继续阅卷。

公房内再次安静下来，只听得到纸卷翻动声和乌鸦尖喙啄到罐底的声音。天越发亮了，宗亭仍没有来。李淳一将手中一卷策文放进箱中，想起先前他在中书外省公房时的表现，面上不由得滑过一丝忧虑。

他面对可能到来的安慰几乎是抗拒的态度，理智上否认自己存有心结，于是她也就只能收住话头，拢袖独自离开。

没有春和景明，林木秋色尽染，风一拂过叶子便簌簌落下。人工挖凿出来的宫中湖泊略显萧瑟，太常寺的歌舞却充满生机，光禄寺官员守着宴会核准食单，旧臣们依次落座，有些已年迈到需得宫人搀扶。

人与景一样，守着这生机残存的暮秋，只能够回忆早年的意气风发和茂盛的天地。

属于他们的时代即将过去，君臣的欢宴，也显出了几分惺惺相惜的情态。不过，尽管快要将权力彻底拱让，女皇仍有些事需要操心。

宗国公坐在女皇左手边的位置，挨得很近，在太常寺的乐声中，耳朵已不太好的他，隐约听见女皇的旁敲侧击："宗家乃大周的心膂股肱，然宗本家素来子息单薄，嫡系至今更是无一后嗣，国公要多操心些才是。"

言下之意，宗家势力庞大，本家却面临后继无人的局面。宗亭身为嫡孙，即将而立却连子嗣也无，女皇此意，是实实在在的催婚。

事实上在宗亭守孝满三年后，女皇就曾有意将李家某宗室女子许配给他，然宗亭从关陇回来后仿若重获新生，蓄满羽翼的年轻男子不再是当年的白衣少年郎。他手段变得狠戾，性格也愈阴鸷，几乎是怀揣着报复心归来，将旧账一一清算，最后对她施礼臣服，又一脸无辜而忠诚。但女皇知道，他已有能力拒绝她的安排。

宗亭的孤绝很可能与他父亲宗如舟的一样，甚至更甚。女皇不太想惹怒他，倘若他要挑事，会是大麻烦；她想用山东势力制衡，然如今山东势力也悉数落入了太女李乘风手里。

女皇老了，对许多事已经丧失了掌控力，她无法再跨上战马，无法再与逐渐蓬勃起来的关陇军较量，只能睁一只眼闭一只眼维持面上的和平，仰仗他们镇守西北。

至于宗亭的婚事，她只能指望宗族势力对其进行干预，譬如德高望重的宗国公。

然宗国公道：“臣已衰朽，实在力不从心。后嗣一事，想来臣命中便无子孙福，如舟壮年早亡，那时臣就已经看淡了。何况如今宗家事务，臣也无暇再顾，还是顺其自然吧。”

女皇隐约听说他已不太想插手宗族事务，但消极至此倒令女皇意外。当年他对李淳一和宗亭之事，曾表达过强烈的反对，到如今竟是全然不管了。

老家伙闲适地吃着面前的油浴饼，因牙齿不好吃得慢吞吞的，眸光也投向波光粼粼的秋日湖面——

可真是耀眼如碎金哪。

女皇见迂回之策行不通，敛眸饮下了面前的酒，旁边内侍贴心道：“纪御医劝陛下少饮酒的好。”

女皇意兴阑珊地搁下酒盅，忽对内侍道：“朕听说吴王连夜阅卷感了风寒，让纪御医去瞧一瞧吧。”

内侍低头应道：“喏。”

李淳一的咳嗽并不严重，只因为疲倦又有些受寒，嗓子略有不适而已。她正打算去隔壁公房睡一会儿，外面卫兵忽报：“太医署纪御医到了。”曾詹事闻声一抬眸，李淳一也是一愣，问道：“何事？”

“陛下闻殿下染了风寒，特遣侍御医前来诊治。”跟在纪御医身后的内侍如是说道。

李淳一微微一怔。

她不过是咳嗽了几声，女皇便得知她受了寒，且特意令御医前来给她诊治，可见她仍如从前一样，接受着严密的监控。

哪怕抛开这一点来说，女皇特意遣人来，是当真关心她的风寒吗？还是另有谋划？

纪御医是女皇的诊治大夫，极受信任，堪称心腹。李淳一低头咳嗽了一声，道：“请他进来。”

卫兵放行，纪御医便与内侍一道入了公房。两人同李淳一行完礼，内侍跪坐下来将药箱打开，取出脉枕放到案上。

纪御医请她露出手腕，李淳一却道："小病小痛就劳烦纪御医，实在是不必。"

纪御医垂首道："殿下身体金贵，还是谨慎些为好。何况陛下慎重交代，微臣不敢敷衍。"

内侍在一旁补道："纪御医擅察未病，殿下倘有什么不适，也好尽早防护调理。"

他这话讲得造次，无奈他毕竟是女皇身边的人，李淳一便也不好斥责。话说到这个份上，她若拒绝诊治，便显得此地无银三百两，反更引得女皇疑心她有所隐瞒。

这时纪御医瞥了一眼她的茶盅："此茶太过寒凉，殿下还是少饮的好；不若等春日花开，收些桃花蓄着。桃花饮性平养人，对殿下是极有好处的。"

他像是随口说，却着重强调了桃花，令李淳一心尖一跳。

正怀疑，茶盅旁却凭空现出一朵不起眼的石桃花，惊得她乍然抬眸，恰对上纪御医别有深意的目光。

她瞬间就明白了其中的暗示，未及细想，便应纪御医之请，将手腕搁上了脉枕。

诊治的时间显得格外漫长，曾詹事在对面看着，大气也不出；李淳一则飞快地将万缕思绪逐一接头——

纪御医今日暴露出来的线索倘若为真，那他便是宗某安在女皇身边的棋子，那么，女皇医案被殷舍人及李乘风窃取一事，到底是谁泄的密，就很值得深思。

此人对女皇素来忠心耿耿，且女皇一向待他厚道，又怎会被宗亭收买？

李淳一还没能得出结论，纪御医已收了手说道："殿下身体康健，并无大碍，只是过劳需要休息。"他起身至另一边书写调理药方，室内气氛才稍稍有所缓和。

待他们二人走后，李淳一也起身道："我去休息一会儿，此处事宜有劳曾詹事。倘有药到，请直接送到隔壁。"

曾詹事起身相送，打开门的瞬间察觉日头都移到了正中，明明是秋阳，却惊人地刺目。

宫中的宴会也走到了尾声，旧臣们各自散去，女皇也回到了冷冰冰的寝宫。疲倦了大半日，加上酒的作用，她倚在榻旁睡了一会儿，梦见有人对她笑，清澈的眼睛如泉水，一望到底，毫无防备。

所以她要他死，他就当真死了，甚至没有追问理由。

女皇忽然惊醒，试图抓住些什么，但手边什么都没有。她睁眸，忽听得外面内侍传道："陛下，纪御医到了。"

女皇撑臂坐起来，纪御医入内行礼，她问："吴王身体可还好？"

纪御医回道："略受风寒，但总体是康健的，臣未察出有什么大问题。"

女皇点点头，似乎松了一口气："你下去吧，朕困了。"

纪御医随即告退，他转身出门的同时，一只信鸽已悄然落在了中书外省的窗棂上，腿上的字条也到了宗亭手中，上面却写着与他方才禀告的内容截然不同的结论——"殿下曾受创伤，很难有孕"。

宗亭沉默、震惊，几乎将字条揉碎。

而外面风平浪静，渐有暮色，宗国公回到宗本家的宅邸，廊庑下的铃铎声都不响一下。

偌大的宅院似乎一直如此沉寂，就像几十年前关陇孤女前来避难时一样。在那个暴雨初歇的黎明，潮湿的庭院里涌满风，从关陇远道而来的女童，揣着她所有的恐惧走进这安静大宅，却只有一个白衣少年走出来迎接她。

第六章

桓绣绣到长安的那个夜晚一直在下雨，车驾冒着风雨驶进城门，艰难又落魄。她八岁，无亲眷陪同，几乎算是孤身一人。因政权初定，当初与先帝逐鹿天下的关陇桓家遭遇猜忌与监控，这个身份尊贵的小女孩，便被送到了长安。

被权力风雨笼罩的孤弱女童，只有远亲宗家给她递了一把伞，容她喘一口气，暂不受这风雨侵扰。

宗家人心不齐各自为政，本家尽管接纳了她，分家却颇有微词，生怕被波及。那一日，桓绣绣到宗宅，出来迎接的只有本家嫡子宗如舟。

天将明未明，白衣少年郎面上还有颓废的倦意，只因奉了长辈之命才出来迎远客。桓绣绣淋了些雨，一身狼狈，将写满稚气的脸抬起来看向他，身旁仆人小声道："三娘，这是表舅。"

她规规矩矩喊了声表舅，然这位远房表舅是个没耐心的少年，草草应了一声，将一块干手巾搭在她脑袋上，示意她好好擦擦湿漉漉的头发，二话没说便丢下她走了。

桓绣绣聪慧早熟，虽力量单薄，人情世故却是一点就透。在宗本家待上几日，许多事便都明了，宗如舟生母早逝，他阿爷此后没有续弦，只收了两个侍妾，庶子又都早夭，他便没有亲兄弟可来往。

这家伙孤孤单单长大，性情古怪又散漫，能看的唯有一张脸，偏偏阿爷又对他要求极严苛，于是他关起门来独自读书，连学堂也不去，更不用说与宗族里的从兄弟们往来或是外出交游。

他在家也不与桓绣绣讲话，只在吃饭时偶尔碰个面，井水不犯河水。寄人篱下的孤女察觉到“长辈”的不高兴，不论做什么都缩手缩脚，连吃饭都小心翼翼，自然也不敢主动与“长辈”攀谈。

日子过得像结了冰的河流，看不到一点涌动。

那时桓绣绣唯一热衷的事便是深更半夜走出房门看月亮，她阿爷曾与她说过，这天下的月亮仅这一个，隔着万千山水，不论在关陇还是在长安，只要抬头，便能共赏同一轮月。

对故乡的思念日益深，然她什么消息都得不到，她宛若被囚在长安的一只雀鸟，无法飞，也感知不到远方冷暖。这时有个少年从院墙外翻了进来，醉醺醺湿漉漉的，不知是在哪里灌了酒，也不知是从哪个沟里刚爬出来。

而这少年，正是宗如舟。

桓绣绣被他这模样吓到，本要去喊人帮忙，却又觉得舅舅翻墙进宅大约就是不想让别人知道。年幼早慧的孩子瞬时手忙脚乱起来，找来灯笼与帕子，给瘫倒在地板上的宗如舟擦脸。

她擦得认真又仔细，宗如舟忽然展露笑颜，哪怕是这样的狼狈模样却依然笑得十分好看，模糊的意识中又带了些孤单的、无处告解的难过。

桓绣绣一愣，宗如舟却忽然抬手去揪她的睫毛。桓绣绣吓了一大跳，手里灯笼落地，烛苗歪斜飞快地在一旁烧起来，她惊愕得要出声，宗如舟却置若罔闻地说：“好长的睫毛，送我一根吧。”

然后他笑起来，手里当真捏了一根小孩子的细长睫毛，忽然很愉快地起身走了。小孩子后知后觉地按住眼皮，好像也未觉得疼，回过神，眼前一团火却烧得正旺，灯笼罩面都将燃烧殆尽。

后来他送了一卷字帖给她，当是被照料的谢礼，再后来又像模像样督促起她的功课，树立起“长辈”的权威来。

庭院里的春夏秋冬仍轮转，时光推着人往前走。当年幼童长成少女，而昔日白衣少年郎也肩负重担入朝为官。至此时，春日里仍可坐下来共饮一杯桃花茶，夏日里寻个休沐日摘梅子泡酒，秋日里偶尔一道出门拜佛寺、站在山头看层林尽染，冬日里到曲江赏雪景，然二人之间却横亘着沟渠，难以逾越。

宗如舟早到了婚龄，无数双眼睛盯着他，宗家甚至为他物色好了合适的妻子，然他悉数拒之门外，转头风平浪静地对阿爷说："等绣绣再长大一些，我便娶她。"

他有这个耐心，并十分笃定。因女皇为稳固政权需大量借助关陇力量，关陇势力一成长，桓家形势随即大变，从昔日如履薄冰，摇身一变就会又底气十足起来。

因分家强势，宗本家的威望这些年逐渐式微，本家需要外力来维持自己的体面，迅速成长起来的桓家对本家来说便是上选。世家之间的联姻并非一两个人的事，裙带交织起来的关系错综复杂，借着恰到好处的时局，宗如舟挑了个极好的日子填平了阻隔在两人间的沟渠。

此后宗桓两家的势力都如乘了春日东风般蓬勃壮大，与此同时，宗桓夫妇也迎来了独子宗亭的降生。

桓绣绣一向体弱，但常年被悉心养着，倒也无大碍，至宗亭十七八岁时她还是老样子，不见好也不会变差，只是这时平静的湖面泛起波澜，起初是一圈，之后越漾越远，最后波及了远在长安的桓绣绣。

关陇的壮大远超出了女皇的预计，她过分放任了关陇，最后将桓家养成了一只雄踞西北的大老虎。而就在这时，桓绣绣的身份也发生了变化——当年那个逃离风暴中心的关陇孤女，随着桓家几位继承人陆续过世，重新成为视线聚焦点。

这让女皇不安，也让宗分家不安。

女皇想要收回军权，而宗分家不希望本家与关陇太密切，毕竟太引人猜忌也容易招祸，他们不乐意遭受本家的牵连，同时他们也见不得本家借关陇势力重掌绝对的控制权。

宗家与关陇桓家之间有着天然的关系，倘要切断这一切，最妥当的办法自然是设法教桓绣绣与宗如舟和离。

就在诸人筹谋之际，桓绣绣启程去关陇参加桓家某个继承人的丧礼。那一日天朗气清，宗如舟千叮咛万嘱咐，然就在次日天黑时，车驾折返，传来了桓绣绣暴毙的噩耗。

那一年，宗亭十八岁。

他母亲亡于途，长安蛮不讲理地起了大雾，天地都被遮蔽，看起来根本不想交代当中原委，更不想露出真面目。

身为独子的宗亭几乎失控，而爱妻甚于己命的宗如舟却出乎寻常地平静。他简直像个死人一样平静，从小殓到大殓，到最后送灵柩回关陇故里，他甚至连一滴眼泪也没有流。

宗亭无法接受父亲不近人情的冷静，守丧期间甚至拒绝与他说话。宗如舟由着他悲痛，自己则回了皇城，回到中书外省，开始了作为帝国中枢要臣的忙碌。

他大约有一个月的时间没有回家，食宿都在中书外省，人迅速地消瘦了下去。

旬假休沐前的一日，他照例在中书外省楼下与几位轮值京官共同判完政事，打算上楼去，却见宗亭站在楼梯口等他。

宗亭提了食盒，显然是被祖父逼着来送饭，因他脸上写满了不情愿，甚至含有愤怒。宗如舟难得地拍拍他的肩，忽然轻松地说："你都快要比我高了。"随后绕过他上楼，径直去往公房。

宗亭跟进去，将食盒放在公案上，往后退了几步，站在一旁等他用饭。

宗如舟坐在案后，并不着急打开食盒，只抬头看他。他眉目与桓绣绣的极像，因此是个漂亮的孩子，且天资不错，他将来的路应当也不会走得太辛苦，只可惜他同自己一样，恐怕也很难独善其身。

身份与责任与生俱来，他注定无法只为自己活；且他也似乎是情痴，将来情路恐怕也不会太顺当。这样一想，他的人生似乎也不会容易到哪里去。

宗如舟没有继续往下想，他低头打开食盒，又同宗亭道："你出去站一会儿，想想到底为何难过又为何气愤，想明白了再进来。"

宗亭转身出了门，宗如舟低下头，稀松平常地吃完了家中饭菜。

随后他打开一只药瓶，将药末悉数倒进了茶水里，仰头饮尽。

宗亭在外面站着，长安城已没有了雾，但他心中藏着太多谜团未解，这些谜团堵得他寝食难安，让他难过，也让他怒。

为何难过又为何气愤呢？他低下头展开手指，再次握起时却骤然想通，他转过身抬手敲门，然门内却毫无回应。他骤然撞开门，冲进公房内，案后却已没有了宗如舟的身影。

生长了多年却随季节变化而委顿的大树孤独地探进公房小窗内，屋内一炉香还未燃尽，食盒已空，而公文悉数整理妥当，案上没有一丝一毫的凌乱，唯有通往里间的一扇小门，随风轻晃，发出吱呀的陈旧声响。

他选择通过自裁结束了人生，明明遭遇了丧妻痛还那样平静，过了极其漫长又难挨的那段岁月，到如今却令人猝不及防地告别了人世。

也许他早就死了，在开始料理桓绣绣的丧事时，就已经是一个死人了。

好在他在死前还能回忆起某个暴雨初歇的黎明，有些狼狈又格外小心的孤女，用谨慎的眸光看向他时的那一瞬明亮。

一只白鸽从窗户跳进又飞出，周遭无声，宗亭跪倒在门前以额贴地，蹿进来的风从他耳畔轻拂过，仿佛蕴含人声。

时隔数年在中书外省中书令公房内，宗亭忽从榻上惊醒，他起身走到窗前，偏头仿佛看见了跪在地板上的少年时期的自己，那样孱弱不堪一击。

为何难过又为何愤怒呢？因为没有力量，没有足够的力量。那时他对一切都没有掌控力，没有能力保护自己的家人，更无法保护心爱的少女。

风将案上的一卷陈旧药案翻起，他抬手按住心口，强抑下了那撕心的痛。

制科阅卷进行到尾声，李淳一将庶仆喊进来："去中书外省请宗相公。"庶仆得令出门，脚步声消失在廊庑里。

过了一会儿，对面曾詹事道："中书外省事繁且剧，近年尾更是无暇顾及其他事情，宗相公抽不出空前来，也在情理之中。"

果不其然，他话音刚落，庶仆便气喘吁吁跑来，站定后将回话传达给李淳一："相公称中书事务繁忙，请殿下自行定夺。"

"你转告他，诸事都有规矩，既然是应下的差事，便绝无半路退出的道理，让他哪怕不睡觉也要过来，本王在这里等他。"

她神情言态都十分平静，心中却生了揣测——他先前一副必要将贺兰钦黜落的姿态，然到了最后即将呈递名单的关头，却突然不再插手，实在是有异。

想起先前分别时他的反应，李淳一竟是有几分担忧。宗亭父母忌日在即，难道是这个缘由？

她思忖着起身，将一份策文放入了炭盆西侧的一只箱子，又同庶仆道："请曹侍御及吏部书令史到尚书省来。"庶仆闻声又跑出门，曾詹事一看这就是要提前处理先前批好的策文了，余下的只需待宗亭再阅毕，便可完事。

曾詹事一看已没自己什么事，便拱拱手，先行告辞去往东宫复命。吏部书令史将其中阅毕的卷子抬走，在御史台曹侍御等人的监督下，进行策文等第的誊录。

李淳一则仍坐在尚书省阅卷公房内，等着宗亭到来。她侧身拿钳子拨炭盆时，屋外骤响起卫兵通报声及问礼声，她抬头即见宗亭走了进来。

宗亭也不与她打招呼，径自坐下拿起余下的策文批等第，风平浪静的脸上藏着疲倦，亦有几分说不上来的情绪。他对李淳一无疑是冷淡的，这冷淡中甚至藏了几分莫名的逃避，李淳一察觉到异常，遂移坐角落，避到他的视野之外。

宗亭补批等第，李淳一取出幻方推演，乌鸦栖落在灯台边上，一点声息也没有。其间公厨陆续有人进来送食，两人也出去过几回，但都占据一角，连最基本的交流也没有。

至夜间，因熬了太久，李淳一困顿得不行，便伏下来小憩一会儿，可这一睡便睡到了次日清早。宗亭将最后一卷阅完的策文扔进箱子里，抬手拍了拍案桌，李淳一闻声惊醒，头痛欲裂地抬首看他："相公批完了吗？"

对面的宗亭公事公办地问道："殿下欺负臣不识数吗？"他眸光一凛，"还有七十三卷去了哪里？"

"那七十三卷已经批好，故送去了吏部，这会儿等第恐怕早誊录好了。"

"批好了？"宗亭反问，"臣在来之前可是从未批过等第，那七十三卷上臣签字了吗？"

李淳一坐正，冠冕堂皇地胡说八道："相公太劳累所以忘了，那七十三卷是已经批好的，不信可让曹侍御调来查签字，那不是相公的字还会是谁的呢？"

无中生有，竟是被她摆了一道。

一定要他来将余下的批完，是为了让阅卷结果名正言顺。而提前送走的那七十三卷，却是她力保的策文，其中自然也包括了贺兰钦的策文，而签字则是她自行伪造的。

她忽然上身前倾，靠近宗亭压低声音道："相公的字本王并没有忘，甚至习得比从前更精进，倘曹侍御肯将那七十三卷策文给相公过目，相公可比照一番字迹，看到底有几分像。"

她深知宗亭很介意她改习贺兰钦的字，却在这节骨眼上告诉他"你的字我从未抛弃"；又提曹侍御肯不肯给，也是一探宗亭在御史台的势力。

语毕她立刻起身，唤来金吾卫兵："余下策文封箱送吏部。"宽袖下她握住宗亭的手，压低声音道，"相公累了，该去休息了。"几乎是命令式的口吻，却也有几分怜惜真心，在金吾卫兵将最后一只箱子抬出门之际，她骤然松手，只说一声，"我亦往吏部去了。"便留下宗亭径自离开。

她像一条游出竹笼的鱼，尚书省现在似乎都是她畅游的天地。

这些年他们都蓄积了力量，尽管表现得不同，初衷却如出一辙。宗亭走出房门，身旁金吾卫兵对他行礼，他精神显然有些不济，便不再往中书外省去，而是径直回了家。

这一日分家的人恰前来议事，宗家偌大的堂屋里坐满了人，又是为区区田产奴婢斤斤计较，叽叽喳喳讲个不停，宗国公早不管事，只随他们去，连面也不露。

宗亭刚进门，执事便迎上来道："相公总算是回来了，再不回来堂屋怕都要被掀了顶。"宗亭伸手，执事将簿子递给他，"是按照先前相公嘱咐写的。"

他面带倦容，颇有几分颓废，走进堂屋时，堂内倏忽安静了下来。倘说宗国公面对分家还有几分客气，那他面对亲族的态度则显得格外不近人情，连场面上的和悦都做不到。

当年分家等不及宗如舟与桓绣绣和离，便在桓绣绣途中饮食上做了手脚，致使原本就体弱的桓绣绣暴毙身亡。此事做得隐蔽，宗如舟追查下来得知牵扯太深，发觉这并不仅仅是分家的动作，因此他将这难题留给了宗亭，自己则追随桓绣绣而去。

这两件事都十分突然，对关陇而言，桓绣绣的死让他们损失了极重要的继承人，关陇因此十分生气；而宗家也平白牺牲了一名嫡子，对子息向来单薄的家族而言也是沉重打击。尽管宗国公当时十分悲痛，但为局势，为平息一点就炸的关陇，他甚至不惜将嫡子的遗体送去关陇与桓绣绣合葬，同时也将桓绣绣唯一子嗣，亦是宗家嫡孙的宗亭送去了关陇，事情这才没有闹大。

强行平息的怒火总是埋藏得更深，宗亭从关陇回来后第一件事便是对分家进行了清算，他手段虽算不上有多娴熟光明，却令分家陡生惧意。有了强势关陇作为后盾的昔日少年，在历经数年磨砺之后，回来后宛若一个小魔王。

但这清算到分家就结束了，没有再往上，关陇素来以为当年桓绣绣一事是宗家内部的纷争，宗亭做到这份上，关陇多年来的一口怨气也得以平息。但宗亭清楚，此事并不止于分家，他没有继续追究，是为持握更有用的筹码。

人声平息下来的堂屋里似能闻得呼吸声，宗亭眸中是毫不掩饰的厌恶，他将手中簿子丢在主位上："下次不要来这么多人，本家没有这么多饭吃。"言罢负手就走，执事赶紧上前，拿着那簿子对分家的人道："诸事按簿子上来处理，勿要再吵了。"

堂屋人多热闹，庭院却仍旧冷冷清清。宗亭习惯这样的清静，曾几何时他甚至想带着心爱少女归居田园，回头一看简直是痴心妄想。

自嘲与自我厌弃纷至沓来，脚步也变得虚浮，庭院里一片惨白的光，廊庑里随即一声惊叫骤响："相公晕倒了！快来人哪！"

此时李淳一却从吏部侍郎手中接过誊好的名录，与曹侍御等人一道往宫城去。

经由考策官审阅后初拟的名录，需呈上御览，由女皇进行最终定夺。到了这一步，李淳一已不太担心最后的结果，因女皇特开制科，本就是为帝国补充新鲜士族的血液，她只要有本事替女皇将这些人写进候选名录，就已经合了女皇心意。

炭盆静静烧着，小殿中除了女皇，其余人都如雁般列队而立，等待结果。女皇边看名录边阅策文，看到贺兰钦名字时眼角更是微微一挑。

她本意的确想要贺兰钦登第，因这对于新士族的发展而言，将是一个重要开端。然她摩挲着策文末尾的批阅结果，不由得轻蹙起了眉。宗亭竟会给贺兰钦批高第？这实在出乎她的意料。

她抬头看了一眼李淳一，再低头看那名录，忽觉自己有些小瞧了幺女的本事，唇角竟是隐秘地轻勾了一下，只随口说了一句："吴王辛苦了。"

"为陛下效力，儿臣不敢言辛苦。"

女皇抿唇未再讲话，提了朱笔进行最后定夺，又将卷轴交给身旁内侍。她抬首道："诸卿都辛苦了，都回去歇着吧，吴王留下。"

曹侍御等人纷纷行礼，之后鱼贯而出，只留下李淳一一人。

白天殿中也点灯，那灯永不熄灭，灯座上的一条铜鱼也日夜睁着眼，仿佛洞悉一切。女皇看着她，和颜悦色地说："天冷了，明日朕便要搬去行宫，宫里的事、皇城里的事，便都交给你姊姊处理。"她顿了顿，又问，"你风寒好些了吗？"

李淳一回："劳陛下挂念，都好了。"

女皇颔首："那你将手中事务暂放下，明日便随朕一道去行宫歇一歇，劳累了这么些时日，也该养一养身体。"

"喏。"李淳一低头应道，"倘无他事，儿臣便先行告退。"

"走吧。"

李淳一刚转身出门，遥遥听得女皇向内侍询问宗亭的事，内侍了如指掌地回说："宗相公病了，似乎病得很重，早上还在府里晕过去了。"

李淳一跨过门槛，心却一沉，病了？

她在殿外站了一站，天地之间白光刺目，周围鼓满了风，她正要沿阶梯而下时，却有内侍报道："元都督到！"循声瞥去只得一高大模糊的身影，虽看不清脸，但李淳一知道那便是太女李乘风的丈夫元信。

元信回朝是例常汇报，同时也是与太女李乘风"培养感情"。李淳一几乎未见过他，印象中只记得他英气十足不苟言笑，是看起来很不好惹的角色。

她没有停留，更不打算同他打招呼，只低头佯作未见地匆匆下了阶梯。

耗时已久的制科终于告一段落，她也回家好好洗漱睡了一番，次日醒来后看到前来送饭的宋珍，这才想起了生病的宗亭。

以她的立场，并不适合登门慰问，于是沉默地吃完饭，她抬头与宋珍道："给相公送张符章去，就说可以保他身体康健。"

言罢她将符章往案上一拍，起身又吩咐道："我今日要去骊山行宫，午后就走，行装尽快预备好。"

"喏。"宋珍俯身忙拾起那黄澄澄的符章，揣进袖中飞快地走出了门。

一上午短暂得很，何况李淳一还得在吃饭前带着行李赶到宫城外等候，再随宫里的车驾一道去往昭应城。

日头移至当空，紧挨着东宫的延喜门外停着李淳一的车驾。她撩开帘子闭目晒秋阳，快要睡着时，忽被辚辚车马声吵醒。她探出头一看，见是南衙卫兵们都出来了，紧接着又看到与元信一道走出来的李乘风。

李乘风显然是来恭送圣驾的，这意味着女皇应当快到了，李淳一遂赶紧下车。可她才刚下了车驾，便被李乘风倏地握住了手臂，李乘风偏头看她，笑着道："陛下还未出来，何必这样着急？"她说着和颜悦色地拍了拍她肩头，"有褶子。"

自殷舍人一事之后，李乘风收敛了许多，御史台对她的攻击也明显少了。这阵子李淳一在前面为制科奔走，她却窝在东宫养身体，摆出了无争的姿态，过得十分闲适。

元信站在不远处，只偶尔朝这边瞥上一眼。因常年分居，李乘风对这个丈夫的态度向来不冷不热，哪怕元信再好再威风凛凛，她也不会放太多私心在他身上。盟友关系不该耽溺，感情更应当节制，这是她处世的逻辑。

她与李淳一站得很近，手仍握住对方手臂，双眼却平视前方若无其事地说道："听闻陛下已做了定夺，将向来从不授人的第一等给了贺兰钦，这是要将他抬到什么位置呢？"

她有意泄露制科的结果给李淳一，李淳一却心平气和地听着，像个偶人一般不表露意外或欣喜之情。

她见李淳一无甚反应，忽偏头看她，提议道："将贺兰钦给你如何？"

她话音刚落，宫门内便响起内侍传报声。车舆将至，女皇及皇夫就要到来，诸人齐齐下跪行礼，然李乘风却不着急跪，她握着李淳一手臂接着道："先前那几位你既然都没能看上眼，那曾经朝夕相处过的老师如何呢？制科敕头尚天家幺女，简直绝配，亦能成为一桩美谈，你说是不是？"

李淳一简促地回了一声"是"，李乘风却仍不松手，她语气不变，但话锋却分明是在警告李淳一："还有，在前面行事手千万不要伸得太长，姊姊一向以剁旁人的手为乐，这个你是了解的。"

李淳一眼前仿佛又跳出小时候那罐胳膊肉来，胃里顿时一阵翻涌，此时李乘风却忽然拽她跪下，迎接刚刚驶出城门的车舆。卫兵也好，即将要跟随女皇一道往行宫去的官员也罢，一时间，恭迎之词异口同声地响起，唯有李淳一和李乘风是哑的，李淳一甚至连气也没有喘一口，她平抑下胃液，又在女皇示意众人起身时从容站了起来。

她本是要登车了，却转过身当着众人的面伸臂抱了一下李乘风："姊姊辛苦，我先去应召了。"

寻常人家的姊妹之间有如此举动也不会太常见，又何况是在天家。这一对姊妹自出生便有了诸多不同，一个养在帝王身边，另一个放在掖庭，长大后的境遇更是差了太多，怎会没有芥蒂？

落在部分朝官眼里，此举值得揣测，这毕竟是吴王主动示好，难道两座冰山也要化开，难道局势要变？而已经登上车驾的女皇，也是垂了眼眸，她何尝不希望诸人都和气相处，但身在核心权力巅峰的帝王之家，就算没有争权欲，也必须学会自保，对谁又能真正剖心？

帘子缓缓放下，遮蔽了秋风里的凉，便再看不到女皇及皇夫的身影。李淳一也登上车，撩起帘子往外看，车驾腾腾而行，宫城渐渐远去，那巍峨的巅峰便只剩了秋天里的剪影，凌厉一笔亘在那里，纹丝不动。

李乘风恭送车驾远去，转过身见元信已走到她背后。她淡笑，径自回宫，而元信此时道："吴王当真是长大了。"

以前还是任人摆布的小孩子，从今日这拥抱来看，她已经是有自己的主意了。

他不过随口一讲，李乘风敛了笑道："还未成婚生子，算什么长大？"

"陛下还未安排吗？"元信问道。

"不合心意。"李乘风简略回道，又看了他一眼，"她生下来的孩子事关皇嗣延续，关陇与山东的人，陛下都不会考虑。"

江左士族倒是合乎女皇心意，她今日向李淳一透露的正是女皇的意思，而李淳一竟当真回了个"是"。既然乐得与老师成婚，那与宗亭牵扯不清又是怎么回事？

曾詹事不止一次同她讲“吴王与宗相公的关系很是不同寻常”，她还以为仅仅是当年胡闹的一点延续，难道到现在这两人之间还牵牵绊绊理不清楚吗？李乘风是果断利索又无法长情的人，对人与人之间不能自已无法割舍的感情，她无法感同身受。

因此她虽然纵情,却又透着凉薄,元信紧随其后,仍旧跟不上她的步伐。

排水沟里潺潺水流卷着落叶悄然往远方去，女皇的车驾也终在日暮前抵达了骊山。李淳一睡了一场好觉，但还不够填补这些天的缺失，到行宫后，她陪女皇用过膳，便告退回寝屋去。

她倒头睡了一会儿，忽然惊醒，背后出了一身汗，想起还未洗漱，便起身去泡汤。好在汤泉水引至内室，无须冒着凉风深夜出门，且也清净，只有侧门站了一名侍女。

李淳一放松自己往下沉了沉，索性将眼闭上。汤泉泡久了难免气闷，她忽然露出肩，睁开眼偏头问侍女：“什么时辰了？”

话音毕，暗光中却早没有了侍女的身影。她顿感恍惚，因不知发生了什么，立刻就出来穿衣。手刚扯过袍子披上，却有一人朝她大步走来，将她抵在了墙面上。

对方衣料上带着寒凉夜气，让人忍不住一颤。李淳一仰头看他：“相公为何——”后半句话还未说出口，他却低头吻了下来。

是急切的需索，一点也不温柔。病中的人带着苦涩药气，暗光中哪怕挨得再近也看不清他的脸，血腥气在口腔里弥散，根本容不得喘息。李淳一后脑抵着墙壁，潮热的身体只察觉到冷和疼，连回应也变得被动。

吻急切地下移，李淳一骤吸一口气：“你不该在这里，太危险了。”发觉他的异常，她仍存了理智，试图将他拉回来。然力量实在单薄，还未来得及反应，她双脚已然离地，转瞬被抱离了净房。

后背陷入柔软厚褥，颀长身体却压下来，继续方才未完的亲吻。手指探进长发里纠缠，唇齿却不放过血肉，甚至压抑着几分绝望的暴虐，像要攫取生机，迫切证明自己还活着。李淳一几乎喘不过气，伸手紧紧抓住了他的袍子，身体应激般地躬起：“怎么了？”她心中腾起莫名惧意，喉间骤然收紧，几乎说不出话来。

多年前也是这样，看他如此悲痛绝望，甚至连最后一丝生机也将被抽离，而她万分慌张，想要将他拖拽回来。

纱帐摇曳，烛火急不可待地要燃尽。

单袍散开，皮肤暴露在寒凉空气中，让人忍不住战栗。李淳一费力捕捉一缕头绪，想弄明白他到底为何突然又变成这样，然意识越发迷乱，就在意志快要坍塌之际，她骤想起之前在阅卷公房内前来为她诊病的纪御医。

她手心骤凉，声音也变得冷静起来："你去翻了以前的药案吗？"

对方却恍若未闻，手往下移，探进了她潮湿的身体。

李淳一弓腰抓紧了他的衣袍，紧闭的眼却倏忽睁开。帐顶绣纹盘踞不动，意识也是一滞，霎时连外面风声也听不见，只闻得喘息声。

那喘息声似乎十分久远，淅淅沥沥的雨声铺天盖地落下来，像是要覆盖掉那渺小的、焦渴又生涩的亲昵交流。七年前那个夜晚，他深陷人生困境，她不知道要怎样将他从深渊里救回来，只是不想他就此死了，想要借他温度与活气，让他的心重新跳动起来。

纷乱毫无章法的亲抚，伴着屋外雨声汹涌地烧起来，炽烈真挚的心全部剖开来温暖对方。没有铠甲的躯体遍体鳞伤，少女的初次接纳生涩又孤注一掷，几无快意，只有疼痛。

她等他平静，等他入睡，凌晨时悄悄出门打算回府，却被金吾卫兵挡住了去路。

那几个高大的红衣金吾卫仿佛是从天而降，凶神恶煞地站在她面前："末将奉陛下之命，请您回宫。"

她那时在国子监读书，常年居于宫外。在宫外待久了，几乎忘了自己是从宫里出来的人。女皇很久未见她，放任她在外面自生自灭，却在这个夜晚猝不及防地命人将她带回了宫。

雨越发大，风也是冷的。铁蹄踏得积水飞溅，巍峨宫殿越发迫近，秋雷响，宫灯颤，闪电将路照亮，却又转瞬即灭。

与其说是请，不如说是硬抓回来。几个力大蛮横的家伙将她带到内侍跟前，她站在风雨飘摇的廊庑下愣着不动，两个内侍一把抓过她的双肩，又将她带到了御案前。

人影憧憧，内侍悉数散去，如梦似幻。

银炭悄悄燃，一丝烟气也没有。殿内温暖如春，案后是她久违的母亲。她从没能像寻常人家的小儿女一样喊案后这个人一声“阿娘”，连称呼都不给亲近的机会，更不必说其他。

女皇倚案闭目假寐，对她的到来毫无反应，空气中却似乎蕴含着一触即发的怒气。李淳一向来怕她，因宫人们都悄悄说她心深似海喜怒莫测，加上自己从未与她亲近过，这恐惧便愈深。过了许久，她双膝都已经麻了，殿外忽有人踏着雨声匆匆赶来。

那人端着漆盘进殿，女皇也终于如蛰伏的猛兽一样睁开眼，看向她凉凉地道：“京中不要待了，去江左吧。”

一国帝王随口宣告她的命运：“今晚就走。”

话音落下，满满一碗药就摆到了她的面前。

内侍弯腰放下药，甚至替她打开了碗盖，热气袅袅，苦涩满溢。

她惊愕地抬眸看向女皇，女皇眸光却冷如秋霜：“你不可以有孕，更不能生下宗本家的孩子，将它喝了上路。”

她愣在当场，女皇随即瞥了一眼内侍，内侍便上前捧起药碗给她灌下。他们灌药的手段炉火纯青，她避无可避，酽酽药汁便悉数灌进胃腹，那温度烫得脏腑都疼，然她手脚却凉如寒冰。

寒意从四肢蹿上来，她全身都在发颤。内侍上前将她带出门，只给她裹上袍子，便将她塞进了车驾内，什么话也不与她说，更不会容她收拾行装与谁告别，只转眼间，那车驾便驶离了长安城。

城门、坊门一路大开。

她从不知夜晚的长安城可以那样通达，西出长安经潼关，再转头就全成了过往。被雨打萎的蓬丛一片湿答答，秋雁潮了羽翼，仍一路南行。

在掖庭受尽冷落与长姊的控制，熬到十来岁离宫入国子监，以为终于如雀般逃离牢笼可以自由自在地纵情活着。不料女皇却仍掌控着她的一举一动，她何时进过桃花林，何时登过废楼阁，与何人交谈过，又与谁人出游过——女皇了如指掌。

甚至她前脚经历了青涩情事，紧跟着一碗避子汤就灌进了她冰冷胃腹。

所谓自在不过是隐秘监控下的假象，一夜之间，一切都被打回原形。她仍然困在笼子里，去江左也不过是换了一个牢笼。她无法对抗被控制的恐惧，一句话也不敢说，只能将害怕都压在心底，切断了一切联系。

她亲手种下的金钱蒲仍待在国子监里，雨水将它淋了个透；幻方盒子里木方块一片凌乱，还没有推演完成。她走得猝不及防，连一声招呼也没打，就像桓绣绣，就像宗如舟，都没有留下任何要离开的讯号，就瞬间失去了踪迹。

这对于宗亭的打击是致命的，他大病未愈，只依稀记得最后一个混乱的夜晚，别的几乎全忘了。他只知道无论是他母亲、父亲，还是李淳一，都走了，走得一干二净，只留下他。

关陇来人要接他走的那个夜晚，他浑浑噩噩逃离大宅，去了国子监。那株被遗忘的金钱蒲遭雨淋了那么些天，却仍顽强保留着一丝生机，好像在等他来。

带上幻方盒，捧着那奄奄一息的小菖蒲，他也离开了长安，去往遥远的西疆。其中有委屈，有怨恨，又有无能为力的愤怒与懊恼，遭遇她原封不动退回来的信时，他屡次都只差一点就心灰意冷，然到底无法真正断了思念。

“无情无义”的李淳一在江南安安静静过了七年，她再回来时，他看到她，努力压制住心底的诸多愤懑与想念，想揣摩她的心，揣摩透许多虚虚实实辨不清真假的事，然他什么都抓不到，直到纪御医将尚药局多年前的医案翻给他看完，他才看到她的恐惧。

“为杜绝妊娠的可能，那副方子用药极重。那时吴王尚年少，恐怕吃不消这般药量，应是吃了大苦头。”

纪御医轻描淡写地与他叙述，面上是身为医者的平静与淡漠。

而他又如何能平静？他愤怒、害怕，之后见到她甚至想要逃避，因此用冷淡来掩饰接近时的痛苦。

但他最终还是不顾一切地又追了过来，想要捕捉一丝活气，求证自己还活着，求证她还在。年轻的身体散发着温度与力量，是熟悉的触感，潮湿又引人沉溺，他衣服一缕未褪，然手指触发混乱回忆，李淳一仰头咬唇，没有一点声响。

压抑似乎成了她的本性，不论愉悦还是痛苦，都需要压抑着不断堆积才能获得更强烈的回馈。她拥紧了他，指尖紧抓他袖下皮肉，喉间却锁死，躯体微微战栗，弓着的腰忽然松弛下来，她合上眼，像即将窒息的溺水者一样浮上水面，终于沉重地喘了一口气，眼泪随之滚落下。

快慰和痛苦几乎是同时到来，但那之后是精神的莫名松弛，她什么都不愿去想，也不打算推开他。他沉甸甸地覆在上方，头埋进她的肩窝，手则移上来拥着她，喘息声渐止。

屋外风平浪静，没有雨声，也没有风声。只偶尔有巡夜的内侍走过，步子都极小心谨慎。过了半晌，李淳一抬起手去触摸他额头，指腹甫一触上，便又缩回去，滚烫，烫得让她害怕。他高烧到这等地步，她甚至不知道这个男人是怎么从长安赶到这里，又如何避开守卫、准确地寻到她的下榻之所。那滚烫之余还有潮意，是眼角的泪。

他分明是哭了的。

这眼泪让她觉得心头酸楚满溢，她甚至忍不住伸臂回抱他。

沉重却低缓的呼吸声清晰地响在耳畔，她确定他睡着了，这才松开手，吃力又小心翼翼地将他的身体翻进卧榻里侧，随后裹好了身上的袍子。再回头看一眼，他身上的衣裳仍是完好，只是那风尘仆仆的寒气已是不在。

她扯过被子躺下来，亦将他也圈进这被窝里，榻上一方天地，此刻终得几分安稳。

都是困顿了多日，终于松弛下来的身体，似船舶入坞般安眠。

夜一点点深，走入尽头，便与白日交接。将明未明时候，夜倦乏朝日也懒，鸟却勤奋啼叫唤人醒。李淳一睡眼惺忪，下意识去探他额头温度，却被他握住了手腕。

她醒了醒神，才发觉他也睁开了眼。挨得太近，以至于呼吸可闻，体温互知，是被迫诚实的姿态。昨晚两人几乎什么话都没有说，心却贴得极近，哪怕无言，心中的感受也得以传递。

宗亭眼底藏着疲意，烧已退了不少。他的身体有些凉，声音难得地带了些鼻音："我看了药案。"手指穿过她指间，用力交握，"我错得有些离谱，我以为那时你是因为知道自己要走，所以那晚才来。"

"不告而别不是我的行事风格。"她停顿了一下，"那晚我想的是，倘若你能振作起来，就与你一起远走高飞离开长安。"

她轻嘲般笑了笑："确实天真。"

少年时候不切实际的想法果然都被现实砸得粉碎，但没关系，低下头，将碎屑粉尘扫一扫，收进匣子里，直起身就可以继续前行。

能放下时，就该放下了。

李淳一出乎意料地平静，心底藏着的一些惧意似乎也随那个夜晚过去了。手心下他的体温在缓慢升高，连呼吸也变得灼热，于是她话锋突转："我知纪御医很厉害，那日他来尚书省，自然不是因为我得了风寒，而是来查探其他。"

她顿了顿，迎向他的眸光："告诉我结果。"

宗亭喉结轻滚，眸光倏地黯了一瞬，还未及讲，她便又追问："是不是难孕？"这追问甚至藏了几分自信的揣测，尤其她在看向他时，变得更笃定。

"既然这样，那许多事倒省心了。"她握住他下颌，抬头吻了上去。

早晨刚刚苏醒的身体略有些迟钝，但体温与放松的姿态是说不出地舒适。深秋晨冷，被子里的温暖令人眷恋，也使人感觉安全。李淳一的手在柔软的锦被下游走，指头探进对方的袍袖里，贪恋地摩挲。

除去他的外袍，隔着单衣，温度愈显得真实。彼此无比熟稔地亲吻，知道如何取悦对方，又如何交融，时隔多年的接纳尽管仍有痛苦，然那贴合却令人颤抖，连喘息与心跳的节奏都互相配合，似乎这些年的空白轻而易举就能被填满，好像再无沟壑横亘在二人之间。

屋外渐渐亮起来，有内侍来来往往，室内却越发热切而急促。堆积起来的快意即将要冲破理智的樊笼，然李淳一却仍锁死了喉咙，宁愿享受窒息的压抑，也不愿出一丁点声。她在即将失控之际偏头看了一眼明亮的窗户，有人影从白茫茫的窗口走过，她闭上眼，脑海中闪过一片空白，下意识地抓紧了他的臂膀，头低了下去。

她咬了他，这一口比当年在国子监废楼阁上那一口还要狠，同时她松开牙关，局促又失控地喘了一口气，终于出声："相公好好养病，伤也要好好养，不然会留疤。"喘息难平，结束那压抑的自控的她才稍微显出一些人情味，宗亭如获至宝，尽管代价是皮肉被狠狠咬破。

宗亭黑眸深不见底，喘息声倒是平息了下来："殿下将臣的脖子咬成这样，是不愿让臣见人吗？”

“是，你亟须休息，我正好送你个理由。不要出去了，就在这里待着。”李淳一欲起身离开他，却被他倏地拽了回去。

她周身疲惫，被他圈进怀，悄无声息的肌肤温存似比热切的需索更令人身心温暖。两人额头相抵，各自平定了一会儿，李淳一低声开口：“相公昨晚哭了，我大约清楚你害怕什么。”

她将手掌贴上他心脏的位置，声音低得如叹息：“你还是放不下。”

他在阴云下，而她似乎已完全走出了雨雾阴霾，即将去迎接崭新的阳光。

宗亭感受着她掌心的温度，低声开口：“臣担心殿下还会如臣的阿爷阿娘那般，消失得无影无踪，所以臣要看殿下君临——”

她的手瞬往上移，按住了他的唇，不让他往下说僭越的话。

“你不快乐。”

他忽然开口，这言语几乎是将手伸进她的胸膛攥起她的心瓣，戳破她的伪装：“因为不快乐，甚至没有倾注一丝一毫的感情。”这场情事看起来似乎全力以赴，但实际上，甚至连昨晚未尽的那一场都不如。

倘若说昨晚还可怜巴巴地触到了她的一丝心弦，方才他什么都没有抓到。她的心同屋外白茫茫的晨雾一样，探不明朗。

她已不太会动容，常年被监控的生活让她丧失了展露真实情绪的能力，心是冰封的，他伸手去攥，甚至听到碎裂声，这让他飞快地缩回了手。

而问题是——他也一直在监控她，哪怕出发点不同，本质与女皇所为也没有什么区别。

宗亭念至此竟有几分心虚，贴着她皮肤的掌心也悄悄起了凉意。

“没有感情——我让相公有这样的错觉吗？”她的手沿着他的脊柱往上，指腹下的皮肤依然火热，随时会再烧着。这适宜的、全天下唯一真切又用力感知过的体温，稍有不慎就会沉溺其中，她必须有所节制。

“至于你说的不快乐，我察觉不到。这些年习惯如此，也就不觉得有不对的地方。”她贴着他起伏的胸膛道，“相公想查什么都可以查到，譬如多年前的药案，譬如我如今的身体状况，我在相公眼里，难道有秘密可言吗？我宅内外都有你的人，尚书省也有，南衙更有，甚至在宫里，连纪御医都是你的人。”

“纪御医不是臣的人。”他忽然这样反驳她单独拎出来的这个点，“臣从不会让他做事，给他命令的一直都是陛下本人。另外一些人与事，同理。”

李淳一顿时恍然，他却在这当口忽然抱着她坐起来，下了榻径直往内室的汤泉池走去。汤泉池中水雾袅袅，与今晨这大雾天气十分契合，但因为温暖，却要比大雾讨喜得多。

他将李淳一抱下水，继续之前的话题：“所以说殿下不满臣的监视也没有办法，那些并不是臣安排的人，臣也无法将他们挪走。臣只不过利用他们所在的位置，获取一些需要的信息。”

话说到这个份上，李淳一已经懂了。他故意安插的那几个明显的眼线不过是障眼法，实际上他蚕食的是女皇多年建立起来的监控系统，难怪女皇所知的，他只要想知道也能知道；有些事他不想让女皇知道，甚至能让人误报给女皇，譬如纪御医禀报给女皇的关于李淳一的身体状况。

他胆子怎可以这样大？她不信女皇对此毫无察觉，何况这样的做法极容易被背叛，他一点担心也没有吗？

宗亭低着声说道：“殿下要明白，谁都可能背叛，不能因为担心对方会变节而拒之不用，那样会毫无力量，只能任人宰割。”他的唇瓣挨着她柔软的耳垂，气息蹿进她的耳窝，“况且这些事都是赌局，胆量也是筹码之一。”

“这些事，殿下以前没有做过不要紧，臣会替你做，也会教你如何做。”他盯住她的眼，交付忠诚又捕捉她的欲望，“殿下分明很渴望臣。”

李淳一拒绝了他。外面太阳露了脸，骊山行宫从迷雾中走出来，已是彻底醒了，有内侍在外敲门道：“殿下，贺兰先生应陛下之召，此时已经到了。陛下命殿下尽快过去。”

李淳一闻声打算上去，宗亭却又一把拽住她，冷静问道：“尚书省还未放榜，贺兰钦来做什么？”

“相公不知道吗？”她转过身面对他，冒着热气的皮肤还存留一些情事之后的气味，“陛下的想法、宫里的消息，我以为相公都会是最早知道的，看来相公当真是病了，连掌控都弱了——”

她缓缓舒了一口气，复盯住他的眼：“陛下钦点了贺兰先生为制科敕头，且判了从不授人的第一等，今日提前喊他来，自然是给他尊荣，刻意要抬高他的声望。”

她说完出其不意地爬了上去，迅速扯过袍子套上。

“只是这样吗？”

她都快要走到门口了，步子却倏地一顿，转过身轻轻将袍子一整，负手对池子里的宗亭道：“当然不是。”她顿了顿，“如果不出所料，陛下想促成我与老师的婚事，这对于她来说，无疑是抛开关陇与山东最省事的办法。”

宗亭敛眸看向她。

她眸光也是一敛：“相公不要那样看我，从局势上看，倘若不得不成婚，老师的确是比相公更好的选择。”

有些言行可以彻底抛开感情，因此显出冷漠。李淳一披上外袍，束好头发及玉带，套上乌皮靴，回头看一眼仅套了单袍就从内室出来的宗亭，道：“相公留步，行宫人多眼杂，还是谨慎些好。倘要休息，就在此歇下，倘要回去，请等到晚上。”

言罢，她衣冠齐整地出了门，连头也没有回。那脚步声远去，宗亭瞥见了特意留在案几上的伤药盒，这才隐隐察觉到刺痛。他顺手从妆奁中拿起镜子一瞥，细薄的皮肤上是明显的牙印伤口，血到现在还往外渗，衣袍领口血迹斑驳。

伤药盒底下放着干净手巾与纱布，贴心至极，却也令他胸闷气短，以至于满腔恼火不知要往哪里宣泄，最后连伤药也懒得抹，拿过手巾压住伤口便又躺回了榻上。

人生许多问题都难解，情爱更不是万能药。他沉溺于与她亲近，渴望一直占拥，然而对方飞出纱帐樊笼，去寻她自己的天地。

“从局势上看”——仅这几个字，便足以证明她已经跳出男女情爱去面对自己的路了。

这是好事，但也是矛盾所在。他乐得见她强大，却又担心她因此振翅高飞，将过去悉数抛个干净。他在能很好地处理这些矛盾之前，只能揣着得失心忐忑焦虑。

铺天盖地的困意沉沉覆下来，他仍在发热，后背甚至蹿起寒意，纵情过后的身体十分疲惫，他只能枕着锦被中她的气味，沉沉睡去。

行宫清早寒意料峭，秋意很浓了，红叶承接着晨霜，在日光下很快化成了露水。内侍端着小罐蓄了露，用来煮一些稀奇古怪的饮品。随同女皇来行宫的光禄寺少卿紧盯着食单，有些暴躁地催促仆人准备宴食。

石瓮寺钟声接连响起，山谷雀鸟被惊起，越过寒冷的溪涧在萧索林间追逐不停。

餐碟被陆续摆上食案，说是私宴，但规格也绝不随便，从光禄寺少卿手上的食单上便能窥知一二。

今日来的这位对女皇而言是极为重要的客人，她曾请他做太子的老师，却被他拒之门外，而今他将成为制科敕头，女皇甚至命人悬其策文于尚书省，以示大国得贤之美。

贺兰钦静坐室内，等候召见。因还未授官，便仍是白身，一身素色道袍，尽显出尘之气。

内侍小心翼翼进屋，喊他道："贺兰先生，筵席已准备妥当，请随某来。"

贺兰钦起身与他一道出门，迈入宴厅时，仅有几个内侍在，除此以外便只有来来往往送宴食的侍女。

内侍领他入席，又道："陛下就快到了，先生请再等一会儿。"

然这"一会儿"却整整拖了两炷香的工夫。室内连个乐工也无，只有不吭声的内侍像偶人一样杵着，再没人与他说话。气氛一度凝滞，外面内侍忽朗声传道："吴王殿下到——"

诸人纷纷低头行礼，李淳一着亲王服跨进了宴厅。她今日气色很好，举止也透着从容。坐于案后的贺兰钦起身看过去，唇角轻弯，竟是俯身与她行礼："吴王殿下。"

昔日师生身份倒错，他向曾经的学生行礼并不奇怪。

"请坐。"李淳一显然接受得很坦荡，随后撩袍在对面案后坐下，内侍便上前给她添满茶水。她抬首，并未发觉贺兰钦有什么变化，他永远是这副模样，从七年前到现在，似乎一直都未变。

她一贯认为贺兰钦快到了不以物喜不以己悲的境界，差那么一丁点儿就能得道成仙。然宗亭说得没错，贺兰钦不可能是毫无目的的人，因此李淳一信他敬他，但也不盲从他。

“江左一别，后来再见贺兰先生，却是在制科考场上。”她手执茶盏，略有停顿，“先生近来可好吗？”

他淡笑回道：“有劳殿下挂念，某很好。”

两人各自都端着讲话，体面又和睦，全无不妥的地方，而此时女皇正坐于帘后，闭目静听。她倏忽睁开眼，悄无声息地从边门出去，外面响起内侍的传报声：“陛下驾到——”

李淳一闻声即刻移至案旁，伏跪下去，身为子女的恭敬，多少带了些卑微；贺兰钦却不同，那脊背虽也弯下去，却有不卑不亢的意味。

女皇步入厅内，步子很快，甚至带起一阵风。她头风不发作时看起来总还是精神的，甚至带了几分愉悦。她至主案后坐下，对两人道：“都坐。”

一旁的光禄寺少卿得此言，赶紧出了门，令内侍接着上宴食。

随女皇一道进来的还有起居舍人宗立。宗立正是宗亭族弟之一，也曾是与西戎那场击鞠赛中的骑手。他得了女皇授意，与贺兰钦道：“陛下看了贺兰先生的策文深感触动，因求贤若渴，这才迫不及待与先生见上一面，望先生勿要觉得唐突。”

“莫大荣幸，又岂敢觉得唐突。”贺兰钦对宗立道，也是同女皇讲。

虽都是场面话，但气氛和悦，也是个极好的开端。女皇不太开口，诸多问话都交给了宗立。身为起居舍人，宗立将圣意揣摩得十分透彻，问的都是女皇的意思，最后犹豫一番，又问：“贺兰先生可有妻室了吗？”

“某不曾娶妻。”

宗立看向女皇，女皇缓缓开口：“今科敕头，总要安排一桩好婚事才妥当。”她这一言，等于同时向他点明“你得了制科敕头”“朕要与你指一门婚”这两件事，但到此为止，也不提李淳一，只等贺兰钦的反应。

换作别人，这时自然会说 “有劳陛下操心，某自有打算”“某谢陛下挂念，一切全凭陛下安排”云云，然贺兰钦毫无回应，只当是很顺理成章听到了这一句，继续等她下文。

他不讲话，女皇自然不能逼着他讲。她眸光一敛，看向宗立：“依宗舍人看，谁人可与贺兰先生相配？”

宗立顿时进退维谷，他隐约知道女皇有意要撮合这一对师生，但倘若实实在在表明是李淳一，却又不好。

他接了这烫手炭，浑身都不自在，然他余光瞥到李淳一，瞬间就将烧红的炭抛给她：“两姓结好，最恰当还是要两情相悦。臣对贺兰先生不甚了解，更不知贺兰先生会倾心何等女子，臣闻吴王殿下曾以贺兰先生为师，不知吴王殿下可有所了解呢？”

聪明人不会将问题留在自己手里，而是抛给旁人。不过李淳一倒是不打算抛，她直言拒绝：“身为学生又怎可揣摩老师心意？本王没有琢磨过此事，宗舍人想必问错了人。”

宗立只剩尴尬，但这尴尬好过一言不发。他无奈看向女皇，女皇面上漠无表情。就在此时，外面内侍又报道：“宗相公求见陛下。”

诸人都停顿，女皇握在手中的茶盏也搁下。

她道：“皇城内诸事都由太女处理，让他回去。”

内侍飞快将女皇的意思传达了出去，然回话也迅速传来：“宗相公执意要见陛下，说是元凤四年度支奏抄事关元凤五年支度国用，中书门下议事不决，太女殿下更无力决断，需陛下处理，才可发敕。”

女皇闭目又睁开，波澜不惊地开口回说：“让他进来。”

内侍传达完圣意，宗亭即撩袍而入，衣冠齐整，全无一点狼狈，根本不像是高烧初醒之人。李淳一也是有几分惊讶，但他不看她，径直走入殿内对女皇简单行了礼，即将手中奏抄递了上去，开门见山道：“据元凤二年国库收纳数推算，元凤五年的支度国用恐有不妥。”

女皇按着奏抄不动：“哪处不妥？”

他言简意赅：“供军支用。”

帝国的财政开支，总体分供国、供御，以及供军。所谓供国，无外乎是供养官吏衙署、转运交通、兴造除害、物价水利等支用，供御则主要是皇室宗族开支，至于供军，便尤为复杂起来。

各地府兵、官健兵等等，都需国财来养，争议便在于财政怎么拨给，按照什么来拨给。山东与关陇素来在此事上争夺不休，尤其是在两边雇用的兵员数量都不断增长的情况下，就更争得面红耳赤，几乎要撕破脸。

元信此次从山东回京，当然是醉翁之意不在酒。

元信要尽可能为山东争取利益，而关陇却称陇右去年逢大旱，原本赋税就不够吃，当然要从国库多拨给。每年支度国用都有个限度，这边多给，山东自然就不能再增，两边为这件事已经是势不两立，吵的虽是一本奏抄，争的却是庞大的口粮。

女皇当然心知肚明，但她要让他们争，让他们夺，让他们互相残杀，而自己闭口不谈，坐收渔利。

现在宗亭显然是要来为关陇争上一口粮，但她如僧坐定，不打算理会，更不愿意翻开面前这本奏抄。

女皇闭口不言，宴厅内便如死水般沉寂。贺兰钦静等一颗石子入水，起居舍人宗立也不插话，最后只有李淳一跳入这水中，打破平静。

她开口问："相公面色略差，是病了吗？"

宗亭不理会她。

女皇睁眸看向他，他脖颈间压着一块纱布，显得格外奇怪。她终于开口："宗相公的脖子怎么了？"

宗亭不苟言笑回说："臣被狗咬了。"

他一本正经说自己被狗咬了，宴厅内诸人竟没一个信的，纷纷屏息不言，就连李淳一也只是收敛了眸光。

到最后只有女皇乐意配合他："宗相公遇上的狗亦仁慈，竟未将相公脖子咬断。"

"仁慈又岂会咬人？那条狗分明凶恶至极。"宗亭面上寡淡得要命，尽管意有所指，却根本不屑睨一眼李淳一，全当她不存在，刚才进来时甚至未与她行礼。

李淳一听到这话便知他又在生气，他那架势像是恨不能与她打上一架。然李淳一对此毫无反应，只抿了一口茶，权当听笑话。

她这事不关己的态度实在恼人，但要事在前，宗亭忍了一忍，将话题扯了回来："眼下尚书省皆等着政事堂发敕，事关支度国用，时间着实紧迫，请陛下尽快做决断。"

他竟是理直气壮催起女皇来，且还摆了一副为国事操心的冠冕模样。

女皇仍按着那奏抄不动，看都不想看一眼，化繁为简地说："中书门下怎么吵，朕从不去管。这些事有章可循，度支是怎么算的，比部拿出来的数又是如何，一目了然，按规矩办事很难吗？"

她言语里有几分不耐烦："何况朕已令太女监国，此事由门下省直接申与太女即可。你拿回去——"她言罢将奏抄扔到了案下，"只要有太女画喏，就发敕送尚书省去做。"

她大方地将未来一年的支度国用决策权放给了李乘风，实际上却是将鱼食抛出去，还是让他们自己去争。君相分权，政事堂才是诸衙署的领袖，李乘风身为储君，有没有本事左右政事堂，很重要。

奏抄原封不动落在脚边，宗亭低头捡起来。他明白女皇是想探一探李乘风的实力，不过用别的事试探也就算了，这件事绝对不行。于是他"忠言"提醒道："陇右大旱才过，关陇兵乱刚刚平息，倘这时候再缺衣少粮，后果谁也无法预料。西戎野心愈盛，西北边上从不太平，关陇倘若不稳，陛下恐也难安眠。"

他上前一步，重新奉上奏抄："度支侍郎拟的这奏抄，陛下还是有个数为好。"

这言语里藏了威胁。鬼知道上次关陇兵乱是什么内幕，现在居然又拿这点来吓唬人。女皇额角隐隐跳痛，头风似乎又要发作。她顿时满心烦躁，低头翻开奏抄将供军部分浏览了一遍。度支的计划明显有所偏向，对大旱刚过的关陇而言的确是有不妥之处的。

她本心甚至想削关陇的兵，但西北军防一旦薄弱，西戎便会乘虚而入；但就这么养着这头猛虎，她既不甘心又不放心。

额颞猛地跳痛几下，带着眼眶都抽疼，她抬手一按，压着声音道："朕知道了。"又转而向起居舍人宗立道，"让度支侍郎到行宫来。"

宗亭也不打算再拿回那即将变成废纸的奏抄，往后一步躬身行礼："臣先告退。"

他挺直脊背堂而皇之地走出宴厅，让贺兰钦师生见识了他的得势与嚣张。然这对师生看着他背影远去，最后消失在门口，也只是各自执起茶盏饮茶，仿佛刚刚什么都未发生。

但筵席到底有了变化，女皇头风又有发作苗头，不能继续待着。一旁的宗立便寻了个理由提醒她："陛下，曹御史今晨就到了行宫，恐是有要紧事，可要召见？"

"不用让他过来，让他等着。"女皇执盏饮完茶，霍地起了身，很是随和地与李淳一及贺兰钦道，“不用出来送了，继续吃吧。”

师生二人随即起身，女皇飞快地穿过宴厅走了出去。

宴厅内秋风涌入，铃铎声也被带进来，显出难得的清净。无丝竹扰耳，饭食丰盛，便是怡人的宴会。师生二人沉默不言地各自享用了一会儿美食，李淳一先起身，贺兰钦则亦跟着站了起来。

内侍恭送二人离开，李淳一走在前，贺兰钦行在后。待出了廊庑，李淳一却转头：“说实话老师前来参加制科，我感觉很突然。方才不便询问，现在老师可否告知学生为何来应举呢？”

贺兰钦却道：“殿下应先从改口开始，我已不是你的老师了，哪怕私下里也不要再如此称呼。”

李淳一却说：“一日为师则终生为师，何况先生于我有再造之恩，学生私下还是不能造次。”

贺兰钦继续前行：“殿下要明白，这世上并无永恒不变的关系，一日为师终生为师，大多是一厢情愿的固执，其实是没道理的说法。”

既然他都这样说了，李淳一便不必再纠结于称呼。

避开了行宫守卫，两人往东去。

林木秋色浓，涧溪流水急，二人继续前行，贺兰钦随口问道：“殿下身体还好吗？”

李淳一似乎在想别的事，只顾着往前走，他便喊她一声“幼如”，她这才止步回头：“哦，好，很好。”

“没人同你说你有哪里不妥吗？”他问。

李淳一本要脱口而出讲“没有”，但她骤想起晨间从宗亭那里获知的“难孕”一事，便皱皱眉，回贺兰钦道：“有。”

“那就是了。”贺兰钦道，“纪御医的诊断虽不易出错，但是——”他看向李淳一，缓慢提醒道，“医者也非神明，所言并不绝对，诸事都有意外，你还是小心些为好。”他分明已知李淳一难孕的事实，这话讲出来便有了另外的意思。

难孕不等于不孕，倘若放纵情事，万一现在有孕，对她来说是不利的，因此让她小心。

李淳一心中咯噔一下，贺兰钦又说：“你与过去的人与事牵扯甚多，虽看起来扯不断，但其实都无甚要紧。”

他负手看她，唇角是平和的微笑：“最要紧的是你心中有不平、有决断，明白自己想要什么，哪些又可以扔掉，这样取舍起来便没什么可为难了。”

李淳一几乎未与他提过宗亭的事，但他仿佛了如指掌，甚至清楚她回来之后又与宗亭纠缠不清，还特意提醒她“要节制小心”。

他如何知道？李淳一想捕捉一些蛛丝马迹，骤想起贺兰钦趁她不在时到别业拜访那次。虽然宋珍没主动同她提及，但她后来还是通过别的渠道得知了，那时宗亭恰好住在她宅中，或许二人有过交手。

贺兰钦似乎认为她与宗亭纠缠没什么大不了，简直像小孩子胡闹。他像长辈一样轻描淡写地尽到提醒风险的责任，自然不会逼她做出什么惊天动地的决裂之举来。

李淳一本想将女皇意欲指婚一事讲给他听，最终还是作罢，只提议道：“走出来太远了，现在回去吗？”

“我再走一会儿，殿下先回吧。”他负手立于林间，看她往回走，随后转过身，等那位紫袍郎君从树后绕出来。

如此“巧遇”，真是令人发笑。

他不点破跟了一路的宗亭，只对那大树说：“宗相公也觉得这林子很美吗？”

上次躲在屏风后被他戳穿，这次躲在树后又被他发现，宗亭差点以为他有眼睛在空中飘。但宗亭不纠结于此事，也不打算再避，于是从树后走出来，行至他面前。

两人差不多个子，紫袍玉带与素色道袍相对，是明显的士庶分别。

如果说宗亭此时全身上下都透着咄咄逼人的架势，贺兰钦则不会给对方造成压力。他平和从容，也从不与人急眼，或许长到这个年纪都没跟人打过架拌过嘴。

宗亭将他细细打量后终于得出结论，分明才三十出头，却像一潭死水，连策文也写得十分老气，全身上下都透着隔夜菜的陈味，实在无趣至极，怎会有人觉得他魅力无穷？

老男人，宗亭在心中嘀咕了一声，随后颇为自信地振了振紫绫袍袖。

林间的风再次涌动起来，吹得落叶簌簌，像是要拼了命将这季节中苟延残喘的叶子都摇到地上去。

宗亭终于开口回他方才的话："这林子确实很美，但落叶总是要化成泥，春季只归新叶所有，贺兰君说是不是？"

他对贺兰钦有预设的敌意，贺兰钦却根本懒得与小孩子计较。

忽有窸窸窣窣声响起，宗亭低头一看，见一条黑蛇自丛间蜿蜒而来，那黑蛇吐着芯子，模样十足凶悍，似乎下一瞬就要腾起来咬人。

镇定如宗亭，喉咙竟是忍不住紧了一紧，后脊背也蹿过一缕寒凉。

然那条蛇却贴近贺兰钦的足，随后盘曲而上，贺兰钦对它伸出手，它便爬了上去，稳而自在地将头停留在他的手中，直直盯住宗亭，凶神恶煞地猛吐芯子。

贺兰钦轻轻拨转它的头，它便转向不再针对宗亭。

他偏头看向宗亭脖颈间仍尴尬捂着的纱布，眼角酝起极淡的笑意。

他道："相公吃相有欠文雅。"

贺兰钦一言双关，既是说宗亭在男女情爱一事上吃相难看，又是指其今日在女皇面前要口粮的模样很着急。言罢他看一眼宗亭，对方显然听懂了这言语中的深意，但压住不发作的模样也是好笑。

蛇头此时忽然转向，竟是猛地朝宗亭一蹿。宗亭虽没被吓得往后退，但也被骇了一跳。对待其他禽类的进犯，他还能伸手反击；但面对蛇，宗某人明显连碰都不想碰一下，因为凉腻腻的实在恶心透顶。

压下心头不适，他快速回道："文雅又有何用？文雅到最后不过是饿死。"

"文雅的确无法当成饭来吃，然吃得太着急太快，却更易成为同类的眼中钉。人、畜生，皆是如此。"

贺兰钦说完，黑蛇已是收回了咄咄之势，悄然钻进了他的袍袖里。他很善意地提醒宗亭不要太高调，同时又莫名地说："宗相公在公私轻重上似很有分寸，这很好。"

言罢一拱手，先行告辞。

分明还是白身平民，却占据高地有理有据地对中书相公的为人评判起来，甚至连反驳的机会也未给，捶过一拳后就自觉地退得远远的，宗亭哪怕不赞同也无处反驳。

仍在发烧的宗亭，心里由此蓄了满腔怒火，直直蹿到脑子里，烧得他神志更是癫乱。

这癫乱令他无法继续待在这人迹罕至的萧瑟林间，因此他步子一挪，像被魇住一般，不自觉地就往吴王殿下的居处走去。

守卫和内侍对宗亭皆是视若未见，他再次入内，李淳一却并不在。顾不了那么多，他径直走进去，随即往榻上一倒，连衣冠也未脱就昏昏睡了过去。

李淳一被女皇叫去应付前来告状的曹侍御。

曹侍御与李淳一因制科相识，也算有些交情，但这时候翻脸不认人起来，当着李淳一的面就直言不讳地说她治所的秋冬季勾账有问题。

告状告到本人头上，真是勇气十足。

此时女皇不在，许多事甚至可以私下遮掩处理。但李淳一面对质疑，却回道："淮南治所的账是经比部勾检的，且淮南监察御史也对过账实，本王倒是不知有哪里不对，那么就请曹侍御讲个明白吧。"

曹侍御道："殿下既然这样讲，臣便直接问了。"

他递上一本小册子："既然殿下认为淮南治所的账没有问题，那么建寺观这部分支出又是从何而来？难道是从天而降的吗？"

李淳一迅速一想，低头睨了一眼，将手收回，抬首看他道："曹侍御。"她毫不心虚地回道，"本王仅永业田便有一百顷，私产并不算少，难道本王动用私产建寺观，如今也受御史台管了吗？"

曹侍御毫不退让："殿下私产自然是支用自由，但当真只是建寺观吗？据臣所知，那几处寺观，养了不少'闲人'。"

他刻意强调"闲人"，言外之意是说李淳一可能在利用寺观名义在养幕僚爪牙，心有不轨。

针锋相对，分明是要逼得李淳一心慌意乱。

"曹侍御是在红尘中奔忙的人，认为修道之人即是闲人也情有可原。"

她顿了顿："御史台虽可以风闻评事，但有些话还是谨慎些再讲为好，毕竟误伤并没有意义。今日倘若是陛下在这里，大约也会同曹侍御这样讲——”

她显然没有了继续聊下去的想法，只告诉他：“本王建寺观之事，陛下恐怕比曹侍御更清楚细节。”

她将那册子递还给他，直到他低头接过，这才径直走出门去，吩咐门口内侍：“请曹侍御回去吧。”

她往前走到廊庑尽头，拐进西边走道，短促地呼一口气，一条黑蛇便向她游了过来。她低头一看，蹲下来伸手迎它，随后抬头两边看看，却未见贺兰钦的身影。

那黑蛇对她表现出十足的亲昵，就差要往她袖中钻。她料定贺兰钦就在这附近，遂抱着它起身，蛇尾瞬时就缠上了她的臂，蛇头却指引方向，似在带路。

虽才到午饭时辰，但天色转阴，竟有几分迟暮的味道。空气又犯潮，风也越发大，似乎又要下雨，李淳一踏着落叶一路寻，却并未见贺兰钦的踪迹。她已渐渐远离了行宫主殿群，走到了西绣岭的一座道观前。

这时有小道士匆匆迎上来，终于透露了贺兰钦的行迹。他讲贺兰钦自前几日便客居此地，方才恰好回来了，并吩咐说倘有人来找，便请之入内。

李淳一抱着的黑蛇果然兴奋地朝门内吐起芯子来。贺兰钦素来热衷故弄玄虚，李淳一早见怪不怪，她走得有些疲乏了，恰好进去歇一歇。

道观中的无欲清净是尘世难及的，任由落叶占满庭院走道，自然和谐，并不会令人觉得邋遢难看。李淳一随小道士往后行至寮房，却正逢贺兰钦在庭院中与一道长切磋功夫。

李淳一站在一旁静看，小道士也看得发愣。道家亦有门派之分，功夫自然也生了差别，道长出手刚强，贺兰钦却要柔得多。他虽慢，却如行云流水，对方竟是难寻弱点下手攻击，待到最后收拳脚，他竟也保持着镇定的体面，连粗气都未喘上一口。

那道长不禁叹妙，抚须笑起来，又令小道士前去煮茶，这才看向李淳一。李淳一着亲王衣冠，身份一眼明了，道长遂行一揖，便识趣离开。

黑蛇从李淳一手上游了下去，自在惬意地奔向贺兰钦。

贺兰钦道：“遇上什么事了？”

“先生火眼。”她果真改了口，随旁人一样唤他先生。

“我猜猜看。”他在架高的廊庑上坐下，从身旁漆盘上拿过手巾略擦了擦汗，续道，“陛下未见曹侍御，而是将你喊去了。曹侍御是告谁的状？”

他猜得不错，李淳一遂道：“我。”

贺兰钦放下手巾，沉吟道：“告你的状……那除了寺观便也没什么可讲了。诸人都知陛下对小动作很是忌讳，倘被抓实了‘心怀不轨、另有图谋’，恐怕就要落得与你阿兄一样的下场了。”

“幸亏当初建寺观，先生让我向陛下递了折子。”

“不要庆幸得太早。”贺兰钦道，“眼下陛下对你有所求，你是有恃无恐，但寺观这件事始终是问题。你不能明目张胆养士，用这种办法避人耳目，但实质还在，有心之人仍可以翻出花样来整你。”

李淳一微抿唇，又问：“依先生看，谁会是这有心人呢？”

“最近有人进京了吧？”贺兰钦忽问她。

“是。”李淳一眸光瞬敛，“先生的意思是，此事是元信授意？”

“陛下和太女指望你诞下皇嗣，但他未必。你与宗相公走得近，他与宗相公又是敌对已久，倘你生下的皇嗣有宗相公的血脉，他会乐意吗？”

贺兰钦端起漆盘上的茶盏饮了一口：“他未必要置你于死地，但现在不顺心，就要整整你。反正御史台听闻奏事又不用担责任，抓到一块软肋便咬上一口，总不会损失什么。”

“这些构陷倾轧的事，你不要放太多心思在上面。”贺兰钦拿了素馃子给她，“以退为进，不要主动去害人，做事不妥当会被反咬。”

他又饮一口茶：“何况龌龊的事，还有宗相公去做，他已经深谙此道了。”

李淳一挑眉看他。

贺兰钦又道：“他对我虽有不小敌意，却并未将我当成对手。真正与他交锋的是元信背后的山东势力，这点他分得十分清楚。”他顿了顿，“何况他对江左新贵并不排斥，不然也不会放任你在制科取落上做手脚。身为世家子弟，有这样的胸怀也很难得，这是与山东那些故步自封的门阀所不同的地方。若要结盟，他的确是上选，殿下很有看人的眼光。”

他夸完宗亭，甚至连带将李淳一也夸了，最后说：“吃完这些你就回去吧，给他一些好处，这个人死心眼。”

言罢，贺兰钦就起身进寮房了，只留下一盘素馃子、一盏冷茶与李淳一在外面。

李淳一于是就着冷茶，将盘上馃子吃了个干净，这才折返回行宫。

阴天里，夜幕也迫不及待地到来。她回到行宫时，灯悉数都点了起来，侍女看到她，忙迎上来，躬身行礼："殿下总算是回来了，陛下方才送了些补品来，说是殿下近来操劳政务，该好好养生。"

李淳一自不会吃这些养生补品，遂大方决定都赏给宗亭。她遂同侍女说："知道了，熬些温补的药膳送来吧。"

侍女转身离去，她进得门内，再往里走，忽有一根羽毛飘在空中，瞬时又落下，再往前几步，竟是有一把漆黑的乌鸦羽毛！

一盏灯幽幽晃动，案上摆了一只空碗，边上则是一堆碎骨头。

李淳一顿时火大，掀开纱帐便怒气冲冲地质问："乌鸦呢？！"

宗亭坐起来，抬眸盯着她："殿下何必这样生气？左右贺兰钦那里还有一只，你将那只再要来养就是了。"

"你能不能讲点道理？！"李淳一气得手都在抖，上前一把揪住了他的前襟。

"吵吵嚷嚷不让人眠所以拔毛以示惩戒，臣很讲道理。"他理直气壮的模样更是激怒了李淳一，只转眼间两人便厮打起来。少年时期的"斗争"仿佛重现，但这次又有不同，之前宗亭次次落于下风，这次却死死压制住她，根本不让她动分毫。

他紧盯着她，问道："觉得老师送的乌鸦死了所以要与我打架？老师的乌鸦竟比我还重要吗？"

李淳一痛失爱宠，气得咬牙切齿，简直说不出话来。

他看她不言语便又烧昏了脑子，头低下去，隔着袍子，狠狠咬住了她肩头。

肩头疼痛突袭而至，李淳一缩肩皱眉，然他紧紧咬住不放，鼻息也变得急促，像凶恶的狼，浑然一副要将人咬死的架势。

李淳一忽然回抱了他，偃旗息鼓请求道："松口好不好？我很疼。"

话音刚落，肩头压力又陡加一层。他好像将力气用完才甘心将牙关松开，李淳一倒吸一口气，将手移上来按在他脑后，解开他发带，将手指插进那墨色长发中安抚似的摩挲，一句话也不说。当年她还只会梗着脖子恶狠狠地僵持，但如今已懂得如何示弱缓兵。

人总是逐渐圆滑起来的，只有宗亭还停在多年前，毫无进步。

那发带握在她手中，随她的手悄然下移。她握住他的手，在他全身松弛之际，却忽然不动声色地反捆了他双手，随后在他惊异抬头之际，扯过蹀躞带死死束住了他的脚。

动作一气呵成，毫无停顿。

空寂卧房中骤响起一声哀苦委屈的“呱——”音，李淳一甩袖下榻，循声走到屏风后，只见她的爱宠孤零零栖在桌案上，羽毛几乎被剪了个精光。

乌鸦瞧见她，顿时更委屈地“呱呱”啼叫起来，李淳一暗吸一口气，心火陡盛，一把抱了那乌鸦放到榻旁，怒气冲冲质问榻上被捆束了四肢的人：“如此凶蛮残暴，相公还有没有良知？！”

宗亭借暗光睨一眼那光秃秃的丑陋黑禽，面上无半点悔改之意，反而理直气壮道：“它扰了臣睡觉，不过是拔毛，难道委屈它了吗？”

李淳一见状，收起最后一点善心，抓过手巾爬上榻，飞快地塞进宗亭的嘴。她丝毫不介意欺负病患，手移下去捋起他身上中单，按住他无法反抗的腿，指头死死掐住皮肤上的短细毛发，猛地往上一拔，毫无人情味地质问道：“痛不痛？”

宗亭痛得皱眉却无法出声，只得忍着这毫不留情的复仇，受着咄咄质问：“换作如此对你，你觉得委屈吗？”

光秃秃的乌鸦虚弱地守在一旁，十分配合地“呱”了一声。头脑烧得迷迷糊糊的宗亭则深吸一口气，不要命地摇摇头，死心眼地表示自己一点也不委屈。

李淳一压着他又要下手拔毛之际，屋外却传来侍女脚步声。侍女抬手敲敲门：“殿下，该用膳了。”

“放在外面。”李淳一且压下这怒火，坐到榻旁看看那只可怜巴巴的乌鸦，忽又扭头咬牙切齿同宗亭道，“简直无理取闹，下回再这样别怪本王不客气。”

她言罢起身，走到门口将饭食拿进来，坐在案前将素食吃了个精光，最后只留下一罐乌鸡汤。

怒气随食欲平息下去，失落的情绪却返潮般涌上来。

她坐在案前背对着榻上的宗亭，心中充斥着难以咀嚼的悲伤。他的患得患失影响了她，让她动摇，甚至让她一瞬间回到她不想再回首的过去。他对失去的恐惧与日俱增，如今甚至到了有些癫狂的地步，所以想牢牢地攥她在手中，证明她还活着，还有温热的血液在皮肉下流淌，以此来安抚空洞冰冷如深谷一般的内心。

李淳一伏在案上平复了一下情绪，手往前移，指腹贴上盛汤的罐子，确认还是热的，便直起脊背，端了那汤罐起身，面无表情地坐到榻旁，扯掉塞在他嘴里的手巾，也不给他松绑，只打开罐子，温热的一勺汤便递到了他嘴边。

沉寂的空气里，只有食物热意浮动。

食欲化解一切糟糕情绪，也能缓和一触即发的紧张关系。

一罐汤喂下去，她又起身处理了乌鸦的伤，随后折回床榻解开他的束缚，躺进被窝里从背后抱住了他。

宗亭头脑昏沉沉，但还是下意识握紧了她的手。屋外最后一场秋雨，就这样悄无声息地浸湿了天地。

第七章

制科放榜姗姗来迟，正式授官前却还有一套例常活动，以便新士族们更好地融入朝堂。制科活动不比进士科那般隆重，但赐宴与月下击鞠是必不可少的。

因时值初冬，女皇身在行宫，所以这制科欢宴的场地便从曲江池畔搬到了骊山。

光禄寺少卿反复确定食单，忙得脚不点地；太府寺乐工也抓紧时间筹练新乐曲，免得届时出了差错；游手好闲的则是那些新科举子，以及不慌不忙前来赴宴的京司各衙署高官。

这日逢旬休，该来的都来了，譬如宗亭、元信，以及长住行宫的女皇和李淳一。偌大的宴厅几乎坐满了人，炭盆静静烧，佳肴接连送，室内温暖如春，一派和悦气氛。

然而“吃”永远不是真正主题，光禄寺的食单划到最后一道菜，诸人便纷纷按捺不住，甚至有人起身问道：“击鞠何时才开始呢？”

场地已安排好，就等着女皇移驾，其余人也好跟着一同去凑热闹。

恰是月明之夜，灯全部点亮，体态丰满的二十匹骏马依次排开，鼓声激越，惊得林间野兔乱窜。月下击鞠，刺激与危险并存，碎首折臂之事也时有发生，然这些对于尚武的大周人而言都算不了什么——

酒劲上蹿，鼓声阵阵，诸人喝彩，越发催人振奋。

有十几位举子已按捺不住，皆跃跃欲试，想要在帝王跟前一展身手，而作为敕头的贺兰钦却像个嗜静的老人家一般，无动于衷。

女皇眸光移向他，问道：“贺兰卿为何不愿一试？”他却回道：“臣近来抱恙在身，实在心有余而力不足，恐是无法上场了。”

一南衙将军闻声看过来，竟是轻嗤道：“连击鞠都不行，又哪里来的气力为大周国事操劳？敕头可是害怕受伤才这样推辞？”

贺兰钦却并不在意这激将法，只随他去讲，甚至懒得应答。

然这时有人跑过来禀告道：“陛下，还差一人。”

那南衙将军又道：“敕头既然不愿上场——”他看向李淳一，“吴王身为主考官，可是要与举子们打上一局？”他话音刚落，举子中便有人应和起来，显是十分欢迎李淳一入场击鞠。

又有声音道：“臣听闻吴王也是击鞠好手，素有巾帼不让须眉之勇，今晚臣等可是有幸一睹殿下英姿吗？”

女皇闻声闭了闭目，却见李淳一当真起了身。李淳一太清楚这情势，哪怕她推辞，女皇也会将她推上场，且今晚这么多人应和绝非偶然，避无可避，大概就是如此。

然她起身的同时，宗亭却跟着站了起来。

那南衙将军轻挑眉：“相公乃我大周数一数二的骑手，莫不是要上场做主裁？”

“殿下身为主考官都上场击鞠，臣身为制科考策官，做个主裁难道奇怪吗？”他讲完便不再理会他，而是径直走去牵马。

击鞠有三位裁判，两位在边上计数，另有主裁在场中央把控基本规则与秩序。

诸人纷纷执鞠杖骑马入场，夜色瞬时紧张了起来，腾腾鼓声更将众人情绪架在了火焰之上，好像随时都会沸腾。

马蹄嗒嗒，杂沓而急促，骑手握紧鞠杖，驱马争逐场内唯一一只球，时刻准备将其击入对方球门。鞠杖挥舞起来十分无情，骏马则随球转向，时而往西时而往东，争逐相撞，鞠杖互击，根本顾不得对方是谁，遂不必留什么情面。

因李淳一在场上，场下目光纷纷投向了她，虽月光、灯光照耀有限，但诸人仍能从一堆举子中一眼辨出吴王英姿。

她确如传闻中一般擅长击鞠，且十分灵巧，就在众人屏息盯着那一群人追逐之际，她已用手中鞠杖毫不犹豫地将球钩过，精准击入了对方的球门当中。

鼓声瞬起，高亢的报分声便传到了人群中。女皇敛眸静观，贺兰钦也是一样，面上全无众人的半点兴奋与高昂。

嗒嗒嗒的马蹄声再次响起，围看者也愈觉紧张，只有寥寥数人窃窃私语，议论吴王这个模样竟有几分陛下当年的风采。

温柔的江南并没有将她养得柔弱，反而添了几分韧性，也赋予了她人生更多的可能。

双方的争夺无一丝一毫的退让，因此比分也始终无法拉开差距。在这初冬夜晚，骑手们拼尽技巧与气力，已是出了满身的汗。

因为着急，局面甚至有些混乱。作为主裁的宗亭，策马执杖控制着局势，然就在他提示两名骑手争逐出界时，另一边却争夺到了你死我活的境地。

李淳一与对方两名骑手各执鞠杖夺球，那球在鞠杖间来来回回数次，已陷三面围困之势，似不论如何都无法逃离这死局。

忽然，李淳一俯身一钩，竟是将那球从地面带起，她正要击其往东，却有一支鞠杖朝她这边击过来。然那鞠杖，目标却不是球，挥下去时狠狠击中了李淳一的坐骑。

痛苦的马嘶声骤响，宗亭闻声扭过了头。

李淳一侧身击球，本就未能坐稳，这时坐骑前腿猛地屈膝着地，她身体前倾，便狠狠摔了出去。

耳畔是杂沓纷乱的马蹄声，她的手臂几乎被马蹄踩断，然就在此时有人忽紧紧抱住了她，她忍痛睁眸去看，对上那双漆黑眼眸，可那眸光却倏变，她顿时感受到铺天盖地的重压，与此同时，马蹄从他背上踏了过去。

呼吸滞住了，一口气闷在胸膛里怎么也上不来。纷乱的铁蹄声陡然静息，高亢痛苦的马嘶声响彻天际，人群中的惊叫声后知后觉地到来。

李淳一什么也听不清，视线中只有宗亭闭上又睁开的眼。那眼眸光彩骤暗，神情中却不见痛苦，他甚至对她笑了笑，确认她还活着，暗淡眸光里不禁流露出安心来。她仿佛听到他叹了一口气，那叹息中盛放着的所有担心，此时终于可以放下。

她想说话，但张了嘴出不了声，因缺氧而昏沉的脑袋疼痛无比，被踩断的臂根本抬不起来。她顿感肩头一沉，紧紧抱着她的那双手臂也松弛下来，忽有杂沓的脚步声逼近，终于有人将压在她身上的宗亭抬走，耳边只剩下贺兰钦的声音："没事的，你不要怕。"

他俯身查看她的伤势，嘈杂的议论声就回荡在上空。有人匆匆跑来，固定了她的手臂后，便将她抬上了板架。李淳一模模糊糊睁开眼，余光只瞥见有人亦将宗亭抬了起来，急急忙忙往另一边去了。

场边火光仍跳跃不停，鼓声却止歇，夜风将计分旗吹得猎猎响，月亮悄无声息地隐入云后，两人之间的距离愈来愈远。熟悉的无力感牢牢制住了李淳一，她不知宗亭是否失去了意识，也不确定他的伤势如何，她甚至连一问究竟的力气也没有。胸腔像被碾碎，连呼吸都痛得很，血腥气翻涌上来，将仅存一点的意志也冲垮了。

一场制科球赛，以激昂开头，却以混乱收尾。多数人不知所措，只一小部分人忙着处理这突发事件，而女皇稳坐不动，面色则差到了极点。她看得格外清楚，李淳一落马之际，宗亭几乎是不顾一切冲了过去，将她紧紧抱住，为她挡了那无情的铁蹄。

见得这一幕，女皇脸色几乎瞬变。男欢女爱是一回事，愿为对方去死是另一回事。意识里将对方的一切看得比自己的性命还重要，就已不是少年时期简简单单的懵懂情爱了。

他们之间的关系，比她预料的更坚实、紧密，甚至透着近乎绝望的固执。

他几乎是用本能去救李淳一的。

女皇在原地枯坐，不远处跪了一排举子。他们刚从击鞠场上下来，额头甚至还冒汗，但此时个个脊背生冷，生怕女皇大怒。

女皇的确怒火丛生，这些人竟敢算计到这上面来，实在胆大包天！但怎么治？怎么查？难道将今晚的举子们都重新黜落吗？月下击鞠是科考传统，刺激又危险，诸人心知肚明，何况球场上无君臣，亲王上场也没什么好顾忌，出现这种事全可推给意外，想追究也无从下手。

诸人屏息不言，火光将女皇的脸照得一片肃穆。她安静得可怕，眼眸中一点波澜也无，教人摸不清她真正的脾气。

她身后坐着的元信此时也不开口，先前一直撺掇李淳一上场击鞠的那位南衙将军也不言声了。

忽有一举子上前，又扑通跪下，额头磕在冷硬的地面上发出咚咚声响，连语声都打战："某该死，请陛下降罪。"

这时候纪御医急急忙忙跑了来，悄悄与女皇禀道："殿下臂折了，肺大约是有些挫伤，亟须静养。宗相公更严重些，骨头断了，一时恐怕醒不来，全看造化。"

"务必救回来。"女皇闭目又睁开，冷冰冰地下了命令。老实说，出于私心她很想看宗亭就这么死了，但她见识过当年桓绣绣去世后关陇那一场闹劲，可以想象万一宗亭死了，关陇会有什么样的反应。

眼下要稳，实在不宜节外生枝。

纪御医神情沉重，但还是接下了这死令，躬身应了声"喏"，随后便转身告退，仓促的脚步声渐渐消失在夜色中。

他走后，女皇面前的问题依然在。那举子不断磕头，额头都磕出血来，然女皇无动于衷，只与内侍道："交给吏部，不要让他死了。"

她言罢起身，内侍接了口谕，赶忙去寻吏部尚书。一众人见她要走，纷纷下跪恭送，偌大的场地里扬起风，这初冬凉风吹得人骨头都疼。

门窗挡了朔风，室内银炭燃着，药味弥散开来。女医从榻旁起身，放下纱帐同贺兰钦道："伤药已是换好了。"她顿了顿道，"殿下虽无性命之虞，却也不是几日就能痊愈的，还请先生转告殿下要多注意休息才好。先生深谙医道，某就不多造次了。"言罢拎过药箱，与内侍一道离开。

李淳一睡不太平，因胸腔闷痛呼吸有些急促，时不时伴着咳嗽，又因手臂被捆着，亦不能随意翻身，一晚上的汹涌噩梦，让她根本无法好眠。她半夜坐起来，只有侍女在内室守着，那侍女赶紧持灯迎上来："殿下醒了，可是要奴去喊御医吗？"

"不用。"她语声嘶哑，着急下榻。

侍女被她这模样吓到，赶忙上前阻止："御医嘱咐殿下一定要卧床休养才好，殿下有什么事令奴去做就好，免得再伤到了……"

“随她吧。”外室忽有人声传来，那侍女应声缩回手，只能放任李淳一拖着病体下了卧榻朝外面走去。

贺兰钦并没有避嫌，因女皇默许精通医道的他留在行宫看护李淳一。他从外室走出来，见到李淳一没多讲什么，手里却多拿了一件斗篷。

他走上前，将斗篷给她披上：“能站起来便没什么大碍，若想去看，现在可以去了。”

于是他转身推开门，同她道：“以谢搭救之恩的名义去见，可以光明正大，旁人没什么可说道的。”

朔风不断往里涌，内外简直是两个季节。李淳一摸出帕子捂住嘴，低头吐掉一口血痰，抬脚迈出了大门。

因夜晚不便挪动，宗亭便被安排在行宫内接受救治。纪御医为了将他救回来，几乎耗去了一整晚，此时天将明，纪御医与内侍交代了一些事，疲乏地从门内走出来，还未行两步，便撞上了前来探望的李淳一。

廊灯下她的脸看起来惨白，为忍疼痛眉间也紧锁着，斗篷更是被风吹得鼓鼓囊囊。纪御医看一眼贺兰钦，又躬身与李淳一行了礼，这才道：“殿下脏腑也有些挫伤，此时实在不宜走动，免得落了病根。”

他回头看一眼门内，忍不住劝道：“殿下还是看完就走吧。”

言罢，纪御医退开几步，让她进去。

李淳一却有几分惧，哑着声音问道：“这会儿怎样了？”

纪御医实话实说：“算是救回了一条命，但——”他略顿了顿，“伤得太重，醒来之前都不好说，得随时盯着才行。”

她听了不说话，鼻息呼出来都弥漫成了白汽，欲言不明。

于是一旁的贺兰钦打破这沉寂，微微躬身与纪御医道：“纪御医忙了一整晚，也该去休息会儿了，这里暂且有某与殿下照看，请纪御医放心。”

纪御医也一躬身，十分识趣地告辞了。

头顶一盏灯晃了晃，李淳一进得门内，药味扑鼻而来，空气里隐约浮动着新鲜的血腥气。宗亭套着白袍子，安安静静躺在榻上，薄被遮了身体，只露了干净的脸与脖颈，唇色苍白，面无血色，是病中昏睡的模样。

她屡次见他病容，而这回无疑是最重的一次——

他甚至对她的到来毫无回应。

卧榻旁木盆里全是沾了血的手巾，内侍跑上前来着急忙慌地将木盆拿走。李淳一坐下来，将能活动的那只手伸进单薄被中，寻到了他的手。

柔软的被褥之中那只手很凉，指骨仍然分明，却多了一些茧子。她甚至摸到了一些凸起来的疤，这是她先前都未细察过的。

早年他在国子监，不过是埋头读圣贤书的少年，手上最多也只有握笔生出来的薄茧，满是书生之气，然在经历了在关陇的漫长生活之后，他却仿佛脱胎换骨，破茧成蝶——

成蝶的苦痛自是难避，这一手伤疤与茧子，便是铁证。

当年他们都被迫选择了充斥着艰难与未知的人生道路，但也都咬牙走到了今日，成就了现在这样一副模样。

锦被下的手指交缠，李淳一想要用体温来唤醒他，然他却毫无反应。这一刻，她忽然感同身受起来。她能体会到他心中对失去的恐惧，是那样强烈汹涌。

她一样害怕失去他，希望他活着，蓬勃有力地活着，能喘息、能哭笑、能爱恨——

李淳一忽然痛苦地弯下腰，似乎脊柱一时间难支撑那突如其来的疼痛。她低头喘了会儿气，手却从被下抽离，起身放下纱帐，转过身往外走去。

黎明已至，灰蒙蒙的天边缓慢有了光亮，李淳一在廊庑下蹲下来猛咳，手心里全是血沫。

那痛来得剧烈，胸肺的伤像是崩裂开来，却让人神志更清明。

初冬还未落的红叶在枝头苟延残喘，霜气浓重，天边的晨风将乌云悉数推开，太阳姗姗露脸。骊山行宫伴着寺观钟鼓声醒来，汤泉池迷雾氤氲，红叶宛若雾中花，日光拨开夜间的涔涔冷意，却无法缓解身体的伤痛。

李淳一走到池边洗了手，血在泉池水中蔓延开，很快不见痕迹。瘦削的手被温热的水浸得有些发红，胸膛闷痛，呼吸仍然不畅，以至于面色发白、唇上一点血色也无。

水面照影被风撩得扭曲变形，脸也跟着狰狞。她沉默起身，转身就要往女皇寝宫去，贺兰钦却上前拦住她："现在不要去讨说法，陛下自然会来。"

她抿起唇，显然接受了这建议，于是按捺下心中不平，径自折回了居所。饮完药，她在案前坐下，手下静静按着一只幻方盒，凌乱的木块毫无章法地凑成一堆，她忽将它们全都倒出来，再一一排入盒中。

心绪越乱，思路却越清楚。小木块依次入盒，无一点错漏，仿佛在心中已推演了千遍万遍。

贺兰钦立在一旁，一言不发地看她推演。

他记得多年前她就是这样，遇上事就用幻方来理顺思路。面对女皇的重重监视也好，面对淮南水患带来的种种烦忧也好……好像诸事都与幻方一样，最终总能各自归位求个结果。

昨晚的事决计不是偶然，使劲撺掇她上场的南衙高将军是皇夫的旧部，而场上挥杖“误击”到她坐骑的那举子亦出自山东士族一派，这样一想，主使似乎好猜得很。

是元信吗？之前让曹侍御来试探她，击鞠场上又令人暗算她。如此明目张胆地害人，当真只是为除掉她吗？山东有必要除掉她吗？

李淳一移动木块的手忽迟疑了一下，收回那木块，又换了一个数字放进去。她越想越觉得自己并不是元信的真正目标，严格来说，她与元信之间并没有直接对立，元信的最终目标不该是她，而是一直气焰嚣张的关陇，是宗亭。

然而今晚宗亭的表现，几乎等于向所有人表露软肋。他当众对她示好，当众表达他的在乎，甚至不惜性命救她，还有比这更明确的弱点吗？元信在试探的同时，也将此事实暴露给了女皇——倘能拿捏住她，便等于握住宗亭的七寸，甚至还可以增加控制关陇的筹码。

元信在告诉女皇，在“生皇嗣”之外，她还有更值得利用的地方。

而元信本身是不惧追查的，曹侍御的弹劾毫无被追责的风险，击鞠场上的惨剧也可堂而皇之地被修饰成意外，最后除了那个倒霉举子，他们都可以全身而退。

手握权力的可恶就在于此，李淳一这时甚至能体会到一些女皇心中咬牙切齿的憎恶与厌倦。

她将最后一只木块放进盒子时，外面忽有内侍禀道：“陛下驾到——”

这声音离得很近了。她忽用帕子捂了嘴，又吐掉一口血痰，迅速地躺回了榻上。炉上的药即将沸腾，药味酽酽，室内一片沉寂。然就在女皇进门瞬间，内室骤响起了凄厉的咳嗽声，而那咳法仿佛要将脏腑都咳出来，听着令人心颤。

女皇眉头一紧，此时贺兰钦已至外室来迎。

女皇便问他：“吴王可还好吗？”

贺兰钦道：“虽不如宗相公伤势严重，却到底伤及了脏腑，并不太妙。”他的确是据实讲的，李淳一眼下这境况，不好好养着怕是要落下大病根。

女皇唇角下压，却不再问，径直往里走。她对小女儿的感情极复杂，既想见她又希望她离得远远的，有时甚至希望她们二人之间毫无牵扯，但莫名的心理作祟，导致她又无法真正放下。

但她到底是不希望李淳一出事的，不论是从皇嗣的角度看，还是从控制关陇的层面考虑，李淳一的存在都非常重要。

她入内后瞥了一眼案头，案上幻方盒中，齐整却又繁杂地排布着数字方块。她知李淳一擅长推演，也清楚其天资实际上是三个孩子中最好的，但她从一开始就放弃了这个幺女。

世事就是这样棘手，比那盒子中变幻无穷的幻方，还要棘手。

她在榻旁坐下，瞥向李淳一断掉的那只臂，最后注意到她苍白的面色。

女皇道：“伤势重成这样，又何必半夜去探望别人？”她语气很冷漠，连半点温情也没有。

果真什么都瞒不住，而李淳一也没有想瞒。她偏过头又是一阵咳嗽，帕子拿下来全是血。那无神红肿的眼看向女皇，哑声回道：“儿并无大碍。”

女皇破天荒伸手给她掖被：“不要逞强，病了就该歇着。谢意等人醒来再表也不迟，宗相公眼下还昏睡着，你去了他也不会知道。”言罢她又说，“此事朕已教大理寺去查了，是故意也好，无意也罢，总要有个交代。”

李淳一没有表态，又猛咳了一阵。

她几乎可以断定，女皇、李乘风都没能预料到此事会发生。元信筹谋这些事必然瞒了李乘风，由此可见，他与李乘风在某些事上，立场并不一致。

山东不需要她生下的皇嗣来稳固势力，因此她的性命对山东来说不值一提。山东甚至认为让太女过继一两个宗子宗女也无所谓，他们只是不想眼看着关陇越发壮大，也不想与关陇分羹，摆在山东面前的主要矛盾从来都不是皇嗣问题。

女皇又坐了一会儿，随行内侍提醒她还有些政务要处理，她便从榻旁起了身。她走之前又看了一眼那幻方盒，最后沉默着走了出去。

李淳一卧榻好几日了，行宫内的时间过得仿佛要慢得多，手臂不见恢复，呼吸一急促胸腔就疼得要命。

因她病了，宋珍也从府里赶了过来，亲自照料起她的起居。这样一来，贺兰钦也顺理成章地离开了外室，不整天在她眼前晃了。

这一日她打算下榻走走，宋珍忽匆匆忙忙进来，与她禀道："相公醒了！"

她眼皮跳了一下，宋珍却又说："然他死活不肯吃药，连碗都摔了两回，纪御医也是一筹莫展。"

"为何不肯吃？"

宋珍摇摇头。

"简直胡闹！"

她忍不住低斥，胸膛里又气又疼，披上外袍便往外走。

宋珍回过神连忙跟上，到门口又自觉止步，只让李淳一自己进去。纪御医见她来了，也带着内侍出了门，室内便只剩他们二人。

宗亭躺在榻上根本无法动弹，然他还是睁开眼去看李淳一，瞥见她捆着的手臂时眸光倏地一黯，但最终还是不顾身体的痛苦，同她笑了笑。

这一笑将李淳一心中怒气全化成了疼惜，她站在榻旁不知是该庆幸还是该难过，原本预备好的一套说辞此时全成了泡影，完全派不上用场。但她低头看一眼满地的碎瓷片，心头的火却又升腾起来："你这又是做什么？！"

他脸上有胜利的微笑，甚至还藏了几分狡黠。老实说他并不确定李淳一会心疼他，因此故意折腾了一番，瞧，她果然是怒气冲冲地来了。

"太苦了，不想喝。"他极低哑的声音里，又有些恣意妄为的蛮不讲理。

"良药苦口，何况连蜜枣都备上了，你还想要什么？"李淳一瞥一眼新端上来的那碗药，边上罐子里塞满甜甜的蜜枣。

"什么都不想要，就是不愿意喝。"

他简直讨打！李淳一气得肺疼，却束手无策。

然她倏忽坐下来，端过那碗饮了满满一口，俯身低头，贴上他的唇迫他开口，将汤药喂给他。她不厌其烦，他也乐得接受，那药碗即将见底时，他却抬起干燥的手揽过她后颈，不愿放她走。

苦涩的药味在舌尖弥散加深，唇齿间的亲昵仍然熟悉得要命，纠缠温柔又暗藏渴望，然就在此时，门外骤响起内侍尖厉的通报声。

女皇到了！

那通报声已歇了下去，李淳一着急避开他的纠缠，然他却坏心眼地不放开她。室内安静得要命，只听得彼此剧烈的心跳声，而屋外脚步声也越发迫近。

推门声骤然响起，就在女皇步入内室的瞬间，宗亭倏地松了手，李淳一直起腰，迅速站了起来。女皇迎面而来，她正要行礼时女皇却道："不用了。"

女皇瞥向她的脸，眸中有探究意味，但很快又敛起，转头与榻上宗亭道："相公醒了，朕很欣慰。"

她瞥一眼满地碎瓷片及案上空掉的碗："该吃的药必须得吃，相公的身体关乎我大周朝局，十分重要，不可敷衍。"

"谢陛下惦念，臣知道了。"他无法起来，只哑声谢了圣恩。

女皇应了一声，又看一眼李淳一，随后转过身没好气地往外走。身后的纪御医赶忙跟上，待出了门，女皇转过身问他："宗相公的状况到底如何，今日你同朕说个实话。"

纪御医面色略是难看，却是平静开口："宗相公这条命虽说是保住了，但被踏的位置不太妙，依现在这状况来看——"

他似乎琢磨了一下措辞，最后十分严肃地回禀女皇："恐怕是废了。"

女皇闻言，袖中的手忽然轻握了一下。

纵然纪御医已算是数一数二的大夫，然女皇道："不着急下结论，先让太医署会诊。此事暂不要与外面讲，尤其不能让吴王知道，宗家那边倘若问起来，也往好里说。"

纪御医低头领命，回说："臣知道了。"

女皇一直板着脸，几番欲言又止，最后回头看了一眼，只交代道："宗相公在病中不宜打扰，不要总让吴王过来探望，毕竟她也还病着。”

“喏。”纪御医躬身送她离开后，随即回到房内，与坐在榻旁的李淳一道，“相公喝完药该睡了。”

李淳一明白这是逐客令，且也猜到是女皇的意思。她正要站起来，宗亭却下意识握住了她的手。他状况明显又差了下去，额头滚烫，仍发着高烧；因不想表露痛苦，这会儿连眼皮都又重新合上了。李淳一欲抽回手，指头却被他握得更紧，她不顾一旁的纪御医，俯身低下头在他耳畔轻声道：“相公好好休息，我还指望你好起来呢。”

她唇瓣似有似无地吻了他耳垂，随后挣开他的手起了身。她走到纪御医身边正要询问，纪御医却抢先开口，压低了声与她道：“伤后反复发热很是危险，相公需静养，殿下亦是如此，这段时日还是互不打扰的好。”

“知道了。”李淳一勉为其难地应下这请求，回头看看再次睡过去的宗亭，沉默地走出了门。

风越发大了，早上还在枝头苟延残喘的红叶，此时全部凋落了。

到了晚上，太医署几位御医悉数赶到了行宫，纪御医甚至将蒲御医也一并请了来。蒲御医乃国医圣手，同时也是纪御医的老师，讲话一向很有分量，如今他虽已不再处理太医署的事务，然凡有什么疑难杂症，诸人还是会首先想到他。

病室内多点了几盏灯，西面的小屋也是灯火通明。几位御医会诊完沉默地在屋里坐着，其中纪御医开口道：“诸位可有什么见解？”

其中一位胡御医道：“恰好伤了脊柱，往后的日子恐怕是不好过，说句不吉利的，眼下能不能挨过这关都危险。”

烛火跳了跳，另一位御医道：“哪怕挨过这一关，将来在朝堂中行走也多有不便，真是可惜哪。此事可告知宗国公了？”

“还不曾，国公只知孙子伤到了。”一年轻御医回道。

“国公倘知事情到这个地步，那还得了？宗家可就是……”

蒲御医终于发话：“你们都没法子了？”

一众后辈纷纷摇头，蒲御医说：“那便拟个结论报给陛下吧。”这时内侍上前，准备笔墨容主笔御医撰写医案。纪御医身为首席，自然责无旁贷，写完后递予蒲御医看，蒲御医阅毕饮了口茶，示意妥当，便交由其他御医签字。

最后那医案交到内侍手中，顶着夜间寒风送到了女皇案前。会诊结论不理想，甚至连蒲御医都未给出什么解决的办法，女皇忧心忡忡却无计可施，只叮嘱太医署务必保住宗亭这条命，至于是否残疾的消息则能拖就拖，眼下绝对保密。

深夜的行宫潮平浪静，按部就班走向黎明，太阳却未露脸。

宗亭彻夜高烧，年迈的蒲御医守了整晚都没能让他退烧。夜幕撤去，屋外却阴云沉沉，初冬的雪眼看着要降下来。又过了半个时辰，熬好的汤药送进来，仆从衣袍上已携了数片雪花，推开窗，竟是好大一场瑞雪。

冬降瑞雪，对百姓而言是好兆头，但朝廷里似乎没什么值得高兴的事。太女和政事堂为支度国用计划差点打起来，度支侍郎夹在中间难做人，最后只得顶着风雪到行宫来告状，却恰好撞到女皇头风发作，碰了满鼻子灰。

支度国用最终还是发敕到尚书省执行，李乘风基本占了上风，于是乎关陇没能捞到半点好处，反而比今年更加吃紧。

度支抄发敕后，金部、仓部越发忙碌起来。尚书省其他衙署也不闲着，吏部终于结束了制科的授官事宜，多数人都得到了安排，而那位击鞠场上犯了事的举子，则不再叙用，将来亦不得再参加考试，这就算是全部的惩罚了。

至于贺兰钦，初授官便进入核心权力中心的门下省，也算是开国以来第一例，难免遭遇议论。

像雪花片一样纷至沓来的，除了对贺兰钦的议论，还有乍起的流言。宗亭还在行宫养伤，但朝中疯传“宗相公从此就残疾了”的消息，这话头也不知是从哪里开始的，最后愈演愈烈变成“宗本家大概要绝后了”。

这传言从皇城各衙署一路往东，越过灞桥，跨过渭水，攀上骊山，最后传回了行宫。按说如果外面都是捕风捉影，行宫内的人应该最接近真相了。

但他们也只是知道好几位御医坐镇病室，有数不清的药送了进去，宗相公却从未出来露过脸。所以，宗相公应还有口气在，但下不来床也是真的。

至于残不残疾，诸人心中多少有点数。毕竟早年间一位右威卫将军被踏断肋骨没过几天就死了，宗相公这样只落个残疾都还算好的。

风雪依旧肆虐，且嚣张得有点过了头。骊山白茫茫一片，却迎来了山下的客人。

这一日宗国公拼着老命上了骊山，拄着拐杖满面焦急地来探望唯一的孙子，据说老泪纵横，差点没背过气去，抓着蒲御医询问情况。蒲御医又什么都不肯说，最后两个老头子扭打着闹到了女皇面前。

女皇也听了不少传闻与议论，明知道瞒不住却仍然装聋作哑。宗国公一把年纪，悲痛得连皱巴巴的手都在发抖："老臣已这个年纪了，在乎的事也不多。今日老臣只求一句话，到底还能不能治好？"

他说着看向蒲御医，蒲御医也是老狐狸，装傻充愣就是不言声，将问题全抛给了女皇。

女皇抿唇闭目，说："太医署已尽力医治，能不能好只能看造化。"

她虽然没将话说死，但在宗国公眼里这基本等同于没治了。

宗国公悲痛顿足，用拐杖咚咚咚捣地，将边上几个内侍都吓了一跳。但想想也是，白发人曾送黑发人，眼下又亲眼看着唯一的孙子变成没用的残疾，换谁都受不了。

女皇忽让内侍都出去，蒲御医见状也一揖告退，殿内便只剩了女皇与宗国公两个老人家。屋外风雪恣意嘶吼，听得人都冷，宗国公老泪往下掉："当年如舟与绣绣的事，老臣什么都未与陛下计较，但这次倘若就这样算了，老臣便真是不能瞑目了。"

他猛将宗如舟与桓绣绣的事翻出来，是戳女皇的软肋，因分家当时敢下那样的手，离不开女皇的授意与支持。倘若这件事捅给关陇，关陇再炸一次也不是不可能。

女皇被翻了旧账自然不悦："眼下太医署已竭力救了，还要如何？"

"为救吴王好好的人变成这副模样，吴王又岂能没个说法？"宗国公手执拐杖猛地又捶地，"伤得委实太冤枉了！"

"因救吴王变成这样，难不成国公要吴王给他赔命吗？"

"赔命又有何用？吴王死了，臣的孙儿还是站不起来！"老家伙不要命地咄咄逼人，完全没了君臣之间该有的规矩。

“那到底要如何？”

“让吴王给个交代！”

这边剑拔弩张，病室中却只有轻柔水声。侍女绞干手巾，递给坐在榻旁的李淳一。李淳一俯身给宗亭擦脸，下手柔缓又仔细。

他的烧终于退了，整个人瘦了一圈，因太久未打理，看着甚至有些潦倒。李淳一打算给他修面，于是令侍女打了水，先给他洗了脸。

她没有做过这些事，为了不显得生疏，甚至还特意同嬷嬷学了，于是此时像模像样地给他修起面来。到收尾时重新给他擦干脸，却忽有一只手抬上来抓住了她的臂，但那眼睛还是闭着。

“醒了？何时醒的？”

他露出狡黠又虚弱的笑，仿佛告诉她其实他早就醒了，只是在装睡。被她如此耐心细致地对待，虽然身体的伤痛仍侵袭意志，但心头已蓄起暖意来。

“外面下雪了吗？”他的声音是她从未听过的沙哑与疲倦。

对抗伤病需要体力与意志，反复的发热与疼痛几乎耗尽了一切，把精气神也磨光了。窗户就在不远处，李淳一抬头看了一眼：“你要看看吗？”

“是。”他声音低到几乎是用唇语答的。

李淳一于是起身，稍稍将窗子推开一些：“太冷了冻着不好，只能开一会儿。”她走回来重新在榻旁坐下，又给他多加了一层毯子。

“没什么新鲜事吗？”他盯着她问。

“没有。”李淳一风平浪静地回道，仿佛这阵子当真什么话也没听着。

内侍们纷纷退去了，有细碎的雪絮涌进来，将药味也冲淡。与那寒冷一道进来的还有从窗外路过的议论声：“宗国公眼下正与陛下争着呢，我们因此都出来了，也不知会是个什么结果，毕竟宗相公伤到这个地步甚至都——”

李淳一忽然俯身捂住了宗亭的耳朵，然她能用的仅有一只手，遮不了双耳。

“都残疾了！”外面的议论声到此顿止，内侍们大约是察觉到了窗户开着，赶忙停下议论纷纷避走。

传言远去，风雪却仍往里涌，火盆好不容易攒起来的一点点温度，全被扑了下去。

有些话早晚都会听到，倘若局面当真落到这般田地，耳朵也是白捂。念至此李淳一松开手，探进被窝里踏实地握住宗亭的手。她捕捉到了他瞬间黯淡的眸光，决定无视那些言之凿凿的传言，坚定地直视他道：“太医署还未有结论，诸事应有转圜余地。哪怕没有——”她略顿，“我也会对相公负责。”

她手心难得温暖，力气也恰到好处。她一向不太擅长用言语安慰人，更无法与他倾诉多日以来的忧惧与痛苦，只能同他表明立场与心中决断。

宗亭未料到她会如此干脆，但他面色仍然难看，因这打击甚至透出几分厌世的颓靡。这时李淳一再次俯身，贴着他耳朵一字一顿道：“这次我不会再放弃相公了。”郑重其事，发自肺腑，手心里传来的力量也坚定得要命。

哪怕他不残疾，李淳一恐怕也会这么做。多日来他反复告危，病中的脆弱与痛苦模样让她意识到，哪怕平日里再厉害，他也不过是肉体凡胎，其实和所有人命一样脆弱又容易消逝。

眼下这些事虽全部跌出了她的计划，但她不能懊恼丧气，她有必要守着他，且局势也会让她守着他。

她呼吸间胸腔仍然疼，心中忧惧亦未能散，却只轻叹一口气，和缓地说道：“相公如果难过想哭，我陪着。”

李淳一左手受伤，无法张开双臂拥抱他，便只能陪在他身旁，与他一起挨过这漫漫大雪天。

而宗亭眼里几乎是沉寂的，因为疼痛连呼吸说话也很困难，他甚至没有多看李淳一一眼，只沉静地偏头，隔着纱帐望向了窗外。

屋外的风渐渐止了，雪花也筋疲力尽，落得越发缓慢，殿内则早已陷入了长久的僵持。女皇与宗国公彼此对峙，两人一个愤怒又无可奈何，另一个则放弃了长者的威严与为人臣的本分失声恸哭。

女皇听着那老态又不加节制的哭声，脊背失力般渐渐松弛。她望向白茫茫的窗外，留了几分客气开口道：“宗相公遭遇如此不幸，国公伤心是在情理之中，但诸事得讲道理，哭又有何用呢？”

那长者听到这话果然止了哭，也不再拿拐杖咚咚咚捣地了，只长长地叹了一声，最终沉默地坐了下来。

炭盆安静又努力地供暖，女皇言声缓缓："场上情况危急，宗相公只身过去救人，谁也未能料到。何况吴王也伤得不轻，手臂折了动也不能动，眼下还在咯血，都已是这般境地，又如何能给交代？"

宗国公却对李淳一的伤势闭口不谈，转移话题道："他为何会去救人，陛下岂能不知？明知会被铁蹄踏伤，还要扑过去，是他心中仍装着吴王。那年匆匆一别，吴王倒是走得潇洒，这孩子心里却落了病，惦记着到现在，连安稳觉也未睡过。一看吴王有难，倒是不顾性命地扑上去挡了，可吴王哪有半点良心？陛下倒是评理看看。"

他索性将宗亭的心思全剖开，甚至添油加醋说给女皇。

女皇当然知道这些，当年李淳一走得突然，宗亭放不下，到了关陇仍写信给李淳一。她也知道李淳一将那些信全都退回了，原以为这段感情早就断了，但她如今清楚根本不是这么一回事。

宗亭的缠劲与执着超出了她的预计，估计连李淳一也没料到事态会到这地步。

两位老者谈论起多年前晚辈的感情来一点也不避讳，宗国公甚至表露悔意："若知如今会酿成此祸，老臣当年也不会反对。但事态至此，老臣孙儿都已经残疾，且这些年也就这一桩心愿，陛下不如帮他了却，将来他也能更死心塌地为陛下效劳。"

话到这里，几乎已算是表态，宗国公是要女皇成全这段年少时未成的关系。

他千方百计要将女皇绕进去，女皇却压着声音道："国公一心只考虑孙儿，朕也一样，朕挂念幺女的将来，不想让她将余生随随便便搭进去。"

宗国公方才分明点到让宗亭"效劳"，暗示倘若女皇成全这段关系，则关陇也将在握。女皇对此不可能不动心，但她有迟疑而拒绝也在情理之中。

天下没有谈不妥的事，全看条件。

女皇自然不可能因这随随便便一句承诺，就放任如此重要的一颗棋子嫁到宗家。她心中有她的筹码，赌局该怎样玩，这些年君臣之间早有默契。

就在君臣二人打算谈条件时，内侍忽禀报道：“吴王求见。”

女皇瞬时收敛了眸光，瞥一眼哭红了老眼的宗国公道：“国公略显狼狈，不若先避一避。”

宗国公到底不想在晚辈前失了威严，当真拄着拐杖起身，由内侍领着到了偏房，隔着一帘听主殿的动静。

李淳一携风雪入内，一身寒气。

她对女皇行完礼，女皇有些淡漠地问她：“不好好静养，突然过来可有事吗？”

“儿臣想求娶宗相公。”

她讲得认真又干脆，没有半点玩笑与戏谑的意思。女皇瞬敛眸，帘后的宗国公也是略感意外，只有李淳一面上一派风平浪静，仿佛这已是深思熟虑的结果，不需再细想了。

她从未主动向女皇求过什么，人生第一次开口却是为求娶个男人。

身为亲王，她早到了选婿的年纪，要说想娶个人其实一点也不稀奇。但——

“你先前不是自诩是出家人、不愿理会这些红尘俗事吗？”女皇板着脸回驳她的请求。

然她道：“道家讲求自然，凡事迁流变化下一刻都是无常，人心自然也会变。遭遇此事，死里逃生，儿臣也须重新考量将来的路。既然宗相公是为救儿臣落到这般境况，儿臣自然不能不顾此因缘，必定要给他一个交代。”

“王相结好不是儿戏，交代也不必是娶了他。你知道其中利害吗？”

“太复杂的道理儿臣恐怕不懂。”她揣着明白装糊涂，“还请陛下明示。”

女皇头一次觉得幺女的反应伶俐，但这会儿她顾忌帘后听墙角的宗国公，以至于许多话不能明讲。她同内侍使了个眼色，内侍匆匆忙忙正打算去将宗国公先带走时，偏房内却忽传来一声“哎哟——”，转而是拐杖砸到地的声响。

李淳一闻声看过去，那帘子动了动，内侍尴尬地跑过去，宗国公已是重新拄着那拐杖走了出来。他今日虽显狼狈，但到底透着岁月历练出的从容："既然吴王也来了，旧账新账今日不如一起算妥当，陛下觉得如何？"

吴王亲自来求娶，老狐狸此时便多捏了一筹，暗地里已经心花怒放，也更理直气壮起来。

女皇头隐隐作痛，但还是撑着。她直视宗国公道："天家亲王没有下嫁的道理，与天家结亲只能入赘。倘若真按吴王所求，不论将来还有没有孩子，宗家也是绝后了。朕不想绝宗家的后，如果宗家无法另立嗣子，这桩婚便是不能成的。"

她终于堂而皇之抛出了第一个条件，即宗家必须换掉继承人。而本家子息单薄，意味着这个继承人必须从分家过继，这对于本家以及宗国公而言，都未必是容易接受的事。然而此事一旦成了，宗亭便不再是宗族嗣子，且无权再干预宗家事务，如此一来，相当于将宗亭从世家权力中剥离出来，关陇与宗家的关系，就会干净得多。

宗国公略一沉吟："此事也并非不可行，倘若吴王肯收这个过继的孩子，老臣自然不会反对。"

"国公错了，嗣子不能过继给宗相公与吴王，应过继给国公为子。"女皇不急不忙地补充道。

因如果将孩子过继给宗亭，恐只会成为傀儡继续受控；而如果过继给宗国公，新嗣子便是宗亭叔父，有辈分撑着，宗亭也不好造次。

宗国公不着急表态，只沉默着等她提出更刻薄的条件。

女皇将目光移向李淳一，言辞也逐渐不留情面起来："虽然宗相公几无可能再有后，但我天家的血脉不能因此就断了，朕毕竟还指望你开枝散叶。朕虽不强求你'三妻四妾'都养全，但婚后总该有个孩子，且这个孩子只能姓李。"

宗国公皱巴巴的脸上腾起一丝不悦来，李淳一却抿唇不言，过了好半晌，她才回道："儿臣明白。"

将所有的话都挑明，女皇合上了眼。就在宗国公也打算提条件时，女皇却又倏地睁开眼，看向李淳一："你务必记住，你才是王，纳妾、休弃，都是你说了算。"

就在她要应下时，女皇又说："在那之外，朕也会替你做决定。"

女皇至此将控制权悉数收回，这桩婚不论如何，只要她想喊停，就必须停。

李淳一撩袍跪下去，深深顿首，压下肺部隐痛沉沉稳稳地应道：“儿臣谨记陛下教诲，儿臣谢陛下赐婚。”

骊山风雪渐渐歇止了，传闻亦似乎成真。彻底退烧后的宗亭没能自己走出来，只有一把木轮椅推进了病室。

这连日赶制的椅子由太医署送来，便基本表露出结论——相公站不起来了，但也没必要天天卧床养着，坐轮椅也可以。蒲御医等人陆续离开了行宫，连纪御医也不再常来探望，宗亭无所事事，每日沉默寡言地坐在窗口看积雪融化。

不经意从窗口路过的内侍总要被吓一跳，但也忍不住多瞥上两眼，见证一番曾经如日中天的长安权贵如何一落千丈成了一个只会发呆听风的颓丧残疾人。

山中日月更迭都似乎比山下的要缓慢些，日子也显得格外长。

日头稍稍倾斜，空中蕴含着寒气，宗亭仍孤零零地看着窗外，却忽有一只手探进视线内。

手指细长白皙，掌心上稳稳当当托着一只小花盆，里面栽种着青葱娇小的金钱蒲。容他看清楚这小小菖蒲，那手的主人也出现在窗外。

李淳一仍吊着一只胳膊，能活动的那只手则托着那盆小菖蒲。隔着窗子，她将菖蒲递进去，送到他面前：“你不在，我也将它养得很好。”

这小菖蒲是早些时日从中书省公房内特意拿来的，正是他替她养了很多年的那一盆。

这情形似曾相识。那年他父母猝然离世，他病怏怏地坐在窗口，忽有一只手抓了一大把洁白的蓬茸闯进他视野，像是给困在窗子内的人送去一点慰藉。而这一点慰藉，却又往往能够救上一命。

如多年前收下那蓬茸一般，他伸出手接过了这盆溢满生机的青葱菖蒲。

金钱蒲的香气若隐若现，还伴着桃花香。他轻嗅，发觉那是她带来的香气，桃花香令人愉悦，而他因为病重已很久不熏香了。不过现在，李淳一却用上了他的香。

待他接了那菖蒲，她忽然从矮窗口迈进室内，利索地将窗户关上：“太冷了。”她说着便单手抓住椅背，略是艰难地将那轮椅转了个向，不急不忙又道，“是时候回京了，中书省需决断的事务堆成山，家里有些事也该去看一看。”

那天李淳一毫不犹豫应下了女皇提出的所有条件，宗国公亦是摆了一副无话可说的模样，算是基本认同了这桩赌局。关系生疏的两人出了殿，李淳一对宗国公一揖，宗国公却只拄着拐杖唉声叹气一阵，最后说：“老臣这就回家去筹备过继事宜。”

他既然这样讲，李淳一便认定他心中早有了新嗣子的人选。

事实与她猜想得几乎无差，因宗亭在为人处世上颇有些离经叛道，对寻常人热衷的娶妻生子更是毫无兴趣，因此宗国公从一开始便未对他抱有“延续香火”的希望，至于本家的将来，宗国公早就有了过继新嗣子的打算。如今顺水推舟，也好名正言顺将选定的分家孩子推上新嗣子的位置。

被选中的孩子叫宗如莱，与宗亭的父亲宗如舟同辈，是这辈中年纪最小的一个。宗如莱的父亲死在十几年前的西征战场上，可怜宗如莱那时还未出生，就这样成了遗腹子。其母体弱多病，在他还不谙世事的幼童时期也撒手人寰。

莱是野菜，逢田陌荒地便可生，顽强又旺盛。孤子正如莱，从此就叫宗如莱。与名字一样，这个孩子出乎意料地聪慧敏捷，小小年纪便明事理识大体，性子是十足地坚韧，哪怕环境贫瘠，也生机勃勃。

宗国公关注这个孩子好些年了，如今他虽只有十三岁，但与同龄人比起来，却已是非常有担当，将来也定能不负众望。

宗如莱被接到本家这一天，宗亭也正好从骊山归来。

女皇送了许多东西到宗家以示慰问，宗如莱替宗亭接受了这些恩典，送宫里的内侍出门时，却迎来了宗亭的车驾。

轮椅从车驾上搬下来，随后宗亭也下了车，坐上轮椅，也不用人推，径自缓慢行至门口。

宗如莱站在门口不动，旁边也无其他长辈作陪。十三四岁眉清目秀的俊朗少年，已在狠命地蹿个子，甚至可以轻松地居高临下看轮椅上的“侄子”，但他还是微微低下头以示谦卑。

按辈分，宗亭得唤他一声“三十四叔”，但宗亭只寡凉地看他一眼，轻翘起唇角，几不可闻地嗤了一声，便转着轮椅要前行。宗如莱自觉让开，宗亭便直入正厅，守住他自己的领地。

宗如莱跟上去，将宫里送来的礼单奉上。宗亭淡瞥一眼，接也不接，只道：“我来告诉你这样的礼要如何收——”

“莫教坏他。”宗国公拄着拐杖咚咚咚地走进来，毫不客气地训他，“你学了一身坏毛病，就自己好好收着，别拿出来祸害人！”

宗亭左右着也站不起来与祖父行礼，就坐着回道：“这世道坏人多得很，太过纯善会被吃得连骨头都不剩。”他说着看向宗如莱：“三十四叔，你要学的东西还有很多。”

宗家嗣子的位置可不是随随便便哪个黄毛小儿都能坐的。

他话音刚落，外面忽响起传报声：“吴王到——”

宗国公闻声，转过身就要往外去，却又扭头瞥一眼宗如莱。宗如莱遂上前推宗亭的轮椅，宗亭这下倒乐得接受，行至门外，只见李淳一大步朝他走来，而她身后跟着的正是现任门下省谏议大夫的贺兰钦。

李淳一带贺兰钦前来，总透着一些不单纯的意味。

但李淳一只诚挚问他：“一路颠簸，相公可有哪里不适吗？”

“托殿下的福，臣很好。”他甚至露出微笑，手抬起来暗中揪了一下她身上的王袍。

李淳一任他揪，接着俯身道：“贺兰君精于医道，不妨让他给相公看看如何？”

讲得倒是冠冕堂皇，不过——

“比太医署那群老家伙还厉害吗？”他抬眸看她，声音里透着一丝期待，“如果这样，臣试试也是无妨。”

李淳一遂直起身，同身后贺兰钦道：“麻烦了。”

贺兰钦却说：“诊治时不便有旁人在场，烦请安排一处静室。”

管事赶紧前去安排，宗如莱随后将宗亭移至静室内，待贺兰钦进去后则自觉退了出来。

香炉轻燃，冷清冬日里幽香浮动，温度渐渐升上来。贺兰钦显然不着急诊治，因他隔着长案在对面坐下，只问道：“相公眼下境遇令所有人意外，又有哪些人从中得利呢？”

宗亭眸光平静地看向他：“殿下。”

“殿下为何会从中得利呢？”

“可以名正言顺娶我。”

他的回答出乎意料，仔细一想却又十分合他的脾气。

贺兰钦好整以暇地问他：“这牺牲值得吗？”

“值得。”他回得干脆直接，“山东满意，太女舒心，陛下放心，且幼如也安全了。而我不过是站不起来，这损失不算什么。”

既然球场上他向众人暴露了“吴王即是他的软肋”，还不如将计就计，让他们认为他已经毫无用处，便也不会再惦记着用软肋来威胁敲打他。

以退为进，人生场上总要演几回。

贺兰钦袖中的黑蛇已蠢蠢欲动，随时准备扑上去吓人。而宗亭竟是一眼看透他，及时阻止道：“贺兰君倘想用这个来试我有没有残废就太欠诚意了，我都将心里话和盘托出了，又何必来试探我？”

他满心了然地接着道：“我知殿下不死心，今日让贺兰君前来诊治，一是想看看有无办法治愈，二来恐怕也是存了怀疑，想看看我到底是真残疾还是假残疾。那么请你一定要告诉她，太医署都拍案定下的结论，你也无力质疑。”

“相公拒绝了某的诊治，某又为何要对吴王说这样的话呢？”贺兰钦不动声色，想看他到底是哪里来的笃定。

宗亭勉强微笑，因伤病瘦削的脸惨白得令人心疼，但眸中神采似乎又回来了。他十分笃定地说道：“因为贺兰君与我，其实是一路人。”

贺兰钦面上也酝酿起微笑，明知故问：“愿闻其详。”

“有些话说穿便不好玩了。”宗亭忽然上身前倾，灵敏的鼻子捕捉到一丝气味，然后倏地坐正看向贺兰钦，“贺兰君瞒着殿下的事，不可能比我少，这只是其一。将来的路，我二人会有携手之时，届时我自然会放下私人喜恶与偏见，望贺兰君也是一样。”

他虽然已放低了身为门阀的姿态，但骨子里的傲气一分不减。

贺兰钦了然起身，但还是留了一瓶药在案上，温和地淡笑：“多少有些好处，相公珍重。”

“贺兰君也要尽量长命才好。”宗亭一时间收敛起之前的咬牙切齿，理智地报以礼貌又疏离的微笑。

他无法起身送客，贺兰钦便独自出了静室。天边斜阳终于跌出视野，藏进了低矮的围墙后。廊庑下的灯笼点起来，微弱的光投在洁净的地板上，一片橙影。

李淳一已在外面等候了好一阵子，此时目光全投给了朝她走来的贺兰钦。

宗国公站在一旁，也在等待结果，风卷了他的白须，显出狼藉，却也掩了面上一丝不安。

贺兰钦站定，摇了摇头。

李淳一随即侧过身，与宗国公道：“请国公尽快安排嗣子过继吧。”

第八章

经历了风雪频繁侵袭的长安城终于放晴，积雪融化殆尽，吴王求娶中书令的消息也在皇城各衙署内飞速传遍。先是从太常寺开始，沿天门街一路往北，只消半日就传到了中书外省，自然也蹿上公房二楼，最终传到了宗亭的耳朵里。

说是宗相公于击鞠场上为救吴王不幸残疾，逼着吴王以身相许，最后弄得吴王连道士也做不成，只好把一纸求娶奏抄递到女皇面前，将残疾的宗相公收进内室。

至于宗相公如何逼婚成功，诸衙署虽然各有见解，总体立场却一致，因宗亭阴戾狡诈的形象实在深入人心，所以结论必定是宗相公不择手段威逼利诱，相较之下吴王简直无辜可怜至极。

“倘若他不去救，吴王说不定也只是胳膊断了，不会有别的什么事。可他飞扑上去，倒教后边的马慌乱了，所以这被踏不是自找的吗？还非得可怜兮兮让吴王娶了他。”

“裴少卿所言总是这样有道理，某实在无话可说。”

“不过宗相公既然残疾了，那吴王娶了他——岂不是守活寡？”

“裴少卿不见东宫夜夜笙歌？天家的女儿，哪有守活寡的道理？说不定宗家陪嫁还得带上几个妾室呢，吴王总不会寂寞的。”

快到下直时辰，宗正寺开了临街小窗，与串门的鸿胪寺官员们肆无忌惮地瞎聊。他们正讲到兴头上，西边御史台竟下直了，一大群御史如蛇般阴森森地从宗正寺外蹿过，吓得屋里一众人赶紧揣好了手炉，一声也不敢吭。

承天门上的闭坊鼓声缓慢响起来，官员们鱼贯出皇城，纷纷往家赶。宗亭却稳稳地坐在中书省公房内，听楼底下庶仆走来走去点廊灯的声音。

他闭着眼，仿佛已经睡着，旁边却有一少年手捧奏抄念给他听。

“三十四叔，你是饿了所以没力气吗？”他闭目老气横秋地问道，旁边少年瞬时提了精气神，声音也清朗起来。

但一本接着一本，念得人口干舌燥，再怎么强打精神，少年的声音最终还是哑了下去。宗亭忽然睁开眼，手伸过去，宗如莱便将奏抄递给他。

他敛眸重新看了一遍，度支抄明显偏向山东，给关陇的军费则被克扣至极，如此一来，关陇想太平也不可能了。他挑眉将那奏抄投进了轮椅右边的匣子里，又让宗如莱抄书，自己则闭上眼继续假寐。

暮色渐深，宗如莱小心翼翼地点起室内的灯，坐下来老老实实地抄书。自从他来到本家，宗亭口头上虽唤他一声“三十四叔”，实际却对他十分刻薄。宗亭行动不便，本要带上仆从到衙门里来服侍，这家伙却一个也不要，径直将宗如莱带进了中书要地。

宗如莱被迫接触朝堂里这些烦琐事务，每日都要将堆积如山的奏抄念给宗亭听，还要推着他去政事堂议事，一连几天，连坐下来的机会也没有。

辛苦一天换来平静的可以坐下来抄书的傍晚，对于宗如莱而言已是特别的恩赐，尽管他饥肠辘辘，很想吃一顿饱饭。

该下直的官员都陆续走了，只剩宿直官员的中书外省安静得可怕。外面骤响起轻而慢的脚步声。宗如莱正要偏头去看，宗亭却说：“三十四叔，你是在专心抄书吗？”

宗如莱抬头，却见他已睁开了眼。

宗如莱赶紧低头继续抄书，宗亭却又不慌不忙地吩咐他：“吴王来了，记得向她问安。”

宗如莱刚回说“是”，那脚步已到了门口，敲门声紧随而至。宗亭动也不动，宗如莱赶紧起身上前开了门，极恭敬地俯身向李淳一行礼：“某见过吴王殿下。”

李淳一拎着食盒进了公房。宗亭对她笑道：“殿下在尚书省忙得分不了身，竟有空过来探望臣吗？”

“对，本王怕相公郁郁寡欢不思饮食，特意带了些开胃饭食过来。”

她好不容易从乌烟瘴气的尚书省出来喘口气，又听说他将近一天没吃饭，便主动带了食盒前来见他。然听他这语气，分明是怨怪她这几天一次也没来看过他。

但她今日脾气很好，便坦然收下这言辞里隐藏的不满，坐下来亲手整理案牍，将晚饭摆上条案，随后又偏过头向宗如莱道：“还未用晚饭吧？坐下一道吃。”

宗如莱走上前，恭恭敬敬地对吴王的赏赐道完谢，这才在侧旁跪坐了下来。

李淳一分了一碗胡麻粥放到他面前，只说“不必拘束，自在些用吧”，便不再管他。然就在宗如莱打算低头用粥时，一只手却忽然伸到他面前，端走了那碗胡麻粥。

李淳一疑惑地看向宗亭，宗亭却面无表情地将自己的杏酪粥放到了宗如莱面前，若无其事地低头吃起胡麻粥来。

宗如莱眼眸中瞬时闪过格外复杂的情绪，他甚至抬头去看神情寡淡的宗亭，却只得了一句：“三十四叔趁热吃，吃完出去站一会，好消食。”

于是乎，识趣的宗如莱飞快解决了面前的一碗粥，安安静静地搁下碗筷，起身揖了一下便赶紧出去了。

公房内终于只剩下李宗二人，李淳一看看宗亭面前那碗只动了几口的粥，径直询问：“为何要换呢？相公不是不爱吃胡麻粥吗？”

“心血来潮。”他回得煞有介事。

李淳一无言以对，摸出帕子来递给他擦嘴，同时又说：“尚书省还有些事，我先走了。碗筷自有公厨的人来收拾，你就不用管了。”她瞥一眼外边，“还是早些让那孩子回去吧，这种天在外面待着，会受寒的。”

言罢她就要起身，宗亭却像猫一样一言不发地盯着她。李淳一愣了愣，看着他道："相公还有事吗？"

"抱臣起来。"他理直气壮地提出了要求，"臣很困，想去里间睡一会儿。"

李淳一先是一怔，后是敛眸，骤想起初回长安时，也是在这间公房内，她因为排演幻方跪坐到腿麻，要求他抱她起来。风水轮流转，如今她竟也会被这样要求！但她忽然起身，将他的轮椅转向，单手撑住扶手低头看他："相公这个要求非本王能力所及，今日恐怕是无法满足相公的愿望了。"

她甩手就要走，却忽被他咬住了袍子。

宗亭咬得死死的，分明是在耍无赖，李淳一心瞬时软下去。她弯下腰，打算扶他："倘我借力给相公，相公可有办法挪到里间？"

他将手伸给她，她单手从他腋下穿过，打算用单薄的肩膀撑他起来。然她力量到底有限，哪怕咬紧牙关，想要往前一步身体却还是被压塌，瘫倒在柔软厚实的地毯上。他全部的重量压下来，但带了几分节制，他甚至极有分寸地避开了她的伤臂，另一只手则及时护住了她的后脑。

李淳一失力地低喘一口气，眸光移向他，刚想要询问状况，他却托起她的后脑低头吻了下去。太久未亲密纠缠过的唇舌仍彼此熟悉，因为求索急切，怜惜外也多施加了力气，呼吸也急促。

漫长的深吻令人耽溺沉醉，眸底欲火与渴求几乎一触即发。

李淳一的手指探进他长发中，甚至捋散了他的发髻，凉滑的散发便悉数垂下来，潮腻的吻从唇瓣移向耳根，热气喷薄在细薄的皮肤上。李淳一不禁低喘着昂起了头，同时亦去追逐他，指腹在他后颈摩挲，身上是他沉甸甸的重量。

全身都热起来，仿佛置身于炭盆，下一刻要燃成灰烬。这亲近与先前都不同，若说之前还藏着几分玩火的胆战心惊，此时她却能放下顾忌去爱他。长久以来的失控感似乎远去了，因为他表现出弱势，她甚至尝到了一些安心的味道，因此也不再望而却步，反而能张开双臂拥抱他。

在外面跑了一圈又折回来的宗如莱听到屋内的微弱动静，登时愣在门口。一向从容的少年竟也有几分局促，转过身，脸登时红到了脖子根。

他着急忙慌地往前走，却踏了个空，扑通滚下了楼梯。

蜷缩在角落里的少年一点声息也未发出，忍住疼静静待了一会，却忽闻得开门声。李淳一手持烛台平静地走出来，站在楼梯口向他道：“如莱，搭个手，宗相公摔倒了。”

宗如莱连忙爬起来，整了整衣袍“噔噔噔”爬了上去，随李淳一进屋将宗亭扶回轮椅上，又帮着李淳一将他挪到了里间床榻上。

李淳一伸手探了一下他的脸，竟还忍不住调侃一句：“相公的脸为何这样烫呢？难道发热了吗？注意休息，本王还有事，就先走了。”

她言罢就往外走，宗如莱送她出门。走到楼梯口，李淳一忽然转过身问他：“如莱，你吃不了胡麻吗？”

宗如莱点点头：“某吃了胡麻会起疹子发热，小时候因此病过一回，之后便再未吃过。”

“本王今日不该让你吃胡麻粥的。”李淳一略表歉意，却又问，“旁人都知道你不能吃胡麻吗？”

宗如莱摇摇头：“此事太过微小，某以为除某自己，便没人在意了。”

但宗亭却连这一点也注意到了。

李淳一心头忽然一酸，宗如莱也是一样。

被那细密贴心的周到所包围的内心，忽然翻露出所有的柔软。

她转过身，踏着浓重夜色里的阶梯往下行，等走到楼梯口，遇到光亮，充满酸楚的内心却忽然升腾起一丝不安。

宗亭素来只对在意的事投注关心，如果他连宗如莱身上这些微小的事情都一清二楚，那不太可能是这几日就达成的事，他仿佛早就开始为家族谋后路，未雨绸缪得甚至比宗国公、女皇还远。

表面绷着的这一层平静水面下，是否快要沸腾了呢？

送走李淳一，宗如莱折返回公房，进里间主动拿了毯子给宗亭，自己则在榻旁铺了席子，悄无声息地躺下来，扯被盖上。

分明是在冬季，外面却依稀有虫鸣声。夜间朔风呼啸着将树枝刮到窗户上，似乎随时都要戳破纸面。宗如莱躺在地上背对宗亭而眠，他刚闭上眼，便听得榻上传来声音：“倘我不拦你，你要将那碗粥吃下去吗？”

宗如莱心里忽然咯噔一下，但仍是躺在被子里一动不动。

他低声回道：“殿下的好意，某不知该如何拒绝。”

“窝囊。”宗亭毫不留情地训起小叔叔来，“难道有人将毒药放到你面前，你也要一声不吭地饮下去吗？”

他虽在偷换概念，却讲得不无道理。他在教少年不要逆来顺受，该拒绝时得想办法拒绝，不要只屈从权势一声都不敢吭。

小心翼翼长大的少年此时在被窝里点点头，却又问：“此事换成相公会如何做？”

黑暗里一片沉寂，宗亭久不出声，过了好半晌，才道：“她给的，我自然会毫不犹豫地吃掉。但——”

他话锋一转，声音幽远起来：“你不要活成我这样。”

宗如莱若有所思，却没有再追问。在他眼里，宗亭几乎是无所不能的，但他也隐约清楚其软肋——宗亭甚至能为这软肋放弃对整个家族的控制权。对于世族而言，整体的利益总是高于个人的，族中主事必须公正、顾全大局，必要时需要为家族牺牲自己的喜恶与利益，但显然宗亭自认为做不到这些，这才默许了新嗣子的存在。

宗家总需要人继续撑下去，而这人，不能再像他父亲和他这样。

“你先回去吧。”宗亭言毕，忽扔了鱼符到地上。

宗如莱应声坐起来，迅速收拾了被褥，拿过鱼符一躬身，悄无声息地退了出去，又蹑手蹑脚地下了楼，穿过灯火通明的中书外省大公房，牵了马，飞奔在冷寂的承天门街上。

夜深深，少年单薄的肩头也被朔风压得沉沉。

又过了一月有余，冬季就到了最冷的时候，对于皇城诸司官员而言，起早便成了人生最困难的事。

这天卯时未到，宗正寺卿踩着黑漆漆的路稀里糊涂挪进礼部公房议事。困魔还在面前盘桓不去，却还要起早贪黑筹备吴王婚事，宗正寺卿将宗亭和李淳一腹诽了万遍，这才醒醒神，翻开了面前的陈年旧簿。

旁边的礼部官员道：“原本吴王婚事仪程参照太女当年的婚事即可，但元都督骑得了马，宗相公却不行，这便很头痛了。”

太常寺少卿抓抓头：“这有什么好头痛的？既然宗相公无法骑马，乖乖坐车就是了。就同娶妇一般，也没什么不可以吧？”

“啊，朱少卿到底年轻。”礼部官员不以为意道，“平民百姓的正经婚嫁尚要顾及两边颜面，你这样讲，虽是照顾了吴王颜面，却会令某中书相公很是不快啊。王相结好，哪是那么简单的事情？”

久不开口的宗正寺卿总算捶开纠缠他的困魔，恢复了精神道：“你们的争论无非是在亲迎上嘛，依某看，到册封王夫这一关就都循着太女前制来，至于亲迎，让吴王坐着辂车去迎宗相公，届时同乘一辆车不就妥了吗？不然宗相公看着吴王英姿飒爽地骑马在前，恐怕要郁卒的。”

“妥妥妥。”

“这样倒是可以。”太常寺少卿连忙点头，礼部官员也觉得可以一试，遂喊来书吏拟仪程。

“礼服都做好了吧？”

“都妥当了，正要送去。”

几人啰里啰唆议论了大半天，将细节等等全部定下，已是入暮时分。

几个人迎着夕阳走出礼部时，政事堂内却还在议事。宗亭一言不发地坐着，他自伤后便很少发表见解，似乎当真颓靡了不少。李淳一坐在他对面，此时按着尚书省的计账也是默不作声。灯火通明的政事堂内，落针声都清晰可闻。

年底天下诸州及京城各衙署的计账都经过勾检送了上来，哪里作假，哪笔支出有问题，哪些要进行勾征，清清楚楚。然而，关于新宫城的那笔账却烂得一塌糊涂，比部的勾检也含糊其词，说是工事拖得太久，账实都无法核对精准。

龙首原上的新宫城因规模宏大，已筑了许久。此工事原本是由太子督建，但太子出了那档子事后，监督大权自然落到了太女身上。李乘风一贯奢侈，向内库及国库伸手一点也不含糊。然如今这笔账烂得不能看，新宫城简直像个无底洞，底下难免有非议。

按照李乘风的意思，已经查不清的账就此销掉，今后重新算起，尚书省却揪着这点不放，非要弄个明白，且拒绝无度支用左藏库财富。

外面闭坊的鼓声沉缓响起，坐于上首的太女轻叩着条案，掌管国库的太府寺卿缩在角落里不敢出声。庶仆这时候极不识趣地进来添茶，滚烫的茶水注入杯中，茶粉浑浊却溢散清香。坐在宗亭身旁的曾詹事忽然起身拿东西，宽大的袍袖一刮，置于案边的杯子就瞬时倾了下来。

滚烫的茶水悉数洒在了宗亭腿上，曾詹事“哎呀”低呼出声，太女已是循声看过去，却只见宗亭后知后觉地反应过来，从袖中摸出了帕子，低头去擦袍子上沾了的茶粉。

李淳一喉间瞬时哽了一下，心猛地跳了上来。那袍子上还冒着热气，沸水烫到他的皮肉，他却毫无知觉，连神色都是平静的。唯有曾詹事大呼小叫：“不得了，这水太烫了，相公察觉不到，但恐怕已是烫伤了，快、快去拿药。”

“不碍事。”宗亭风平浪静地抬首，“今日该议清楚的事还是议完的好，一拖再拖，又不知何时才能清了这笔账。”

他言罢看了一眼李乘风：“左藏库拨给筑建新宫城的支用是不是当真只用在了龙首原那块地上？查清楚了尚书省也好做事。”

他言罢又看向新提拔的御史大夫曹台主：“我朝御史素来火眼，查这样的事难道束手无策吗？”

他伤后便难得露锋芒，曹台主被他这么一蜇，面上自然露出不悦，遂道：“中书相公还是先去处理伤口的好，免得雪上加霜。”

好一个雪上加霜，既强调他已经残疾了，又讲他不幸被烫伤可怜。

李淳一霍地看向宗亭：“相公还是先回去吧。”她很清楚，今日再也逼不出个结果，且因为担心宗亭伤势，这才让他先走。

宗亭看向她，毫无波澜地抬手撑了一下条案，庶仆赶紧上前帮忙，又唤来在外等候的宗如莱，让宗如莱推他回去了。

待他走后，曾詹事坐下来若无其事地饮了一口茶。傻子也看得出来方才他碰倒杯子是故意试探，大概也想看看宗亭是真残还是装残，而此事又极有可能是李乘风授意。李淳一越想越觉得可恶，压着一腔火揣着计账簿子起了身，放缓了语气看向李乘风道：“不如今日就到这里，也不早了。”

此言正合了李乘风之意，她遂起身向众人道：“鼓声都快尽了，诸位该回的便回去吧。”

太府寺卿霍地起身，行礼先行告退，其余人亦反应过来，陆续站起，鱼贯而出。

李淳一刚出门，却被尚书左仆射缠着问了一些事，好不容易摆脱了聒噪的老头，她揣着簿子急急忙忙就往中书外省追去。

她步子很快，几乎是跑上了楼，楼上却无人。她“嗒嗒嗒”往下走，撞上庶仆，庶仆道：“宗三十四郎与相公都没有回来过，大约是……回府了？”

李淳一避开庶仆赶紧去牵马，飞奔去宗家。

宗家小仆一眼认出她来，然还未及行礼，她便闯进了门。宗如莱出来相迎，向她躬身道：“相公并无大碍，药已上过了。”

他讲这话的同时，宗亭却还在内室低头上药。

揭开袍子，是被烫出水泡的皮肉，火辣辣地疼着，药油抹上去也于事无补。脚步声越发地近，宗亭侧身扯过旁边一件干净单袍遮了一下，不慌不忙地擦干净手，抬头看向门口。

她满脸急切地推门进来，他脸上露出欣慰的笑。

李淳一快步走到他面前，就要揭那袍子：“让我看看。”

“殿下欲行不轨吗？臣袍下可什么都未穿。”他伸手抓住她已经痊愈的手臂，“不要看，臣不会让它留疤的，放心吧。”

李淳一满腔都是怒火，他却转移话题：“殿下分明清楚烂账亏空的去向，为何今日一言不发？是怕说出‘这些支用被挪去山东补军费漏洞’会被元信算计吗？既然这样，下回就由臣来说吧，臣从来不怕山东那伙人。”

“我不是怕。”李淳一将手撑在轮椅扶手上，“婚事在即，我不想闹出什么事来。这节骨眼上，一点枝节都可能毁了这桩婚。能与相公结亲，我期待很久了。”

“既然这样——”宗亭唇角微抿，“恰好今日礼服送过来了，殿下可要帮臣试一试吗？”

他说着看向东侧条案，偌大的漆盘上放着绛色衣袍，像深秋红叶次第艳，沉静又隆重。

宗亭的礼服是照先前的官袍尺寸做的，但他这些时日瘦了一大圈，原本应当合身的尺寸，如今却显得过于宽松了，遂又将礼服送回改了改，待这些都妥当，也快到了亲迎吉日。

已至深冬，李淳一的伤彻底愈合，气色也逐渐好起来；仰赖尚药局的妙药，宗亭的烫伤也早早结痂，似无大碍了。诸事仿佛都转好，平静的长安城因为王相结好一事也热闹了起来。

毕竟是天家幺女与世族之子的婚事，坊间的各番传闻屡传不绝，先前落榜的制科举子们更是伤透心，美丽的吴王殿下竟要与那脾气古怪的中书相公定终身，实在可惜矣！一定是那中书相公不要脸地拿残疾要挟，心软的吴王愧疚不已，这才只好应下。

举子们纵然愤愤不平，但到了亲迎这一日，却纷纷聚到天门街上，想要再睹吴王风采。可惜一众人万万没料到，吴王未像太女那样在亲迎时骑马，而是坐着辂车，英姿全被帘布挡了。作为使者的宗正寺卿骑马行在一旁，看看那些失落的脸，啧啧两声："还好没录这帮臭小子，就这点出息，哼。"

他说完瞥了一眼辂车内的李淳一，不由得想到幼年时见过的那个风华绝代的男人——

啊，林希道倘能见证女儿娶王夫，又会是一番怎样的光景呢？只可惜，他都没能等到女儿出生，就先闭眼入了土。

宗正寺卿长叹一声，值此喜景，心中却默默哼起美人不长寿这种调调来。马蹄声嗒嗒嗒，高大的车驾平稳前行，亲迎队伍在入暮前终于到达宗宅。

时人循旧礼，仍在傍晚时行婚礼，王侯将相之家也不例外。

一轮红日还悬在天际，眼看着就要掉下去，风扯着红绸翻卷，闭坊鼓声响起来。没有坊门出入特权的百姓们不再围观，踏着那越发急促的鼓点声如燕雀归巢般飞蹿回各自的家。王府的亲迎人马停在微微起尘的长道中，静无声息地等待着。

李淳一很沉得住气，一旁的宗正寺卿倒是不耐烦起来："他们家也真是，明知今日是大喜之日，事情多得没法说，却偏偏要择这日过继嗣子，弄到现在还没完，竟还要我们等了！"

"这月吉日不多，安排在同一天也无可厚非，再等等吧。"李淳一大度地回道。

此时宗家内宅的立继仪式才刚刚结束，几位家族长者见证完，宗国公又命人将那立继书妥当收好，身着新服的宗如莱便正式改口，唤他阿爷。

一条腿都已迈进棺材的宗国公面对还未弱冠的少年，老眼里似乎酝起潮意。与同侪比起来，他这一生算不上有子孙福，也曾一度心灰意冷，但为了家族的延续，此时也只能将重托渐渐移到面前这个少年郎的肩头。

坐在西侧的宗亭这时已穿上了绛色礼服，他沉默寡言地等这仪程结束，挪着轮椅转过了身。宗如莱得了宗国公示意，赶紧上前帮忙，将他推出了门。

宗亭成婚当日，宗家也正式宣告另立嗣子，仿佛昭示从此他的身份只剩下中书相公与吴王的王夫，与宗家荣耀与大权并无太多关系了。

身着亲王衮冕的李淳一这时还在辂车上等着，宗正寺卿倒是得到消息先进去了。他手里拿了册封王夫的文书，撩袍进了堂屋，便见到了久违的宗亭。宗亭不方便起身迎接，便只安静地看着他。宗正寺卿轻咳一声，将文书宣读完毕，上前递给他，话里有话道："某要恭喜相公成为王夫啊，请收好。"

宗亭堂堂正正接过来，丝毫不觉得入赘有什么难堪的。

这时由宗国公带着宗如莱出门迎李淳一，李淳一这才下了车，循礼制与宗国公互相参拜，又客套推让一番，让宗国公先行入内，这才跟着迈进了宗家大门。

宗家安排的宴会并不隆重，暮色越发深了，王府那边还等着开席，这边自然就不好再多逗留。李淳一快步走到堂屋门口，夕阳将她的影子拖得老长，难得上身的衮冕显出端重与气势。宗亭微微眯了眼，仿佛要将她这模样印到心海深处。多年等待后迎来这一刻，哪怕置身危崖随时会跌落，他也甘之如饴。

李淳一走到他面前，当着一众外人的面，也只能说一声"相公久等了"便毫不犹豫地将他推出了门。宗如莱本要上前帮忙，宗国公却眼疾手快地抓住他的袖子，容李淳一带着宗亭先行。

从堂屋到大门口，一路灯火在暮色里招摇，李淳一趁众人不备时忽然俯身，在他耳畔道："出了这门，相公就是本王的了。"

"好。"他应了一声。为了让她安心，他这时藏起先前所有的野心与危险，将所有控制权都交给了她。

门外亲迎队伍里火烛交映，宋珍见他们出来了，赶紧上前帮忙将宗亭背上辂车。待他们二人坐稳，队伍转向，穿过坊门直奔务本坊。

与宗宅不同，吴王府内此时张灯结彩热闹非凡。一众朝官早就到了，宴厅内摆了数张大食案，佳肴美酒丰盛至极。然而宗亭是与这热闹无缘的，一来他行动不便，二来御医反复叮嘱不要让他饮酒，于是进了王府，行完合卺礼，他便只能独自留在新房内。

外面礼乐奏响，李淳一与朝官应酬，尚书省内有不少她提拔上来的制科门生，自然都偏向她这一边，但她也没有格外地显示出亲近来。因太女就坐在她身侧，以贺喜的名义来看这筵席里的站队。

她仰首饮酒时，太女忽然轻扳过她的下巴，瞥一眼席间坐着的贺兰钦道："娶贺兰钦不好吗？非要娶一个废人回家，姊姊真是心疼你啊。"

太女言罢用力捏了一下她的脸颊，递了一粒血红的丹药到她嘴边："新婚夜，高兴些。"

她张嘴吃了那粒丹药，李乘风却不松手，如鹰般盯住她，唇角却弯起来，道："丹药不是用来含的，咽下去。"

李淳一喉间收缩，李乘风这才松了手，同时自己也吃了一粒，仰起头灌下满杯的酒。

李淳一目睹这一切，终将眸光收回。李乘风嗜食丹药已经很久了，起因大概要追溯到多年前的旧事，那时她服药多少带了些逃避的心思，但上了瘾，此后便只能用丹药和膨胀的权力欲来麻痹自己。

李淳一不说话，将面前的酒饮尽，最后带着醉意回了新房。

宗亭闻得脚步声，推着轮椅打算去迎她，刚到门口她却撞门而入，几乎是俯身压了上来。宗亭略嫌弃地别开头："殿下喝这么多酒是因为开心吗？"

"嗯。"她呼吸里都带着酒气，内心的确是快乐的。

宗亭闻言嘴角都弯起来，下一瞬她却毫无章法地吻起他的耳垂与脖颈来，从猫一样的舔吻转而恢复兽一样的暴虐本性，手也急切下移，想要探入他的礼服内。

几番纠缠不得,她打算撑他起来,却因力不支,二人齐齐跌倒在地板上。

"嘶——啦——"声骤响，她如小兽一般撕开宗亭的礼服，手亦打散他的发，除去自己的冠冕与外袍，捧着他的头，俯身吻下去。

急切求索带来的喘息声随炭火不断升温，地板上压着的簇新礼服顿时皱皱巴巴。宗亭任由她的手与唇在身体上肆虐点火，眼底墨色愈来愈深。她也试图取悦他，但醉酒了总是做不好。宗亭扳过她的脸，压下喘息注视她的眼眸问道："幼如，你清楚今天是什么日子吗？"

他仿佛要看到她心里，而后伸出手，牢牢地抓住她的心，握紧了，再也不让它溜走。

“知道，我知道。”她语气神情里已显出迷乱，低下头胡乱亲吻他的胸膛，然转瞬间却天旋地转，忽被翻压在地。

她眸中闪过一丝困惑，却无力想得更远，身体的渴求压塌了理智，力气也完全比不过宗亭，沉浮中只记得是他占据了主导，但纵情过后的身体疲惫不堪，她在逐渐平息下来的呼吸声中沉沉睡去。

李淳一再次睁开眼时外面天快亮了，自己被圈在温暖怀抱之中，身下则是柔软床铺，面前的单薄衣袍满是桃花香气。已经醒酒的她忽然一愣，回想起昨晚一些支离破碎的片段，顿时皱起了眉。

为何会在床上？！谁将她移到床上的？

她抬头去看宗亭的脸，却察觉到对方将长腿跨到了她腿上，在她打算挣脱的瞬间甚至下意识缠紧了她。

他在骗她！李淳一彻底醒了，原本该有的一腔甜蜜瞬间全化作了被欺瞒之后的怒火。她正要发作，宗亭却无赖似的按住她的后脑。这家伙明明早已经醒了，却一声不吭。

李淳一气得讲不出话，他可知道这些时日她自责难过了多久？可他竟全是在唬她，甚至伙同贺兰钦来欺骗她。难道她比贺兰钦还不值得相信吗？

“殿下千万不要再撕了，昨日袍子已经全废了，臣现在就这一件。”他睁开眼，却是求她不要发火。然他的不信任和欺骗完全激怒了李淳一，她翻身就要与他打架，却被他死死扣着双手，低头去咬，却又被他反压。

两人之间的厮打力量悬殊，充斥着满满戾气，然而就在宗亭锁死她的双腿，将她压在身下试图辩白之际，床榻忽然颤动了起来。李淳一瞥向不远处的条案，书籍、灯台随地动“哗啦啦”翻落，她眼眸中的惊恐一闪而过，宗亭紧紧抱住了她。

他面色一沉：“地动了。”

震声恍若冬雷，宗亭双手捂住李淳一的耳朵，将她安全覆在躯体之下，任凭屋外嘶喊惊叫声接踵而来。

整座长安城都颤动了。长安的百姓从晨间睡梦中惊醒，或滚到床底桌案下躲着，或连冬袍也未裹便奔出了门，在昏暗中看着晃动的屋宅与草木相拥发抖；还在衙署值夜的司天监判官从胡床上跌下来，起身飞奔出了门。偌大的承天门街上灯火全熄，天昏地动，马嘶驴嚎，值夜官员们皆撇下案牍狂奔出门，聚在一起喘着气不知如何是好。

长安城就这样猝不及防地迎来了一场大雨，太阳不再露面，温度陡降，寒雨倾倒，冻得人瑟瑟发抖。待震感骤停，坊正、里正便四处奔走查看辖区内的受灾情况。

京兆尹焦急万分，连早饭都未吃就匆匆赶去了衙署。司天监官员未能预测到这天象，一众人胆战心惊地跪在殿内等候惩罚，但他们未料到，更大的危机还在后头。

长安城的大雨仍未停，山东却传来了急报。长安地动的当日，山东大震，廨宇庐舍悉数崩毁，地裂断流，死伤不计其数。上回已经被罚了俸的司天监官员这回再跪到殿内，监国的太女面上酝酿起了之前没有的怒气。

那怒意一触即发，似乎随时都要烧到面前这一群无用的家伙身上。

如果说长安地动带来的损毁尚在能接受的范围内，那山东这罕见的大震造成的损失就令人相当不安了。年迈的司天台监沉默地跪着，就在他打算请罪之际，女皇却从昭应回了宫。

太女交出了监国大权，女皇重新坐回主位，即刻召集了皇城内五品以上京官入殿议事。没有廊餐，没人敢议论，踏着大雨而来的官员们带着潮气雁行入殿，黑压压一阵，数支宫烛也挥散不去这强烈黯色。

入殿前贺兰钦与李淳一迅速交换了眼色，各自站于两旁，便再无交流。宗亭坐轮椅姗姗来迟，因“腿脚不便”也免去了行礼，安安静静地坐在西侧。

沉默的大殿内能听到外面如涛般的雨声，空气湿冷，费力燃烧的炭火对此也毫无办法。女皇低沉又威严的声音缓慢响起来：“山东逢此大灾，开国来从未有过，天意之难测，朕甚惧之。倘这是天谴，还请众卿明言朕之过失，切勿有所忌讳。”

这言辞对老臣们而言并不陌生。从开国到现在，凡帝国蒙受大灾，女皇便主动检视自身政行得失，请朝臣上书直言其过错，如此一来，反而令朝臣不能痛快攻击时弊。今日也不例外，殿内果然一片静寂，无人吱声。

就在众人悉数沉默之际，李淳一却站了出来转移了话头：“山东蒙此大灾，不好再多耽误，儿臣愿为陛下分忧，即刻往山东救灾。”

她主动请缨出乎众人意料，山东内部势力一团糟，从来都难厘清，又逢这种天灾，李淳一去简直是孤身入虎穴。宗亭闻声眸光骤敛，却瞥见了她脸上的无畏与坚定，他接道：“吴王年轻，尚不足担当此要事，陛下应另遣贤能往山东去。”

大殿内只有他们二人开口讲话，坐于上首的女皇听了不作声，只看向左手边的贺兰钦。

贺兰钦道：“按说吴王新婚不宜远行，然依臣看，吴王治淮南水灾时颇有建树，在赈灾重建一事上并不生疏，倒是很合适的人选。”

他只轻描淡写一说，大多朝臣却迅速做出了决断。山东是个大泥坑，除了太女党，谁也不乐意踏一脚，既然李淳一乐意去蹚浑水，且她的老师贺兰钦也十分支持，那便让她去。三省六部及诸寺监在内的各主官几乎对此毫无异议，遂陆续附议起贺兰钦，表示赞同李淳一前往山东赈灾。

山东自古乃要地，遣亲王作为使臣前往检覆赈灾，听起来似乎更能镇住场子，这理由搬出来，女皇仿佛更无法反驳了。

李乘风这时却道：“淮南水患与今日震灾又岂能相提并论？吴王对山东知之甚少，此行又危险重重，还望陛下三思。”

她拎出李淳一此行之安危来提醒女皇，是说到了点子上。与天家子嗣的延续比起来，山东的灾情在女皇心中，似乎也没有那么重要。

但山东倘不趁此一治，恐怕将来机会难逢。

女皇的念头几乎是在瞬间扭转，她看向李淳一道：“让你去赈灾既然是众意所向，朕便命你为巡抚赈给使，可量事处置；都水监、水部司、常平署、仓部司、太仓署从旁协助，不得推诿。”

她随即又补充：“山东灾情严重，还望吴王多保重。”

“喏。”李淳一顷刻间跪下领命，被点到的各司长官亦纷纷下跪，齐声称喏。

殿外雨声又大起来，宗亭眸光变了又变，最后瞥了一眼不动声色的贺兰钦，在内侍宣退朝之际，兀自将轮椅转了向，行至李淳一面前。

“烦请殿下推臣回去。”

李淳一气还没消，眸中更无半点怜惜之意，居高临下地瞥他一眼，竟是毫无情义地甩袖出去了。这一幕教殿内其他官员瞠目结舌，看来什么多年情谊的说法都是假的，吴王被迫婚娶才是真，不然又怎会过了新婚夜就翻脸？

宗正寺卿还记得那天亲迎时吴王热切又发自肺腑的喜悦，眼下这境况又是怎么回事？啊……难道说宗相公当真伤得不能行人道，因取悦不了亲王，一夜成了下堂夫？

这位下堂夫在诸人探究的目光下磕磕绊绊地出了殿门，又求助内侍下了台阶，倔强地不肯撑伞，硬是淋着雨回去了。

中书省据圣意草拟了制书，飞快呈送门下省审定，待送到尚书省执行时，李淳一与尚书省有关部司已商议了大半天的赈灾策略。

入暮时分雨下得越发急促，李淳一出发在即，要回王府整理行装。她踏着积水回到府里时，宋珍赶忙迎上来，很妥帖地说道：“某听闻殿下要往山东去，行装已然备好。”言罢将单子递上，“殿下可还有什么要带的？”

李淳一低头扫了一眼，接过伞，抓上那单子就要往里走，宋珍却又追着说道：“相公今日回来时浑身都湿透了，某给他送的姜汤他也不肯喝。”

“随他去。”李淳一冷淡地说完，继续朝里走。

推开门，即见宗亭坐在两步远的地方盯着自己，李淳一转身将门关上，雨声仿佛也变小了。

宗亭遥遥看一眼她手里握着的清单，道：“殿下不打算将臣也加上带走吗？”

“带相公去有何用？是能当着别人的面站起来帮忙还是能令我省心？”

她故意板着脸说这样的话，将清单投进了火盆。他没有残疾，她心底里其实十分庆幸，但他的不择手段令她不舒服。

饭食送进来，她当着他的面饱餐了一顿，一句话也未与他说，起身去洗漱，又折回床榻向里侧而睡。

接下来将是匆忙旅途，她只想蓄足精神。

雨声随黑夜加深渐渐止歇，廊檐有积水不慌不忙地滴落下来，空气恢复了清新，似乎就要转晴了。

天还未大亮，宋珍就早早起了。驿所车驾已经到了，该装车的行李得先装好。他正指挥小厮忙碌之际，骤见贺兰钦迎着清冽的晨光骑马而来。

“啊，谏议大夫如何此时到了？”宋珍赶紧迎上去，“殿下还未起，恐怕要再等一等了。”他随即领着贺兰钦往西厅去。

此时李淳一醒了。她甫睁开眼，却倏忽被某人压在了身下：“殿下要走了是吗？”

她俯卧在榻，被他紧紧压着，甚至看不到他的脸，连呼吸也不畅：“是。”

他撩开她后背的长发，低下头从细薄的脖颈吻至她耳郭，急切且用力。长指探入宽松单袍内，一点点唤醒她敏锐的知觉。这时宋珍过来敲门，李淳一想要下榻，却被他钳住了双肩。新婚夜之后便再未纠缠过的身体热情不减，宋珍却在外继续敲门提醒：“殿下，驿所的人及贺兰先生都已经到了。”

李淳一咬死了唇瓣，最终身体瘫下来。他伏在她背上平抑气息，温存地触吻她柔软的耳朵，压低声音道：“山东逢天灾是民之不幸，却也是机会。该告诉殿下的，臣都放在妆奁里了，上路了再打开看吧。”

别离在即，他又拥了她一会儿，给她系好袍子，又捋顺她的头发，郑重其事地看向她的眼：“此去保重。”

李淳一下了榻，束发服袍将脸洗净，欲言又止，却最终什么也没说，关上门踏着晨光出去了。

长安城终于又迎来了阳光，但仍然天寒地冻，令人浑身打战。临行前，南衙卫兵竟也到齐，女皇给她的那支卫队，将一路护卫以保她的安全。她瞥了一眼，却见骑在最前面的竟然是中郎将谢翛。

这时贺兰钦向她道：“四品中郎将亲自护卫，可见陛下很在意你的安危。”他顿了顿，“淮南水患那会儿已足够危险，震灾只会有过之而无不及，注意安全。此事不会太容易结束，你这个巡抚赈给使，心里最好有个底。”

他言罢取出一个包袱递给她：“带上吧。”

一件围脖，恰好可遮去她脖颈间难掩的吻痕。李淳一接过来，默不作声地上了车，同时打开了妆奁，从中取出了宗亭留给她的信。

马蹄声交叠响起，车队远去，宗亭坐着轮椅行至门口，贺兰钦转过身：“宗相公，到你我携手的时候了。”

第九章

在李淳一的车驾匆匆往东之际，长安城内开始了大灾后例常的罢朝停宴、闭坊罢市，各衙署及宫城内也一律减膳，以此来为灾民祈福。

京畿地区的节奏似乎一下子慢了下来，只有长吏们每日东奔西走，检视灾情，协助都水监官员检校堤防。眼看年关将近，长安城内一星半点的喜色也没有，几个月前女皇大寿时全城狂欢的情形仿佛还在眼前，但那几晚的欢愉似乎将整年的快乐都透支了，此时全城没有半点值得喜悦的事。

那场大雨过后，长安便一直无雨无雪。天燥得生尘，走出门头顶只有晴朗日头，迎面就是风沙。年关里这样的天气令百姓都惶惶，尤其是吃尽了蝗灾苦头的庄户人家，看着这旱天，个个担惊受怕。

地震在前，长安眼看着又要遇旱，京兆尹心中满是郁闷，最后不得已上书求祈禳敬天，以免遭受可能发生的旱灾。女皇允了这折子，但她的身体已不适合颠簸，遂令太女李乘风前去南郊祈雨。

干燥冬日，车驾从朱雀门出，宽阔的天门街上站满百姓，皆期盼雨能落下来润一润这天地间的生灵。太常寺鼓乐声伴车驾同行，莫名生出几分哀鸣意味。

李乘风与詹事府、政事堂的几位宰辅同行往南郊去，宗亭却因行动不便留在皇城内。中书外省透出几分死寂的味道。送走冬至，万物便酝酿起来年生长，而窗外干枯的树枝在风中摇动，像瘦骨嶙峋的手，干巴巴的，毫无生气。

宗亭将面前的幻方盒子抓起来，左右晃了晃，那已经完成排序的小木块就又都乱了。这时案头一只瘦巴巴的乌鸦突然呱了一声，宗亭瞥它一眼，它便又噤声不动，气也不敢出。当日吃尽拔毛苦头的乌鸦对宗亭很是惧怕，但因李淳一走时未能将它带上，它便又显得格外幽怨。

宗亭自小匣里摸出一支小信筒来，乌鸦瞬时不怕死地“呱”了一声。就在它以为宗亭要让它送信去山东之际，窗外扑棱棱蹿进来一只白鸽，高傲地栖落在宗亭轮椅的扶手上。

乌鸦又“呱呱”两声，宗亭也不理它，给白鸽绑上信筒，容其飞走后这才对乌鸦道：“等殿下习惯了白鸽，便会觉得你极丑，羽翼重新养起来也无用，她会忘了你的。”

乌鸦愤愤，心中却酝酿起出走的计划来。

它要追随的主人此时已抵达山东境内。此次震中在齐州都督府辖区内，该都督府所辖青、淄、济、濮、登、莱六州，是古时齐郡，也称济南郡。登、莱东临大海，在此次大震中受灾严重，多处有地裂，河流也被遏断，倒塌的屋廨庐舍随处可见，死伤甚多，流亡者众。

齐州都督府的长官，正是元信。

此地元家呼风唤雨，又有其他世族牵扯其中，政治局势并不算单纯。何况齐州已是国之东疆，越海便是高句丽、百济，战略地位十分重要，天高皇帝远，这些年不知已养成了什么样子。齐州犹如一团迷雾，李淳一孤身走了进去。

一路上仍有余震，这地动似乎没完没了，途中所见甚是萧条，冬日里竟一点活气也没有。倒塌的屋舍无人管，被扭断的堤坝也无人修，寥寥几个灾棚却连一口热粥也没有。拖家携口的流民沿路乞讨抢掠，暗淡的眸光中已流露出要吃人的绝望来，令人胆战心惊。

抵达齐州这晚，李淳一在驿所歇下，中郎将谢翛率卫兵守在门外，以防丧尽理智的流民冲进来攻击抢掠。驿丞夫妇将饭食送到李淳一面前，一脸歉意道：“此地不比宫中王府，只好请殿下将就了。”

然说是将就，却摆了满满一条案，完全看不出大灾后缺衣少粮的样子。李淳一抿唇不言，低头吃饱饭，却留了一大半下来。她抬首同驿丞道：“去请中郎将来。”

驿丞匆忙出去喊谢翛，谢翛得令快步走来，进屋却见换了布衣的李淳一手下正压着地图。李淳一头也不抬，将条案一移，指了那上面一大半未动的食物与谢翛道：“饱腹一顿上路。”言罢又扔了一套寻常百姓穿的衣裳给他。

谢翛不解道：“殿下这是？”

李淳一瞥向北边的矮窗：“等中郎将吃完了，我们便离开这里。”她不可能待在驿所等明天一早都督府的人来接。在对灾情几乎一无所知的情况下，她一进都督府，便会彻底丧失主动权。

谢翛隐约明白她是要先发制人，于是低头将面前饭食快速吃完，再次抬首时，李淳一已将地图塞进了袖中，推开窗打算出去了。天寒地冻，屋外朔风凛冽，谢翛换完衣裳将马牵来，李淳一翻身上马就朝城内奔去。

这时辰的都督府内，各公房仍然灯火通明。各州刺史报上来的灾情奏抄都堆在都督案头，元信却看也不看一眼，只嘱咐僚佐按照之前定好的受灾情况往上报。僚佐秉笔犹豫，斟酌问道：“明日吴王便到，虚写报灾奏抄，若被发现其中作假，可是不妥？”

元信似乎并未将李淳一放在眼里：“区区女流被遣派到这地方来，怎能让她受苦呢？等她到了就悉心养起来吧，挨过这阵，请她毫发无损地回长安，她自在，我们也舒心，各得其所，谁也没有损失。”

僚佐深以为然地点点头，遂低头拟写起向朝廷申报灾情的奏抄来。

都督掌管辖区内各州兵马甲械，又是都督府总判事，同时也兼理民政，此次辖区内受灾，即通过各州长吏逐级上报，最后由都督府向朝廷申报详细灾情，以获相应的赈济恩惠。因此，如何申报，便大有学问。朝廷为避免地方虚报，故而遣派使者监督检覆，以确认所报灾情属实。

此次山东受灾，担当监督检覆大任的自然就是李淳一。然而元信深以为小小皇女翻不出大浪，且她孤身入境等于自投罗网，更不必说有所建树了。

这边奏抄写完审定，已接近黎明。这个时辰，长安城内的官员们陆续出了门，五品以下的进朱雀门，鱼群入海般散开，各赴诸司诸卫衙署；五品以上的沿天门街一直往北，在承天门外等待上朝。

天依然燥，光禄寺提供的廊餐也因为修政取消了，官员们饥肠辘辘地等着，殿中侍御史如狱卒般走来走去，话也不能乱讲，难免都有些心烦气躁。

太女南郊祈禳之后，长安仍是滴雨未落。老天显出不仁来，面目都透着刻薄，百姓们仰头看天，焦虑愈盛。

司天台今日全体官员又被喊来上朝，连推官也不例外。一众官员依次列位后，中间便跪满了司天台的家伙们。女皇缓缓睁开眸，询问司天台监道："既然已祈禳，为何还不降雨？可有什么天象变化吗？"

司天台监回道："回陛下，没有。"

"难道京兆府要一直旱下去吗？"女皇声音不高，但透出压迫感，这反问里甚至已有了要降罪的意思。

年迈的司天台监不敢出声，旁边却有一年轻推官贸然开口："陛下，天地灾异乃是邪气，政不行而邪气作，朝堂中恐有德行不作之事，才致天怒。"

这种话素来都是女皇主动反省才会说，什么时候轮到臣子开过口，何况还是个小小推官？

女皇登时敛眸，那年轻推官却又道："山东逢大震，正是有反常阴气作怪；而关中又旱，恐是因金气毁，金为兵，兵不戢自然遇旱。要解山东之困及关中之旱，恐怕得追究其中缘由才能奏效。"

一席话讲完，底下人心中各番盘算。反常阴气可是讲太女李乘风不修政德？而兵戈异常，是暗指山东还是关陇？

推官之狡猾，在于话只点到、不讲透。女皇问："姚推官不必含糊其词，不若明讲。"

"微臣只言天象五行，不敢妄断朝政。"推官拒绝了。

"好，你不敢讲——"女皇又开始点名，"谏议大夫可有话要说？"

贺兰钦被点到是在意料之中，自他入朝后，女皇便常常在殿上向他询问政事得失。众人屏息等贺兰钦开口，就连李乘风的目光这时也移向了他。

贺兰钦走出来，俯身道："既然陛下问了，臣便直言。近来皇城内外官僚百姓都为敬天而修自身言行，然东宫欠了些体恤苍生的诚意，事关民生，不知东宫可否收敛一些。”他直指李乘风在大灾后仍纵欲无度夜夜笙歌，不修德行以至于触了天怒。

女皇牙关暗中咬紧，眸光瞬时投向了李乘风。

外面天已经亮了，太阳被尘雾蒙着，甚至看不清边缘。

而这时，齐州都督府的人也踏着凛冽晨风赶到了驿所，打算接吴王李淳一去往都督府。那人点名要见中郎将谢翛，然谢翛部下却道：“中郎将昨晚睡下就未再出来过，这时恐怕还未醒，某这就喊去。”

那部下匆匆忙忙进内敲门，却得不到一丝回应，遂撞门而入，只见床榻空空，不由得一愣。他随即又跑去吴王房门口，敲门亦无任何动静，心忽地一沉，见都督府的使者已经上来了，只好如实道：“吴王与中郎将，似都不在了！”

另一边，太极殿内贺兰钦将矛头直指储君，气氛登时紧张起来。太女虽在大事上拎得清，且也算有为人君的气势，然挥霍太过、德行不修却是她死穴。太女党自然不会主动戳到这点，诸司官员也不会非要逆着剑锋往上行，在这种事上能开口的，只有谏官。

贺兰钦当堂指出太女之不德，不过是在履行谏诤职责。

这时候李乘风却不慌乱，视线掠过贺兰钦的脸，昂然道：“谏议大夫的意思是，东宫不修德行所以致地动天旱？”她接下去道，“那今日起，本王便斋戒减膳，闭门祈福。若真如谏议大夫及司天台所说的‘都是本王的过错’，那本王这样做，总该下雨了吧？”

后半句反问音调陡升，语气中丝毫不惧谏官的攻击与指摘。

贺兰钦听了她这咄咄逼人之词，却不动声色。

他不开口，殿中便再无第二人敢接太女这话，这时候一直静坐着的宗亭却道：“天意一向难揣，只怕到头来还是不下雨，关中百姓便是白等了。眼下当务之急，是要未雨绸缪，做最坏的打算。倘若此灾避无可避，也好过届时手忙脚乱。今年秋税并不乐观，却还要贴补山东，仓部、金部、太府寺最好还是先拿个议案出来。”

他讲的倒是大实话，听起来无可指摘，且顺利转移了话题，给了众人一个台阶下。女皇咬紧的牙关缓缓松开，语气依然沉缓：“就照宗相公所言，先拟个议案吧。”

讲完，她额颞突突跳痛起来，面色瞬时发白，旁边内侍敏锐察觉到了这变化，急急忙忙宣了退朝。

女皇起身，内侍要上前扶，她却甩了宽大袍袖，咬牙对内侍道：“叫太女来见朕。”

群臣陆续起身，宗亭对贺兰钦视若不见，自行转着轮椅往外去；而那司天台的年轻推官随司天台监起身后，迅速看了一眼贺兰钦。

贺兰钦未察觉到这目光，径直走到李乘风面前，语气平和地躬身道：“适当斋戒养生亦非一无是处，关中百姓企盼的这雨雪，就指望殿下了。”

李乘风眸光锐利，目标明确且狠毒。但在贺兰钦直起身抬头的瞬间，她却又敛了这目光。此时有内侍匆忙跑来，对她传达了女皇召见的口谕。她面色一沉，拂袖转身而去。

通往内殿的路上，空气浑浊得令人胸闷，路旁排水沟里几近干涸，甚至透出臭味来，而边上排排槐柳，也丝毫没有要酝酿新绿的打算。

内殿破天荒地没有燃灯，光线便暗淡了许多，窗子都紧闭，守卫森严，仿若一座大囚牢。

而女皇，仿佛就是其中唯一的囚徒。

女皇头疾发作，心火上更是浇了几桶油。李乘风进殿时，恰好是这把火烧到最旺时。

她如常跪地俯身行礼，然这礼还未完，一只装了热烫茶水的杯子便朝她飞去。水溅湿衣袍，杯子落地而碎，瓷片飞起，从皮肤上擦过，脸上瞬间就有了血痕。

李乘风动也不动，内殿中只有女皇的声音：“朕与你说过多少次了，胡闹得有个限度。你要吃多少苦头才长记性？”她声音里透着压迫，呼吸也因为疼痛变得浊重。

李乘风抬手擦了一下脸上的血，却问：“倘儿臣是男儿身，朝臣们可还会说这样的话？陛下又是否再觉得这是胡闹？当年阿兄之行径，比儿臣的有过之无不及，为何朝臣、陛下却对他那般纵容，连谏官也从不指责他不修德行？只因他是男子，臣是女子吗？”

她不认错，也不服软，女皇心头怒火更盛，头疾痛得人甚至睁不开眼，抬手就将案上奏抄扔了过去。

李乘风稳跪不动，不闪避不忌讳地反问：“陛下如果也是男子，如今可会落到孤身一人无人伴的地步？”

这一言将整根弦都拉紧，殿中只闻得女皇浊重得无以复加的气息。女皇双手紧紧按住台案，手背上青筋根根分明，下一刻似乎就要掀翻整张御案。然她心头怒火在瞬间转为阴霾，整个人也委顿了下去。

“儿臣不愿重蹈陛下覆辙，也不想受朝臣掌控，儿臣想像男人一样活着。”李乘风脸上的伤口又渗出血珠子来，然这回她连抹也未抹，竟是堂而皇之地起了身，不顾跌坐在案后的女皇，出了这昏昧的内殿。

这时的齐州境内，愁云滚滚，一场大雨似乎就要倾盆而下。

一众人将驿所都翻了个遍，却压根未见李淳一和中郎将谢翛的身影。就在驿丞忐忑地杵在堂中，不知要怎么办之际，一位卫兵忽然惊道：“吴王留了信！”

他急急忙忙拿着那信筒走出来，将其递给了都督府的使者。

使者一看那信筒上封着都督姓名，便知是给元信的。他不敢久留，赶紧出门往都督府去。

这只信筒递到元信手上时，李淳一与谢翛已经出了城门。

元信打开那信筒，却只拆出一张白纸，他眉毛猛地一挑，交代身边僚佐道：“那报灾奏抄缓两日再递。”

僚佐喏了一声，元信微微敛眸看向堂中香案，又道：“对外称吴王在齐州失踪，开始搜寻吧。”

僚佐领命退下，外面凄厉的大雨就倾倒了下来。豆大的雨点噼里啪啦砸在地板上，从水迹斑驳到湿透也只是眨眼的工夫。

李淳一这时奔行在往东的路上，骑得飞快。谢翛快马加鞭追上去，隔着雨帘与她大声道：“前面有粥棚，等雨停了再走吧！”

李淳一行至粥棚前，勒缰下马，站到棚内避雨。一场大雨阻断了行程，正好可以歇一歇，连夜赶路到这会儿，连马也累了。这赈灾粥棚周围人烟稀少，寂寞的大锅里盛满了浑浊雨水，只有泥沙却无一粒粟。

李淳一抖落袍子上的水，看着棚外的瓢泼大雨，眼中生出忧虑。谢翛递给她一块饼，称呼穿了男装的她为“郎君”，并问：“御史台那两位里行，可是直接往北面去了？”李淳一不作声，低头将饼掰开一小块，塞进了嘴里。

御史台这两位里行都是通过今秋制科刚提上来的，出身淮南，先前都在李淳一筹建的寺观内待着。这两人也在李淳一此行的车队中，但那晚还未到齐州驿所，李淳一便令他们先去北面核查灾情。此外，还有水部司与仓部司几人，也在刚进入齐州时分开出行，去检覆受灾及赈灾情况了。

李淳一作为巡抚赈给使，有权决定检覆的手段，并不需要与地方通气。

她这番安排无可指摘，但因太沉得住气，以至于谢翛一直在猜。直到她自己也悄无声息出来亲自核实灾情，谢翛才大约明白她的想法——

进都督府之前，她必须自己心里有一本明账，这样才有底，才能够去为百姓、为朝廷争。

天地间潮气翻涌，流离失所的灾民只能忍受这无处讨说法的不仁慈。

越来越多的灾民拥入临时搭建的粥棚内，却见不到一个州县官吏。李淳一的马淋了雨，甩头低嘶，就在她打算上前将它牵进来时，霎时有一孩童朝她冲了过来，那脏兮兮的小儿几乎是扑上来抓住了她的手臂，因为饿昏了头，甚至咬住了她紧抓着干粮的手！

谢翛反应过来霍地将那孩子扯开，那小儿却不馁，饿狼般再次朝李淳一扑去。谢翛猛地将那孩子抱起来，紧紧钳制住，不让他再胡乱攻击。

李淳一将那块饼递了过去，小儿一把夺过，低下头登时狼吞虎咽起来。待他吃完，谢翛才将他放下，松开双臂低头问道：“你的家人呢？”

他讲的是官话，小儿似乎听不懂，只顾着舔指头上的饼屑。

谢翛看他没反应便也不再管，一抬头，却注意到了李淳一的手——虎口处一排狠毒的牙印，皮肉已经破了，血珠子正往外冒。

“郎君可还好？”谢翛赶紧摸出膏药递过去，李淳一却未接。她盯向小儿额侧颈间的水泡，忽然上前两步按住他额头，那小小额头滚烫，嘴巴干裂出血。她心中一怔，下意识往后退了半步，抬头却见西面流民为了抢夺干粮朝这边拥来。

谢翛见状不妙，一把牵过缰绳催促道：“郎君快走！”

李淳一闻声却还站在原地，谢翛见她动也不动，顾不得太多，抓住她的臂就推她上了马，同时自己也蹬上马背，鞭子挥向了李淳一的那匹马。

骏马狂奔，李淳一却转过头去看。隔着漫漫雨帘，方才那孩童两眼瞪得老圆地看她远去，面目里是无尽的茫然与无措。那小小身躯忽被蜂拥而来的人群撞倒，几度想要挣扎着爬起，却最终没能再站起来。

马越是往前，人群便越是远去，大雨里的马蹄声与呼吸声，似乎都响在耳畔。

雨渐渐停了，马也停下来，两人浑身都湿透。

李淳一双手紧握着缰绳，面对谢翛"郎君怎么了"的反复询问，也只低头擦了一下脸上的雨水。

那脸惨白一片，毫无血色。

淮南水患时的可怖情形还历历在目，但她抬起头，面上便换了沉静与该有的稳重。

她回头看了一眼，严肃道："是疫病。"

粥棚里那个孩子的命运已不可逆转，齐州府百姓的命运亦未可知。骤雨止歇，天地间一片灰暗，马低头啃嚼地上枯草，中郎将谢翛听李淳一讲完，面上忍不住闪过一丝忧虑。

他在军中也见识过疫病，但那已经是接受控制与隔离后的疫情，与民间爆发的疫病有很大区别。山东尽管富庶，但各州仅有医博士一人，助教一人，医学生也不过十三四个，如果疫情暴发，官方的救助与控制力量实在有限。

此时两人已到青州境内，谢翛心中打起了退堂鼓："殿下，可要折返回齐州府？"

"去青州州廨。"李淳一面不改色地说完，一夹马肚便往前驰去。她周身潮湿，阴冷的风将寒意全吹进了皮肉骨头。沿途无人收殓的尸体随处可见，似乎连四肢也不齐全，森森白骨被暴雨刷去污泥腐肉，全都露了出来。

骏马疾驰，至青州州廨时已近傍晚。李淳一翻身下马，刚往前两步，门外吏卒便拦了她的路，理直气壮地对一身布衣的她道："州廨岂可容闲人擅入？"

李淳一站着不动，谢翛走上前，将符递了过去："请通报一声。"

那吏卒捧起符来看了好一会儿，又看看他们二人马匹，脸色瞬变。就在他要揣了那符往里通报时，却有人踏着积水从衙门内走了出来。

那人一身绯色官袍，而青州境只有一人能穿这服色——

此人便是新任刺史颜伯辛无疑。

刺史既然为州廨最高官员，自然也是一州之长。然这一州之长，也不过二十几岁年纪,清秀俊朗,哪怕因灾情难解枯瘦了一些,也不见颓靡之色。

李淳一看向他时，他也朝李淳一与谢翛看过去。

那吏卒倏地向颜伯辛行礼，双手将谢翛的符奉上，颜伯辛却不接，只板着脸问："七个县的县令，到现在一个也没来吗？"

吏卒小声揣测道："按说也该到了，大约是被先前那场大雨耽搁了？"

颜伯辛面色沉重，又瞥一眼吏卒手里捧着的符，瞬间明了这两位来客的身份，但他只不卑不亢地低头拱手："臣未料吴王会到此地，失迎了。"言罢他抬首看向李淳一，也不请她进州廨。

身为颜家嫡子，颜伯辛浑身上下都透着百年世族的高傲，这家人甚至不屑与出身关陇的皇家联姻，又怎么看得起这个家族里的一个庶女？

谢翛刚要开口，李淳一却已同颜伯辛道："颜刺史是要本王与你一道等那七位县令吗？"

"吴王若愿意一起等，那就等吧。"他顺着她的话接下去，丝毫不顾她此时浑身潮湿的狼狈模样。他脊背挺直，也不惧外面寒风，就当真站在州廨门口等辖下那七个县的县令。

吏卒小心翼翼将廊灯点起来，最后点到颜伯辛头顶那盏时，夜幕彻底垂覆了下来。守在外面的卫兵一动不动，谢翛已有些沉不住气了，而李淳一却不动声色，当真是陪颜伯辛站到了天黑透。

天寒地冻，下过雨的青州尤其冷。本来衣服就是潮的，李、谢二人都快被冻成了冰，颜伯辛却看也不看他们一眼，面色沉静简直如死水，直到他听到那越发近的带着潮湿的马蹄声，冰封的脸上才有了一点微不起眼的变化。

来者是益都、临淄两县的县令，来了一看这架势，各自心里顿时"咯噔"一下。两人不明就里，便只对着绯袍的新刺史行了礼，然颜伯辛不开口，弄得他们不知如何是好，只好杵在那。颜伯辛同样不让他们进州廨，他们便只好一起等那余下的五个县令。

俩县令被冻得牙打战，心中将颜伯辛与那几个迟到的县令狠狠骂了一通，余光则不自觉地瞥向旁边的李淳一与谢翛。

空气里一点人声也没有，只有呼出来的热气成了团团白雾。等那五位县令陆续到了，颜伯辛看向李淳一，道："吴王不惧严寒等到现在，可是要一起参会？"

颜伯辛完全把控着局面，这点令谢翛十分不悦。

他一路上见惯了李淳一沉稳有主见的模样，这时见她如此被动，实在不舒服。然李淳一似乎另有谋算，她视线逐一扫过那几个县令，开口道："既然都到了，就不要再耽误，进去详谈吧。"

她没有太女咄咄逼人又张狂的架势，反而有几分礼贤下士的谦虚、谨慎与稳重，且似乎格外沉得住气，多少令颜伯辛心中树立起来的偏见有一点动摇。一众县令也是吃惊，根本没想到这着一身布衣之人竟是女皇遣派至此地的巡抚赈给使。

一众人各怀心思进了议事公房，颜伯辛空出主位不坐，但也不请李淳一坐。李淳一不占地方官的主位，只径自坐在了他对面的位子。谢翛与颜伯辛同阶，却在他下首坐了。各县令再依次往下坐，最末坐了个秉笔书吏。

一杯热茶送上，连晚饭也不给，便开始议事了。

颜伯辛之所以将底下七个县的县令喊来，主要还是因为赈灾不顺利。前一任留下的烂摊子还没解决，转眼又碰上了大地震，这个官换谁做都难。

一书吏捧着簿子过来放下，颜伯辛压着不动，只说："难处我都了解，重复的话不必说，拣要紧的情况报。"

三五个县令面面相觑，也有径自低着头不吭声的，个个心中都掂着一杆秤，一头垂着自己的考课，另一头挂着百姓生计。

"一件要紧的事也没有？那我来说。"颜伯辛翻开簿子道，"博昌、寿光两个县，赈济粮一粒也拨不出，连粥棚都只是摆摆样子，是打算指望用朝廷的粮食来赈灾吗？义仓为什么不开？"

被点到的两个县令含糊其词道："义仓也开过一阵，但刁民实在过分，如今已是空了。"

"根本是从来都空无一粟吧？！"颜伯辛语气骤急，"前年、去年留县的税收，没有按规矩充义仓，被拿去做什么用了？"

两县令年纪也都不小，被一个年纪轻轻的刺史这般训着，心里十分不快，却一点办法也没有。颜伯辛不好糊弄，在他们来之前，就已经将各县情况摸了个透，今天这议事会，便是要找他们算账呢！

这事一搬上台面，在座的几位心里顿时没了底，余光都默默瞟着颜伯辛手里的簿子，不知他对底下县乡的情况到底清楚到了什么程度。

而谢翛这时也回过神来了，颜伯辛所做的事，本质上与李淳一在做的并无区别，说到底就是初来乍到信不过，因此要亲自核验清楚，待心中有一本明账后，坐下来才有可能占据主动权。

颜伯辛续道："义仓空着，连常平仓的粮都被炒到高价，逼着百姓卖永业田求一口粮吗？青州百姓以农为生，田若卖给大户，明年吃什么？请问两位明府，你们这是要逼着百姓反还是逼着百姓去死？"

其中一人仍辩驳道："常平仓的粮价并不是官府炒上去的，是那些大户贪得无厌且狡猾，这才——"

"大户？两位明府与县中大户毫无瓜葛来往吗？！"他说话直截了当，直踩痛处，骂这两位县令与大户之间牵扯不清，纵容土地兼并，才致贫户无立锥之地。

那人顿时歇了声。

"今年的考课已经结了，至于明年诸位的考课会是如何，得看能否顺利渡过此次难关。"声音因为长久疲惫略带哑音，锐意气势却不减，"实际的受灾户数，我已遣人核查过了。之前你们虚报的我暂不追究，但今日起拨给的正仓粮，要如实发放如实记载，错了一斗我都要计较。"

"这——"寿光县令为难道，"但灾粮发放时局面常常不好控制，哗哗米粮像水一样无度地扑出去，地上却看不见潮，该饿着的百姓还是饿着。"

千乘县令紧跟着附议。

"以工代赈。"从开始到现在一直沉默的李淳一言简意赅只讲了四个字。

颜伯辛眼角不经意间迅疾挑了一下，几个县令也循声看过去，寿光县令抢着道："微臣愿闻其详。"

“既然无偿赈济往往会乱，那就换个办法。”李淳一不慌不忙接着道，“青州蒙此大震，损毁众多，春汛将至，许多河堤得抓紧时间修补，只靠官健似乎是不够的，不如雇用灾民，这样免得灾民四处流窜，也利于尽快重建青州。”

千乘县令闻言频频点头，而颜伯辛竟是接着李淳一的话头，往下讲了以工代赈的具体实施细节。

他按在簿子上的手未再动过，那簿子也没再翻开。

从严控物价到控制田亩兼并，这会议也随夜越来越深入，最后寿光县令又禀道：“寿光县内已有疫情初显，下官一路过来时，也见有不少流民死于途中，倘不加管控，只怕要酿成大祸。”

话题终于讲到疫情上，颜伯辛年轻面庞上的表情显然更加沉重，但他仍无一丝一毫的气馁，有条理地回道：“各县乡要遣专人掩埋无主尸骨，病死家中的则由家人收殓埋葬，但不得停灵；倘能借寺庙的就借寺庙，不能的要单独设立病坊，不得探视、随意出入；即日起青州医署的十三位医学生会下各县遣发药方，张贴告示，周知百姓进行防疫。”

“粮食紧缺，这药恐怕也难啊……”寿光县令脸上又显出忧色来。

“给百姓的防疫方不会太复杂，最多一两味药，药材也不能是稀缺物，这样易记，平民百姓也更易获得。”李淳一看向坐在最末的那书吏，书吏赶紧将纸笔递上。

李淳一提笔写完，起身将方子推至案中央：“此方是太医署确认有效的，且之前淮南水患时亦有使用。”

颜伯辛至此已不打算再翻手下的簿子了，他用余光瞥了眼李淳一，心里是说不出的复杂滋味。李淳一今晚仅仅说了两件事，然在这两件事上的想法与他心中所筹谋的出奇一致。

他心中的偏见越发动摇，但最后陡回神，看向一众沉默的县令道：“还愣着做什么？等明日天亮吗？今晚就去做。”言罢起身吩咐书吏将议事要点、灾后条令及防疫方分抄给诸县令，便将他们连夜赶回各自治所。

青州的雨，停了一下午，却又下了一彻夜。

这无边无际黑乎乎的雨，将青州淋得泥泞不堪，河道水位也瞬间涌了上来，偌大的冷寂州廨中，没有一个人能睡好觉。

一大早，李淳一便随颜伯辛前去治所的病坊，走到门口，颜伯辛道：“此处瘴气甚重，殿下玉体金贵，请不要进去了，就此回吧。”

他说完看向李淳一，只见她眼底疲色甚重，面色也十分难看，嘴唇几近发白，看起来状态极糟。

“殿下不该来。”他察觉到她应当在发热，而昨晚是他让她在寒风里穿着潮湿的袍服站了整整两个时辰。

“无碍。”这声音已非常低了，颜伯辛却不再拦她，径自撩袍进了病坊，莫名察觉到不对，陡闻身后一阵惊呼，“殿下！”

他蓦地转过身，却见李淳一已是倒在了泥泞的路面上。

他心中一怔，迟疑半晌，却忽然上前两步，低头对失去意识的李淳一冷冰冰道了一声“冒犯”，便俯身将她从泥地上抱了起来。

天地不仁起来，当真是无计可施。需要雨水的地方一滴不肯落，不要雨的地方却哗啦啦倒得慷慨。

青州到处泛着潮意，重建工事难以继续，庙宇灾棚里人满为患。一女童缩在阿娘怀里，面上脖颈已长出斑疹，呼吸越发沉重，连额头也滚烫。那母亲躲在角落里一动也不敢动，女童闭着眼声音嘶哑地要水喝，她阿娘便心焦起身去为她寻水。

这时忽有人在她们身边惊叫起来：“有人出疹子了！”那母亲面上骇然又张皇，周围的人尖叫着避开，只有外面捂着口鼻的卫兵冲进来，要撵她们出去。

小女童昏昏无力，闻得嘈杂惊叫，想睁眼却不能，只张嘴发出痛苦呻吟。她阿娘紧紧抱着她，眼泪迸出眼眶，愤怒又无声地抗议着。然这抗议实在有限，周围“快赶她们走”的呼声越发高昂，卫兵便二话不说将她们赶了出去。

雨无边无际地下，吧嗒吧嗒落在地上，水珠子在棚外飞溅。

母女二人到底是被赶出了灾棚。这几日见惯了此景的一个垂暮老者，坐在门口呆呆望着，口里喃喃道：“生民卑贱哪……”

这时候的青州府廨内，衙差们将雄黄、矾石、鬼箭羽等药用青布裹了，挂在中庭熏烧起来，为防疫气，连井水里也投了朱砂、菖蒲等药物。

女医仔细处理了李淳一手上的咬伤，悄悄退了出去。雨声小了些，天色越发暗沉，李淳一所居的房间周围，安静得只能听到雨滴声。

早上奉命出门办事的谢翛在天黑前赶了回来，闻得李淳一病倒，赶紧要去探望，却被庶仆给拦住了。

那庶仆站在门外毫不客气道："颜刺史有令，不得随意探望吴王。"

"让开！"谢翛眼看着就要动粗，颜伯辛却走了过来。

他淡淡地看了一眼谢翛，谢翛立即质问："为何不让人进去探望？"

颜伯辛却连个解释也懒得给，这时里面一位掩了口鼻的侍女走出来，与颜伯辛道："殿下醒了。"

颜伯辛只一人进去，那门便关上，将谢翛挡在了门外。

熏药气味扑鼻而来，李淳一刚用过药，十分虚弱，哪怕凭借意志再怎么强撑着，也是连下榻的力气也没有。颜伯辛走到榻前，不冷不热道："殿下高烧不退，是不是疫病，得过两日才有定论，这阵子就委屈殿下在这里待着了。"

李淳一张了张口，但喉咙几乎罢工，连个完整的音节都发不清楚。

颜伯辛忽俯身去听，听她模糊地讲了"不是疫病"后又直起身看向她的脸："臣知殿下心虑百姓，但殿下在青州境内，臣就要为殿下的安危负责。"他说着看向暗光中那双丧失生气的眼睛，心中有一瞬的恍惚。

其实他是见过她的，许多年前，他随母亲去长安探亲，在国子监待过几日。

那时她不过是个被遗弃的小皇女，如今不论是样貌，还是气场都变了，但这双眼睛还是与多年前一样。

就在他不经意掉入回忆巢窠之际，李淳一费力抬起的眼皮忽然垂了下去。颜伯辛鬼使神差地伸出手给她掖了被角，指尖差一点就碰到她的脸，但他还是瞬间收了回来，并移开目光转身走出了门。

接连两日李淳一状态都很糟，因为缺觉又疲惫，加上伤寒捣乱，整个人枯瘦了一圈。谢翛仍在外奉命奔波，而颜伯辛每到傍晚就会来亲自探望。这天傍晚时雨终于停了，大风从青州境刮过，似乎要将地上这累日潮湿都带走。

颜伯辛进屋时，屋内一点动静也没有。他用余光瞥见了案上一卷纸，便往那案桌前走了几步。

纸上墨迹早就干了，虽然是在病中所书，但上面字迹工整。他不由自主将那卷纸摊开，借着灯光辨读出前面所写是灾情与对策，后面写的是齐州都督府的一些情况，看到最后则是私信。而收信人，正是中书相公宗亭。

颜伯辛抿起唇，想起几年前与宗亭的切磋来。

他正入神，李淳一却从帘后走了出来。颜伯辛闻得脚步声，猛抬起头，却见她在几步远的地方停住了。

他还未来得及开口，李淳一已是问道："看完了吗？"

他偷看书信是无礼在先，这时竟生出几分不自然，但仍刻意掩饰："殿下不愧有治灾经验，对策部分写得很好，臣受益匪浅。"

"再后面呢？"她问的是关于齐州都督府的部分。

颜伯辛瞬时敛眸，隐约猜出了她几分意图。这时李淳一拖着病体走到案前坐下，倒了一盏尚温的茶水道："颜刺史头顶青天，心怀百姓，本王已有所了解。不知这胸怀，是只装得下青州，还是整个齐州府呢？"

她说着将茶盏往前一递，说："坐。"

声音不高，但透着身为特使的主动，她竟是不知不觉间重新拿回了主导权。

颜伯辛在对面坐下，却不接那盏茶。

微弱的热气上腾，翻不出风浪。颜伯辛道："臣不知殿下何意。"

"很简单。"她直截了当，抬眸看向他，"你我都清楚齐州都督府问题不小，而这关乎齐州百姓存亡，再睁一只眼闭一只眼下去，恐怕最后要酿成大祸。"她稍顿，"颜家是山东大族，近年来势头却大不如前，其中缘由你我也都明白。我希望在齐州都督府这件事上，颜刺史、颜家都能有个立场。"

话说到这个份上，她为何来青州，之前又为何对颜伯辛如此谦恭，都清楚了。

她孤立无援对抗元信，自然是不行。尽管山东境内势力错杂，然她仍有可争取的力量，譬如世代以礼法治家的清贵门阀颜家。

颜元两家之间有过几次联姻，但这裙带的牵扯其实很有限。在山东这个地盘上，势均力敌的两个世家，一个因为攀附上了皇家姻亲并汲汲钻营，以至于现在呼风唤雨十分嚣张；另一个则还保持着一贯家风，抗住袭来的疾风迅雨，低调踏实地站着。

尽管如此，颜家又确实在风暴的中央，有时候仍要被迫站队。颜家需要做出选择，而眼下李淳一将这选择抛给了满心赤诚的颜伯辛。

颜伯辛不表态，但他心中多少有些想法，遂问："殿下需要什么来证明立场？"

"颜刺史原先任齐州都督府参军，对齐州府的兵账自然有数，将你了解的情况如实上禀，这便是立场。"

她讲得更直接，颜伯辛却轻弯了唇角："兵账能真能假，暗中的东西明面上又如何看得到？殿下未免有些太乐观了。何况，若臣冒失上奏，最后烧到脚的，会是臣自己。"

他说完起身就要走，李淳一却不慌不忙道："都督府谎报灾情，纵豪强富贾恶意兼并土地，私自增设税务名目，违制私募职业兵，百姓又岂可安心？天灾已是令人难安，难道还非要再强加一层人祸吗？"

颜伯辛有一瞬的沉默，心头莫名蹿出一丝躁火，忽俯身端起茶盏，将冷掉的茶水饮了个干净，最终还是拒绝了李淳一的"上奏"提议，一字一顿道："殿下的激将法对臣无用，臣不会那样做。"

外面的风越发大起来，青州难得地阴了几天，空气浑浊，处处透着药草味和焚烧过后的烟尘气。

李淳一陆续收到了出行各州的监察御史里行的汇报，她将心里这本账理了理，从青州往西，与谢翛一道折返回了齐州都督府。

元信派出的人还在搜寻李淳一的下落，她却自己登上了门。都督府的报灾折子正要送出去，却被李淳一给拦了下来。那送信驿丞一愣："殿下，这……不太好吧——"

谢翛横了他一眼，李淳一的卫兵顿时在外守了一圈。

李淳一拿着那折子入内，出示特使符节，公廨内吏卒僚佐便哗啦啦跪了一片。最后元信从公房内姗姗走出来，看着一脸疲惫的朝廷特使，不行礼也不问好，只略略扬起眉："一直没见你的消息，我还以为出了什么事，都遣人报信回京了，眼下看你似乎还好，倒是可以放心了。”

李淳一目光平静，但心中公恨私仇揣得满满的。

想到自己与宗亭因马球场那件事吃的苦头，她便十分恼火，看着这张脸怎么也笑不出来。

元信瞥见她手里的折子：“扣下来也好，你看过签了字再递，事情更好办。”

“若此奏抄是如实报灾，本王一定签字。”她话锋一转，“但如果谎报——”

元信的一位僚佐沉不住气抢着道：“都是依各州奏抄核定，又岂会谎报？”

“本王话还未说完，你却好似被踩到痛处，是心里有鬼吗？”她翻开那奏抄，低头寻到拟书者的名字，抬头看他，“张忠祺，是你吗？”

气氛登时剑拔弩张，一众人立在公房外的廊庑里，不进不退，形成了对峙之势。

李淳一继续往后看：“为何本王觉得这奏抄所报不实呢？”

元信面上云淡风轻，讲话也是老谋深算的样子：“我知你做事认真，大概真是四处巡过了，你主观上觉得实情与奏抄有出入，也并不是不可能。报灾不是做账，估算得多了自然有出入，这些都是容许的。”

气氛顿时僵下去，就在这时，外面忽有吏卒跑来，禀道：“青州刺史颜伯辛求见都督。”

元信眯起了眼。

颜伯辛的到来让廊庑下紧张的局势倏地扭转，元信问：“他有什么事？”

吏卒回道：“只说有要事急见。”

元信留意了下李淳一的神色变化：“就说我正与吴王议事，让他等着。”

吏卒应了一声，刚转过身要去回禀，颜伯辛却是径自进来了。他周身透出沉重与操劳，一身绯服将面色衬得更是苍白，眼中锐光却丝毫不减。他往前走了几步，众人遂都瞧见了他，只听得他不咸不淡地问了一句：“现在议事都换到廊下了吗？”

他对吴王的态度不卑不亢，对一府的都督更是如此。之前他在元信手下任参军时，也丝毫不现谄媚卑微。百年世族的骄傲与生俱来，有志做官为民谋福就做，倘看透了不想干也就算了，正因没有寒门那样汲汲钻营上来的辛苦，反而歪脑筋少，脊背挺得更直。

李淳一不动声色，元信干笑一声回颜伯辛："你总是这样唐突，眼里还有我这个都督吗？"

颜伯辛道："七县的疫情已到了火烧眉毛的地步，下官实在无法再等。青州的疫情若是控制不好，迁延到他州，到时候不光是青州之灾，整个齐州府恐都要遭大祸！"

他这话倒不只是用来吓唬人的，元信闻之目光稍凛："进来说。"

元信言罢转身往公房内走，竟是将李淳一晾在了外面。

颜伯辛快步走到李淳一身边，道："既然吴王也在，烦请一道参谋此事。"

他言罢做了个请的手势，面上还是不冷不热的老样子。

李淳一应声进了议事公房，手里那卷报灾奏抄不由得握得更紧。她身后几位御史里行及尚书省官员也打算紧跟着入内，却悉数被挡在了门外。

元信不顾李淳一的特使身份，径自坐于首席，李淳一便只能屈居下首。她的乖顺令元信满意，好像先前廊下的争锋相对都掀了过去。

三人依次坐了，颜伯辛取出两份奏抄，一份递给了元信，另一份则递到了李淳一面前。

"青州是个烂摊子，但下官既然接了便不会打退堂鼓。然而如今义仓无粮可赈济，防疫治疫药材也尤其紧缺，此般境况下，下官哪怕关城禁灾民流窜，到最后也不过是让青州百姓又饥又病偕城亡。下官不想要这个结局，都督恐怕也不想，殿下、陛下更不想。眼下青州亟须的援助已悉数写在折子里，还请都督与吴王过目。"

他言辞中将灾害结果描摹得尤其严重，元信皱眉翻开那奏抄，略看了几眼："知道了，但这事齐州府帮忙也只是杯水车薪，得等朝廷的赈济拨下来。"他说着目光倏地投向李淳一，"眼下京畿干旱，也正是储粮备不患之际，是来不了粮的。赈济灾粮恐得朝廷批过了再从江淮转运过来，时间便更是紧迫。"

讲到这里，他的目光移到李淳一手下的奏抄上："本来今日就能递上去，这一压又是耽误一日。灾情不等人，多等一日死的百姓就越多。颜刺史该问问吴王是否懂这个道理。”

他将施加在自己身上的压力转给了李淳一，倒是迫她早点将这报灾奏抄放行。

颜伯辛也看向李淳一，李淳一却只低头翻阅颜伯辛递来的折子。她忽而将折子合上，抬头道：“关中或江淮的救济都是远水，无法解眼前这近渴。眼下先齐州府内互相接济，不够则就近借粮。至于报灾奏抄，自然会递，请都督不用着急。”

元信：“借可以，谁来还？用什么来还？”

各地之间财政一般不做牵扯，哪怕临时借出，也没有不还的道理。

李淳一回：“自然是用朝廷批下来的灾款灾粮还。”

她讲得有理有据，且最后也表了态，但元信只是姑且听听。

当然她也是姑且一讲，因这报灾奏抄上所统计出的户数等等，错漏百出，分明是向朝廷提出了过分的要求，索要超出这赈灾之外的钱粮支持。

她手下压着的这两份折子，一份是都督府所申报的诸州灾情奏抄，其中青州的部分她已经看过；而另一份，则是由颜伯辛给她，上面签署了七县县令及巡道监察御史姓名的青州灾情奏抄。

同样是关于青州的灾情，颜伯辛的联名奏抄比都督府申报的要真实得多。循律例，都督府应当按照辖区内各州报上来的情况进行检覆汇总，但很明显的是，都督府的这一份无视各州情况凭空捏造，目的即是为了讹朝廷的灾款灾粮。

百姓死活，从来不是他们考虑的重点。

颜伯辛今日额外给她的这个，是证实都督府造假的铁证，但他意图又何在？是站队，还是仅仅因为良心上过不去？

“既然事情讲清楚了，你快点回吧。这种紧要关头，青州不能无人主持。”元信催促颜伯辛离开。

颜伯辛起了身，却说：“倘若拿不到粮和药就回，下官这趟便是白跑了。”他犟住了，大有不给解决问题就不罢休的架势。

元信眉宇间复生厌烦之意：“你这人怎么这样犟！”他亦起了身，敷衍道，“青州既然疫灾严重，先让都督府医署给你拨些药，我还有要紧事，就不奉陪了。”

他说完就甩袖先出了门，竟是撇下了李淳一与颜伯辛。站在一旁的秉笔书吏不知是出还是留，尴尬地看向李、颜二人时，颜伯辛却迅速对李淳一使了个眼色。

随后他先出了门，只留下李淳一。

李淳一将那两份奏抄收好，起身出门时谢翛立刻迎了上来。同时走过来的还有都督府执事，那执事对李淳一躬身道：“目前外边不太平，殿下若住驿所，安危亦很难保障，请殿下在都督府住下。”

这无疑是要将李淳一控制在都督府，于是谢翛挑眉反问：“都督府就一定安全吗？”

执事却道：“小人不敢如此断定，但小人知道，外面比都督府更不安全。”

倘若是在都督府出了事，元信就要担大风险；但如果是在外面出了事，就不好说了。如此一想，最危险的地方倒确实是最安全的。

“知道了。”李淳一随口应付了他一句，“本王先看看。”

偌大的都督府，警备森严，连她进出走动都略受限制，但对颜伯辛似乎不奏效。他原先是都督府参军，颜家又与元家有些裙带牵扯，所以这些守卫对他是格外客气的。

李淳一一路走一路想对策，走到廊庑终点下意识要回头，西边却忽伸过来一只手拽过了她胳膊。她登时抬眼，颜伯辛虚掩住她的唇道：“颜某冒犯，吴王勿怪。”

他说完倏地收回手，瞥了一眼往西的廊庑，与李淳一道：“都督府有亏空，才想方设法来补缺，而眼下算盘都已经打到救灾上，实在是百姓之灾。而这亏空不是这一年两年的事，山东的隐户，元家的私兵，是旧疾，已经烂透了。这些倘若全挖出来，恐怕会超出吴王的预料。”

他讲话时几乎没什么表情，但内容令人惊颤，声音也有些难抑的急切。

风更大了，刮得碎发乱舞。

颜伯辛因为疲倦而凹陷的眼眶里藏了些难言明的为难，但他随即又释然：“这风终归会将污秽泥沙都刮走，该露出来的一定会露出来，山东的天希望有重归干净的一日。”

他说完低下头："吴王可有信心吗？"

到此他已算是站了队，李淳一自袖袋中取出一块布帛给他："其他我会自己查，唯独私兵这点，需要你的协助。"

那布帛上列明了暗查的方向要点，等于向颜伯辛坦诚了自己的计划。

双方结盟需要诚意，给对方留如此铁证，便是十足诚意。

不过颜伯辛没有收："听说吴王字迹多变化，这布帛也不能证明是出自吴王之手。臣明白吴王决心就够了，不需要揣着什么把柄。"

这时大块阴云被风卷挟着从都督府上空快速移过，眼看着又要落雨，然长安仍滴雨未落。

关中土地的焦渴、怒气悉数来到了朝堂上，女皇为此停了朝，皇城各官署内忙碌又沉寂，连一贯碎嘴成性的宗正寺及太常寺衙门，都因此变得寡言沉重起来。

长安城的坊门死死闭着，百姓在家中掰着指头吃余粮，心中满是粮缸见底的绝望。

日头嚣张地横在当空，浑浊的阳光笼罩下的长安里坊，方方正正泾渭分明，当真如牢狱一般死气沉沉。

宗亭这天回到吴王府，同时收到了从山东与关陇两地发来的急信。

暮色沉甸甸地压下来，出逃失败的乌鸦栖落在灯台边上"呱呱"地叫唤着，竟是显出几分悲伤。宗亭只点了一盏灯，手下压着关陇那封不看，只拆了李淳一从山东寄来的信。

他读她所写的策略，全是公事公办的态度，最后才看到她的贴心问候，尽管吝啬，但好歹燃起了他心中一点温暖之火。

他提笔开始写回信，但写到半途，又停下笔，拆开了关陇送来的信。

关陇的急信，他越读面色越沉。然那封信还未读完，乌鸦忽然"呱呱呱"急促地叫唤起来，他转头一看，见黑暗中有个人朝他走来。

宗亭眸光骤敛，却仍稳稳坐着。那人径直走到他案前，连招呼也不打就坐下来。他不将自己当客，竟是径自拿过案上茶壶倒了一盏水来喝。

咕咚咕咚将水饮尽，总算润了喉咙，他这才抬起头来看向宗亭："没想到阿兄残疾之后，竟是连宅子里的风吹草动也无法把握了，守卫如此敷衍，执事更是没脑子，居然能让我就这么翻进来。”

讲完，他又拿过案上的馃子盒，径自打开吃了起来：“我睡了一觉，想必阿兄的信也该看完了——”他说着垂眸一瞥，“怎么样？是不是想立刻奔去将他们收拾干净？”

“你话太多了。”宗亭手下按着关陇寄来的急信，虽还差最后两句未读，但关陇目前的局势他已基本明了。他看向条案对面的姨表弟武园，也不阻止他吃杂馃子，只说：“吃完出去。”

“我要到哪里去？”这姨表弟不过十八九岁年纪，已长得高高大大，长腿盘着坐在地上，边吃边含糊说道，“都闭坊了，老天不仁，外边又不景气，进了关中我便没吃饱过。”

他很快将杂馃子横扫了个干净，舔舔手指道：“我是为正经事来的，你可不能赶我走。”紧接着又连灌几口水，摆了满足的姿态说，“舅舅让我告诉你，同吴王这桩婚事，弄得关陇很不开心。先前都传你被吴王迷得神魂颠倒，如今你为救她落得个残疾下场，便更是证实了这传闻，所以又说你既然能为保全她的性命不顾生死，那将来岂不是要将关陇拱手相让？”

武园一口气说完，肃正表情道：“关陇最不喜欢的就是天家的女人掌权，这个你肯定有数的。”

宗亭不动声色。

武园见他无动于衷，遂激他道：“舅舅说你腿坏了，脑子也跟着坏，我起初还不信。眼下看你好像还真是有些毛病的，关陇的局势比你收到的那信里说的要严峻得多，舅舅如今年纪大身体也不行了，底下人心难管，里边出这么大乱子，估计也镇不住场子，等到那时候，关陇就压根没阿兄你什么事了！”

武园说着站起来，音调陡高：“宗家已经不要你了，倘关陇也弃了你，你便什么用处也没有了啊！”

他大口呼吸了几下，冬末春初的空气里混着干燥的灰尘，似乎连肺都不干净了。

春天就要到了，然天地干涸无法唤醒新生，八百里秦川悄然入了夜，却很少有人能够安眠。

雨，一滴不下。

东宫斋戒了数日，但长安仍没有雨。李乘风以此来证明久旱并不是东宫之错，先前在朝堂上对她的那场攻击眼看就要不了了之了，然山东齐州都督府的巨大亏空与龙首原上那座新宫城的烂账，却慢慢浮出水面。

李淳一在忙着赈灾的同时，也在暗查齐州府的账目细节。明账上看着越是无懈可击，实际却可能越假。她几乎确定齐州府有两套账。一套伪造手实、州县计账，糊弄中央朝廷，以此少上交税额，保留地方更大的财权；另一套则暗藏着山东齐州府所有的隐户及这些年与中央暗中往来的贪腐账目。

蒙受大灾后，州县需彻底重做手实。所谓手实，便是让民户自报人口田亩，以此按丁口征税，在非灾荒年间，因人口流动少，往往只是州县自行修正上报，然逢大灾，人口锐减又多有流动，便不得不重新来。

李淳一与颜伯辛安插了人手，借编手实一事，暗中调查隐户，由此来揭开齐州府真实账目的一角。

剪开了口子，便好撕开覆在上面的层层假面。

她在书信中向宗亭陈明了部分策略，宗亭在回信中亦表达了支持，然而这封回信未写完，他就被关陇的事情打断了。

回信被搁置了下来，武园赖着不肯走，深更半夜，宗亭却被紧急召进了宫。

女皇收到关陇大乱的线报，顿时急火攻心，头风瞬时又发作。等到宗亭进来时，疾风迅雨虽过去了，但额角余痛仍折磨得她难安。内侍将宗亭推进去便自行告退，殿中没有风，火光却跳得厉害。

“这又是怎么一回事？”女皇压着声问他。

宗亭回道：“臣不知陛下所指为何。”

“去让关陇安分下来。”女皇直击要点，并下了死令，“倘若不能，你就从这个位置解职吧。”

宫灯闪烁下，女皇眸中透出往常难见的焦虑——

天灾人祸不断，身为帝国的最高掌权者，年迈的她已经力不从心了。

身为要臣的宗亭，同样不轻松。关陇这次作乱，虽然实质仍是内部权力斗争，但导火索是他与李淳一的婚事。借此，关陇内部派系可大做文章，甚至夺走掌控权。

何况这次关陇之乱，牵扯到了西戎势力。内乱则引外患，西疆已是危机重重，一触即发。天灾与朝堂人事总是息息相关，如今关中大旱，可以说是政教不明阴阳不调，宰辅属阴，为消灾而解职，是古来之常事。

将他从宰辅的位置踢下去，只给他留个王夫的身份，完全行得通。

外面这时竟然起了风，没有闭好的窗子发出了一些声响，风从罅隙钻进来，烛火便更是狂魔乱舞了起来。宗亭眸光黯然，疲惫的脸上不动声色，最后也只应了一句："臣知道了。"

他全没有以前的嚣张，仿佛羽翼尽被折断，此时想飞也无法飞起来。这时有内侍进殿，静悄悄地推他出了门。

下长阶，穿过被风盘绕的宽阔御道，木轮与冷硬地面滚撞，咔嗒咔嗒的响声在这空寂的宫城里格外清晰。

中书门下内省，此时仍亮着灯，帝国中枢还在忙碌，有一人从门下内省走出来，正是贺兰钦。

他走到宗亭面前，那内侍便恍若未见地避到了一旁，容他二人说话。

而这内侍，正是那时在宫中给李淳一递"忍"字字条的人。

贺兰钦在轮椅前站定："关陇在这个节点上乱了，还打算继续动山东吗？"

宗亭眸光瞬变。本来约定好了待山东的事情查清楚，便来个一锅端，但现在这个局面，如果轻举妄动，万一被反咬一口，后果将不堪设想。

他静静按着袖中那封意气风发的回信，头也不抬与贺兰钦道："请贺兰君替我捎一句话给幼如，请她务必沉住气，不要乱来。"

讲完，不待那内侍帮忙，他便自行推着那轮椅绕过贺兰钦往前去了。

出了朱雀门，去往陇右的车驾已停在了天门街上，高大的姨表弟武园跳下车来，二话不说轻松将宗亭背起，最后对残疾的某人道："阿兄听话，不要乱动，这也是舅舅的意思。"

说着又跳下车，将木轮椅也塞了进去。

第十章

长安的夜色浑浊无光，连一向热闹的平康坊都沉寂了下去。而山东齐州府不得安宁，因堤坝未及修理，河道水位不断升高，随着春日雨季迫近，水患也汹涌地来了。

天地之间，潮气重得令人窒息。

公房内地板凉意侵人，垫毯都没有一处干燥。颜伯辛又从青州来借粮药，在公房内一坐就是很久，弄得元信很不耐烦，最后再次甩袖走人。

元信走后颜伯辛也起身，悄悄留了一本簿子给李淳一，便径自走了出去。

簿子上依次录了各县乡的隐户情况，同时元家养着的私兵同样也露出了一角，而仅仅是这一角，就已经看得令人心惊。

隐瞒户实，豢养私兵，甚至在长安筑建新宫城这件事上动歪脑筋——

筑建所用木材石料的采买，通过太子及太女的关系，进行了大量的虚报，其中获利，几乎都被挪以养私兵所用。

无视朝廷均田令，纵容大户兼并土地，使贫者无田亩，造就了大量的职业兵。山东这地方是泥潭，也是虎穴，如此下去百姓不得安宁。

证据一点一滴累积，李淳一心中一口气也已经鼓足，但她给宗亭的信，始终没有回音。

这日风雨停了，几个仆从在廊庑下埋头清扫。李淳一走出都督府，踏着积水走出了庭院。都督府地势高，几乎不受水患影响，然多数田地因这无情水流，成了汪洋一片。

疫情还未结束，无人收殓的尸骨泡在水里，田埂也没于水下，广袤的土地无法迎来作物的新生。

田地里的水怎么也排不掉，几名里行正愁眉不展地站在汪洋中央，用彼此才听得懂的乡音议论今年的生计，唉声叹气之际看到了李淳一。

李淳一的袍子湿到膝盖，这时谢翛终于找到了她，高举着手里的信蹚水朝她走来："殿下，长安来信了。"

李淳一霍地挑眉，心中似乎燃起一线希望，谢翛走到她面前，多日愁眉不展的脸上也露出了一些兴奋。他知李淳一为这封回信等了许久，仿佛有了这封回信，之前所有的努力，终于可以发挥作用。

而心中郁结着的一口气，也总算要吐出来了。

李淳一打开那回信，所见却是贺兰钦字迹，上面只有一个字——"忍"。

谢翛将信递过去便一直留意着李淳一的脸。

她面色忽地一沉，仿佛被迎头浇了一盆冷水。脚下寒意也是阵阵往上蹿，水浑浊不堪，刚刚结束冬眠的水蛇游窜其中，李淳一霍地皱眉，反应极迅敏地俯身将手探入水里，死死掐住了那条咬她的水蛇。

血混进浊水中看不出来。她将那条蛇拎出水面，递给谢翛，只说"熬锅蛇汤分了"便转身继续往前走，将湿答答的信揣进袖里，天地之间阴霾越发沉重，行走其中，身边毫无信心的叹息声像潮水般地涌过来。

灰暗的绝望笼罩了整个齐州府，早春惊雷阵阵，冰雹携雨而至，刚刚清理好的地板，重归狼藉。李淳一回到都督府时，庶仆们正对着一塌糊涂的地板愁眉苦脸，因担心被执事责骂，又纷纷拎了水洗地板。

廊庑下再次忙碌起来，一庶仆正要将抹布放进桶里，那桶干净的水却霍地被人拎起。他一抬头，只见李淳一俯身卷起裤腿，提了那木桶就浇下去。脚上污泥被冲了个干净，水从廊庑地板上畅快地淌下去，一丛酢浆草快被雨水泡烂了。

她光脚进了屋，换上干净袍子一声不吭坐着。侍女站在一旁不知如何是好，执事在外道：“都督请吴王过去一趟。”

李淳一这时并没有见元信的打算，遂抬头对那侍女道：“去回绝他。”

那侍女也算聪明，走出门与执事道：“殿下在田间伤了腿，这会儿刚回来，恐怕不方便。”

天家玉体金贵，执事得了这个理由便不好再催促强求，回道：“知道了，请吴王好好歇着。”

李淳一从匣子里取出药盒，低头卷起裤腿，用银刀剐去腐肉与沙泥，又将药膏抹上，末了一裹纱布，再利索系紧，抬头时侍女刚折回屋内。

侍女甚至不敢抬头看她，待谢翛到了，这才骤松一口气。

谢翛端了碗蛇肉汤进来，先试过后，这才递到李淳一的条案上。

条案上压着的是各种新旧账与证据，旁边则是尚未写完的奏抄。

以特使身份上奏，将山东的种种遮覆撕去，剐去这块烂疮，让血肉重新流淌生长，这是她到山东来的目的之一。然而如今却连贺兰钦都叫她不要轻举妄动，让她咽下这口气。

她虽还没接到有关线报，但中央朝廷或关陇地区的局势一定发生了变化，才可能教贺兰钦也畏首畏尾起来。

关陇难道又乱了吗？宗亭不给她回信，莫非是去了关陇？

在这些都明朗之前，妄动山东确实危险。然而，没有比这更好的机会接近山东核心，倘若就此略过，将来不知又要等到何时。

李淳一闭上眼，脑海里尽是齐州疫灾及遍地水患。乡民们绝望的叹息声，孩童眼里不知所措的茫然，沉甸甸的雨云……铺天盖地地向她袭来。

空气里翻浮着蛇肉汤的味道，李淳一因幼年阴影已许久没碰过肉了，这气味一蹿进鼻腔，她就一阵反胃，然她只迟疑了片刻，就低头将碗里的蛇肉一块块夹出来，吃得只剩骨头，最后甚至端起碗，将雪白汤汁全部饮尽。

她的吃法野蛮而果断，甚至透着恶狠狠的意味。她将空碗放在案上，抬头同谢翛道：“去将颜伯辛喊来，让他去见元都督。”

说罢，她霍地起身，竟是一副恢复了元气的模样。

谢翛略惊，但还是低头应声，赶忙去外面找颜伯辛。

李淳一先行到了，元信刚得了她不肯来的回复，没想这才过两盏茶的工夫，她倒主动上了门。

她进得公房，元信抬头看她道：“听说你在田间伤了腿？”

“被水蛇咬了一口，确实吓了一跳。”她道，“不过已处理妥当，应是没事了。”

“这种天外面处处是危险，少出去的好。”元信说着合上面前条案，“可有收获？”

李淳一轻蹙了蹙眉，这时外面响起了脚步声，随即传来庶仆的通报声：“都督，颜刺史到了。”

元信一挑眉，李淳一道：“是我让他来的。”待颜伯辛进来站定后，她又接着道，“眼下要解决的重头一是水患，二是疫情。疏渠通水一事上我倒是有些经验，但粮药缺乏始终是问题。百姓的困难应在首位，由我出面去问兖州府借粮、药，报灾抄也会赶紧递上去。”

她竟是松口了？

元信倏地坐正，眸光里闪过疑惑。她出去见识了一番水患之严重，回来竟如此主动地要出面借粮，甚至要将压了这么久的奏抄递上去？

这不同寻常里似乎藏了一丝阴谋的味道。然元信自始至终，却只从她那阴沉面色中捕捉到她对灾情的真切担忧，再没有其他杂念与小动作。

一旁的颜伯辛听着，初觉疑惑，此时却恍然，李淳一这是以退为进！他忙道：“吴王能这样想是好事，召臣过来是有什么吩咐吗？”

“你随我一道去借粮。”李淳一开门见山。

众所周知，兖州都督是颜伯辛的亲舅舅，有了这一层关系，借粮似乎会容易些。李淳一带颜伯辛一道去，于情于理都没什么说不通的。

然而颜伯辛不答，面上微微露出难色。李淳一问他道：“请问颜刺史是不情愿吗？”

颜伯辛仍不说话。

“他是怕欠他舅舅人情。”元信瞥向他，“有什么好怕的，又不是不还了，之前为了百姓安危可是什么都做得出来，此时因为怕担人情倒是不想去了？”

颜伯辛迟疑一会儿道：“兖州府亦受波及，此时也为水灾备粮，恐怕不好借。”他眉头越皱越深，但又忽地松开，“但为齐州府百姓，下官只能一试。”

“就这样定了，事不宜迟，连夜走。”李淳一干脆利落敲定此事，也不再多言语就出了门。

外面骤雨初歇，白光一闪而逝，很快又入暮。备好草料干粮，卫队整装待发，火把在都督府外亮起，给黢黑的夜晚添了团团亮光。李淳一翻身上马，并行的则是颜伯辛，谢翛留在齐州，并没有同他们一起走。

马队冒夜色踏积水而行，一路往西行。

兖州都督府治所兖州，在齐州府西面，平日里只需一个昼夜便能到，而今途中泥泞多有耽误，便不得不慢下来。

兖州府下辖七州，都督即是颜伯辛的舅舅崔明蔼。

崔明蔼同时还任着治所兖州的刺史，但都督府与州廨却分署办公，两边僚佐及官员也互不统属，因此平日里，崔明蔼需两边奔走照顾，并不常住某个衙署。

这日傍晚时分，李淳一一行人抵达兖州，天还下着蒙蒙细雨。

都督府的大旗在门前猎猎作响，颜伯辛翻身下马，便有人上前接过他的蓑衣，似乎熟稔得很。他与那人简短交谈了几句，那人便转身先往里去。

这时颜伯辛才转头看向马背上的李淳一：“吴王请。”

李淳一下马走来，摘下斗笠露出清瘦白净的面容。那眸光里藏着坚定，并不能看透。

廊下算不上干燥，也挡不了风雨，庶仆将头顶灯点起来，潮湿的门槛上便多了一团晕黄。

“舅舅近来身体抱恙，因此都歇在都督府，清净些。”颜伯辛接过庶仆递来的一把大伞，撑起来举过头顶，另一只手示意李淳一往里走。

他主动替李淳一撑了伞，便是向都督府的人表明了立场。

颜家、崔家身为清贵门阀，对关陇出身的天家人好感都吝啬得可怜，李淳一这样庶出之辈更是入不了他们的法眼，然眼下颜伯辛表达了敬重，底下人便不敢造次，崔明蔼也会对李淳一另眼相看。

跨过层层门槛，穿过细雨如雾的庭院，周身黏腻腻的，心里始终无法畅快。颜伯辛在亮着灯的屋舍前停下步子，抬手敲了敲门。

门缓缓从里打开，他给了李淳一短促的眼色，示意她别急着进。

他朗声道："舅舅，是我。"

"重光[①]哪？"崔明蔼闻得声音睁开眼，却仍卧在软榻上，"有什么事吗？"

"有要客到了。"颜伯辛如是介绍，并道，"舅舅不出来迎吗？"

崔明蔼不知这小子在与他玩什么把戏，但方才执事也与他说了，来者是个气场不凡的年轻女人，稍稍一想也知道，所谓要客就是到山东来巡抚赈灾的李淳一。

崔明蔼上回见李淳一还是很多年前，那时她还是个沉默寡言的孩子，没想这么快就长大成人了，且能得到颜家这小子如此郑重的对待，实在令人好奇。崔明蔼侧卧在榻上拨动手里的檀木串珠，在和缓沉稳的熏香气味中思索片刻，最终起了身。

他是个不太高的小老头，尽管在病中，却仍透着精明。他走到门口，站在他们二人面前，手里握着串珠，悄无声息地拨动，眸光迅疾地打量了对方一番，心里早有了揣测。

"老臣病体未愈，有失远迎。"他如此对李淳一打了招呼，又贴心说道，"还未吃饭吧？不论有多要紧的事，饭总还是要吃的。"

话音刚落，一执事就很默契地从边上走出来，到李淳一身边道："吴王请。"

李淳一十分识趣，她明白崔明蔼是想支开她后同颜伯辛说话，便只客套应了一声："谢崔都督。"

她随即与颜伯辛交换了眼色，将说服崔明蔼的重任交给了他。

崔明蔼见她随执事离开，瞥向颜伯辛，一脸的不悦："你这是借粮借到老夫头上来了。兖州的粮自己吃尚不够，如何能再分给齐州府？何况元家那边，借过去还能收回来吗？也不动动脑子。"

"舅舅，兖州的粮至少能吃到今夏，齐州却是连接下来半个月都无法熬过去了。"

"熬不过？"小老头眼中迸出一缕锐光，反问中带了一声讽笑，"熬不过还会如此坐得住？只不过死的都是平民百姓不要紧，左右榨也榨不出油星了。大户个个活得极好，私兵恐怕也不愁饿死。反正齐州府毁了，他

①. 颜伯辛小字。

挪个地方仍能不伤元气地活，百姓死活算个屁。”

他的鬓边一缕银发被灯笼光照得反光，又随晚风拂动，他莫名显出怒气来。

那手里的珠串子转得更急了，似在努力平息心中突然被勾起来的不快。

颜伯辛道：“他不顾平民死活，舅舅难道就能干看着齐州百姓苦苦挣扎？”

“我只做分内的事。”崔明蔼出手点点齐州府方向，“那边对我而言已是越界的事，管也管不着。”

“齐兖毗邻，休戚与共。齐州灾民流窜，也必影响兖州，倘若见死不救，只怕兖州也要遭殃。”

颜伯辛说的是实情，小老头心里也十分明白。但他又不甘心拿着兖州的粮去填隔壁那无底洞，要知道元信可是连国库都会黑下心算计的人，面对赈济灾粮，还不是一口就吞没了？毕竟兖州粮皆是百姓辛苦耕种得来，也不是天上凭空掉下的。

颜伯辛又道：“我知舅舅为何担心，不过这次赈济灾粮如何使用，皆有吴王与我盯着，舅舅还怕用不到正途上吗？”

崔明蔼挑了一下眼角，手上的珠子又转得慢下来：“你信李淳一？”

他之前已听到一些关于颜伯辛与李淳一的风声，此时这风声似乎也快被证实了。

“你这是要与太女对着干啊，想好了？”他问。

选择与李淳一站队，势必就要走到李乘风的对立面。颜家之前谁也不理，这下子看来是无法置身于事外了，和元家的争夺，也是不可避免的了。

颜伯辛却回道：“与其说是选了吴王，不如说是选了百姓。”夜色里甥舅二人之间的交流渐渐坦诚起来，“太女虽魄力有余，但好胜不仁，心中欠体恤。最后不论谁入主太极殿，这个人总归不能是她。元家亦是如此，嚣张跋扈数十年，已是一颗毒瘤，再不剐，旁边的肉也要跟着烂掉。”

“你这是要反啊！”崔明蔼的顾虑毕竟多，“要能剐早剐了。陛下忍到现在都没有动，如今凭一个势头欠缺的幺女，还想翻出大浪来？未免太天真！”

“不见得。”颜伯辛面上是一贯沉稳，“不仁到了这个地步，天也要亡他，再没有比这个更好的机会了。一旦铁证都摆上案，又有足够兵力钳制住他不让他被逼急而谋反，那就等于稳扎一刀，很难翻身了。”

他顿了顿：“现在不敢轻易动他，只是怕他反罢了。”

崔明蔼已完全明了，兔崽子表面上是为粮药而来，实则是打着兖州府的兵的心思。

“你傻吗？”崔明蔼睁眸看他，“放眼山东，谁能与元家兵抗衡？凭你们，还是算了。”

他说着要撵颜伯辛去吃饭，颜伯辛却抓住他小臂，压低声音道：“硬碰硬是不行，但若巧用呢？”

“暗中算计不磊落！放开！”

小老头皱眉要他松手，然颜伯辛低头与他极低声地说了一阵，讲完这才倏地松手，往后退了半步，负手看向神色里已有动摇的崔明蔼：“我今日，不用舅舅立刻遣兵，但要舅舅一个立场。”

崔明蔼脸上皱纹更深，心里似乎在进行着某种争斗。

这时一庶仆匆忙跑了来，递了一只细小的信筒给崔明蔼。

崔明蔼回过神，捏着那信筒抽出字条，展开眯眼一阅，迅速握起：“关陇完蛋了，宗亭也完了。”

颜伯辛闻言挑眉，崔明蔼转身将那字条扔进室内的火盆里，又走出来往东边去，边走边与颜伯辛道：“这次内乱，桓家连大权都扔出去了，可见也是不要宗亭了。”

“桓家放权了？”

桓家掌权关陇边军多年，底下动乱与争夺时有发生，但桓家这些年哪怕人都快死光了，也没有轻易被其他人得手过。

如今关陇名义上的掌权人是宗亭的舅舅，即桓绣绣之弟桓涛。但桓涛晚年得子，身体又不好。他撑不住，孩子尚年幼，本来都要仰靠宗亭，可宗亭却残疾了。

这时残疾的宗亭也赶到了关陇。

抵甘州时，城内的情形便能嗅出紧张的味道来。关陇内部与西戎势力勾结，逼着桓涛交出大权，此时桓涛父子二人皆不知生死。

与宗亭一起的武园得了这消息，一路上便不得安分，简直恨不得飞回去将他们都撂倒。

从甘州继续往西，是关陇核心所在，也越发逼近荒漠之地。这里南有西戎，北有北狄，局势素来复杂，也是东西商路来往之要隘，地位重要性不言而喻。

车行至此地已不太方便，武园一路骂骂咧咧。入夜时宗亭收了从西边传来的急信，一声不吭换了身衣裳，径自就下了车，将外边的武园给吓了一跳。

在武园惊骇的眼神中，宗亭翻身上马，稳稳坐好，握住了缰绳。

“你、你不是残疾了吗？啊——”武园使劲揉了揉眼，惊讶嚷道，“你这——”

“缝好你的碎嘴。”

宗亭投以淡漠一瞥，紧接着将一只金箔面具移上脸，一夹马肚，那马便在夜色中飞奔起来，而在上空与之同行的，则是一只通体漆黑的乌鸦。

西北夜晚随日坠而凉，沙在风中浮沉，马蹄声越发急促。

低沉的呱声响在夜色里，乌鸦的漆黑羽翼与天幕融为一色。它一改往日的委屈阴郁，竟显出矫健飒爽的姿态，于风中驰翔时，与主人戴着的金箔面具一样引人注目。

宗亭骑得飞快，武园在后边死命追，却始终无法追上。

魁梧少年的内心是粗糙的，一时间他并不能想明白宗亭为何要装残疾。但不论如何，他心中到底高兴，毕竟他从小仰慕姨表兄，听说表兄残疾，他甚至一度要死要活，这下见表兄又恢复了往日风采，自己也不由得振奋了起来。

肃州在望，然城门紧闭，可见城内局势之紧张。

二人在城外某邸店停下，一只白鸽逆着昏昧晨光飞进邸店，落在窗口咕咕低唤。武园从榻上跳起来，抓了那鸽子解下信签就绕至屏风后找宗亭，只见宗亭已是换了一身道袍，俨然一副出尘模样。

武园愣了愣，将信签递过去，咕哝道：“莫非要装成道士入城去？我才不要！”话才刚说完，宗亭就头也不抬回道：“你换了也不像，老实待在这。”

宗亭说话间读完了信签上的内容，武园忙问：“是不是有了舅舅的下落？”

桓涛父子在肃州被反军挟持，被逼无奈交出兵权后，至今生死未卜。而这封信签却是从肃州城中递出来，只粗略讲目前城内局势，但对于恒涛父子的安危，只字未提。

关陇军屯驻西北，常年对抗野心勃勃的西戎人与北狄人。此次是关陇内部先出了争斗，随后西戎犯境，由南向北攻击沙、瓜二州。玉门关告急，桓涛不得不遣兵支援，就在肃州陷入守外虚内之境时，反军头目于恪设计擒获桓涛，并以其年幼小儿相威胁，逼着桓涛交出了军政大权。

而于恪等人似乎与西戎达成了某种默契。

他控制肃州后，西戎的攻势明显减弱，且兵力西移。然西戎虽退出了玉门关，却仍然盘踞在沙州。而于恪为维持局势，并没有追击西戎将其彻底赶出沙州，反是将支援兵力调了回来。

如今肃州及整个关陇军都在于恪的统领之下，全城戒严，进行内部整肃，而对桓涛父子的情况则做到了最为严格的保密，甚至连递出这封信的人也不清楚他们二人现状。

武园见宗亭不答，着急得要命：“于恪那老不死的，真想现在冲进城里宰了他！”他愤愤说完又转向宗亭追问道，“这信是谁递来的？咱们的内应是谁？有没有办法弄死那个姓于的？”

他一贯地沉不住气，甚至有些天真——凭他们二人单枪匹马，哪怕城中有内应，也并不能扭转这局面。

宗亭道：“于恪在我出现之前，不会杀舅舅与阿璃。”

他似乎非常了解于恪为人，十分笃定地补充道：“单单让舅舅束手就擒，他的目的还未达到。只有弄死我，他这位置才坐得踏实。舅舅与阿璃都是极好的人质，他怎么舍得轻易杀了？”

武园抓抓头皮，似乎觉得有些道理，却皱眉道：“就算你讲得对，那现在怎么办？”他说着又拍拍胸脯，“我杀人反正是很在行的。”

“莽夫之勇。”宗亭道，“你就在这待着收信，盯着城内的风吹草动。若于恪突然变卦，你到时候再冲进去同他鱼死网破，好歹争一口气。”

他分明是将武园晾下了，自己收拾了包袱带上帷帽即要出门。

武园手握剑鞘一横，挡住宗亭问：“阿兄是要抛下我吗？你要到哪里去？”

这家伙实在太烦，宗亭忍下打他的冲动，简促回之：“玉门关。”

“那地方正与西戎打仗乱得要命，你去那做什么？！”

“白痴！”宗亭忍无可忍巧妙将他撂倒，只留了一句“好好待着”便扬长而去。

升起的太阳照拂着沉睡了一夜的肃州城，晨风里的料峭寒意渐渐弱了，肃州城门也已经打开。

门禁森严，来往旅客皆要接受盘查，装成道士的宗亭也不例外。

士兵问了他的去向，他讲往西求仙；又叫他打开包袱翻查一番，见衣袍经书外并无其他可疑物品，加上后面有人催促，士兵便放他前行。

从肃州一路向西经过瓜州，就到了盘踞着西戎兵的沙洲，沙洲西北便是玉门关，通过玉门关就到了安西都护府。

就在宗亭往瓜州去的路上，安西都护府大都护乔雍收到了早前宗亭发来的急信。那封信发于途中，请乔雍出兵以驱西戎铁蹄，十分有先见之明。

陇右出事，乔雍隔岸观火到现在，一直拿不定主意。这是关陇内部的权力更迭，他横插一脚，若处理不当，到头来可能落得里外不是人；然而现在宗亭是请他驱逐外族，这便不能算是他插手关陇内部争斗，反而是为国土周全，乃大义之举。

何况他几年前欠过宗亭人情，此次恰好能够还清。

乔雍从西州调兵，一边往东围攻沙州，另一边则往南敲打西戎边境，迫使盘踞在沙州的西戎兵分心。

这时宗亭也终于抵达玉门关。

驻守瓜州的旧部的将领还在昏沉睡梦中，宗亭就已经坐到了他榻前。

那小将甫一睁眼，惊觉手脚无法动弹，只见暗光中坐了个人，正面无表情地看着自己。

他猛地又是一惊，依稀辨出宗亭的脸来。他是刚升任的将领，从前级别不够，只寥寥见过宗亭一两次，还未同他讲过话。这时他仿佛见了鬼似的结结巴巴开口：“你、宗相公为何、为何在这？”

宗亭眸中无波无浪，冷淡的声音里却透着巨大的压迫感：“我为什么会在这？我若再不来，是不是连瓜州也要拱手让给西戎？”

“不不不！”那小将费力地坐起来。

大概是中了迷药的缘故，他脑子还不够清楚，遂语无伦次回道：“属下也想好好守住，但这都是被逼的啊！姓于的一心想要这边乱起来，跟西戎那小王恐怕早有预谋。他仿佛是铁了心地要将沙州让出去，甚至连打西戎的援军也被撤走了，弄得我们这里势单力薄，想将沙州夺回来也是心有余而力不足啊，所以就只能睁一只眼闭一只眼，实在不是属下的过错，还请相公明察啊。”

他对于恪勾结西戎人的内幕十分清楚，慌乱之中处处不忘为自己开脱，甚至急忙撇清与于恪的关系。

宗亭全然不顾他这辩解，冷眸一瞥：“瓜州现在有多少兵？”

那小将被他这眸光吓了一跳，只好实话实说：“八千。”

宗亭沉默不言，似在琢磨要事。那小将正打算趁机开溜，宗亭却忽然起身拽过他。那小将高亢地惊叫一声，大喊饶命之际外面却冲进来两个士卒，其中一个拿了案上抹布就往他嘴里用力塞，另一个校尉模样的则对宗亭一躬身道：“相公还有何吩咐？”

那校尉与宗亭似乎之前就熟悉了，明显是宗亭从前安排的耳目，且对宗亭十分忠心，只等着他发号施令。

宗亭径自下了那小将的符，紧接着大力一拽，将他拖下了床榻。

他同时对那校尉吩咐道：“令所有人集合。”

那二人领命一躬身，赶紧退了出去。

西北的天亮得比关中总要晚一些，这时辰不早了，天色却还是黑的。风冷沙大，数千名瓜州兵披着夜色至城楼前集合，黑压压一大片，有人甚至还打着哈欠。

因不知到底发生了何事，诸人内心多有忐忑，等了好久，只见有个人缓慢登上了城楼，着一身玄色道袍迎风而立，面上戴着的一只金箔面具，在火光映照下闪动。

众人都屏息不言，几个副尉、校尉似乎都已经猜到了来者是谁，便更不敢妄动。

就在这时，两士卒挟着那小将上了城楼。那小将睁开眼，见到底下的无数火光与兵士，顿时大气也不敢出，又因不知宗亭会如何处理他，心中惊骇到了极点。

底下人心混乱，各怀鬼胎，尽管站得齐整，却是一盘散沙，毫无章法。

这几年关陇军欠整治，由此可见一斑。

军中甚至出了于恪等败类，竟是为了一己私欲不顾国土与百姓安危，挑事之余，竟甘愿将国土拱手送出，愚蠢可恶至极！

天边即将亮起来，底下人陆续认出那被押解至城楼的将领，骇然一片。

就在这时，城楼上亦动作起来。一士卒抱了一捆绳子走到城楼上，将那粗粝结实的绳子牢牢往城楼上一系，另一头则打了个扣，刚好留了个头的大小。

被捆小将吓得瞪大眼，偏头看向宗亭求饶，然他看到的只有那不近人情的金箔面具。

宗亭只做了个手势，一士卒按下那小将的头，另一个则将绳扣往小将脑袋上一套，扣住脖子随后将其推下了城楼。

底下人群中骤响起抽气声。

没容那小将挣扎几下，越发稀薄的空气就要了他的命。那尸体在风中晃荡，宗亭握着那符掷地有声地开口："犯我大周国土者，罪无可赦。"

玉门关才刚刚迎来略带寒意的黎明。往东，是仍然焦渴的关中平原，太阳早早露了全脸，还未入夏便显出了燥热；再往东，则是雷雨才结束的山东，白光惨淡地覆下来，灾棚外排起了长队。

大锅内的粥才沸了一回，粮食的香气便迫不及待溢了出来，人群开始按捺不住。另一口大锅里药气翻动，也有人等着领防疫汤药。卫兵们维持着秩序，虽然人多，却有一切都可控的安心感。

李淳一及颜伯辛顺利从兖州府借来了赈济的粮、药，每日签发、核账实，每一粒粟每一两药，使用都必须事先安排并有掌发者的签印，严格保证了灾粮用到实处。与此同时，通渠分流排水等工事也毫不懈怠，毕竟多拖一日，便有可能耽误一季的播种与收成。

山东的赈抚工作逐渐步入正轨，尽管放眼望去天地之间萧条感依旧，但最开始那灰蒙蒙的绝望感，都随着雷雨远去了。

都督府内，庶仆一大早便又开始清理湿答答的廊庑地板，齐州录事参军拿着次日的赈济安排从李淳一公房内出来，迎面就碰上了前来复命的青州刺史颜伯辛。

他虽然只简单道了一声“颜刺史辛苦”，却不落痕迹地与颜伯辛交换了眼色，并在擦肩而过之际，迅疾地塞了张字条给颜伯辛。

录事参军渐渐走远了，颜伯辛行至李淳一公房前，待卫兵前去通报完毕，这才低头脱掉鞋履入内。

公房内有防疫的熏药气味，李淳一坐正了身体，将案上条陈简略收拾了一番，抬头时颜伯辛已走到面前。

“坐。”她径直开口，并问，“青州近况如何？”

她好些日子没睡整觉，周身透着疲倦，脑子却仍十分好使。颜伯辛瞥一眼她案角摆着的幻方盒子，里面排得十分齐整，可见她的思路分毫没受影响。

颜伯辛将青州情况仔细说完，紧接着又道：“倘若顺利，殿下恐怕下个月该回京复命了吧？”

此时公房内有元信的一个秉笔书吏在，许多话不好明说，颜伯辛此言是在暗示李淳一，时间紧迫，有些事倘若打定主意做，就得尽快去做，不能再拖了。

李淳一回了一声“是”，但旋即换了话题道：“颜刺史连夜赶来，用过饭了吗？”

“还没有。”

“一道去吃吧。”李淳一说着起身，又对那秉笔书吏道，“你也不必在这里待着了。”

她说完往外走，颜伯辛就跟在她身侧，声音低得几乎难辨：“录事参军是我们的人了。”

李淳一迅速垂眸，又若无其事地继续前行，声音也是低得几乎听不见：“还有呢？”

“几名镇将。”

他说到这里，恰逢执事迎面走来，便没有详细说下去。

二人进了公厨，谢脩也恰好在用饭。谢脩见李淳一到了，刚要起身，李淳一却示意他不要起来，径自走过去在对面坐下了。

谢脩扭头对杵在堂中的小仆道："端两碗鱼汤来。"说罢又同李、颜二人道，"早上捕了些鱼，炖出来滋味十分鲜美，殿下及刺史可尝一尝。"

颜伯辛陡蹙眉，疑惑道："殿下不是不吃荤吗？"

他早前就知道李淳一的饮食禁忌，然谢脩闻之一愣："殿下不吃荤吗？那上次的蛇肉——"

她没有与谢脩明着解释，只说："我如今不再是出家人，便没什么好忌讳的了。"然实际上，她重新开始吃肉，是在与从前的恐惧做对抗。

以前她害怕李乘风的掌控与捉弄，被困其中不敢挣脱，但现在她必须努力从中跳出来，且敢于与之对峙。

她必须有足够强大的决心，才有可能对付元信、李乘风，才有可能剐去这块烂疮。

鱼汤端上案，颜伯辛留意了她的神色变化。她的吃法透着坚决，那是下定决心要克服某物时，才会有的艰难。

老实说他们的计划虽简单，却算得上铤而走险。

对于元信副手这些头等重要的人物，他们并没有妄图策反；而是抓住重要守军将领、粮草军械的副守等次要人物进行重点收买。颜伯辛与这些人多有交集，甚至与他们一同共事过，如此一来，收买并不是登天的难事。

加上齐州东是颜伯辛辖下的青州，南是崔明蔼的兖州，届时两边若同时围困，便形成夹攻之势，对元信是极大的威胁。

此事进行得十分隐蔽，只等着一个机会给元信下绊子。东风一来，困住元信，奏抄立刻就会呈于朝会之上。不论女皇及李乘风愿不愿意听，不论太女及山东党愿不愿意承认，这块烂疮都会暴露在关中烈日之下。

到那时，元信的庇护便会尽失，元家亦会遭受重创。

颜伯辛心中想着这计划，将面前鱼汤饮尽，只听得李淳一压低了声音道："皇夫最近有动作，你得到消息了吗？"

皇夫与元家是休戚与共的，他近来大约是察觉到了山东的异常，暗地里进行着一些调查与干扰。他虽然身体抱恙，但毕竟当年也是呼风唤雨的人物，不会轻易容许元家出事，自然也会成此路上最大的一块绊脚石。

李淳一提醒颜伯辛警惕皇夫的势力，是十分慎重的。她面上自始至终没有一缕轻松神色，因她不仅要筹谋此事，还忍不住担心远在关陇的宗亭。

关陇的消息她太后知后觉了，西边局势如迷雾，宗亭单枪匹马，同样是安危难测。

宗亭控制了玉门关守军之际，乔雍的安西都护府驻军从沙州西境撕破了口子，气势汹汹地杀了进来。西戎铁蹄转而迎战西州军，却没料东北方向的玉门关守军也杀了过来。

西戎军顿时陷入被夹攻之境，却仍然负隅顽抗。就在这时，乔雍的西州军也开始了对西戎边境的敲打，西戎军家门口失火，又处于被合围之劣势，只好落荒而逃。

沙州一役，有乔雍帮忙，极大地鼓舞了士气。趁这口气还旺着，宗亭甚至没来得及与乔雍道谢，便率一众精兵东行。

乔雍也忠义，因担心玉门关守军空虚，仍留部分西州军镇守，以防西戎乘虚摘果子。

没有了后顾之忧，宗亭的东行之路也更顺利。铮铮铁蹄连夜赶路，兵临肃州城下时，简直杀了于恪一个措手不及。

于恪等了宗亭许久，万万没料到他会先解决了西戎再折回来，且还顺利策反了玉门关守军。

作为关陇军的老人，于恪对宗亭并不十分熟悉。宗亭虽然年轻，但他那时到关陇来没多久便养就了变化莫测的脾气——小小年纪做事就深不可测，且比谁都下得了狠手。如果他没有着急回长安任职，而是接任关陇到现在，恐怕也没有于恪什么事了。

于恪这时静坐在密室里，听外面的副将报道："宗亭只带了一千骑兵。"

"开始攻城了吗？"于恪闭着眼问。

"还没有。"

难道在等后援？于恪又问："后边还有兵吗？"

"没有。"

于恪沉吟不言了，那副将道："恐怕也是强弩之末，可要安排箭兵到位？"

于恪不答，却低声问身边一个小兵："桓涛如何了？"

"仍不吃不喝，几乎是死了。"那小兵回得很肯定。

于恪霍地起身："将人泼醒，拖到城楼上去。"他走两步又道，"将那小娃也带上。"言罢，他终于出了那密室，守在外边许久的副将松了一口气。

于恪同他道："照你说的，安排好神箭手。"

他说着就往城楼上去，而此时一只漆黑的乌鸦正从肃州城楼上飞跃而下，恰好落在了宗亭肩头，低头将尖喙中咬着的一支细竹管给他。

城楼上顿时火光闪烁，进入了随时战斗的警备状态。

那副将上了城楼，遥遥朝城楼下看去，抿唇不言。

此时被关押在密室多日的桓涛及其小儿阿璃终于被几个士兵拖上了城楼，桓涛已是奄奄一息，阿璃则不知所措地在旁边哭。

几个士兵挥开阿璃，架起桓涛将他往前移，并将火把举起来，对下面喊道："往后撤，不然将他扔下去！"

这时宗亭旁边一个副将高声回道："让于恪那老不死的出来！有种别做缩头乌龟！拿老幼当人质算个什么好汉！"

然任凭他怎样喊，于恪都迟迟不现身。

桓涛这时费力撑开了眼皮。

这一切纷杂如蚊蚋声入耳，令人头疼欲裂，他视线模糊，依稀辨出了宗亭的金箔面具，耳边又响起了小儿的哭声，于是他回头看一眼阿璃，又将所有希望都遥遥嘱托给了马背上的宗亭，也不知哪里来的气力，他忽然就挣开了两边的人，从城楼上跳了下去。

惊叫声随即传来，坐在底下的于恪眼皮一跳，闻得外面士兵禀道："姓桓的跳下去了！"

于恪被这一激，竟是登上了城楼，一把将阿璃抱了起来。

阿璃被父亲这纵身一跃吓得还未回过神，却又被于恪猛地抱起，紧接着看到了城楼底下的点点火光，也看到了带着金箔面具的宗亭，最后看到了父亲血肉模糊的尸体，顿时号啕大哭起来。

乌鸦叫声凄厉响起，宗亭面具后的怒气一触即发。城楼上的神箭手已悉数就位，于恪下令放箭，然却一点动静也无。

于恪抱着阿璃，转头看向不远处那副将，咆哮道：“令他们放箭！”

然那副将一动也不动。

于恪惊觉遭遇背叛，往后一步赶忙唤亲兵队长，两队交锋顿时混战断杀起来。

这时候于恪仍紧抱住阿璃，以其为人质往后撤。阿璃踢他咬他，却压根不能挣开分毫。那哭声凄厉起来，这时忽有一只乌鸦飞上来，狠狠朝于恪后颈啄下去，于恪双手一颤，阿璃便跌倒在地。

就在此时，忽有一壮汉拎了只桶冲上来，将满桶的油朝于恪泼去，并将他死死按在了城墙上，壮汉失心疯似的咆哮道：“姓于的你还我舅舅！”他力气大到简直要将于恪骨头捏碎，一支火箭自城下稳稳飞蹿而来，直扎入于恪后背，火舌遇油霍地蹿起，于恪整个人便烧了起来！

宗亭收弓偏头，面无表情对身边的大嗓门副将道：“喊那个白痴松手，让他保护好阿璃。”随后一夹马肚，速朝舅舅的尸体奔去。

从高处坠下，几无生还可能。桓涛在生死一事上似乎早就做了抉择，因绝食而枯瘦的身体面目模糊地横在冷硬地面上，火光照耀下，死气沉沉。在骑兵踏进城门之前，宗亭捞起了舅舅的尸体，免他再受屈辱。

城门乍然大开，里面拼杀声不绝于耳，关陇内部隐匿未发的矛盾，此时如火山喷薄之势，彻底爆发开来。精锐骑兵随宗亭冲入城内，城楼顶上的于恪则彻底燃成了火团。

叛军少了头领，仍混战不休，夜晚的肃州城楼，骤然惊醒。

武园被灼伤了手，乍回过神松开手后，只见于恪那火团发了疯似的朝阿璃扑过去。他猛冲上前，将地上的阿璃抱起来，于恪扑了个空，忽瘫倒在地，一番痛苦挣扎后，很快就不再动了。

火舌在夜风里翻飞跃动，阿璃惊得眼泪也没了，只有一双被热火灼得发红的眸子，暴露出了他内心的恐惧与无助。武园一手抱着他，另一只手拾起地上的大刀，转身就朝冲过来砍杀他们二人的士兵挥了过去。

血珠子飞溅到阿璃脸上，武园一边抱着他继续与叛军厮杀，一边安慰他道：“阿璃别怕，阿兄罩着你！”

底下战场的形势逐渐分明，叛军落于下风，几个将领不顾士兵从北门逃走，武园冲下去时，宗亭正率一队骑兵折向西北方向追捕叛将。

桓涛的尸体陈于东南一隅的石台上，一只漆黑的乌鸦蹲在一旁警敏地盯着，动也不动。宗亭将舅舅与弟弟都交给了武园，自己率军飞奔出了城。武园于嘈杂混乱的形势中看他绝尘而去的背影，最后敛神朝那石台大步走去。

马蹄声震耳欲聋，越往西北越是广袤荒漠，亿万星辰观望尘世纷争，却不动声色。干燥又凉的夜晚，灰尘绕着火焰舞动，追击队伍忽然兵分两路，宗亭的副将不断回头催促身后骑兵，眸光紧盯已经逃至前方谷地的叛军将领。

这追逐似无休止，然就在叛将们快要出谷之际，忽有铁蹄声震碎了前方的平静，近百骑兵如夜鹰从天降般压了过来，黑沉沉的一片。骏马长嘶，百弓齐张，围成网般将叛将的去路都阻断。

宗亭这时终于将他们的脸都看清，副将隔着老远大喊问道："相公可要留活口吗？"

此时那几人早成了众矢之的，已有人下马跪下来求饶。

那人道："某一时糊涂，错信了于恪，还请相公饶某一命！某将来一定为相公鞍前马后，赴汤蹈火！"

"西戎进犯沙州时，你是第一个弃城带兵逃的。"面具后的宗亭声音寡冷，"这样的人，怎么有脸继续活下去？"

那人脸一阵青黑，这时他旁边又有人扑通跪下："于恪拿家中老幼的安危逼迫某等，某等实在、实在是无可奈何。"

"无可奈何就要做这样的事？舅舅平日里的宽厚仁义看来都喂了狗。"他语气越冷静，在这火光跃动的夜里就越可怖，那面具仍挂在脸上，金光闪烁，袍子鼓起来，里面蓄满了风。

"还是觉得我残疾了管不到关陇，就敢胡作非为了？"关陇内部的迫害与争斗，数十年来从未止歇，多少人因此无辜死去，百姓又遭了多少罪，这些他都记得很清楚。

关陇该平息了，帝国需要万众一心的边军，现在需要，将来也需要。

那几人都不敢再出声，天地间静得出奇，甚至可闻得风声。

宗亭声音里透着死水般的平静："我饶了你们，惨死在西戎铁蹄下的沙州百姓却不会饶了你们，舅舅九泉之下也不会放过你们，你们还是去死好了。”

他说完忽然扔掉了手里的火把，对面的副将得令，所有人的弓悉数张满，霎时间百箭朝下齐发，沾染了夜晚凉燥气的冰冷箭头遇血肉而烫，却又瞬间冷了下去。

宗亭面上闪过一丝厌恶，他掉转马头，众人亦跟着转向，杂沓的马蹄声又响了起来，只寥寥几人留下来收拾残局。

宗亭踏着夜色飞奔回肃州城内时，局势已到了收尾阶段。这一番权力变动仿佛幻梦一场，自然地结束，甚至没有惊动到沉睡的百姓。

宗亭翻身下马，一个孩子朝他飞奔而来。

浑身是血的阿璃紧紧抱住了他的腿，因过度的惊慌与悲伤，幼童抓着他的力气大得惊人，仿佛想要借此挣脱这噩梦。

他略微俯身，阿璃便往上攥他的玄色道袍，面上的血泪鼻涕全擦了上去。

“阿兄。”小孩子的声音里藏着无可依傍的害怕，同时又有抓住救命稻草的迫切，“长安阿兄。”

宗亭本要将他抱起来，却只卸下了冰冷的假面：“我在。”

这时候的齐州府，则终于迎来了久违的朝霞。

风不再潮湿，天际的太阳也没有了阴霾遮蔽，灾棚里即将开始新一天的粮药发放，堤口工事仍然继续，劳工们领了早饭开始了一天的忙碌，水司官员查看完进度，赶往都督府禀报。

然都督府此时却腾不出空来理会这些进展，因齐州府底下的十来个镇将一大早都到了。

这些人会集一堂，议的正是民与军的资源争夺问题。齐州府遭此大灾，人口锐减，正是需要劳力的时候，然官健却只领饷不事生产，对眼下的齐州府而言，其负担无疑很重。

摆在面前两条路，一是削减兵员，二是将官健转为府兵令其从事农桑生产，但都不是易事。因这两条路动作都太大，触及的利益过多，容易起纷争动乱，各个镇将们心中也都各有盘算。

一众人从卯时议到将近中午，外面的水司官员等得早已不耐烦，扭头碰上迎面走来的州录事参军，便问：“可知这会要议到什么时候？倘还要等，我便先回去了。”

录事参军摇摇头，站到一旁微笑道：“某也不知，倘某能进去，便替你问问。”

那水司官员点点头，又见一庶仆端着漆盘从廊庑西边走了过来。漆盘上摆了一碗药，可见是到了元信服药的时辰。他近来总有些头痛，都督府医博士便给他开了药，每日定时要服两次，从不耽误。

庶仆走过去，却被卫兵拦下：“都督在里边议事，闲杂人等不得入内，药放下就赶快走。”

“这可是每日都需按时服的药啊！”那庶仆面对冷漠卫兵忍不住强调，却换来两道令人发怵的目光。

庶仆吓得赶紧将药碗放下，这时候录事参军走了过去，端起那漆盘道：“我有要事禀告给都督，顺将药送进去，麻烦通报一下。”

这两个卫兵本是不耐烦的，但面对录事参军，却莫名给了好脸色，竟当真给他去通报了。

元信正好有些头痛，便令录事参军进去。录事参军将药碗放下，打算开始禀他的要紧事，元信却一摆手阻止他：“等会儿再说。”

同时又将药碗推过去：“你来得正好，喝两口。”

他在饮食上倒是谨慎，连用药也得人先尝过才行。录事参军没多言，端起那药碗就饮了两口，随后就开始说自己的要紧事，无非是正仓粮的问题云云。

待他说完，元信端起药碗饮尽，忽对座下镇将道：“听到没有？齐州府正仓都快空了，你们同我哭穷又有何用？”

言罢转头睨一眼录事参军：“你先出去吧。”

“喏。”

待录事参军离开，议事公房内又开始了新一轮的针锋相对。过了一会儿元信又说：“朝廷一贯小气，能拨到这里的粮，哪一口不是费力争来的？这次的报灾折子又被吴王压了多少天，你们也不知道。”

他敲敲条案：“都当这位置好坐是吗？好坐给你们坐！”

他头越发昏，言声里已透出抛却理智的不耐烦来。

这时座下一点动静也无，然屏风后骤响起卧柜被打开的声音。

随后传来一个女声："元都督是病糊涂了，既然自己都开口说了，那就将这位置让出来吧。"

众人讶然扭头看去，只见李淳一绕过屏风走了出来。

她不该出现在这！然她负手而立，一身王袍毫不凌乱，眼眸中无半点惧意，方才说的话也没有任何玩笑味道。

元信对她偷听一事很是火大，他正要站起来，却双腿乏力一屁股又坐了回去。这时李淳一长叹一口气，座下忽有两个镇将霍地起身冲向元信，口中唤的尽管是"都督怎么了"般的关切，然实际是死死按住了元信，将他牢牢钳制住。

底下未被策反的镇将瞬时反应过来，然这反应已经迟了，随着公房内摔碗的声音响起，外面瞬间起了打斗，且屋内又有两个镇将站出来表明了立场，同时，又有持械卫兵破门闯入。

从服色盔甲来看，这些卫兵正是谢翛手下那一拨人。

钉死窗户的声音骤然传来，握有重兵的镇将们已失去了主动权，元信亦是如此。他方才服的药，一时间将他力气都抽离，平日里的威风凛凛，此时悉数消失殆尽。

李淳一走到他面前，面色沉静道："既然病了，就好好养着，不要再出门了。"

她看向走进来的谢翛："元都督染了疫病，不便见人，可是听明白了吗？"

谢翛连忙应道："喏，臣必定照顾好元都督。"随后回头示意身后两个兵，那两人即刻上前，将昏昏欲倒的元信架起来，扛着送往卧房。

元信"被染疫病"，屋内近十个镇将个个不服，倘若不是有士兵强行拦着，恐怕就要上前与李淳一打起来。

其中一人更是扭头指责"被策反"的某镇将："老常，你竟做出这等事来，真是轻信了你！"

常镇将面对指责默不作声，脸上也未现愧赧之色。这时李淳一对外吩咐道："拿进来。"话音刚落，便有士兵抱着一摞簿子进来，每人面前依次放了一本。

李淳一也不说话，只由得他们去看面前的簿子。一时间整个议事公房内都安静下来，那些镇将面色瞬间就变了。因簿子上所写，正是他们各自辖区的兵账。

兵员有多少隐瞒，长官有多少贪墨，从这簿上的陈述来看，竟是一副了如指掌的样子！

这时外面突然传来禀告声——

“殿下，找到了！”

音落，便有两只大箱被搬进来，稳稳当当放在了元信刚才坐过的地方。

李淳一走过去，将那箱子打开，随手翻出一册簿子来，这才开口与那些脸色变了几变的镇将道：“这里仅是部分实账，若将齐州府再深入地搜一搜，挖出一整套账目来恐也不难。朝廷想借此机会彻查山东贪腐，都督都在被查之列，诸位更是不能例外。这些簿子上所录是不是事实，你们一定比谁都要清楚。倘若配合调查，最多不过革职；但——诸位如果领兵闹事，则是以叛乱罪论，兖州府即会出兵平乱，到那时会落个什么样的下场，便不好说了。”

她将利害关系陈毕，将前路铺明，说得心平气和却又暗藏压迫感，听得镇将们一阵心惊。

镇将的长官是都督，但哪怕都督再怎么手段滔天地纵容他们，他们说到底还是为朝廷做事。倘若当真如李淳一所说，是朝廷铁了心要追究，那么在元信处于劣势的情况下，他们再不识相便是找死了。

但这到底是李淳一的意思，还是朝廷的意思，还是教人怀疑。底下一番鬼心思翻涌，李淳一断不会留他们聚在一起筹谋对策，而是遣人将他们分开关押留看。

都督府里这回出了大动静，外边人却只知道元信染了疫病，医博士进进出出，整个都督府都弥漫着药味。染病是最说不清楚的，都知道疫病起得急，且发展起来十分难控，如果命不好，就此死了也不稀奇。

元信命悬一线，随时都可能摔得粉碎。至于那些镇将，部分回了驻地，大多数则被困于都督府中，递不出消息，也找不到人商量。

与此同时，李淳一的奏抄与整箱账册也将抵达长安。

关中仍滴雨不落，长安城甚至无力迎接将要到来的夏天。

廊庑下许久没洒水了，燥得落灰，至德观的女冠子司文此时悄无声息进了寮房，寮房内仅有一案一榻，案后则坐着贺兰钦。

司文对贺兰钦略躬身："贺兰先生——"说着将送到至德观的急信递了过去，"殿下绕了个弯子，做得这般谨慎，恐怕是十分要紧的事。"

贺兰钦接过信，打开封泥迅速扫完，面上流露出意料之中的神情。司文抬眸斗胆问道："可是殿下在山东那里有所动作了？"

贺兰钦将信纸投入炭盆，唇角缓缓弯起。先斩后奏，魄力与胆量的确已经足够了，至于能借到颜、崔两家的势力，则是运气所促。

司文了然道："看来果真与先生猜的无差，殿下这次竟没有再'忍'。"

本以为关陇不太平，不好妄动山东，却没承想单枪匹马的李淳一，拉着崔、颜两家弄出这么大动静来。

贺兰钦这边为李淳一的动作感到振奋，关陇得到消息则又是另外一番反应。

武园擅做主张拆了信，读完了，才拿着那信气势汹汹奔去找宗亭。

宗亭正处理公务，武园啪地将信往条案上一拍，咄咄骂道："亏得你对她那样死心塌地，她在山东跟颜家那个小子纠缠不清，现在大约是勾搭上了，竟然骗得人家倒戈一起整元家，真是好手段！啊，这个借势的恶女人！当初愿意同你成婚，大约也是打关陇的主意，哪里有半点真心？阿兄可不要再给她骗了！"

武园将李淳一讲得十分不堪，旁边小案后低头写字的阿璃困惑地抬起头，宗亭则将那封信扫完，头也不抬地对武园下了逐客令："闭嘴滚出去。"

武园跳起来："啊，你竟要我滚。那你倒是说说看将来要怎么办。颜家那个嫡子，自然不肯屈居人下的，难道将来吴王府里还封两个王夫不成？再说了，我们与山东素来就不和，管他是姓元的得势，还是姓颜、姓崔的得势，反正都无法与我们成为盟友，就这样你还想将来与他一个屋檐下过活？"

他讲话竟也是摆出了条理来，紧接着又说："何况现在关陇这个样子，你总不能一走了之。你总说我是莽夫心粗，那我是没法挑这个担子了，阿璃这么小，也是不行。这些你都要想想清楚，不能再整日不声不响耗在这里。”

宗亭置若罔闻，任凭武园叫嚣，也只是捧起案上盖了印的奏抄，将其卷起来封好。

关陇内乱初平，于恪烧枯的尸体还被悬在城楼上震慑众人，将士们仍心有余悸，后续琐务堆积成山。这种关键时刻，他的确无法走开，因此哪怕心中存了种种担忧，也只能收起来。

他本心里自然不希望李淳一同颜伯辛走得太近，但从局势上考量，颜家的确是撕破山东面具的一道口子。李淳一能孤身做成此事，如山鹰展翅，好像真的能从山崖潇洒地一跃而下，又能振翅飞上山巅。

他安静地握着奏抄，瞥了一眼角落里的阿璃，心中便有了决断。

第十一章

李淳一往上呈递的奏抄与证据，次日直接摆到了太极殿上，掀起一阵轩然大波。先是由一位监察御史从新宫城那笔烂账说起，一步步扯到采买过程中齐州府的贪墨挪用，之后顺理成章将账册一一呈上，暴露在不停晃动的宫烛之下。

这事筹谋得相当隐蔽，连李乘风事先都未能得到一点风声。

那陈于殿上的满箱账册，正是铁证！而元信怎可能将这些拱手交出？

就在众人都疑虑之际，贺兰钦故意开口问那监察御史：“这些账册，请问沈监察是如何得来的？”

监察御史不卑不亢回道：“元都督身染疫病，然齐州府事务繁忙不得耽搁，便交由吴王殿下打理。吴王发觉都督府账务混乱，用度十分不明朗，便令巡道监察御史检覆清楚，遂查出了此事。”

他紧接着铿锵有力地说道：“诸多细节，吴王殿下在折中均已奏明。此事关乎一地百姓之生计，关乎国财用度——还请陛下务必追究到底。”

那奏抄由内侍送到女皇手里，女皇还未打开，外面却忽然响起一声惊雷。

众人蒙了一下，久旱的长安城，一时之间竟然蓄积起了满满潮气。外边瞬间黑了下来，而宫烛则显得越发明亮。又是一阵响雷，轰隆隆地席滚而来，最后像是要拍到了窗户上。

殿内无人敢说话，诸人均屏息等着这场雷雨的到来。

女皇看着那紧闭的殿门，忽道：“去，将殿门打开。”

内侍赶紧领命执行，好几个宫人一齐将那门给推开。就在推开的一霎，一道闪电骤然扑下，随即是比方才还要响的雷声，似乎震得地都在动。

潮气汹涌入殿，风将纱幔都撩起，外面的铃铎声也虚虚晃晃飘进来，叮——叮——作响。

李乘风皱起眉，眸光仍如鹰隼。她在一片沉寂中追问那监察御史：“且不说这些是否是捏造得来，元都督当真是得了疫病吗？”

监察御史很笃定地回道：“回殿下，是。”

李乘风眸光瞬敛：“眼下状况如何？”

监察御史道：“这个臣就不知了。臣从齐州府走时，未能见到元都督，因是疫病，只有医博士可出入护理。”

他们在为此事纠缠不清之际，女皇已看完了折子，屋外的雷声也更沉闷起来，像是最终爆发前的痛苦低吟。

“传朕的旨，让吴王押解元信回京。”她说着，同时将目光投向李乘风，“太女不便干预此事，还是不要管了。”

李乘风被她这么一噎，并不肯善罢甘休。她眼中火光渐渐蓄积起来，同时想到了深宫之中的她的父亲。皇夫不可能对此事置之不理，她也未必会输给李淳一。

女皇又是一连串的遣令安排，无非是叫人下去彻查齐州府的情况，仿佛是铁了心地要动元家了。

就在一众人各自领命之际，瓢泼大雨就这么落了下来。

潮气汹涌地散进殿内，廊庑旁水幕如纱。旱了这样久，老天终于肯慷慨倾倒雨水，将偌大的关中平原浇了个透。

早不下，晚不下，恰好是女皇打算清算元家的时候下。

这时司天台监惊喜地往前几步，扑通跪下来道：“陛下——天降甘霖，正是我大周修政之回报啊。”

关中这一场甘霖，慷慨得反常。焦渴的土地贪婪地吮吸雨水，排水沟里水声潺潺，枯败的绿叶也一点点酝酿复苏。

无数百姓冲出门淋了个湿透，虽然形容狼狈，心中却是失而复得的喜悦。皇城各衙署内，大小官员挤在廊庑下感受铺天盖地的潮气，宗正寺卿则默不作声临窗吃馃子，对面的太常寺卿道：“这雨声竟是比太常寺所有的乐声都还美妙哪。”

受到大雨安抚的内心，似乎少了些焦灼不安，然而宗正寺卿心里分明不太爽快。太常寺卿饮了一口新酿的酒，乜着眼问：“你可是担心吴王回来宗正寺又要忙了？”

“可不是嘛，”宗正寺卿撇撇嘴，“真是会闹腾啊，去趟山东又扯上个姓颜的。等她回来，吴王府定又是一番动静，鬼知道宗家那小子会翻出什么大浪来？那时候一场婚事就将我们几个忙坏了，这要是再折腾，哎——”

他不继续往下说，只径自饮了一口酒。

“我看你是一厢情愿，颜家早年不也拒过天家的婚事？骨子里的挑剔是不会变的，哪里真看得上吴王？这事你还真不必太担心。倒是太女那里……”

他给宗正寺卿递了个眼神，也不再往下明说了。

宗正寺卿当然明白，万一元信出事，东宫的王夫位置自然也有一番大变动，这变动比起吴王后宅的事要麻烦得多。

搞不好，整个东宫都要天翻地覆。

加上近来皇夫身体告危，他老人家万一这时候“一走了之”，紧跟着就是国丧，那宗正寺的事情可真要成堆了。

宗正寺卿闷闷不乐地饮酒，屋外的雨丝毫没有要停下来的意思。

这场大雨从白日落到深夜，又延续到次日清晨，将关中浇了个透才暂时歇下。之后又是几场暴雨，天也就跟着热起来，农事随之渐渐恢复，平康坊的歌舞重归热闹，曲江池芙蓉园游人更是陡增。

错过了一季春光的长安人，努力在夏日到来前弥补缺憾，竟显出几分逍遥来。

山东则不同，哪怕雨季过去，水也渐渐消退，百姓面上也没有丝毫的轻松。灾后重建困难重重，丧亲伤痛也难以消弭，要走的路既长又难。

好在朝廷仁慈，蠲免赋税，灾民们便不必再背上税役，至少今年还有喘气的余地。都督府更是出乎州府百姓的预料，不仅给医药给粮种，连耕牛及农具也等分给户了，在民舍修筑一事上，更是提供了极大的支持。

赈抚重建工作有条不紊地进行着，所有决策，李淳一也并没有瞒着元信。她很多事都与他说，但就是不让他出门。元信烦躁至极，无奈药物几乎废了他，他甚至没力气揍倒李淳一。

这天谢翛忽然带兵冲进屋内，将元信塞进车驾，随后一锁，要将他送到京城去。元信瘫在车厢内，隔着帘子咆哮质问："你们反了天了！这是要做什么？！"

李淳一与颜伯辛交接妥当，恰从门内走出来。她闻得元信大喊大叫，走过去撩起帘子，站直了回道："本王奉陛下旨意将都督押送回长安，都督有什么不满，请到长安再说。"

言罢放下帘子，往后退了两步，朝前面车驾走去。

颜伯辛此时已在那边候着，在李淳一上车之前，他瞥了眼元信的车驾，压低了声问她："吴王上奏时称元信染疫，然事实并非如此。这样将他送去京城，岂不是自露破绽吗？欺君之罪，可是不好担的。"

李淳一看了他一眼。

颜伯辛竟从中捕捉到了一缕杀气。

于是他顺水推舟，往前半步，贴近了李淳一的耳朵道："疫病本就难愈，死了也无法追究，且也有理由毁尸灭迹。"

这话相当狠毒了，不顾律法的私下了断，有手刃恶敌的快感，但显然，李淳一并没有做过这样的事。

她眸光似乎闪烁了一下，只回应说："知道了。"

她言罢上车，颜伯辛抬头看她："殿下请多保重。"随后往后退一步，地上的尘便随着车驾的奔行腾了起来。

车驾行出了宽阔大道，往西奔向关中。

离长安愈近，谢翛也越焦虑。他与颜伯辛有一样的担忧，总觉得不能让元信活着回到长安，但李淳一太沉得住气，谁也摸不准她到底打算何时下手。

这一日元信刚被灌完药，队伍停下来歇息。谢脩趁着用饭的时辰劝说李淳一：“元信当初在马球场上设计殿下与宗相公，令殿下吃了那样大的苦头，且让宗相公从此残疾，仅这私仇都够了，又何况他还欺瞒朝廷、对山东百姓那般不仁——”他紧接着又道，“殿下若怕脏了手，臣来解决。”

外面天色将暮，李淳一不答，只让他安排大家在驿站住下。

谢脩无奈皱眉，只好起身去忙。

这时忽有急信传来，李淳一借着案上烛火展信阅读，眼中闪过惊色。

信是颜伯辛寄来的，他在信中坦陈，在她离开之际，就已经以她名印写了奏抄上陈，眼下那奏抄应当已到了女皇手中。

最后他附上奏折抄本，李淳一阅毕眸光骤敛，那奏抄上竟然是说元信在途中死了，且因防疫需要，尸体不能留存，因此已经火化。

他这是怕她狠不下心来才逼着她做！简直是无法无天！

这样只弄死元信又有何用？因疫病亡，很可能这条线就断了，元信身后的线怎么揪出来？该惩罚的仍得不到惩罚，如此做事，真是糊涂。

李淳一紧锁眉头，心中急盘算对策之际，驿站内忽传来惊呼声。一小兵惊慌失措地跑来，青白着脸对李淳一禀道：“殿下！看守被打死了，元都督也不见了！”

这时谢脩刚好走来，闻言一惊，又问了一遍，知道事情麻烦了。他问李淳一道：“万一他先我们一步去了长安怎么办？”

“不会。”李淳一心惊意却不乱，“这次的案子他无法辩白，因此长安对他而言是虎穴，去了是找死。”

谢脩隐约觉得有道理,却又问:“倘他宁愿玉碎也要将殿下扯进去呢？”

“那就只好走一步算一步了。”李淳一神情凝重，一点笑意也无。

元信现在基本是个废人，因药物的作用，身体短时间内几乎没有恢复的可能。他这次是被人劫走的，至于是被谁劫走则不得而知。李淳一心中隐约揣测是太女或皇夫的人，如果当真是他们，他们的下一步棋又会是什么呢?

谢脩带着人将周围搜了一圈，因没有发现半点蛛丝马迹，回来时难免有些沮丧懊恼。李淳一却不计较，只吩咐他去寻一坛骨灰来。

天还没亮，车队便带着那一坛灾民的骨灰重新踏上了回程。

抵达长安时，承天门上的开坊鼓声才刚刚响起。朝会还没开始，但一众朝官已踏着昏暗的晨光往宫城赶了。

因昨晚下过一场大雨，初夏早上竟然有点凉湿湿的，马蹄踏在巷道上，也没有尘土飞扬。

李淳一在朝会开始时赶到了承天门。她下马，手里捧着的是一坛灰。身上王袍带了一些风尘仆仆的气息，面色也是过劳的憔悴，只有象征身份的金鱼袋光彩依旧地伴着她进了太极殿外的廊庑。

在进殿之前，她借宗亭的情报网得到了她想知道的讯息，甚至与贺兰钦仓促地见了一面，这才敢捧着骨灰坛进宫。

内侍尖细的声音响起来，是宣李淳一入殿。

在一众朝臣的注视下，李淳一捧着那坛子跨进了太极殿，径直走到最前面，放下骨灰坛，跪下与女皇行了大礼，沉定开口道："儿臣回来复命请罪了。"

众人目光霎时从她转向她侧方的那只坛子，仅有女皇还盯着她："你的折子朕看到了。"

李淳一低着头回道："疑犯亡于途，是儿臣办事不力，请陛下责罚。"

"染了疫病也没办法。"女皇言语里竟平添了几分难得的体谅，可见她似乎乐得见元信就此死了。

她瞥向那坛子："你好歹将他带了回来，就只罚你减食封吧。"

对李淳一这种清心寡欲的人而言，罚食封可算是最轻的处理了。一众朝官尽管觉得元信之死有猫腻，但女皇都这样说了，此事便基本有了定论——女皇罕见地偏向了吴王，此案几乎没有再翻的可能了。

同时，他们的目光也投向了李乘风。

李乘风隐匿不发，脸上却无不透着咬牙切齿之感。

这时内侍宣了退朝，一众朝臣跪安后便陆续退出了大殿，贺兰钦临走前回头看了一眼，殿内只可见女皇、李乘风、李淳一，还有那骨灰坛子，连内侍都退避到了一边。

外面晴空万里，殿内却阴云密布，仿佛有一场大雨要下。

殿门被关上的刹那，女皇对李乘风道："元信不论如何都是你的丈夫，王夫无法入元家祖陵，你便将他安葬了吧。”说罢又看向跪在地上的李淳一，“幼如也起来，将骨灰交还给你姊姊。”

“喏。”李淳一领命起身，小心翼翼地捧起那坛子走到李乘风面前，平视她的同时，双手将坛子递过去，“姊姊。”

一个耳光瞬间甩了过来。

李淳一却稳稳抱着那只坛子不动。

李乘风眼中透着狠毒，竟是一把夺过那坛子，朝地上摔了下去，不顾女皇在场，又狠狠给了李淳一一记耳光，声音高亢：“别与我玩这套！”

坛子碎了，骨灰撒了一地。大殿中安静得吓人，李淳一却是嗡嗡耳鸣不歇，缓都来不及缓，前襟就猛地被李乘风一把攥起，随之而来的是李乘风近乎骇人的目光，似要戳到她五脏六腑里。

舟车劳顿的李淳一没有精力，也不好与她争打，只能任凭她死死地揪住自己。

被紧勒的窒息感骤然袭来，李淳一面无波澜地闭上眼，仿佛身处太极宫的泉池内，就像多年前一样，李乘风揪住不懂水性的她，又忽然松开手，想要看她扑腾求饶，但她只是长长久久地沉下去，一声也不吭。

此时局势乍一看似乎与当年一样，但就在李乘风要抬脚踹她时，女皇一声“住手”的高喝，却显得情势与以往很是不同。

李淳一被李乘风扔在了地上。

女皇转瞬即逝地皱了下眉，甚至别开了头，最后强抑下心中满满的烦躁和即将到来的头痛，眸光倏地转向李乘风，沉着声道：“你打她有用吗？”

李乘风从暴怒中略略收敛，语声却仍然尖厉，甚至因服用了丹药的缘故有些失控：“陛下怎会派了她去？她一心念着挟私报复，又岂是当真为了赈灾而去！元信到底为何而死？而这又究竟是不是元信骨灰——”她目光从地上转向女皇，“哪怕陛下不追查，儿臣也会查到底。”

女皇冷冷看着她，瘫坐在地的李淳一抬起头来：“请问姊姊我为何挟私报复？我挟的什么私，报的什么仇？我与元都督之间，难道有私仇吗？”

“马球场上——”李乘风一时间脱口而出，李淳一仍低着头，锐利锋芒却从眼眸中一闪而过。

女皇的目光瞬间更冷。

“姊姊的意思是——马球场上那次事故并非意外，而是元都督设计为之？”这时比起李乘风，李淳一虽然疲惫，但冷静到了极点，也清楚自己在说什么该说什么。

“你住口！全凭你一人揣测，可见你心中已是蓄谋良久，山东的事便更显出你的私欲来！”

李淳一偏不，她要说，且要冷冷静静地说。因李乘风的状态之差简直超乎她预计，且她基本可以确定李乘风对元信被劫走一事毫不知情，那么，这会儿若再不把握，便不易有好时机了。

“龙首原宫城上的一本账，尚书省那么多人盯着，我一人造不了假。这账为何会烂了，又烂在了哪里，御史也都已经一一呈明。山东的问题是什么，这件事到底是什么模样，姊姊心中应有明账，又岂是我纵着私心就能假造出来的？”

她自然不惧查，也不惧李乘风的诡辩，因她同时笃信，女皇心中清楚这一切。

女皇哪怕不会明着完全倒向她，在这事上，也不至于帮着李乘风逼她。

就在李乘风要被她逼得再次失控之际，女皇突然开了口：“你们都闭嘴。”

女皇的手按在面前的案上，干皱的皮肤上青筋根根分明，看样子她已经在拼力强抑无情袭来的疼痛。

殿外这时隐隐传来了早夏的知了声，似有那么两只，此起彼伏地鸣叫互不服输，听得人心烦意乱，也为这早夏平添了燥意。

殿内的呼吸声变得紧张起来。女皇接着道：“争成这样成何体统？山东的事朕自然会派人查到底！至于元信的死——”

她一顿，底下一阵屏息：“朕也必须得给东宫一个交代。查明之前，幼如就在府里待着，哪里也不许去。东宫将元信后事料理了，同时也要与元家处理好关系，不要在这个节骨眼上生乱子。”

她冷冷说完，也不待内侍前来搀扶，自己起身挺直了脊背便下阶离开。走到西侧纱幔后，内侍迎上来，她便吩咐道：“将密旨交与贺兰钦，令他即刻启程去山东。”

“喏。”内侍领了命匆匆忙忙抬脚离开，这时候女皇走到偏殿，刚要从后面回寝宫，却又有一内侍急急忙忙跑来禀道：“陛下，主父告危了——”

那内侍正是皇夫宫里的，此时只见他面色异常沉重，情况似不同于往常。女皇胸中一口急火尚未压下去，这时等于又被泼了一盆油，烧得她脏腑都焦了。她皱皱眉，话也不说一句，扭头便走。内侍追上去，忽然扑通跪下：“陛下，请陛下去看一眼——”

女皇停住了步子，却握紧了拳，最终深吸一口气往前走。走出门时阳光照覆下来，蝉鸣还在你追我赶地纠缠着，她本已经改了心意要往西去，却最终只顿了顿，往东边自己的寝殿去了。

女皇做了这无情决断的同时，殿内两人的对峙也走到了尾声。李淳一挨了两个耳光的脸有些肿，但这并不影响她不卑不亢地起身离开。

天气热得过分，颜色也蓝得虚假，澄明一片竟无分毫杂质。

风也是热的。暑意在绿意渐深的枝叶里酝酿，排水沟里再次陷入了干涸的境地，蝉鸣声越发热闹起来。

女皇回到寝殿头痛发作，却也不睡，只在御案前坐下，僵直地坐在那里似乎谁也唤不动她。

时辰牌换了一块又一块，内侍小心翼翼地上前换茶换药，可她一直枯坐着，纹丝不动。

至午后，李淳一也回到了久违的王府。执事宋珍三步并作两步走上前，还未待他询问，李淳一便径直回了屋，脸未洗衣未换，累得直接倒在了暴晒过的柔软床褥上。

李乘风回到东宫不动声色地饮酒，詹事府的几位辅臣挨个来了一遍，除了劝诫便无他言，李乘风烦不胜烦要将他们赶出去，内侍却踏着未时略带燥热的风赶到了。

内侍跪在门外禀道：“主父病危，还请殿下即刻往立政殿去。”

李乘风却颇为不耐烦地将酒盏扔了出去：“一个月病危六回，尚药局的人到底是如何做事的？总来报烦不烦！”

她似乎对皇夫在山东一事上的袖手旁观颇有怨愤，这时候竟然也口不择言起来。

詹事府几个臣子惊愕地朝她看过去，曾詹事道：“殿下酒饮多了！”

酒盏扔出去她才意识到自己的失态，略有些颤抖的手收回来，她这才察觉到一些连自己都难控的可怕情绪。一直以来她以为丹药的效力尽在自己掌控之内，然今日她察觉到了强烈的异常。

李乘风缓慢抬起眼皮，又失力地垂下手，最终保持着一点体面坐回了软垫上。

她并没有去立政殿，亦没有再饮酒。

再蓝的天也会迎来暮色浸染的一刻，黄昏缓慢又奢靡地铺开，晚风轻击太极宫上的铃铎，声声清脆。

和煦的傍晚，长安城的寻常人家这时都赶在闭坊前回了屋，动作快些的，甚至已在小院里搭起案来就着夜凉吃晚饭了；家犬徘徊在案旁餍足一顿，之后或在深巷中晃荡，或静静坐卧于门口看家护院；小儿在阿母怀里甜腻昏睡，调皮的大孩子翻上屋顶叫嚣着要去抓星星；主妇在月下捣衣，男人们从井里捞出镇好的凉瓜，切开来分给家人，一只来得过早的萤火虫就栖上了瓜瓤。

李淳一刚刚醒来，她坐在床沿朝窗户瞥了一眼，看到了宋珍的身影。

她走出门，宋珍道："外面已被卫兵看死，殿下是被禁足了。"

李淳一平静地听着，但好像并不太在乎，只说："知道了，送一点吃的来吧。"

宋珍赶忙去办，将饭食送来时天都黑透了。

她好歹吃上了晚饭，而宫里这时连用饭的心情也没有。皇夫病危的消息传报了几回，女皇都丝毫不动容，最后是纪御医亲自到了，事情才有了一点转机。

纪御医说的是："最后一面了，陛下当真不去看一眼吗？臣以为，主父有些话似乎要与陛下说明。"

女皇闭眼沉默了很久，脑海里却全是另一个人。她挥去那些念头，艰难地起了身，不要人搀扶也不要御辇，逆着夜风独自往立政殿去，身后跟了御医、侍卫等一众人，但都走得连声儿都没有。

一众人饥肠辘辘地等在立政殿外，没有人敢喊饿。廊庑下的灯倒是燃得旺，也不见灯油燃尽的征兆，可殿内纱幔后躺着的那个孤零零的男人，命途却似乎真的要走到了尾声。

女皇在门口站了一站，众人哗啦啦跪成一片，灯将她衰老的脸照映出一大片阴影。

这时王府内的李淳一用完了饭，或许是因为久在灾地，抑或只是太饿，她将面前饭食吃了个干干净净。

灯没点，她坐在暗中，刚闭上眼要思索会儿，却忽闻书柜后的敲击声。她全身汗毛倒竖，听清那敲击节奏又瞬时镇定下来，最后起身走到书柜前，隔着数层板子问道："是老师吗？"

"是。"

熟悉的声音传来，她打开了暗门。这暗道通向至德观，并在去年女皇寿辰前挖掘完毕，那时她曾借助了女冠司文的帮助，因此贺兰钦知道这暗道也并不稀奇。

但为何这时找来？

贺兰钦身上虽带了些暗道里的潮气，却没有窘迫与慌乱，待她掩上暗门后道："我明早就得去山东，走之前，有一事必须得与你说。"

李淳一抬眸，贺兰钦不疾不徐道："你阿爷的事。"

李淳一最初认识贺兰钦时，势单力薄，无依无靠。而他仿佛无所不知无所不能，于是他成了她坚实的后盾——这一切发生得自然又理所应当，但李淳一始终觉得与贺兰钦的相遇不能算是碰巧，她怀疑过贺兰钦的目的，也探究过他们之间可能存在的过往渊源，甚至亲口同他求证过，然这位老师从未与她透露过半个字。

他总说将来你会知道的。

承诺给了人期待，那么今日是要将这谜题解开？又为何会选在这样的一天呢？风平浪静的长安城夜晚，百姓都将安眠，夏虫不知倦地热烈吟唤着，月光铺张地从窗子外照进来——良辰美夜，并不是提沉重往事的好时机。

"你坐下。"贺兰钦一贯平和地对李淳一说完，伸手示意她在软垫上坐下。他刚要点灯，李淳一却下意识地伸了手阻止。

贺兰钦于是遂了她的愿，收回手在对面坐了。

此时屋内只有黯淡月光，无法将对方的脸看个清楚。李淳一轻缓地吐纳一口气：“请老师说吧。”

贺兰钦却反问：“知道你阿爷是谁吗？”

李淳一略低着头，回了一个平日里谁也不会轻易提的名字：“林希道。”

“嗯。”贺兰钦轻应一声，却说，“其实不是，你阿爷起初并非是这个名字。”

李淳一惊讶抬眸，贺兰钦却不着急解答，慢慢说道：“他也是关陇出身，但长在江南，因幼年时家里出了些事，所以改名换姓了。在他升任四方馆通事舍人之际，四方馆恰移至中书省辖下，需夜直内宫。”

“女皇当政，因此中书省常有女官出入，并不为奇。但他那时不清楚女皇偶尔会微服暗访中书省，于是将女皇认作了女官，甚至因一件琐务较真起来。”贺兰钦顿了顿，没有太着眼细节，只道，“男女之间相识相知，水到渠成，靠的是奇妙缘分，这些你也明白……”

他一点一点地说下去，语气不急不缓，李淳一好像落到了那年的长安城中，站在中书省外，看着这一切发生。

因宫内的人忌讳谈论此事，李淳一对父亲也只有模糊认知。她只知女皇比他要年长一些，知道他其实是个格外有趣的人，年纪轻轻便通晓多国语言，学问上钻研得极深，在政事上的见解似乎也十分独到。

倘若不是稀里糊涂结识了女皇，他或许将来还会成为馆阁股肱。然凡事无假设，他在中书省结识了这个英气十足、颇有气度的“女官”，竟然一往情深，等陷入其中才获知真正情况。

他本是要悄然离开的。

因皇夫与女皇之间，是多年的结发情谊。哪怕最初只是为了单纯的联盟，那么随着长子长女的出生，这样的关系已牢固得盘根错节，根本无法撼动。

何况那时朝局初稳，所有人都不希望后宫再生波折，尤其是女皇的后宫。既然已经有长子长女，皇嗣似也不成问题，何况皇夫还年轻体健，女皇又岂可另造殿庑?

朝臣对女皇后宫的干涉到了蹬鼻子上脸的地步，闻得一点风吹草动便纷纷上谏。这不可、那不可，说到底不过是反对女皇再谋新欢，最后连女皇平日里一贯的自律也被当成枪使，说些什么“陛下勿为一时贪欢而毁了以往的清名”云云，皆是高高在上的指责与要求。

女皇最痛恨的不过于此。因生来是女人，不论做了什么，最终坐到了哪个位置，他们仍用那一套惯用伎俩来衡量她。而她渴望抛开性别，只以一个帝王的身份来决定自己要什么，于是她不顾朝臣的费力干涉，执拗地在立政殿东建造了一座新的宫殿，并强势地宣布自己有孕在身，哪怕为天家血脉考虑，也必须再行册立。

林希道是这时才被真正卷入其中的。

外朝的争斗他其实都明白。女皇与朝臣之间的博弈，女皇与皇夫代表的山东势力之间一触即发的争斗……这些都是改变他命途的导火索。

女皇需要他，需要此事来表达她强势又坚决的对抗。除此之外，还有未出生的那个可爱的孩子，也同样需要他。

抛开这些，还有两人之间难言的情愫。尽管女皇不擅表达，心中喜恶悲欢也习惯深藏，但那段时日，她无疑是难得地真正开心过的。

林希道没有将她看作帝国的一个符号，而是给了她理解与尊重，将她看成了一个完整的个体。对女皇而言，那是人生中再不会有的“身为人而活着”的日子。

而诸事越美妙，往往越接近虚无，最终便不可逆地走向了悲剧。

腹中的孩子即将临盆，这样营营得来的短暂美好，似乎也要随羊水一道破裂，之后便是撕心阵痛。

就在这个孩子出生前不久，皇夫从山东回了京，递了一沓铁证到了女皇面前。

天气变差了，局面也在一瞬间变得污秽不堪。女皇甚至都没有能够看完，撑着足月的孕体站都无法站起来，忽然就偏过头剧烈地呕吐了起来。

那恶心发自肺腑，逼乱理智，让她无处可遁——

皇夫异常冷静又温柔地走到她面前，抬起她的头，耐心抚摸她满是狼狈与惊惶的脸。

“陛下是在乱伦。”

他目光直接要望进她的眼睛里，语气是可怕的平和与笃定：“家丑就直接掩了吧，不用怕。”他目光下移，移向她的腹部，“这个孩子是怪胎，自然也不能要了。”

“不是这样。”

腹下暖流阵阵，羊水已经破了，女皇强撑着咬牙切齿地否认。

外边雨声铺天盖地落下来，皇夫握着她的手腕，却不顾她眼眸中的痛苦与挣扎：“林希道是你弟弟，不仅如此，他还是前朝余孽！先帝与陛下交代过吧，前朝那位六公主给他生了个小儿子，那小儿子后来是失散了还是死了都不得而知，只知他足上有印，而选官甲历上记录了林希道有一样的印。”

他英眸微微敛起，竟是带了一些嘲讽：“哪怕陛下不看吏部甲历，与亲弟弟欢爱时，竟连此都没有注意到？还是因为欢愉过了头，不记得这些细节了呢？陛下竟没有意识到你们长得是一样漂亮吗？”

“他是如何在混战中活下来，如何去的江南，又是如何改名换姓变成今日这身份……该有的证据，都在这里了。”皇夫将那一沓纸从案上取下，按在了她剧烈疼痛的腹部，“哪怕陛下无所谓乱伦，他也一定要死。陛下能登上这个位置，是因为当时先帝除你之外再无他选，倘若此时留着这个亲弟弟，前朝旧臣会怎么做？不甘心在女帝之下的朝臣会怎么做？每一桩，都实实在在是对陛下皇位的威胁。”

他理直气壮说完，随后松开手直起身：“臣会替陛下解决掉这一切，陛下只需睡上一觉，待明早雨过天晴，一切便会好起来。”

这时风雨入殿，他走出门去替她了断林希道，一内侍颤颤巍巍送了药进来，要除掉她腹中这个乱伦的怪胎。

但孩子即将降生，女皇的自我厌恶感也到了巅峰。

伴随着女皇强烈的自我厌弃与一摊污秽，李淳一来到了这个世上，同时也送走了她风华正茂的父亲。他被蒙在鼓里，甚至不知自己为何就招来了祸端，连一句辩驳也无法言说，就真的为她去死了。

李淳一听贺兰钦讲明当年父母“一夜反目”传闻背后的情况，整个人都怔住了。

她干涩的喉咙无法出声，自我厌恶感竟然也慢慢腾上来，脖颈间仿佛有一双手将她掐住，一时间居然气也难喘。

而此刻立政殿内，女皇则沉默地走到了皇夫病榻前，像报复当年她临产前被冷漠对待一样，不惜弄疼他般用力握住他的手腕，面目里更无半点善意，甚至掺了厌恶与狠毒："你闭上眼就可以走了，有什么话留到阴曹地府与阎王说，朕一点不想知道。"

皇夫的呼吸十分沉重，但他仍努力嚅动嘴唇，低哑开口："别的不说了，就说一件——林希道。"

声音非常低，却将女皇的心狠狠挑了一下。此事带来的强烈自厌像心魔一样牢牢控制她多年，无一日能够摆脱。她当年也努力去求证过那些到底是不是真的，甚至害怕李淳一会长成怪胎……然越恐惧，这些事便越像事实本身，噩梦也越发强烈清晰。

"陛下能靠近臣一点吗？"低哑声音再次响起，皇夫甚至有了回光返照的力气，竟然反握住了女皇的手，将同样虚弱的她拉近，贴着她用近乎叹息的声音道，"陛下是有多害怕自己犯错呢？竟然就那样信了我，那是谎话啊。"

女皇衰老的眸中惊骇一闪即逝，而这分明是她最不想面对的。

因这意味着，她全错了。

林希道的死是错，把李淳一当怪物是错，对自己这么多年的惩罚也是错……她顿觉天旋地转，额颞血管猛跳，连呼吸也在瞬间变得局促。但皇夫却死死攥着她，咬牙切齿中竟有一丝胜利的欢愉："他死得无辜，也死得可怜，你现在一定恨极了我。可是天藻啊，即便最后死了，你还是要与我同穴，只有我们才能长长久久地相守着。"

女皇想要挣开，但心中的力气悉数被抽离，而他一个将死之人，却固执地死死拖住她，像怨恨丛生互相纠缠不放的根须，你争我夺，到死也不肯作罢。

另一边，贺兰钦忽然起身点亮了案上的灯。

火舌在黑暗中猛蹿起来，瞬将李淳一的脸照亮。她下意识地闭了下眼，因觉刺目甚至偏头回避了一下。

贺兰钦捕捉到了她神情里的微妙厌弃感。

在此事上她与女皇的反应简直出奇地一致——害怕犯错，会将无意"过失”悉数归揽到自己身上，甚至由此认为自己不堪。

她听到父亲“真实身份”这里，心中的惊惧升到了极点，连身体里流淌着的血液都似乎变冷了。还未等贺兰钦继续往下说，厌恶感就不可控地翻涌了上来——

对自己是“乱伦怪胎”的厌恶。

难怪她出生后就被扔进掖庭，难怪女皇从不愿踏足她的住所，因为她生来就带着污秽罪孽。她后来没有长成怪物就应当觉得庆幸，又如何能够再奢求其他呢?

她眼中的精气神一点点黯淡下去，贺兰钦却将案头灯芯挑得更亮。

他不疾不徐开口，打算接着将故事讲完：“我还未说完，你就迫不及待给自己审判了，竟然对我的说法一点怀疑也没有吗？”

李淳一缓缓抬头。

“皇夫的调查与说辞是那样偏颇，为何你与陛下都会相信呢？因为都弄错了要点，事情的重点难道不是求证吗？”贺兰钦平静地望着她，“然而在陛下眼中，林希道有没有罪不重要，他的死不是因为有什么罪过，他是为了平息陛下心中的自我怀疑与厌恶而死的。”

他接着说道：“这是皇夫的聪明之处。他太了解陛下，知道只给林希道找差错没有用，遂直接将脏水泼给了陛下，让她无处可遁。利用她的多疑，利用她内心敏感的伦理准则来影响事态，加上挑准了好时机，便顺利敲定了全局。”

短暂的叹息过后，他又道：“人死不能复生。别的事或许还有后悔余地，但死，就一点都没有了。事成定局，陛下的怀疑与求证也就只能小心翼翼，时间过去越久，越不敢去翻案，生怕自己错了。所以她将你独自丢去掖庭，包括后来让你去封地，其实都是一个道理，她怕见了你就想起自己‘糊涂不堪回首’的那一段罪孽过往。”

烛芯塌了下去，火光倏暗，贺兰钦拿起剪子挑了挑：“强大如女皇，却一生不敢面对此事，你想象得到吗？”

李淳一抿紧唇不出声。

“只有皇夫能想象，只有皇夫——清楚她的软肋。”贺兰钦唇边竟然有诡异的笑容，“他们真是纠缠一生的孽缘，牵扯着无论如何也剪不断。”

他这么说着，手中的剪刀口忽然张开，又收闭，烧枯的一段灯芯便被利落地剪了下来。

李淳一这时终于开口，她略抬头看他问道："那么，我阿爷原本姓什么？"

"随母姓杨。"贺兰钦直言不讳，"他的确是前朝六公主的小儿子，但他生父绝对不是女皇的父亲，生辰都对不上，更勿说胎记。甲历上的记录是伪造的，女皇当时产后体虚甚至下不了榻，不能更不敢亲自去查证尸身上的胎记，只遣了身边内侍去看，然内侍却与她说了谎。"

李淳一轻搁在案沿的手瞬间滑落下来。

"你阿爷是冤死的。他不是女皇亲弟弟，你也不是乱伦产下的怪胎，其实谁也没有错，但凑在一起，就全错了。"

屋外夏虫毫不体谅熟睡的人们，鸣叫声越发嚣张欢愉，势头简直要将天幕都掀开。

李淳一双手都垂下，忽然站起来，转过身，想要做点什么，或者只是走两步，抑或再次坐下，但一时间什么都办不到。躯体仿佛失去了控制，只剩下不知所措。她曾为父亲的死设想过数种理由，但唯独没有料到其中竟然是如此情况，是这样说不出地冤枉。

而女皇一直以来的厌弃与排斥，正映照其内心的懊恼与恐惧，不只是针对李淳一及林希道，更是对她自己。

贺兰钦这时候起了身，看向李淳一无措的侧影道："你现在立刻回宫请罪，将途中元信遇劫之事如实禀告，不要给太女留欺君把柄。"

李淳一有些迟钝地转过身，脑海中却飞速转换了话题，声音里带了些努力平抑崩溃情绪的颤音："我已被禁足，又以什么理由去？"

"皇夫熬不过今晚，他一定会死。"贺兰钦语气笃定到仿佛操控了这一切的发生，"人之将死，总有几句话要说，若不出意外，现在该说的也已经说完了。女皇可能正遭遇最脆弱的时刻，她需要你，而你也需要这样一个机会。"

他径自走向那暗道，背对着她道："我能做的也只到此了，这机会中的风险与变化，要你自己去承担，你得有这个勇气与胆魄。"

他说完要走，李淳一这时却转过身，恢复了一向的冷静，直指要害问道："老师与我阿爷之间又是什么渊源？这些事又是出自何人之口？老师在宫中是否也有眼线，是在陛下寿辰之夜递给我'忍'字的那位内侍吗？老师之所以一直帮我，为的又是什么？"

贺兰钦背对她站在暗光中，往前继续行就是通往外边的暗道。

他眯眼面对即将到来的黑暗，却若无其事道："你阿爷是我亲舅舅，宫中多得是前朝旧人，眼线又何止一个？我不是帮你，是为了圆你祖母的梦，她不太乐意看着李家独吞这河山，你不过是恰好有幸带了我家血脉罢了。"

他轻松平和说完，最后甚至不忘用"有幸"二字提醒她——她是半个杨家人，流着前朝皇族的血。

贺兰钦即将去往山东，而李淳一也要往宫里去。

此时立政殿昏黄的烛光还在纱幔外轻摇，殿内酽酽药味浮动，榻上两人仍死死僵持。这近乎偏执的亲密关系令人窒息，紧握的双手之间藏着难掩的巨大隔阂与怨恨，女皇苍老的面容中表露出歇斯底里的绝望与厌恶，甚至到了狰狞的地步。

这僵持久了，人心也倦。女皇面上渐现出一片死灰般的寂静，手也渐渐松了，然皇夫却加大了力气，手甚至移到她脖颈处妄图掐死她。

"天藻，与我一道死吧，如此黄泉路上走着也不会孤单。"他使出毕生的力气与她说话、扼她咽喉，而她没有任何反抗，好像当真就愿意这么死了。

这时纪御医斗胆闯进来，一边高呼着"陛下"，一边掰开了皇夫的手，随后转向衣袍有些垮皱的女皇："陛下可有哪里不适？"

女皇因缺氧头晕耳鸣，但她只晃了一晃没有瘫倒。她缓缓睁开眼，看向榻上皇夫，只见皇夫一双枯槁的双手垂落下去，两眼固执地瞪着，口鼻间似乎还有不服输的一股热气，但已是强弩之末，无有建树了。

她就这么面无表情地看着他，目睹他死前最后的不甘与痛苦。

这些死去的人，或许都会变成面目可憎的厉鬼。她不惧厉鬼，她更怕心甘情愿去死的那双清澈眼睛的主人。

忽然，皇夫不动了，但眼睛还瞪着。纪御医上前一探，又搭了脉搏，转过头对女皇禀道："陛下，主父归天了。"

女皇听了，什么反应也没有，缓慢转过身往外走。此时殿内殿外悉数跪成一片，哭声与"皇夫归天"的传报声也逐次传出来，只有女皇冷漠地出了殿，拖着病体走在早夏的夜色中。

她没有走向自己的寝宫，而是往立政殿东的一座小殿行去，那是当年为林希道筑建的寝殿，自他出事后便被封了多年，她也没有再踏足过一步。

按说内里早已脏乱不堪，但内侍打开沉重的殿门，却没有一丝一毫的灰尘涌来，仿佛这里从未被封禁，仍日日有人打扫，有人作息，有人坐在案后读书译字，有人焚香拨琵琶，有人为即将出生的孩子苦思名字，有人听到传报声即刻放下手中工作起身走到门口来，对她道："大周典籍浩瀚精妙，倘译作他国文字，便能传得更广。有些地方武力不能至，文道却可以，陛下以为如何？"

女皇手举烛台，幻象纷至沓来，都活在那一星烛火里。

烛火灭了，殿内便只剩下黑黢黢的风，没有声，也没有了温度。

随行内侍赶紧进殿点好了里边的烛台，将窗户都打开。陈旧的纱幔被风摇动，昏光中如拢月纱，朦胧静美。女皇步履沉重地走进去，满目皆物是人非。

长案仍在，厚厚书卷摞成小山，未完成的译字稿纸已随岁月卷皱，手指拨过琵琶弦，还有声响，却唯独没有了人。

女皇在案前枯坐了下来，她没有精力去追究到底是谁在一直悄悄维持这里的整洁，只剩满心难过，沉重得几乎将她压塌了。

逃避了几十年，真正坐下来去面对时，她却发现自己彻头彻尾是懦夫。

她坐了很久，久到内侍都不知所措。没人敢上前提醒她回寝宫，直到李淳一现身。

李淳一违制深夜入宫，却闻得女皇不在寝殿，而是来到立政殿东边被封禁多年的这座小殿，她便猜到皇夫是将该说的都与女皇说了。

她心中百感交集，看到暗光中女皇独坐案后的身影，心头却涌起一阵尖锐刺痛。

她也想逃避，但此时只有将这些情绪都收起，才能走完接下来的路。

于是她撩袍入殿，走上前又伏地跪下来：“儿臣来请罪了。”

没有回应。

她深深跪着，又重复了一遍：“陛下，儿臣来请罪了。”

仍旧没有回应，殿内只有长久的沉寂，好像过了这么些年，这地方已不适合有活人声息再出现。

李淳一心跳骤地变快，她甚至可以听到猛烈跳动的声音，在这殿内显得分外骇人。强烈的不祥预感扑袭而来，她几乎是颤抖着往前爬，爬到了案前，才敢抬起头缓缓直起了身。

手如千钧重，她费力抬起伸向案后的女皇，指头逐渐挨近其唇鼻之间，努力地稳住，却迟迟未感受到一丝活气。

“陛下、阿娘——”

她语无伦次地唤女皇，但女皇只那么坐着，仿佛可以一直坐下去。

风骤涌入殿，将烛火吹熄，黑暗与无可告解的惊惧铺天盖地覆下来。

周围仿佛有琴音，“铮——铮——”一下，又一下，缓慢有序，又似乎有低吟声，但听不清在唱些什么。李淳一跪坐在地上，侧过身，只看到纱幔在黑黢黢的夜里随风鼓动，外边廊庑里静得好像一个人也没有。

长久疲惫与接二连三的打击，让她耳内出现了幻声。风似乎带进来一些潮湿，月亮也悄然隐进了云后，铃铎声叮叮作响。

小殿西面的立政殿内，这时已忙作一团。尽管女皇还没有下旨如何安排皇夫的丧仪，但先前预备好的殓衣白绫等等都被搬了出来，内侍省忙着将消息传报下去，几个尚宫匆匆赶到立政殿着手筹备皇夫身后事。

号哭声不止，却有序而不嘈乱，一名年长的宫正这时走出殿门，正色道：“主父归天，诸事都要人定夺，还是得请陛下的旨，快责人去。”

那内侍面现为难，压低了声小心翼翼回道：“陛下先前就在这，主父咽了气陛下也是一言不发，只往东边去了。”

他说着，神色诡怪地朝东一瞥：“已去了不少时候了。”

年长的宫正一怔：“去了东边？”

她是宫中老人，二十多年前的事心中多少有数。那边小殿封了多年，女皇却在皇夫咽气之后破天荒去了那里，一时间她也不知如何是好，只道：

“还是要遣个人过去看看，但不要扰到陛下。”

她顿一顿又问：“东宫去通报了吗？”

“早去了，还没有来。”内侍回完，殿内宫人们的哭声越发撕心裂肺起来。这时宫正转过身，乍听得急促的传报声来——太女到了！

女皇不管事，这会儿终于来了个能理事的，宫正略是激动地跪下去，仿佛抓住主心骨，一下不再茫然了。李乘风一身黑衣携凌厉的夜风走来，却理也未理她径直走入了殿内。宫正抬起头，刚要站起来，却听得里面哭声瞬止！

李乘风令宫人止哭，殿内便顿时陷入了死寂。太女生性暴戾狠毒，宫人平日里对她就多有惧怕，这时见她浑身上下的凌厉架势骇人到了极点，遂是连抽噎声也不敢发出。

榻上皇夫的身体已逐渐变冷，原本瞪着的眼也由宫人抹得合下来，但即便如此，脸上也并没有安详的松弛感，可见死前挣扎痛苦到了极点。

李乘风冷冷看着，心中同样滋味万千。

她幼年时总以为天下夫妻都如她父母一样——是盟友，彼此算得上尊重，关系不咸不淡，也不会过分亲昵。直到她看到母亲与林希道在一起，才知道母亲会笑，也会面露温柔，甚至对腹中未出生的孩子也会格外地体贴重视，譬如早早起了名字，亲自预备了许许多多的小衣裳……这些柔情优待，她与兄长都没有享受过。

到那时她才明白，天下男女相处并不仅仅像她父母那样。女皇与林希道的相处，看起来甚至更快乐更契合，但这无疑对她父亲是不公平的。因此后来林希道突亡，她心中升腾起来的是难言的释然与高兴，但这喜悦转瞬即逝，因为母亲从此以后脾性变得更古怪，甚至更加疏离了她父亲。

榻上这个男人，手握重权大半生，手起刀落解决掉林希道，却仍未能得到女皇的心。他死了，那个人对此都不屑一顾，甚至懒得来操心他的身后事。

酒醒后的李乘风念至此，忽然撩袍在榻前跪了下去，伏跪的姿态将之前心中对他的怨愤全部压下，转而腾起来一阵莫名心酸。

她没有哭，只闭上眼安静跪着，好像如此便能将他干干净净送走，免得他一路受惊不断回首。

不要再回头了，也不要再记得这辈子的糟糕事，至此就全都抛掉吧。

另一边，小殿里仍然黑黢黢的，女皇的身体也渐渐硬冷了。她像坐化的高人一般岿然不动，诡异到了极点。不知是她被这些事彻底压塌了，还是至此已无精力再缠绵于人间，遂这样突然地选择了远去。

丢下沉重的躯壳，人的灵魂当真能够轻盈地走远吗？

李淳一终于从地上起身，走到女皇身后跪坐下来，伸出手从后面轻轻抱住了她。至此，李淳一才察觉这具身体是异常枯瘦，仿佛难熬岁月将肉体都消耗尽了。

李淳一闭上眼，侧脸贴着母亲的背，心中说不出是怨恨，还是难过。

紧闭着的眼里慢慢有泪流下来，女皇生前甚至没有抱过她一次，这二十多年间，她们未能面对面坐下来亲昵地用一顿饭、谈一次天，更没有分享过喜悦、分担过彼此内心的沉痛，只有控制与回避、憎恶与虚情。

既然她生前没有抱过自己，这时候就抱抱她，送她最后一程吧。

李淳一擦掉眼泪站起来，因她现在处于危局，连情绪也得有节制。她本意是进宫陪伴女皇并坦白元信一事，但女皇突然驾崩，眼下只她一人知道这事实，再加上她是违制进的宫，情势便十分不妙！

她抑住剧烈心跳重新点起灯，女皇枯槁的面容便再次被照亮。李淳一看她两眼，往后退了两步，大声道："既然陛下身体不适，儿臣告退。"她说着继续往外走，退到殿外，老内侍对她略躬身，问道："陛下可还好吗？"

李淳一回道："她并未理我。"

内侍面上浮现一丝担忧，却又不好说什么。

李淳一又问："陛下深夜召我入宫，为何不在寝宫而在这里？宫里发生什么事了吗？"

内侍压低声音道："主父归天了。"

李淳一陡然想起贺兰钦说皇夫今晚一定会死那句话，顿时脊背一阵寒。她仿佛怔了怔，默不作声转过身，往东边去。

当务之急是离开这里。她步子甚急，刚至拐角，黑暗中却忽然伸过来一只手将她猛地一拽。那只手冰冷枯瘦简直如厉鬼，李淳一一惊，镇定下来才看清楚面前的人，那是个上了年纪的内侍，形容枯槁身形瘦削，声音也是嘶哑的："殿下跟我来。"

李淳一像被魇住一般当真跟着他走，直至走了一段，那内侍才道："太女已往这边来，倘若撞见恐怕对殿下不利，此时殿下或许该去中书省。"

他说完忽然毫无预兆地转过身，快步消失在夜色里。

他给了忠告，李淳一神志也逐渐清明。李乘风因长期服药，脾性已变得更捉摸不定，倘若她得知了女皇宾天的消息，只怕会丧失理智，这时撞上她，找死无疑。

皇夫归天的消息这时已传到了中书、门下两省，李淳一抵达中书内省时，值夜官员都醒了，一个个都神情肃穆，全没有了平日里的轻松作风。李淳一避开底下大堂径直往楼上去，却听到楼上公房有动静。

忽有一少年从公房内走出来，竟是宗如莱。

如莱手里举了支蜡烛，站在楼梯口看下去："殿下！"

李淳一抬头看到他略愣，但仍继续往上走："你为何会在这？"

宗如莱回道："相公走之前便安排某在这里做书吏——"他顿了顿，又补充道，"他说殿下或许会来，届时总要有个留门的人在。今日宫内出了大事，殿下果然来了。"

李淳一没出声，她示意如莱进屋说，可刚进屋才坐下，底下就响起了嘈杂声。如莱一惊，霍地起身冲出去一看，只见一队东宫亲卫模样的人进了中书省，正往这边走来。他正要回去禀告给李淳一，楼梯上便响起了杂沓的"咚咚"声。

走在最前面的是亲卫副，面无表情宛若死人。他只象征性地敲了敲门，便率手下闯进了公房，看到李淳一果然在，便道："殿下冒犯了。"

于是一伙人上前不由分说就架起李淳一，挟她往外走。如莱大骇，正要追上去，李淳一却回头与他使了个眼色，他便往后退了两步，再转头立刻瞥见了李淳一留在案上的字条，那上面让他速出门去通知贺兰钦，甚至留了一枚金鱼符在案上。

宗如莱将那枚鱼符握紧，携了字条速奔下楼。

这时中书省官员们都被外边的阵仗吓到了，东宫亲卫气势汹汹过来抓吴王，莫不是宫内还出了更了不得的事情？！

李淳一挣开那卫兵的钳制："本王自己走！"

她大步走到了最前面，身边是呼呼的风。李乘风的反应超出了她的预料——

李乘风必定要追究她违制入宫一事，会对她大发雷霆，甚至囚禁她。

宗亭远在关外，贺兰钦即将去往山东，朝臣缺乏站出来替她说话的力量，她只好寄希望于宗如莱手中那枚鱼符与字条，但愿他能在贺兰钦离开前，将消息传到。

宗如莱奔跑在御道上，出了承天门，又出了安上门，外面便是长安城密布的里坊。他怀揣着李淳一所有的希望赶到贺兰钦的居所时，开坊的鼓声都已经敲响。

筋疲力尽的少年站在门口，抬手敲响了门。里面却只走出来一个女冠，告诉他贺兰钦已经走了。

宗如莱闻言近乎崩溃，但仍哽咽着问离开的时间及方向，扭头就又是奔跑。

然而年轻的身体已无法负荷这长时间的奔跑，就在他重回朱雀大道时，整个人不受控地跌了下去。

耳边是长长久久的轰鸣声和杂沓的脚步声，进而是一声高亢又熟悉的马鸣，有人翻身下马将瘫倒在地的他抱了起来："三十四叔，怎么了？"

第十二章

宗如莱整个人被抱起，他乏力地撑开眼皮，模糊的视线里是宗亭的脸。他想张口说上几句，却只发出快累垮的沉重呼吸声，最终手探进袖中，摸出来一张字条与一枚金鱼符，像完成重托般交给宗亭，眼皮就耷拉了下来。

这时朝臣均陆续接到皇夫归天的消息，然而他们并不知道，等待他们的不仅仅是皇夫的丧礼，还有帝王的更迭。

女皇暴毙，李乘风虽也吃了一惊，但她当夜即控制住宫中局面，东宫一众僚佐也各就各位，俨然一副要替代旧班子的架势。

宗正寺卿及礼部尚书等人一早就进了政事堂，见是太女主持皇夫丧礼，还以为女皇身体又抱恙。议及追赠等事宜时，礼部尚书问道："此事陛下可有定夺？"

李乘风这才如实相告："陛下悲痛过度，昨晚也归天了。"

宗正寺卿等人骇了一大跳，这么大的事李乘风竟能风平浪静地说出来，且女皇——真的就这么死了吗？

一众人在女皇麾下效劳数十年，总以为她还能扛个数年，她竟然就这般撒手人寰了？几个人面面相觑，一时不敢出声。李乘风敛眸道："该撰的哀册、谥册，还有陛下的谥号，就交由诸位筹备了。"

她说完忽然合上眼皮，好像忙碌了一晚上已经十分疲惫，眼下甚至现出一抹青黑。这一声交代，将几个大臣逼进了狭巷里，简直进退维谷。

皇夫丧葬本就前无古人，已是无可参照的凶礼了。这下帝王也一同死了，两件大事凑到一块儿，教这些负责仪典的大臣们手忙脚乱了。何况，在这之外还有新皇的登基大典要筹备。宗正寺卿顿感眼前一黑，好像前阵子的噩梦全成了真，倘不是太常寺卿暗中掐了他一把，他恐怕就得直直栽过去。

宫内一点风浪也没有，众人心里却起伏得不知要如何划桨。多数官员还不知女皇已经抛开他们走远了，百姓更不晓得将有大风大浪要刮来，新旧交替已正式拉开了帷幕。

李乘风见这几人不出声，只道："出临、大殓、下葬这些事，皆可合在一起办，其余细节由诸卿商量妥当了拟给我看。"

说罢她又委任宗正寺卿为治丧使，礼部尚书为礼仪使，太常寺卿为仪仗使等，已完全是新帝王的姿态了。

她说完起身就要走，礼部尚书突然开口，问道："国不可一日无君，殿下应令司天台择日，尽快登基才是。"

他这句话讲到了点子上，也说进了李乘风心坎里。

宗正寺卿这时却略有些不屑地乜了一眼礼部尚书，也不附和。只听得李乘风道："卿说得有理，就这样办吧。"

宗正寺卿这时才站出来道："帝后凶礼细节烦琐，处处都需人拿定，殿下国务缠身，恐怕无法一一顾及，不知可否遣吴王督视？"

李乘风闻言，锐利目光扫过去："吴王哀伤过度身体抱恙，她能做得了什么？"她言语里将李淳一全盘否认，冷冷地拒绝了宗正寺卿的提议。

宗正寺卿心中莫名对李淳一的安危担忧起来，正要再说上两句，这时外面却有庶仆报道："宗相公到了！"

李乘风倏地挑眉，堂内几个人屏息等着，却未听到从前惯有的轮椅移动声，而是极轻又稍显急促的脚步声。那脚步声在门外停住，似乎脱了鞋履，继而由庶仆移开门，却也不着急跨门进来。

不太强烈的晨光抢先踱进了堂，众人抬头看去，只见宗亭稳稳站在门口，闻得他开口道："不知殿下在此，臣这样贸然前来唐突了。"说罢只低头揖了一揖。

李乘风将他从头到脚打量了一番，目光越来越冷厉，被欺骗捉弄的厌恶感瞬间升到了极点，言语也十分刻薄：“宗相公双腿不是残了吗？”

“残了又如何赶走西戎平定反贼？陛下对臣有殷殷嘱托，上苍恐怕也看不过去，遂佑臣在陇右得了神药。殿下为何见了臣一脸失望？莫非臣残疾了殿下才开心？”他语气平和，气势却分毫不输李乘风。

里边一群人已听出了这里边的暗斗，更不敢出声，只有太常寺卿投去看好戏的目光，并道：“宗相公回来得正好，眼下内朝外朝皆遇大事，最是人手不够的时候，中书省也亟须你来主持哪。”

他装作蒙在鼓里：“某刚刚赶回长安，还未接到任何消息，发生了何事？”

宗正寺卿不待李乘风回答，已面露哀色抢着道：“陛下、主父，昨晚都归天了。”

宗亭倏地沉下脸，露出不可置信的神色来：“怎么会？某还有急事需禀告陛下……”

“还禀告什么？陛下再也听不到了……”宗正寺卿面上悲痛愈盛，好像女皇这一死，他也要跟着自暴自弃了。他差点哭出来，那边太常寺卿暗暗掐了他一把，他这才收神道：“你那急事，恐怕都只能与殿下讲了。”

宗亭抿了一下唇角，看向李乘风，竟是顺着宗正寺卿的话回道：“也只好如此了。臣此次回来，一是为陇右西戎边事，二是为交接中书省事务。”

他当着一众人的面，径直将要禀告给女皇的要务转而禀告李乘风，竟好像已经认可了李乘风的继任者资格！

堂屋内几个人一听，个个心思翻动，宗亭这是真站队还是假迎合？他说的“交接中书省事务”又是何意？！

众人不识趣地愣在当场，根本没有意识到要让出堂屋。李乘风也是对宗亭此话不解，略蹙眉问道：“相公此言何意？”

“臣先前奉陛下旨意前去关陇平乱，经此一事，更觉西戎对我边疆的狼子野心。陇右此次内乱险些丢掉国土，往西之途担负重要往来，此路绝不能断，陇右也不可再乱。然内乱致大都督桓涛不幸罹难，关陇现无支柱，只怕会再生不太平。”他稍顿，又道，“因此臣先前向陛下请旨，辞去中书令一职，转任关陇，故而回来交接中书省事务，也请殿下尽快安排。”

讲到这里他目的才明了！

口口声声说着要辞去中书令一职，看着好像要将大权弃之一旁，实际却是要名正言顺地彻底将关陇军握在手里！

堂屋内诸人皆是愣了一愣，李乘风则是瞬间怒了：“胡闹！关陇内乱平息后本王自有安排，又岂容得相公自作主张？”

宗亭不顾她陡然冒上来的这一撮火，径直发问：“自有安排？倒不知殿下心中这安排是何时有的，难道还在陛下筹谋之前吗？”

在其位谋其事，女皇在世时关陇一事就只能归她管，哪里轮得到太女李乘风？李乘风当着众人说出此言，分明是自曝僭越。

宗亭面上不动声色，却紧盯着李乘风，留意她一蹿而起的怒火，随时准备再次激怒她。

李乘风因服丹药变得越发易怒，这时她明显察觉自己要炸开来。想要努力压制，心中那一团火却烧得更旺，她的手略略颤抖，却听得宗亭道：“抛开僭越不谈，臣倒想请教殿下打算怎么安排。关陇多年来情势复杂，殿下既然有信心安排人手安抚妥当，臣等甚想知道这合适的人选是谁。”

“此事尚轮不到相公操心。”

“臣时刻挂念国土完整，不愿再看关陇内耗，更不想看殿下无缘无故遣个人去送死。”他板着脸一字一顿道，“殿下倘若无法深思熟虑，臣这里倒是有一道旨意，免得殿下忧心麻烦。”

他乍然提到旨意，将堂屋内几个要臣骇了一跳。

女皇暴毙，一句遗言都未留下，一众人正遗憾着，结果宗亭却突然扬言要亮出遗诏！

这时连李乘风的脸上都露出难以置信的神色来！

几双眼睛齐齐盯住了宗亭，宗亭手探进袖中，却不着急取出来，而是唤礼部尚书道：“请曹尚书做个见证。”礼部尚书闻言快步走过去，将手一伸，宗亭便将袖中一道旨意递了过去。

尚书省是平日里接触御批政令最频繁的衙署，其长官对旨意真伪的查辨自然最有发言权。礼部尚书有些忐忑地将那卷轴打开，抢着快速地看了一遍，直到看到那一方御印，面色瞬时变了几变。

女皇竟是在旨意中安排宗亭接任桓涛的位置，掌陇右各州县兵马甲械、镇戍粮廪，为陇右府总判事！此外，竟是将连同玉门关外安西都护府的两个州也划拨给他。同时，又因王夫掌理政务多有限制，甚至令其与吴王和离。

女皇是病糊涂了才下了这旨意吗？这御印完全没错，字迹则是平日里秉笔内侍的字迹，丝毫不差。

礼部尚书惊得愣在原地，握着那卷轴竟是连读也读不出来。李乘风面上瞬间闪过一丝不耐，伸手就将卷轴抢过，读完面上也是惊色乍现。

然就在她刚刚读完的瞬间，宗亭居高临下迅疾夺回了那卷圣旨，板着脸道："是陛下安排某回来交接中书省事务，虽是遗诏，但仍有绝对效力，望殿下勿做出抗旨之举。"同时又道，"和离之事非一人能够办成，臣回府并未见到吴王，倘若吴王被扣宫中了，还请殿下放了她。"

从头到尾，李乘风几乎都被宗亭牵着鼻子走，局势也仿佛完全被他控制。后面宗正寺卿等人因不知遗诏上具体写了什么，只靠模糊听来的"交接""和离"等话揣测，一个个瞪大了眼，皆猜女皇是不是得了失心疯才留了这样一道密旨。

宗正寺卿忙道："等等，不是说吴王哀伤过度身体抱恙吗？被扣押是什么说法？和离又是怎么一回事？"

"哀伤过度身体抱恙？"宗亭敛眸看向李乘风，"看来殿下对朝臣隐瞒之事竟不止一点半点。若不是中书省值夜官吏禀告东宫亲卫连夜将吴王从中书内省抓走，臣恐怕也要误以为吴王是因身体不适才留在宫中了。"

他话中带刺，且直接捅出昨晚李淳一被东宫亲卫强行带走的事实。几位要臣这时都屏息等他们二人的交锋，李乘风眸光冷成冰："不过是在宫中待上几日，她心中如若没鬼，又何惧调查？陛下走得突然，昨日进宫见过陛下之人都须接受盘查，吴王亦不能例外，本王做得哪里不妥吗？"

她悄无声息扭转矛头，倒是将众人给问住了。

李乘风一时占据了上风，宗亭却不再与她争这山头，只握了遗诏道："那就烦请殿下尽早将此事调查清楚，也好尽快给臣交代。毕竟关陇局势一天一个模样，臣倘若因和离一事在此耽误太长时间，只怕陇右会不太平。"

在关陇局面上表露威胁，向来是行之有效的手段，从女皇到太女，概不例外。宗亭捏准了她这软肋，自然不再与她多纠缠，速穿好鞋履就出去了。

他来得莽撞，走得却潇洒，留下李乘风与一众老臣大眼瞪小眼。最后宗正寺卿率先揣起面前的簿子，匆匆要走：“臣还有许多事要忙，先行告退了。”说完对李乘风一躬身，竟是闷着头溜了。

见他如此，另外几个老臣也纷纷告退，末了居然将李乘风独自一人留在了政事堂。

宗亭走在政事堂廊庑下，一只乌鸦栖在他肩头咕咕低唤。宗亭无比迅疾地往它腿上的信签里塞了字条，一松手它便扑棱棱飞起。这时候宗正寺卿恰好追了上来，喘着气仰头看看飞走的乌鸦道：“啊，这不是幼如的乌鸦吗？”

宗亭看他一眼不作声。宗正寺卿将簿子揣进袖中，又往前走了两步，小声与他道：“相公来得这样及时，莫非是收到了什么信？”

宗亭知他没恶意，但平日里宗正寺卿素来管不住嘴，同他讲话几乎等于敞开了同全长安的人说话，这便教人在面对他时不得不谨言起来。

“没有，某只是恰好回来复命。”

“那这是要往哪里去？”

“回中书省。”

“啊，不管幼如了吗？”

宗正寺卿本以为他要发什么大招，宗亭却回道：“左右将要和离，某今日能在殿下面前替她说上两句就已算情分，难道还不够吗？”

他说话时平淡无情，看起来十分符合他的为人作风，却分明透出一丝怪异!

宗正寺卿多少有些担心李淳一，听宗亭这样讲，心顿时凉了半截。宗亭爱吃醋、小心眼，这些他都略知一二。此次闹着要和离且寡情到这地步，莫非是因为山东那个姓颜的?

他斗胆劝道：“再好的夫妇也有误会，相公不同幼如见上一面，就这样草率判定了生死，不太好吧？依某看，还是要将她救出来谈一谈才好。”

“误会？”宗亭轻描淡写地反问道，目光掠过宗正寺卿的脸，“吴王吃着碗里的瞧着锅里的，姿态已这样明朗，又岂会是误会？让她与锅里的那位去逍遥吧。”

他言语间是活脱脱的妒夫形象，宗正寺卿听得心凉到了底——完了，指望这厮救李淳一大约是不可能了。宗正寺卿叹完气想要再说上几句，一抬头却只见宗亭已大步远去了。

这边摆了一副情断义绝的模样，乌鸦却忠心耿耿地穿过窗户飞落到了李淳一案前。李淳一从信筒中取出字条，展开便见宗亭字迹，上面只写了“三日”两字，告诉她最多等三天。

李淳一抿唇将字条挨近烛台，火舌飞速燎燃纸张，瞬间纸张就化成了灰烬。

纸灰浮在空中还未及落下，外面脚步声就近了。那脚步声在外停了一停，似乎那人在向宫人问话。

“吃了吗？”李乘风的声音。

宫人垂首回道：“送进去的都吃了，一点不剩。”

李乘风陡然蹙眉，往前走两步责令侍卫开门。门刚被打开，纸灰已落定，乌鸦也悄然躲到了一旁。

案上摆着空空的食盅食盘，送进来时上面皆是满当当的荤食，现在却只剩了汤。李乘风目光从条案上掠过，竟是不可置信。而李淳一这时候却端起面前的食盅，当着她的面将其中肉汤也饮尽。

她喝完了抬头看向李乘风，竟没有半点要起身呕吐的意思。

李乘风本是要借此折磨她，然此招已不再起作用——

她是何时又开始吃肉的？！

“小郡王去世那时，姊姊曾让我多吃些，说身体不好，许多事都做不成。我后来想想确有道理，遂改了挑食的毛病。”李淳一放下食盅道，“姊姊的款待我很受用，多谢了。”

李乘风本要恶心她，她却跟个怪物似的，将塞过来的一切全部吞下。

李乘风双臂撑案上身前倾，顿时带给她巨大的压迫感，她却只抬起眸，波澜不惊地看向对方：“身体不好做不成的事——我想其中大约也包括怀孕产子。姊姊当时实际要与我说的是这个吧？”

她顿了顿，不慌不忙接着说道：“天家后嗣单薄，因此姊姊与陛下寄希望于我为天家诞下子嗣，其实此事并无不妥，我亦能够接受。原本我的确打算为天家生完这个孩子，便从朝廷里消失，寄余生于修道求仙……姊姊却偏偏阻挠我修道，且大有杀鸡取卵的架势，似乎我一旦生下孩子便要置我于死地，便逼得人不得不多想、多谋。”

李淳一如此开诚布公出乎李乘风的预料，平静的脸落在李乘风眼里，惹得她怒气更盛。李乘风想起李淳一在山东做的那些事，恨不得撕碎她的脸，然最终忍了下来。

而李淳一之所以敢这样，到底是料准了她在李乘风眼中仍有利用价值，哪怕只是身为一只容器的价值。

“狗被逼急了都会跳墙，又遑论人。”李淳一叹息般说道，“如今陛下已经归天，姊姊也将登上帝位，只求姊姊给我留一条路走，我便不再干扰姊姊的宏图伟业。若能够为天家诞下后嗣，我会与其断了瓜葛自行离去，交由姊姊抚养。然……”

她话锋突转，抬头看向李乘风：“如果姊姊仍逼迫我，那届时要么玉碎，要么我只有自己去争出路了……”

李乘风伸手捏住了她的下颌，眸光冷冷：“你什么时候也学会谈条件了？”

“以往不会，将来也不再会，只有这时候……姊姊看到我的真心了吗？”

“看不到！”李乘风倏地直起身，气势咄咄逼人，一脸气急败坏，“你先是与贺兰钦勾结，于淮南养士；后又借势宗亭，将关陇收入囊中；去山东便与颜家纠缠不清，陷我丈夫于死地！你当我是眼瞎吗？你要的真是‘修道求仙’吗？！”

“那又如何呢？”李淳一稳坐着不动，“我这些雕虫小技，姊姊一眼便能识破，我再扑腾，也不过是在陛下与姊姊眼皮子下扑腾，又如何能有大气候？何况人皆有私欲，人心也善变，我这番折腾，大约也只能得一时之势，毕竟是无法长久的，姊姊何须担心？”

她话说到这个份上，恰让李乘风想起遗诏上安排的“和离”一事。

她与宗亭之间划清界限，倒的确有可能断了与关陇的瓜葛，但她太平静了，平静得好像成竹在胸，完全看不出忧惧。

这状态令李乘风心中无端生出恼怒，恰这时，安静的小殿中响起翅膀扑棱的声音。李乘风耳朵一动，快步循声走去，隔着纱幔霍地一把抓住那只黑漆漆的乌鸦！

乌鸦迅疾地扭头狠啄了她一口，没料这一下却将她彻底激怒了。

李乘风紧抓着那只乌鸦不放，甚至将纱幔都扯了下来。乌鸦被纱幔覆遮，双翅又被锁死在李乘风手中，一时间竟是无法动弹，只有呱呱哀叫。

李淳一听得声音，心中已憋了一口气，恨不得立刻起身上前将爱宠夺回来。

然李乘风抓着那乌鸦稳步走到她面前，满眼恶毒地说道："用这等晦气的禽类互通消息，还真是配得上你的城府。"她咬牙切齿地说着，忽然手下用力，竟然抓着乌鸦的翅膀狠狠撕了下去。

惨鸣声乍一响起，李淳一的心霎时被揪到了嗓子眼。

乌鸦拼尽最后一点力气与疯狂想要挣脱钳制，另一只翅膀却也被撕裂。

那惨叫声痛苦又绝望，李乘风却忽然平静了下来，冷淡的目光移到李淳一惊骇的脸上，用毫无温度的声音一字一顿与她道："下月登基大典，同时会册立元家嫡次子为新皇夫。想让我看到你的诚心，就与新皇夫好好待着，怀上孩子再好好地生下来。"

李乘风言行中处处透着压迫，疾风骤雨般要将人卷覆其中，而李淳一自始至终视线却未从乌鸦身上移开过。血顺着好不容易重新丰满起来的羽翼往下滴落，每一滴的落地声似乎都清晰可闻。

李乘风显然已经失控了，用力过猛的手止不住地颤抖，神情里是难以掩饰的狠毒与暴戾。她忽然深吸一口气，将重伤的乌鸦如废物般弃在了地上，压着声音接着恐吓李淳一："倘你不够诚心，下场便会与它一样。"

她言罢，板着一张病态的脸甩手出了门，紧接着殿门被重重关上，殿内便一阵闭滞，只有乌鸦越发衰微的哀鸣声。

李淳一面上煞白，却不是因为恐惧，而是愤怒。她跪地将乌鸦抱起来，用手巾熟练地压住伤口给它止血。乌鸦便逐渐安静下来，躺在案上，任由李淳一为自己处理伤势。

这时李淳一忽然低头咳嗽一阵，从外面便走进来一内侍。那内侍迅疾地与她交换了神色，同时将案上的食盅食盘收拾一番，躬身要走时又瞥一眼李淳一抱着的那只乌鸦，心领神会地弯腰退了出去。

此内侍正是前一晚建议李淳一往中书省去的那位，他先前在东宫做事，此时被调来服侍李淳一起居，这会儿他捧着漆盘匆匆离去，不一会儿又带着药粉折返至门口，同侍卫道："殿下有些不适，需将这药送进去。"

侍卫乜一眼，打开门让他入内，他便将药粉递去给李淳一，站在一旁看着李淳一给乌鸦上完药粉又包扎好，这才走近两步，压低声音开口："宗相公今早从关陇回来了，说是拿了一道陛下的遗诏，但内容不详；贺兰先生则早早地往山东去了，大约未能收到殿下的消息。"

李淳一抿唇不言，那内侍便问："殿下可有什么消息需要某带出去？"

李淳一忽然俯身将染了血的衣料撕下来一块递过去："将这个想办法交给宗相公。"

内侍赶紧收好往后退一步，躬身说给外面的侍卫听："殿下若无他事交代，某便告退了。"

"走吧。"李淳一道。

内侍赶紧退了出去，迎接他的则是灰蒙蒙的天气。宫中仅仅这一个昼夜，就好像已经翻天覆地；而皇城外却似乎无甚变化，东西二市照常开，平康坊仍酒肉飘香，曲江聚满了登舟游览的往来旅客，大雁塔仍峥嵘矗立，迎接即将到来的雨天。

大雨将早夏累聚起来的燥热瞬间就浇灭了，天地间竟然有些阴凉。京官们先是获知了皇夫离世的消息，紧接着到了傍晚，女皇宾天的消息也随夏雨一并踏来，带着点潮湿，和令人难以置信的恍惚感。

坊间开始挂白，丧事告于南郊，人们这才陆续知道宫中的噩耗。国丧拉开帷幕，长安城仿佛也回到了暮春时节，早晚都有些凉飕飕的，百姓们更是因为闭市闭坊，只能看着雨幕而无法出门。

女皇大寿之夜的狂欢仿佛就在昨天，才大半年的工夫，就猝不及防地迎来了噩耗。消息飞快地传出了秦川，传到剑南酒肆茶铺，传到江淮田埂地头……桑叶越发盛，春蚕却已死。人们后知后觉地发现一个时代似乎就这样过去了，然后感慨一番抬起头，面对的仍是生计，烦恼犹在——又好像什么都没有改变。

皇城内只临了三场，连哭都要求节制。一切循着礼制走，百官谁也不敢造次，但从头到尾，吴王李淳一一次也未出现过。

有传言说吴王是悲痛过度彻底病垮了，连露面参加丧礼竟也无法做到；又有说吴王是被太女囚禁于宫廷不得随意出门，而王夫宗亭居然见此无动于衷，丝毫没有要救吴王的意愿。众说纷纭，莫衷一是。

然实际与传闻迥异——李淳一身体康健，以宗亭为首的几位朝臣也以吴王必须参加丧礼为由逼迫过李乘风放人。不过李乘风对此要求置若罔闻，在朝臣面前表现出了无情的强势，只责令宗正寺、礼部、太常寺、弘文馆等尽快筹备登基大典。

宗亭承诺的三日期转瞬成了泡影，他的乌鸦与李淳一都被困宫中无法脱身，但他好歹可以时刻留意宫内的风吹草动。

京城的雨停了，满城蝉鸣阳燥，拖拖拉拉的春天总算彻底过去了。

将作监忙于陵墓的修筑，宗正寺卿和礼部侍郎则整日为登基大典发愁。这日一大早，正在尚书省与几个小官扯皮的宗正寺卿，忽被喊去了东宫衙署。

他本以为李乘风又要挑剔仪礼细节，备好了簿子等着闷头记。然进得衙署，便见曾詹事等东宫僚佐都在，心里顿时没了底。

一众人如雁队般在两边跪坐着，只在中间留了个空位给宗正寺卿。宗正寺卿装模作样地对外甥女行了个礼，跪坐下来问道："不知殿下召臣过来有何要事？"

他说着抬头瞥一眼李乘风那张日益消瘦病态的脸，心中陡然一震。外面夏蝉鸣，每一声都透着烦躁，一众人穿着薄薄的夏季官袍都不住地淌汗，而李乘风因为服药，穿了厚重衣袍，脸上却是一滴汗的痕迹也没有。

前朝有位皇帝，因服食丹药，最终变得喜怒无常且身长脓疮，死时不过三十岁。帝王显贵们一边反对却又一边无畏地重蹈覆辙，实在令人费解。宗正寺卿想着想着，思绪顿时岔了路。就在这时，曾詹事忽开口将他的神思拽回："殿下召宗正寺卿来，是为册立新皇夫一事。"

"啊？"宗正寺卿有些不合时宜地发出了一声质疑，又咕哝问道，"哪里来的新皇夫？"

曾詹事眯了眼道："元都督不幸染病身亡，殿下又即将登基，国不可一日无君，后宫也不宜空着，皇夫之位总是要安排的。"

"哦，这样。"宗正寺卿心里稍稍有了底，"曾詹事说得是有道理，可有合适人选了吗？"

曾詹事却将问题反抛给他："依宗正寺卿看，朝中上下可有人适合坐这个位置？"

宗正寺卿顿时为难："这——不好说。"言罢抬起头，"还是要看殿下喜好才是，身份倒不是最重要的。"他将决定权最终抛给了李乘风，"一切都凭殿下决断。"

话说到这份上便不必再兜圈子，李乘风定定神给了结论："那就拟书准备，册立元嘉为皇夫，尽快遣人送去山东。"

元嘉？元信的亲弟弟？宗正寺卿意料之中地愣了愣。由此可见，李乘风仍然是没有放弃元家这股力量，她这么做，是要将摇摇欲坠的山东元家重新扶稳当哪！莫非是因为已故皇夫？

宗正寺卿忙领命道："臣知道了，这就去翰林院拟书。"

要赶在登基大典前将制书送到元嘉手里，时间相当紧迫，他说罢赶紧告退出了门。

这边新皇夫的人选已经明朗，山东却还是一团迷雾。元信一死，颜伯辛立刻"霸占"了齐州府，代理都督事务。元家尽管无法忍这事实，但毕竟刚查出贪墨大案，终究理亏，明面上不能与颜家硬碰硬地较量。

于是这迷雾下便是好一番暗斗，颜伯辛紧锣密鼓地调查元家的私兵，而元家也在暗处给颜伯辛下绊子，并往京里递消息，妄图借着新女皇的力量重新翻身。

而此时贺兰钦到了山东。

他比预计的早到了两日，抵达时颜伯辛正与亲兵商议密袭计划。颜伯辛闻得通报中止了会议，令僚佐亲兵们各自散了，亲自走出去迎贺兰钦，却没料他已经走到了廊下。

已至午时，烈日炎炎，庶仆擦洗着地板，颜伯辛瞥一眼道："不用洗了，送两碗冷淘来。"

他嘱咐完，这才真正看向贺兰钦，一拱手道："谏议大夫到此，某有失远迎，还望见谅。"言罢便示意贺兰钦进屋。待二人都坐定，他才改了称呼："先生是吴王恩师，某也是站在吴王一边，但愿诸事能够进行得顺利。"

都说贺兰钦足智多谋宛若神算子，便令颜伯辛有了试探之意。他毫无遮拦地说出结盟的话，是为先取得贺兰钦的信任。

贺兰钦却端着回道：“某奉陛下密旨前来，自会鼎力协助颜刺史查清山东贪墨之事。”

颜伯辛接口道：“只可惜陛下已经宾天，也不知此事查清楚后要呈给谁看。倘若新皇心中有偏袒，辛苦调查的结果不过就是一沓废纸了。”

他讲这话，几乎是认定李乘风会偏袒元家，甚至会对元家的事睁一只眼闭一只眼，如此一来，之前所有的努力就全部白费了。

和心中无道理的人摆证据讲道理，一定是无解的。

贺兰钦听出他的担忧，也听出他在此事上的试探，先不急着答，从容接过庶仆送进来的冷淘，将筷子伸进去搅了搅，这才看向颜伯辛道：“搅了之后，它仍是一碗冷淘，可见只搅并没有什么建树。山东局势亦是如此，吴王先前费力搅了一搅，但真正要翻天覆地——”他将陶碗端起来，低头吃了一口，“还要吃下去才行。”

他安安静静地将一碗冷淘吃完，擦了嘴，抬头再次看向颜伯辛：“颜刺史应当明白这个道理。倘某没有猜错，颜刺史恐怕已经在安排密袭，打算吞掉他们了吧？”

颜伯辛对他的精准猜测十分佩服，便索性将话说开：“这计划是吴王还在山东时便筹谋的，她曾言‘只让元信垮台并不足以动摇元家根基，除非让他们再无指望’，而元家私兵现在应当握在次子元嘉手中，此次密袭，正是要毁了他。”

颜伯辛将密袭计划与贺兰钦说了七七八八，最后请教是否妥当时，贺兰钦却道：“再等等。”他一脸的高深莫测，颜伯辛微敛眸问道：“某想请教其中缘由，不知先生可否明言？”

贺兰钦起身：“万事俱备，但东风还未到。”漆黑瞳仁里藏着对时局的拿捏把握，笃定到令旁人都信以为真。但颜伯辛向来都是行动派，对这模模糊糊拖拉时间的回答并不满意：“敢问东风是什么？”

“方才颜刺史也说了，此举是要灭元嘉，之后呢？太女一旦上位，难道对此事不会追究吗？”他偏头质问颜伯辛。

“届时齐州府势力便会彻底易主，在元家不占据主导的情况下，太女想要追究恐怕也会有顾虑，不会，也无法轻易对齐州府动手。”

“颜刺史这样笃定是基于太女尚且理智的前提，但你可知她如今是怎样的状态？”贺兰钦继续道，“太女服食丹药已有七八年之久，如今脾气越发变得不可控，不理智起来哪里还会管许多？”

颜伯辛眸光中悄然滑过一缕黯然。

贺兰钦接着道：“元嘉对太女意味着什么？依太女一贯的作风和与元家的交情，元嘉极可能是下一任皇夫。倘若这时太女接到元嘉死了的消息，你猜她会怎样做？届时大约不会管证据、局势，应会将所有火气都撒到颜、崔两家身上，宫里的吴王恐怕日子也不会好过。”

“依先生的说法，元嘉倒是不能死了？因他一死，太女就暴怒，我们便都没有好下场？”

“他当然要死，但不要让京中知道。”贺兰钦抿唇转过身，补充道，“多等几日，届时我们再坐下来商量。”

他说完便拖着风尘仆仆的身体走出了门，由执事带去休息了。

而这时，京中册封新皇夫的制书已从中书省发出，快马加鞭疾驰在通往齐州府的驿道上。夏日天燥，铁蹄飞驰而过，驿道上浓尘如烟，使者至驿站都不敢停，只为最快将制书送达齐州府元嘉手里。

至河南道，几个使者实在又累又渴，这才在驿站停下来补给了一些。驿丞将水囊递过去，留意了一番这几人的服饰规格，问道：“几位郎君是往哪里去？”

一使者回道：“往齐州府去。”

那使者接了水囊正要走，驿丞夫人又拿着干粮走出来：“东边才遭过灾，这些肉干带着途中吃吧。”那使者自然不拒，拿过来道谢两句就往外走，驿丞夫妇便到门口送他们离开。

趁着庶仆去牵马的当口，驿丞夫人随口问道：“往齐州去可是喜事吗？”

“你如何猜得？”使者面上明显少了几分生疏，多了些笑意，“还真是喜事，殿下将登基，山东又要出皇夫啦。”说着转过身，接过庶仆手中的缰绳，同驿丞夫妇潦草道了个别，便与同僚重新上路了。

他的话虽未讲明，但驿丞夫妇心中已有了数。因此这几人前脚刚走，便有报信庶仆骑马出了驿所，紧随其后往齐州去了。

就在这几位使者抵达冀州之际，报信庶仆早他们一步到了更东边的齐州都督府。

颜伯辛与贺兰钦终于等来了他们的东风。

廊庑下一条小黑蛇肆无忌惮地蜿蜒进屋，最后爬到贺兰钦脚边停下来。正与贺兰钦商量最后细节的颜伯辛有些厌恶地睨一眼，下意识地皱了皱眉，听得贺兰钦接着方才的话题道：“此事已无后路，成王败寇皆在今晚，颜刺史可是做好准备了？”

颜伯辛听完并认同了贺兰钦的计划，起身颔首道：“齐州府事务就暂时拜托给先生了。”

此时外面天色渐暗，空气里蕴含着潮气，大有山雨欲来的架势。夜空无星无月，正是动手的好机会。颜伯辛率亲兵自州廨出发，一路奔至元家兵营。

主力部队不出动，只遣出一支骑兵打头阵。数支火箭落入营内，如投石入湖，顿时激起了涟漪，兵营内骚乱骤起。稳坐帐中的元嘉此时听得手下来报，陡然皱了眉：“查探清楚是谁偷袭了吗？”

那校尉回道：“尚不知对方来历，但已遣人出去探虚实了。依某所见，恐怕只是幌子，对方兵力应当不多。”

“先稳住下面的人，不要自乱阵脚，给人乘人之危的机会。”

那校尉得令即刻告退，这时元嘉身旁那个姓方的副将道：“会不会是颜家的人？”

元嘉闻言怨愤道：“颜家得寸进尺，当真是可恶至极。阿兄已死在他们手里了，他家到底还要什么？这个仇我早晚要报！”

方副将在一旁煽风点火道：“倘若今晚颜伯辛也来了，将军不如借此了断了他。他这偷袭名不正言不顺，倘若不幸死了也只好自认倒霉，有苦也没法说。”

元嘉心头微动，但仍然坐着。这时又有一校尉冲到帐外禀道：“将军，似是青州的府兵。”

青州？那就是颜伯辛的亲兵无误了！这厮竟敢自己找上门来，简直寻死。

元嘉霍地起身，方副将也跟着站了起来，并问帐外校尉道：“他们的领头可是颜刺史？”

校尉回道：“似乎是的。”

方副将赶忙对元嘉道：“这就对了，颜伯辛近来查得毫无进展，估计是狗急跳墙，竟然找上门来挑衅！将军，此时正是除掉此害的好机会哪。”

副将极尽撺掇之能事，而元嘉又是血气方刚的年轻人，心中揣着杀兄大仇，又加上近来被迫收敛带来的愤懑，怨愤瞬时就被点燃了起来。

他拿过案上盔甲便往外去，气势汹汹道：“我要让那姓颜的死无葬身之地。”随后副将安排亲兵跟上，一众人便冒冒失失出去迎战。

然出了营，颜伯辛一队却忽然消失了，周遭一片寂静，仿佛刚才全是误报。可元嘉这时心中怨火已完全燃着，哪里肯放弃这机会？遂立刻遣人搜寻追击。兵力一下子散开，遣派出去的情报兵也迟迟不回来，元嘉越等越是心焦，扭头对副将道：“你再遣人去看看。”

方副将却不顾元嘉的指令，杵在原地不动，只耳朵动了动，似在努力辨听声音。忽然，他看向元嘉的目光瞬变，同时也握紧了手里的刀：“不必去看，他们回来了。”

杂沓的马蹄声骤然传来，元嘉霎时回过神，却从方副将的神情中读出了反意。他连忙扭过头，对身后留下来的兵道：“此人要反，本将命你们将他抓住！”

可身后的兵只静静站着，分明不敢向前也不愿向前！

元嘉年少，且又初掌元家军，号召力远不及元信，亲兵们竟更愿意相信跟随了多年的副将！

方副将此时已经眺见往这边赶来的颜伯辛及其府兵，凌厉目光瞬转向有些惊惶的元嘉，忽然举起刀以迅雷之势朝他劈了下去。

后边的兵看得呆了，他们万没有想到方副将竟会这样直截了当地解决了元嘉。而这时颜伯辛率府兵才真正到了，方副将霍地下马单膝一跪：“已是妥当了。”

颜伯辛瞥一眼元嘉的尸体：“铠甲取下来，尸体处理掉；为免走漏风声，你的这些手下暂时不能回营，先由我收编，可以吗？”

方副将回了一声喏，就紧锣密鼓地安排起来。待颜家府兵及俘虏都撤走，原地便只留下颜伯辛、方副将及一套属于元嘉的铠甲。

方副将捧起那沾了血的铠甲递过去："请刺史尽快换了吧。"

颜伯辛换好甲衣，头盔几乎将脸给遮去了。方副将在一旁看了看："好在颜刺史身形与姓元的像极了，只要不出声不露脸，此计应是行得通。"

"若有人问起，清楚怎样答吗？"

方副将回道："将军追剿反军途中不巧受了伤，面有毁损，不便露面。"又妥帖地说，"假面某已经备好，届时戴上即可。"

此时夜幕越发低沉，风中蕴含着潮湿的血腥气。颜伯辛随同方副将进了军营，众人只知将军亲自出面小打了一仗，但可能是吃了败仗不好意思说——

因将军不但受了伤，且带出去的兵也未能够带回来，确实十分丢脸。

因有方副将陪在一旁，众人虽觉得有些奇怪却不敢多质疑。至五更天，沉甸甸的雨总算落了下来，朝廷的使者也到了。

颜伯辛戴着假面见了朝廷来使，以元嘉的身份接了制书。那使者恭喜他之后又另外叮嘱："时间紧迫，请将军赶在殿下登基前尽快进京。"

颜伯辛只应了一声，余下的话便交由方副将去谈。

方副将与使者道："将军近来频遭刺杀，为保将军安全，应有卫队同行。"

"带兵进京？"使者面上流露出一丝为难来。

"倘因没有卫队保护，将军在途中出了什么事，届时要与殿下交代的可不是我们，而是你们，兹事体大，你们交代得起吗？"方副将眼一瞪，面上现出十足的强势来。

那使者被吓了一跳，瞥一眼受伤到只能遮脸的颜伯辛，只能点头。

颜伯辛见状转身离开，方副将紧随其后，颜伯辛忽递了张字条给他："速报与宗亭。"

有些事成败与否全在于速，譬如贺兰钦与颜伯辛的李代桃僵之计，一旦落实过程中遭遇耽搁，便漏洞百出，最终很可能落得一败涂地。

好在登基大典在即，使者恨不能立刻回去复命，哪还能容他们再拖延？于是乎，只安排了另一名使者去元家通知，而元嘉本人竟是连家也不必回，携兵带伤的，一行人仓促用过午饭就浩浩荡荡出发了。

元家近来因频繁被查已是收敛了许多，元信、皇夫接连去世，对他们更是不小的打击，而喜事这时到来，元家上下多少舒了一口气——因这意味着元家仍有庇护，太女一旦即位，册立了新皇夫，元家便又可扬眉吐气了。

元家人担心仓促上路的元嘉能否顺利抵达长安，身为一家之主的老太太忍不住问道："可有人陪他去？"

执事回道："方副将陪同，又带着五千精兵，稳妥得很。"

老太太这才松口气，期盼这仅存的嫡孙能够安全抵京，为她元家再谋荣光。

长安城的夏日来势汹汹，热烈的日光与大风将城中堆聚的阴霾都拂散。

按大周制，帝王陵寝应在死后营建，因此下葬基本是在三个月之后，这便意味着太女登基之时，女皇及皇夫的灵柩仍是没有下葬的。而本朝国丧并不禁嫁娶，太女册封新皇夫便无可厚非。在相关衙署为这数十年才得一见的登基大典及册封大礼忙得不知东西之际，朝中因为权力更迭带来的悲苦与伤感气氛已是一扫而空。

众人热火朝天地筹备着大典，掖庭内却冷冷清清。李淳一住在多年前居住的小殿里，仿佛回到了幼年时，好几次午夜梦回，都惊出一身冷汗，坐起来回过神，却只有身旁乌鸦的低鸣及屋外夏虫不知倦的叫声，分明又与幼时不同。

北向的屋子常年阴冷，在这夏日里也不例外。窗外慢慢亮起来，她下榻洗漱，脸被冷水逼出一些血色。她紧接着给乌鸦换完药，转头就听到外边的脚步声。

殿外侍卫没多过问，可见只是例常的送餐。殿门打开，晨光迫不及待地扑进来，还是那内侍，捧着盛了饭菜的漆盘走到案前，将食物放下后双手收进袖中，道："请殿下用早膳。"

李淳一坐下来不声不响地吃饭。此时距太女登基大典只剩一日，等明早太阳升起大典结束，皇位就会彻底易主，局势便再难更改。内侍朝她看过去，却并未从她脸上捕获到慌乱与茫然。

待她吃完，内侍上前收拾杯盘，压低了声音向她传达道："元嘉昨日过了潼关，今日中午就会到。"他说完将空盘子重新放回漆盘，李淳一抬眸问了一句："相公那里可有动作？"

内侍小心回道："风平浪静。"

李淳一敛眸不再出声，只起身抱过乌鸦往殿门口走去。此时殿门难得大敞着，李淳一走到门口，侍卫立刻警觉起来，怕她要出逃似的连忙握紧了腰中的剑。而她不过是站在原地抬头看天色。

夏日的燥热在不断累积酝酿，然晨光浑浊，风里蕴含着泥土气息，天际是白茫茫的一片。

或许明天，长安百姓未必会见到太阳升起的壮景。

内侍端着漆盘迅速离了殿，侍卫们立即关上了殿门。

殿内重新陷入昏昧，而宗宅这时却暴露在惨白日光下，明媚又燥热。

宗如莱去井边打了一盆水，宝贝似的将一碗熟透的杨梅泡了进去，刚打算去厨舍寻一些酸酪，却见执事脚步匆匆地往宗亭房里去了。

宗如莱心中腾起一些预感，他总觉得有什么大事要发生。

外界都传宗亭将与吴王和离，但如莱是不信的。他们二人之间的情谊似已超越寻常的男女爱欲，难割难舍，和离应只是权宜之计；传言所说的"宗亭对吴王被困一事冷漠至极"如今看来也一定是假的，因宗亭这阵子与外界的走动并不少，如莱甚至能够确定宗亭正为营救吴王筹谋着什么要紧事。

或者，这件事比他预想的还要大。

这时执事进了宗亭房间，宗亭拢着一盆小菖蒲静静地听他讲话。

执事道："太女的医案在左春坊药藏局，纪御医抄了近期的一部分送了过来。"说罢将抄录的李乘风医案递到了宗亭面前。

宗亭翻开来瞥了一眼："纪御医如何说？"

执事道："太女近日来似乎都避开药藏局太医署求医，纪御医无法亲自诊断。"

"东宫呢？"

"东宫的消息是，太女已有近一个月未召过人侍寝了，且也不轻易让人近身。"执事如是回道，"对外只说要为先帝及主父守丧。"

这借口太蹩脚，别人守丧都可信，偏偏搁到李乘风身上就十分奇怪。

避开宫中药藏局求医已是一重疑点，突然禁欲又是一重疑点。宗亭腾出一只手来翻完医案，心中大约有了数。

他合上医案，抬首问道：“掖庭有消息吗？”

“没有。”执事顿了顿，“千牛卫谢中郎将这会儿在西厅候着，可要领他过来？”

没有消息便是最好的消息，只是要委屈李淳一在那阴冷的鬼地方再待上一晚了。宗亭忽将手里的小菖蒲放回了案上：“让他来。”

谢翛这时已等了有两炷香的工夫，执事喊他过去时，如莱恰好端着杨梅要送去给宗亭。谢翛瞥了一眼那来自南方的稀罕物，又看如莱一眼：“你便是宗相公的小叔父吗？”

如莱点点头，示意他先入内，自己则在外等着。宗亭听到动静，却说：“三十四叔也进来吧。”

谢翛疑惑地又看他一眼，只身踏进了门槛，如莱这才跟了进来。

如莱进屋后放下杨梅就要走，宗亭却说：“你留下听。”随即抬头对谢翛道，“今晚元嘉便到，太女会设宴招待，届时左右千牛卫、东宫内卫值宿宫禁，该准备的都要准备妥当，此事就交给你了。”

宗亭给出了十足的信任，谢翛十分受用。东宫内卫负责太女安危，是太女势力的心腹所在，在这坚壁中凿出一条路来相当不易，然宗亭做到了。

他的策略一向是挑次要人物收买，一来他们容易收买，二来这些人往往能在关键时刻提供最有力的支持。何况女皇先前在东宫内卫中同样安插过心腹，如今女皇死了，这些眼线便彻底落入了宗亭一人手里。

李淳一被软禁于掖庭，那里正是由东宫内卫看守，要说救一定能救出来，但那样便会暴露眼线，并令李乘风起疑。

一直静候着不救，是为了让太女笃信东宫内卫仍是足以信任的心腹。

谢翛又与宗亭沟通了一些细节，如莱在一旁听得心惊。十几岁的少年，人生中还未遇到过如此胆大包天的谋划，待谢翛告辞了，他还是没能回过神。

“三十四叔。”宗亭一句话将走神的宗如莱拽回来，说罢他缓缓敛眸，最终合上了眼，“我不是教你这样做事，我愿你永远不必面对这样的事，但遇上了也不用害怕，清楚自己要的是什么，你自然会知道要怎样做。祖父已无精力再理事，分家的无理取闹需要人扛着，朝堂上你若有想法也得自己去争，这担子我得真正移给你了，你害怕吗？”

宗如莱愣了愣，却立刻换上了坚定眸光，笔直地站在宗亭案前：“不怕。”

“那很好。”宗亭说着起身，将案上杨梅推过去，“杨梅送来就是给你吃的，拿回去吧。”

临近中午的宗宅仍是安静的，宗国公坐在廊下听小仆给他读书，宗亭洗了个脸出门去中书省，天空仍然惨白一片，有风，但还是闷热。

蝉倦了，到下午时分更是一点力气也没有，竟是歇了下去。浩浩荡荡的元家军队进了长安城，但只能在朱雀门外止步，唯有几位使者及“元嘉”能够继续往里行过天门街，再抵达巍峨宫城。

龙首原上的新宫殿就快要落成。有传闻说太女继位之后，不日将迁至新宫城，旧宫城从此就只能抱着那些乱七八糟的事情沉寂下去，再无人问津。

然登基大典仍在旧宫城，太女召见新皇夫亦是在这里。暮色迫近，空气里的燥热却不减，两仪殿的筵席早已经备好，礼部也赶在承天门鼓声敲响前送来了新帝王及皇夫的礼服，礼服奢侈地呈放在长案上，在宫灯映照下显得分外夺目。

内侍略显尖厉的传报声传来，正是“元嘉”到了。

李乘风极少出关中，而元信这位弟弟一直养在山东，因此李乘风只见过幼年时的他。内侍传报声落，昏灯笼罩下的殿门口出现了一位高挑的华服青年，面上则戴了一只精巧面具，将大半张脸都遮去了，正是乔装的颜伯辛。

李乘风抬起头看过去，他走进来俯身行礼：“臣见过殿下。”

“听说你在山东受了伤，所以遮了脸？”李乘风下意识伸手去执酒盏，但在碰到盏壁的瞬间惊醒般地抽回了手。

这是戒酒之人下意识的反应。她刻意避酒，是当真如宗亭所言“中丹药之毒已深”了吗？站在门口的颜伯辛敏锐捕捉到了她的动作变化，随即又听她说：“在我面前不必遮掩，摘了吧。”

颜伯辛道：“殿下不介意，但臣十分在意，就容臣养好伤再摘吧。”

李乘风抬眸将他打量一番，也不再执着此事，指了一张小案道：“坐。”

颜伯辛闻令坐下，面前美酒佳肴满案，是极盛情的款待，但其中却藏着太女的龌龊心思。颜伯辛目光警敏地一一扫过那些酒菜，袖子里却捏紧了字条。方才进来前，遭遇一位行色匆匆的内侍，那内侍撞了他，同时往他手里塞了条子。

一来是传达宗亭的安排，二来是让他千万不要饮酒。

因此颜伯辛用饭期间，碰也未碰那盏酒。旁边一老成的内侍问道：“将军为何不饮酒呢？”

“饮酒加重伤势，而我指望这伤快些好。”他瞥一眼那内侍，同时又将这有理有据的回答通过目光传达给李乘风。

李乘风显然是要他饮那酒的，她甚至预备好了让元嘉今晚就在掖庭过夜，陪一陪她那被关了将近一个月的妹妹。

但她这时只道：“明日要穿的礼服都已妥当，你先试试。倘有不合身之处，还能连夜叫他们改。”

颜伯辛却问：“殿下的试过了吗？”

“没有。”

“那就一道试吧。”颜伯辛面具后的目光灼灼，李乘风闻此言竟然笑了一笑：“你这样着急吗？”

外面热极了，燥得人犯困，东宫六率中一个副率却有些焦虑地在廊下踱步，他皱着眉，脑海中剧烈地回忆思索着，最终步子停了下来，拍额道：“有鬼，其中有鬼。”

说罢他瞥见另外一个副率，赶忙三步并作两步追上去，定定神问那副率：“某先前见过元二郎，他手背上有一道相当可怖的疤，人的疤应是不会无缘无故没的，那今日来的那位万一不是元二郎要如何是好？”

那副率睨他一眼：“指不定有神药呢？”

他摇摇头：“不会，我觉得有鬼。模样身形乍一看很像，但细想还是有差别。”

那副率听得他这样说，神情顿时变得紧张起来：“那要赶紧通报给殿下才是。”

两人一合计，加快了步子赶紧往两仪殿去。

而这时颜伯辛却端着酒盏走到了李乘风面前，隔着长案不顾僭越地俯身看向她，唇边勾起魅惑微笑："臣的确有些迫不及待，阿兄曾多次与臣讲过殿下的好，臣也仰慕殿下多年……"声音低下去，同时挨得她更近，"仰慕得都快要疯了……"

李乘风精神有些不济，合上双目却又乏力睁开："是吗？那将酒喝了，不要管什么伤疤，我送你去个好地方睡觉，明早起来你就是这宫城新的主父。"

这时殿外静悄悄，仿佛一个人也没有，连内侍都悉数退下了。颜伯辛轻抬起她下颌，面具后的目光灼灼盯着她，唇边笑意更深："为何要去别的地方，在这里睡不可以吗？"

他将头凑到她耳畔，将吻未吻，手却探进了她宽大的袖子里。夏日衣裳单薄，皮肤便触手可及，就在李乘风要制止之际，颜伯辛却在她小臂上摸到了溃烂的脓疮。

颜伯辛迅疾缩回手，目光垂落到李乘风颈间，声音柔缓："殿下这是受伤了吗？"借着灯光，他捕捉到她领口处的一点蛛丝马迹，疮毒明显已发至多处，情况比预计中严重得多。

李乘风不答，拢袖强打起精神，反命他道："不要在我跟前晃，不想饮酒就先试了衣服再说。"说罢唤外面的内侍进来，"领元将军去试衣服。"

她声音不高，外面内侍似乎没有听到，竟然没有一人进来。李乘风疑惑地抬头，正要起身时，外面却响起了杂沓的脚步声。颜伯辛初听那声音，还当他们是提前了行动，可细听却很不对劲，外边起了争执，随后一副率趁乱闯进来，看见李乘风就扑通跪下："殿下，臣冒死进言——"

他随即抬头指了颜伯辛道："此人恐怕不是元将军啊！"

李乘风闻言倏地抬头，颜伯辛此时就站在她案前，居高临下且没有丝毫被戳穿的慌乱。

李乘风看向那副率："卿何出此言？"

副率盯紧了颜伯辛，这时越发肯定他是假冒货色，因此极为确信地辩道："末将去年到山东有幸得见过元将军，某记得元将军手上有疤，而他没有；口音虽是一样，但声音有差别。且他非要遮着脸，其中本身就有鬼！"

面对来势汹汹的怀疑，颜伯辛却像听了无稽之谈般轻笑了一声，这才不急不忙回道：“有鬼？一路同来的方副将你总该见过，还有千名元家军。试问若我是假冒，又如何顺利瞒过他们，到的这里呢？”

那副率被他这么一问，脑中急速地想着，方副将他的确见过，且那确实是本人，千名元家军也不会有错，可是……

他霍地抬头，与李乘风道：“殿下，某闻他一路上都躲在车驾内不轻易见人，若方副将被收买或被胁迫，也未尝不会替他圆谎打掩护，某只怕这是早就设好的陷阱哪！”

该副率护主心切，见李乘风这时就在颜伯辛的控制范围内，甚至不顾场合霍地起了身，径直冲过去就要与颜伯辛厮打。

这时颜伯辛却迅疾闪避，转身出手一把遏住了李乘风的脖子。

副率一惊，连忙拔出腰间的佩剑就要朝他砍去，颜伯辛却已是灵活避到了李乘风身后。李乘风被他紧紧掐着咽喉，一口气无论如何也喘不上来，但因濒死的危险而蓄积起一股不容小觑的力量来，正要曲肘朝颜伯辛击去时，却被颜伯辛抢先一步锁死了手臂。

颜伯辛手背青筋暴突，额颞亦是紧绷。现在还未到约定的时间，他一时也无法传达信号给援兵，控制太女的同时又要面对来自副率的攻击，外面争执还未结束，随时有人会冲进来，他的处境越发不利起来。

“宗相公！”颜伯辛忽然大声朝殿门口唤道，副率闻声一愣，猛地掉头去看，颜伯辛趁机侧身一脚将其狠踹在地，紧遏住李乘风的同时夺过了副率的剑，死死横在李乘风身前。

门口空空荡荡，压根没有宗亭的身影。

那副率一时爬不起来，声音异常高亢地朝外喊道：“刺客！快抓刺客！”

内侍与侍卫后知后觉地冲进殿内，却只见李乘风被颜伯辛牢牢控制着，因为长时间的缺氧，她精神气竟是快要散了。

这时李乘风鼻翼微弱地翕动着，眸光里闪现出无可奈何的不甘来，就在侍卫打算去取箭时，太极殿外的鼓声响了起来。

约定的时间到了！

殿内众人忽闻纷杂的脚步声迫近，来势汹汹，令人一震。内侍、副率等人皆以为是东宫内卫到了，仿佛盼到了及时雨，然而领头的是千牛卫中郎将谢儵。其中一内侍只当是千牛卫前来救人，高喊道：“有刺客！快救驾！”

谢儵却未应，携手下浩浩荡荡闯进了殿。

看到谢儵，颜伯辛酸痛的手几近抽筋，这时紧绷着的额颞处也短促地松弛了一下。

内侍们仍搞不清楚状况，只见谢儵走上前忽然拔刀朝那副率砍了下去，血溅大殿，殿内骤然冷寂下来，内侍们已是不敢出声了，侍卫们也察觉到了不对劲，因这时外边脚步声越发密集了起来，且根本不是护驾，倒像是来围困他们的。

反了反了，都反了！一内侍认清形势扑通跪地，几个内侍接连跪了下来，声也不敢出，胆战心惊地想要为自己保一条命。

颜伯辛松了手，本来精神就不佳的李乘风顿时瘫倒在地。

他俯身揽起她的头，面上似有厌恶之色一闪而过，随后抬手取下假面看向她：“殿下的身体与目力真是不再适合坐这个位置了，没有认出我来吗？”

李乘风抬眼看他，视线却模糊。她妄图恢复，然此时唇色发青、脸色惨白，连呼吸都觉得痛苦，周身脓疮的溃烂似乎也在加剧，是一点力气也没有了。

颜伯辛松开手的同时，她的后脑就径直磕在了地板上，钝闷的碰撞声经由头骨及耳膜交织传来，模糊视线里只有摇曳的昏光与孤独的殿梁。

叛变的东宫内卫此时将大殿围了个水泄不通，所有目睹了此事的宫人及侍卫被一一带走。

鼓楼的声音落尽了，深更半夜，通往掖庭的安福门却出乎意料地打开了，宗亭仅带了十来个侍卫进了横街。这时候掖庭内连灯火也寥寥，因没有月亮的关照，路都一片漆黑。

宫人们都在沉睡，无人知道高墙东边的太极宫内发生了什么。李淳一静候着一场大雨的到来，辗转反侧之际外面却悄无声息，连夏虫都安分了下去。

忽而，脚步声传来，黢黑的夜里弥漫起血腥气。殿门倏地被打开，悬于廊下的一盏灯笼映照出数片阴影。人影憧憧，仿如很早前的那个梦，李淳一猛地自榻上起身，宗亭迎面走来，她甚至无法看清他的脸，但还是认出了他。

宗亭默不作声地走到她面前，站定伸出手，轻揽过她后颈，温暖的指腹熨帖着她发凉的皮肤，随后极默契地将她揽到自己身前，贴近自己的心。

从冬到夏，跨越了几乎半年的时间，想将心掏出来给对方看，此时这样遇见，面对彼此，又分明不需要再赘言强调。他救她，亦是在救自己，他低头紧贴着她耳侧，闭眼容自己缓解了一会儿内心的空洞，便开口道："还有事要做，你随我来。"

他说着用力握住她的手，同时抱过尚未痊愈的乌鸦，带她出了殿。沿着廊庑往东走，高墙之后便是太极宫，近千米的步行，李淳一逐渐从昏沉的状态里醒来。她抬头看天，感受着风的方向，忽然开口道："要下雨了。"

她不过问太极宫内到底发生了什么，只因宗亭让她去，她便去，给出的是十足信任。

此时太极宫两仪殿内，一行人正收拾着残局，聚集起来的卫队这会儿重新各就各位，地板上的血迹被洗得了无痕迹，奄奄一息的太女也被安置回了寝宫，这一夜重归平静，仿佛什么都没有发生。

多的是不知情者，在睡梦中等待明日一早的新君即位大典。

宗亭径直将李淳一带去了李乘风的寝宫。门口守卫比平日里还要森严，门内站着一个瘦高背影，这时闻得外边脚步声，转头去看，即看到了宗亭与李淳一。

"颜刺史？"李淳一认出他来。

颜伯辛短促应了一声，同时又瞥向久违的宗亭："纪御医刚刚到，还在诊脉。"

宗亭回看他一眼，偏头与李淳一道："殿下先进去吧。"

李淳一只身往里走，迎面遇上诊完出来的纪御医。纪御医躬身与她行了一礼，止步小声道："颜刺史下手很重，原本还能拖上半载，这下应是熬不过今晚，但诸事以防万一，若明晨仍没有断气——"

他说着摸出一只药瓶递给李淳一："就看殿下的决断了。"

言罢，纪御医告退往前行，走到宗、颜二人面前将方才的话重新禀了一遍，又说：“此时距天明只剩一个时辰，两位可是要在这里守着？”说着看向西侧偏殿，宗、颜两人便一前一后走了过去。

临窗摆了张案，一内侍忐忑地前来送了茶水。颜伯辛伸手去倒茶，手却因为长时间的过度紧张而发抖，于是宗亭低头取过水壶，给他倒了一杯茶水。

“依相公看，殿下会在此事上心软吗？”颜伯辛盯着那杯子注满水，又抬头问宗亭。

宗亭不着急说话，径自倒了一杯茶饮下，这才睨了一眼颜伯辛：“她清楚自己要什么。”即将成为一国帝王的人，倘若还茫茫然，又有什么资格坐上那个位置？

颜伯辛不落痕迹地笑了一笑，宗亭乜他道：“笑什么？”

“庆幸你没有被她毁了。”颜伯辛放下茶杯，“我早年在国子监遇见你们，总以为你这一生都要废在她手里，再也无法活成自己的样子，之前又听闻你因她而残疾的消息，更是觉得这证实了早年那些揣测。但你最终还是选择了关陇，为了坐稳那位置甚至不惜和离，你心中除她之外，似乎仍存了些别的野心，为了西疆百姓吗？”

宗亭极平淡地给了个笑容：“西疆安定，受益者是百姓，也是殿下。”

他笑颜伯辛强行将“心怀抱负”与“忠诚君王”这两者割裂开来，径自又饮了口茶。

颜伯辛心领神会，却又缓缓道：“但你到底为她放弃了宗家，换作是我的话……”他唇角抿了一下，“做不到。”

“你不必做到。元家倒台，正是颜家重整旗鼓的好时机，在男女情爱和家族大业面前，后者显然更符合你的野心。”

宗亭不急不缓，几乎将话点透，他何尝不知道颜伯辛对李淳一私藏了情愫，但颜伯辛构不成威胁，哪怕他与李淳一和离了，两人之间也不会有颜伯辛什么事。

倘若之前他还因为摸不透李淳一的心患得患失，一路走到现在，他已十分清楚李淳一及自己的心思。他们二人都受累于长情，倾心便移不动，只能牵绊彼此，一起走完这一生。

窗户外一副将明未明的样子，雨淅淅沥沥落了下来。

殿内被雨声衬得更显出安静，主殿隐约传来了痛苦的低吟声。

内侍小心翼翼地从主殿绕进来添茶，颜伯辛抬眸问他：“殿下这会儿还好吗？”

那内侍闻声一愣，捧壶的手不由得一哆嗦，不知颜伯辛是问吴王还是太女，只好回道：“吴王殿下正守在太女殿下榻前，并未有什么大动静。”

他甫说完，案上栖着的乌鸦却忽然低低地呱了一声，将他吓了一跳，他盯住那裹着纱布的黑禽，咽了咽口水，抱紧壶赶紧就跑了。

颜伯辛扭头看看这只身负重伤的乌鸦，自顾自般地说道：“李乘风伤的吗？她可真是病入膏肓了。”说罢抬了头，“若她早年间没遭遇那回事，或许也不至于落到今日这田地。”

他提这茬时，主殿内的李乘风与李淳一也不约而同想到了同一件事。

人近临终，往往只有印象深刻的事才会重新浮现。李乘风兴许察觉到了自己大限将至，呼吸都带着痛苦，瘦骨嶙峋的手死死抓着李淳一的袍服，露出来的一截小臂上，疮口已经溃烂得惊人，此刻她脑海里盘旋不去的正是经年噩梦——历经阵痛产下的孩子，却是一个早已经死掉的怪物。

虽未足月，血污中那孩子的脸已经成形，独有的一只眼睛长在前额，连鼻子也没有，细瘦的手脚蜷着，一点声息也无。婢女不顾礼仪惊魂失魄地尖叫着冲出殿门，接生的女医冷汗涔涔，吓得赶忙要将这早早死去的怪胎包起来，她却已是撑着坐起来，看到了那胎儿的真容。

胎死腹中就已是打击，将他生下来，又看到这样惨烈又骇人的一幕，于产妇而言则是再也挥不去的噩梦。皇室产怪胎是不祥之兆，女皇最大限度封锁了消息，同时也对酗酒的她失望透顶，遂将重心悉数移到了太子身上。

恰好碰上山东局势紧张，元信无法留京陪伴，便更无人约制管束她。那阵子她十分颓丧，酗酒愈烈，常常醉得不省人事，亦开始了荒淫无度的日子。偶然一次，碰上南方来的得道高人，得以开解后忽然摇身一变，竟然重新振作了起来。

丹药给了她力量，也给了她人生一线崭新的希望。她恢复了一贯的行事作风，比之前更甚——抛开细碎又沉重的悲情，扔掉牵绊与负罪感，只剩下了无限膨胀的权力欲，她报复般地将得宠的兄长从高位上狠狠拽了下来，对皇位的觊觎亦越发迫切。

丹药同样也成了依赖及痛苦之源，越纵情、越欢愉，清醒了瘫坐下来时，心中就愈空茫。没有多少事能填平自己的心，冷血背后是越发空洞的躯壳，常常被灰恶感倾覆，打不起一点精神。她在人前仍然风风光光、野心勃勃，而这勉力的维持在药效退去、独自一人蜷在榻上时，才彻底坍塌下来。

人生走到这时，什么都将灰飞烟灭，才回想起为人的限度来。

李淳一在榻旁坐着，听那痛苦的低吟声越来越弱，面上却没有分毫动容，因对李乘风而言，旁人的谅解其实早已于事无补。人生因果，都必须自己吞咽，这是李淳一的逻辑，同原谅与否并没有关系。

她想做及需要做的事还很多，背着包袱前行只会拖慢步伐，因此她不打算再执着过去的痛苦与不甘。什么都会过去，她现在只想平静地送走李乘风。

那只紧紧抓住她衣服的手，一点一点地下移，忽然抓住了她的手。

李乘风只抓住了她冰冷的指尖，甲面的硬与指腹的柔，是同时传来的。那相通的血脉，在戏弄与阴谋中被冲释得几乎一点不剩，本可以真诚相待的同胞姊妹，却已阋墙多年。

李乘风瞪着眼，视线中帐顶繁复的绣纹变得扭曲模糊。低吟声止了，此时她只撑着一口气，手渐渐松开，又放下，指尖触到的恰好是李淳一的指尖，紧接着，最后一口气也渐渐平息了下去。

虽到死没有再纠缠，但这谨慎碰触的指尖，却仿佛搭到心上。李淳一只略怔了一下，便收手起了身，这时她想起李乘风小字来——青雀。

南方朱雀，凤凰玄鸟，是极好的寓意，足以显出父母的爱意与期许，但这只青雀此时再没有了乘风振翅登高台的可能。

李淳一俯身伸手合上她的眼皮，侧过身看了一眼案台上移送过来的大典盛装，平静地通知内侍："太女归天了。"

内侍闻声，几乎都扑通跪下，也有识事的立刻前去太医署、内侍省通知。

此刻大雨如帘，主殿内灯火遭遇潮气也跟着衰颓，李淳一站在殿中，竟然显出几分寂寥。这时宗亭与颜伯辛仍坐在偏殿，守着一盏灯一壶热茶，在内侍省和太医署的人到来前，他们都不便露面。

雨声无法填补这可怕的寂静与沉默，颜伯辛忽然开口："我又想了想，倘她没有遭遇那件事，恐怕也无法成为合格的一国之君——魄力有余，心胸却不够。帝王私欲需要节制，而她专断独行，家国不分，如果脑子清醒一些，也不会做出挪动国库填补元家空缺的事来。”

他评价完顿了顿，抢在李淳一登位前毫无顾忌地表露出担忧：“开国至今，百废待兴的时代已过去了，民要养国要守，这条路不好走。吴王虽看着好一些，但最终能走出什么样子，也不好说。”

“雨会停，天也总会晴。”

宗亭抬高手，将窗户往外推了一些，潮气便纷纷涌了进来。

第十三章

内侍省与太医署的人冒着大雨急急忙忙到了，通知消息的内侍继续往长安北边行，将太女归天的消息一一传达到各衙署，宗正寺、鸿胪寺、尚书省等皆在天明前接到了消息。

“太女因服食丹药暴毙，元嘉随其殉葬。大典取消，元嘉带来的元家军被北衙禁军强行收编。”这消息对皇城内多数人而言，突然得简直令人无所适从。

本来就单薄的天家，短短一月之间，接连好几个人死去了，而活下来的竟只有吴王和已经彻底成为废人的前太子。前太子已无力继承皇位，而吴王治淮南有方，对治理山东大灾及贪腐之事又有大功，数位重臣一呼百应，请吴王即位。

不提姊妹对立，也无人讲那一晚的阴谋与血战，多数臣子只当是皇位的顺利过渡，便少了太多攻击与阻力；百姓因不知内情而不至于慌乱，换个人即位，对他们而言似乎并没有太大差别。因过渡得稳当且时机恰当，并未出现什么内乱，虎视眈眈的邻国外敌也不敢轻易动手。

为安抚不甘的东宫党，李淳一与众要臣议过后决定追赠太女，以帝王规格发丧。如此一来，东宫党便只能消了明面上的怨气，有些人甚至因李淳一的“大度”与“仁德”差点倒戈。

一一梳理朝中阵营局势之际，山东的事也总算要做个了结。因颜伯辛来长安时带走了元家军大量精兵，加上重要将领叛变，仍在齐州府的军队力量便显出薄弱态势来。

元家这时恰好又得了“太女暴毙、元嘉殉葬”的消息，老太太急火攻心差点死过去，几个长辈更是怒火涌到了心头，恨不能率军杀到长安去将李淳一等人千刀万剐。然就在元家筹谋动手之际，一道指令却发到了山东——元家意欲谋反，令兖州、青州军平乱。

兖州、青州两路军夹困齐州元家军，元家军节节败退。

这日颜伯辛总算从长安赶回了齐州都督府，他下了马便直奔后衙公房，一条小黑蛇奄奄一息地卧在门槛前，他一惊，竟是连鞋履也来不及脱，推开门就跨进了屋。

屋内是难得的死寂，这炎热天气里窗户竟被关得死死的，案前长卷委地，空气里有一缕极难捕捉的药味。颜伯辛乍一看发觉案后无人，上前拨开挡住案台的长卷，却惊愕地看到了倒在地上的贺兰钦！

他几乎是从案下匍匐过去，速揽起贺兰钦的头：“先生！”

一向自持的声音甚至带了些颤音，他低下头手按在贺兰钦颈间，摸到一缕微弱脉搏，这才短促地松了一口气。他霍地起身将窗户打开，又对刚从门外路过的庶仆大声唤道：“快去请医博士！”

庶仆被他这铁青着的脸吓到了，回过神拔腿就去唤人。颜伯辛速转过身，蹲下来查看贺兰钦的状态，用言语激他道：“先生可不能在这时候出事，颜某担不起的！哪怕为颜某的前程考量，恳请先生醒一醒！”

贺兰钦却始终紧闭着眼，面色发白，唇几乎发紫，任凭他唤也不醒来。

屋外蝉鸣声吵得人心极度烦躁，颜伯辛守着贺兰钦挨过了这漫长的两炷香工夫，医博士提着药箱气喘吁吁地赶到了。

此时贺兰钦已被移到了榻上，医博士匆忙放下药箱上前查看，面上竟现出一丝紧张情绪来。他坐下来，指腹搭上贺兰钦的脉，此时却忽有一只黑禽飞进来，栖落在贺兰钦枕侧，以对抗的姿态紧紧盯着那医博士。

医博士的脸色差到了极点，这脉象也令他胆战心惊。他像避开烫手山芋般站起，快步往外走了两步，撞到颜伯辛这才回过神，稳了稳声音道：“颜刺史，借一步说话。”

颜伯辛见医博士神色紧张，心中顿时腾起不好预感。果然，医博士轻蹙起眉，显出担忧与疑惑来：“此脉象甚怪，像是大病迁延不愈的久耗之脉，弱得吓人。如此状况，换旁人大约早不行了，然贺兰先生平日里却瞧不出半点毛病，当真不是寻常修为能够达到的。”

“能治吗？”颜伯辛直奔重点。

医博士略略迟疑，回道：“贺兰先生精通医术，照今日这脉象看，他对此症应当也是无计可施，某在医学上的造诣远不及贺兰先生……”说罢摇摇头，“实在无能为力。”

颜伯辛面色瞬间沉下去：“他何时会醒？”

医博士正要回话，里边庶仆冲出来道：“醒了醒了，贺兰先生醒了！”

颜伯辛二话不说撩袍入内，医博士站在门外不敢进去造次，只拉过庶仆，写了个方子给他：“此方制成药丸，可救急用，哪怕贺兰先生不打算用某的方子，你们备着也以防万一。”

庶仆点点头，赶紧拿了那方子去抓药；医博士则提了药箱，脚步仓促地往医署去了。

颜伯辛在贺兰钦榻前坐下，伸手扶他坐起来。

贺兰钦虽然一副病容，但一双眼不混沌晦暗，神志也是十分清醒，声音略哑语调却格外平和：“颜刺史受惊了。”

“是被吓了一吓。”颜伯辛沉重地抿了抿唇角，“先生可清楚自己的状况吗？到了这地步难道还要硬撑着？”

贺兰钦不再打算瞒他，微颔首道：“正因为清楚才撑着，若不清楚，大概早就死了。”他谈及生死，仿佛是在谈无关紧要的人与事。

“吴王可知道此事？”

“早晚会知道，并不急于这一时。”他若无其事地说道，“请颜刺史帮我取个药。”偏头看向屏风外，“在公案旁的匣子里。”

颜伯辛起身将药瓶取来，又给他倒了水递过去：“先生这样撑了多久？”

拔开瓶塞是分外浓烈的药味，颜伯辛闻着都皱了皱眉，他隐约回忆起来，往常贺兰钦都用檀木香，想必是用来遮盖这药味。

“近十年。”贺兰钦服完药，将小瓶子收进了袖中。他往常都随身带着，这几日因太过忙碌，且也不出门，就索性放在了匣子里，没料一时病发竟然来不及找药便昏了过去。他抬头叮嘱颜伯辛：“此事不要声张。”

颜伯辛口风一向严实，考虑到暴露贺兰钦的软肋可能对李淳一产生不利，便更不会随便乱说：“某会严嘱医博士与府里的人。此事在这之前可有旁人知晓吗？”

“宗亭知道。”贺兰钦缓缓闭上眼，面色在一点点恢复。

颜伯辛骤蹙眉：“他为何知道？”

“鼻子灵得很，初次见我就嗅出了端倪，后来又掐着此事当筹码，要我与他联手。年纪轻轻，实在是人精。”贺兰钦闭起眼，“有他这样的人盯着，吴王将来的路兴许会好走些，等局势再稳些，我也该退了。关中也好，山东也罢，于我而言都不太宜居，我还是得回到南方去。”

贺兰钦言语里完全是功成身退托付后辈之意，颜伯辛却并不乐观：“人心善变，宗相公之心也未必始终如一，就如先帝与皇夫原先联手结盟，后来却也分道扬镳。朝廷里总该有先生这样的人支撑着，先生不能养好身体再回朝吗？”

“颜刺史所见不过是表象，这两人牵扯多年，都是难得的死心眼。”他说着睨一眼枕边的乌鸦，“就如这黑禽，若两情相悦，便终此一生对伴侣执着忠贞，与先帝皇夫纯粹的结盟毕竟不同。我哪怕继续撑着留下辅佐，也不过是强弩之末了。”

他看得通透，也深知进退之道，像最后给忠告似的，又与颜伯辛道：“若说吴王将来要面临的忧虑，除去外患，剩下的极有可能是山东。如今元家倒了，山东势力必然要重组，颜、崔两家也会获益良多，譬如齐州府都督这个位置便很可能要归颜刺史所有。倘你表现出不合时宜的野心勃勃，就会引得帝王猜忌及忧虑，那样对朝局和你辖下百姓都无益处。因此，该收敛时要收敛，为人臣也得有本分，身为齐州父母官更得有体恤百姓之心——”

贺兰钦说着忽然止住，为缓解症状偏头暗吸了一口气，没有继续说下去。

说到这份上已经足够。明看是给颜伯辛忠告，实际则是尽可能地帮李淳一扫除后患。颜伯辛沉默听完在榻旁静坐了会儿，心中也有了思索，他忽然偏头看向门外，炽烈的日光盘踞在地上缓慢移动，恣意的蝉鸣反而衬出这夏日午后可怖的清净。

此时的延英殿内，宗正寺卿等人正同李淳一奏明登基大典的筹备事宜。宗正寺卿道："司天台已将日子选了，请殿下过目。"

礼部侍郎又道："大典所用衣冠今日也将送来，请殿下先试，倘若不合适还得尽快退回去修改。"

"知道了。"

将作监又问："先帝及主父的陵寝工事将要收尾，太女陵寝的工事才刚刚开始，葬期是要安排在一块，还是分开？"

"分开，让司天台择日子。早一步走的人，还是先入土为安吧。"

"喏。"

彼此都不为难，葬礼也好，登基大典也罢，有个愉快合作的开端毕竟是好事。众人议过事，就纷纷起身走了。这阵子宫城内实在发生了太多事，少有人过得轻松，累日的疲惫像大山一样压得人喘不过气。

夏天也到了最热的时候，延英殿内却是异常阴凉。走了一拨人，又来一拨人，只有李淳一坐在案后静听，手指探进幻方盒里理思路，面前案上则堆满了刚刚看完的奏抄。

外边内侍忽报道："宗相公到！"

李淳一抬头，只见他过了侍卫搜查走进来，手里还提着一只食盒。他将食盒放下，移开她面前的案牍，坐下来打开食盒，将迟来的午饭摆上桌，径自一一试过才递给李淳一："虽有公事要说，但先将饭用了。"

李淳一低头吃饭，他就在一旁看着。

"相公吃了吗？"

"吃了。"

"相公瘦了。"

"殿下也是。"

这么一来一去地聊着，宗亭眼角竟然缓缓酝酿起笑来，李淳一下意识抬头，恰好撞上他这神情：“相公笑什么？”

“许久未见殿下吃饭了，竟然有隔世之感，觉得奇妙。”短短半年工夫，却好像过了很久，还能这样坐下来面对面用餐，彼此都安然无恙，就很值得珍惜感激了。

待李淳一吃完，他又取了一碗酸酪给她，顺手将她的幻方盒拿过来推演。

一碗酸酪还未吃完，外边内侍报道：“殿下，大典所用衣冠到了。”

“送去甘露殿。”甘露殿正是她眼下的寝宫，内侍得令立刻就捧着沉甸甸的衣冠往北面去了。

这会儿已过了未时，日头往西移，皇城内各衙署也陆续下直，一日的忙碌将走到尾声。

宗亭忽问道：“臣可有资格去甘露殿？”

李淳一擦嘴抬头：“相公是王夫，为何不可以？”她说罢起身要往外走，“除非你要同我和离。”见宗亭未跟上来，略略转头，“不是有公事要谈吗？”

宗亭遂起身跟上，两人顶着烈日往甘露殿去。路上宗亭禀告山东战况，又说：“元、颜两家胜负已定，然颜伯辛此人同样野心勃勃，颜家保不齐会成为下一个元家，应趁早断了这可能。”

“此事我有数，但也不能因他野心勃勃就弃之不用，山东的问题在于私兵之弊迟迟得不到解决，只要仍允许存有私兵，换谁主导局势都可能出事。”

“那便禁了它。”宗亭接口道。

李淳一眸光一凛：“独禁山东，你觉得可行吗？”

“自然不可行，要禁一起禁，这样哪怕有怨气也没理由发作。”他顺理成章道，“殿下甚至可以从关陇先禁起，那样山东便更不能说不。”

他这招是自断手脚，但李淳一并不认为他会干这种蠢事：“你有条件吗？”

“只要殿下执行先帝遗诏，一切都会迎刃而解。”

又是遗诏——与她和离，辞去中书令，出任关陇大都督，他一路算到了这里！

李淳一转身抬头："那当真是先帝遗诏吗？"

"自然是真的。对先帝而言，较之放权带来的危险，抵御外敌、捍卫国土更重要，因此她答应了臣的条件，臣也希望殿下能够执行。拒不执行遗诏的后果极其严重，殿下最好心里有数。"

若她不执行，宗亭便只能随她的登基而成为新皇夫；身为王夫尚且能允许外任，而皇夫却只能在女皇身边不得随意离京。

西边局势紧张得很，正是需要宗亭的时候，他不可能在她身边困着。

他此举是为了给她一个安定的后方，其实无可厚非。

"有陈规困束是一方面，另一方面则是出于平衡考量。臣希望殿下心中不要有偏向，关陇也好，山东也好，抑或是淮南，都是大周国土与子民，倘若显出偏向来，帝国不稳，殿下也坐不稳。"

李淳一不言声，径直往甘露殿里走去，宗亭追进去，内侍便纷纷退了出来，殿门也随之关上。临窗的夕阳跌落进来，李淳一被他按在墙壁上，仰头道："我说过不会再放弃相公，可你这样做……"

"在你眼里，和离就是放弃吗？"他手指探入她发间，在夕阳里低头抵住她鼻尖，捕捉她的气息，低声笃定道，"我又怎可能容你放弃我？"

碍于诸多变化带来的琐务，两人回长安之后相聚的次数少得可怜，若不是今日宗亭主动前来送饭，恐怕也难有机会单独相处。

甘露殿内只有他们二人，临着大窗还能感受到夕阳的燠热。宗亭衣上的桃花香依旧，李淳一闭眼轻嗅，踮脚抬臂揽过他脖颈，贴着他侧脸感受他皮肤的温度——干燥、熟悉又久违。

耳鬓厮磨间无需多言，体温传递便是最好慰藉。从恐惧无助的童年到困顿自闭的少年时期，再到如今经受亲人相继离世及风云诡谲的朝局变化，待一切尘埃落定后还能有一人不变，便是人生最难得的馈赠。

像很久之前便交缠生长的藤蔓，哪怕分开过，最后还是要盘绕到一起，千山万水的阻隔也无济于事。

宗亭忽然收紧双臂，将她瘦弱身躯彻底圈在怀中。多年前他强行掰开她的心门，之后却得她几番不离不弃。不论是他因父母猝然离世而颓丧时，还是后来他因残疾一蹶不振之际，她从未避开。

从窗口递进来的大把白蓬茸，及后来溢满生机的青葱菖蒲，是铺照阴湿心房的阳光，也是黑暗中伸过来的手，防他沉溺的同时也指引了前路。

如今又要远去，又要分离，私心里必定难接受，但时局将他们推到了这里，他们便不单单是为私欲活着。宗亭清楚，今日很可能是他名正言顺留在此处的最后一次机会，将来没有了名义上的牵绊，他们似乎都是“自由身”，同时也将更考验彼此忠诚与心意。

人生充满变化，哪里都是开始。

灰尘落下来也会重新扬起，世事远未到真正结束时。对李淳一而言，如果现在算作是出笼，那么她的征途才刚刚开始，要走的路还很长。

光线缓缓偏移，夜幕也随之覆下。从窗口到软榻，二人寸步不离，亲昵纠缠中是压制的想念与难舍，能够依偎相守的时光是如此短暂，每一寸气息都渴望捕捉珍藏。宗亭覆身将她压在榻上，滚烫的指尖按住她咬死的唇瓣：“不要忍着。”

一直以来她习惯了忍耐，包括情事上，她也向来一声不吭。这时她忽然松开牙关，像雨天里缺氧的鱼一般仰头喘息，隐约听得宗亭说道：“能忍对帝王而言是好事，也是坏事，殿下不要只一味忍耐。”

能忍而不懦弱，是他身为臣下的期望。他同时期望她能够顺利适应角色的转变，厘清肩头的责任与将来的路——

时局的需要、她的坚持与争取，最终将她推上了这个位置，重任也从此落下。从这一刻起，她所做的每一件事，所言的每一句话都需深思熟虑。因寻常人的过失或许只是影响一己之身，而帝王的过失却可能影响到黎民苍生，且更难挽回。

帝王一生将走在无法回头、后悔也无用的路上，需要强大的责任心与危机感。宗亭并不怀疑她缺少这些，但他将她圈在怀里、低头吻下去时，却忽然意识到一个不争的事实——终其一生，她只能被困在这里。

为大周所困，为百姓所困，为历史所困……困在长安，困在这方正如牢的宫城。

在他恍神之际，她忽然反将他压在了身下，敏锐的目光抓住了他面上的一丝迷惘，同时伸出手去理顺他的长发，仿佛想通了一般，反而是心照不宣地开导他道：“相公是可怜我只能独自留在这里吗？”

她的手指停留在他后颈处，声音放缓：“不是还有相公做我的翅膀，替我飞出这宫城去看外面的天地吗？”

她目光里流露出期许与希望来，并无半点惧怕与馁意，平抑了呼吸最终翻坐了起来，背对他下了榻。

大典所用礼服已呈放在长案上，在烛光映照下庄重典丽。李淳一换下身上压出褶皱的单衣，取过盛放崭新礼服的托盘。礼服烦琐难穿，平日里需几个宫人协助才穿得好。此时宗亭拢了拢散开的中单，从榻上站起来，起身帮她穿戴——

一件又一件，等全部穿完，已过去了一炷香的工夫。

“合身吗？”李淳一问他。

很合身。但他没有出声，只敛眸，忽然屈膝要跪，而李淳一却伸手握住了他的肘：“你不要跪。”

她低头看他：“你我是夫妻，夫妻间不该有尊卑。不论将来和离与否，我心中也一直会将你当夫君看待。抛开身份不谈，我是我，你也只是你。”又道，“哪怕以后在外朝因场合需要跪，相公跪的也只是这个位置，而不是我。”

她言罢扶他起来，抬头对上他的目光，平和又认真地说道：“大典就在这个月，剩不了多少天，我方才还想是不是该让你在长安等一等，等大典结束了再走。但我也清楚，安西这阵子不太平，那一撮火迟早会烧到玉门关，陇右也无法置身事外。西戎必须狠挫，不然隔三岔五犯边，谁也不好过——”

她握着宗亭手臂的手更用力了些：“陇右需要你，我也的确不好再为了私心留你。”

话说到这里，她的立场已经明了。国土为重，她愿意放他走，提前穿这一身给他看，也是允他早些回关陇的意思。

宗亭明白她的想法，但有一事始终悬在心头，他还不能就这么走了。时近深夜，宫内更鼓声响了一遍，两人这才重新睡下，但都无法入眠，于是面对面侧躺着，几乎聊了一宿，好像将大半年的话都说尽了。

天总会亮，漏壶滴滴答答一夜走到天光乍明，两人便又要各忙各的。京官踏着街鼓声入皇城衙署办公，李淳一闻得承天门上的鼓声睁开眼。从昨晚聊到现在，不过眯了半个时辰，她面上便挂满了未睡够的倦意。

一只裸足抵着宗亭脚踝，用力戳了一下，宗亭便睁开一只眼好整以暇地看她，不要脸地开起玩笑来：“要起了？难道臣的美色还不至于令殿下从此不早朝吗？”

“嗯，还不够美。”李淳一说话略带了些鼻音，却闭上眼挑起唇角，捧住他的脸吻下去，“但本王不会不要你。”

宗亭睁开眼，反捧住她的脸，越发加深这个吻，难舍难分之际，外边内侍忍不住催促道：“殿下，宗正寺卿、礼部侍郎等人已到延英殿了。”

今日还要再定些细节，但没料几个人来得这样快。李淳一着急下榻，宗亭便只好放开她，且恢复了一贯的怨夫模样：“老家伙们年纪大了睡得少，便早早跑来打断年轻人，真是居心叵测。”

话虽这样说着，但他还是像个贤妻一般下榻来，帮着李淳一梳发穿衣。给她系腰带时，他正色道：“下回能与殿下同榻也不知是何时，殿下百忙之中一定要腾出些时间来想念臣，不然臣会在关陇郁郁而终的。”

“好。”李淳一仰头应道，随后将他双手一握，“务必保重。”

两人在殿外分别，南衙一郎负责将宗亭送回去，他跟着宗亭走了一阵，快到太极门时，宗亭止步道：“继续盯着，宫中倘有异常即时报给我。”

郎将忙点头应下，宗亭便继续往外行。他回宗宅取了些东西，随后又去了吴王府。执事宋珍忙迎上来，因太久未见他，一时竟问他为何到此。宗亭瞥他一眼：“急不可待当我是下堂夫了吗？这里是吴王府，你说我为何要来？”

宋珍顿知自己说错了话，忙澄清道：“这里也是相公的家。”

宗亭不与他计较，命庶仆去车上取下来几只盒子。宋珍瞧着不知所以，宗亭道：“待贺兰钦回京将这些转交给他。”

宋珍心道：死对头竟然还送东西？莫非是毒药？他正腹诽着，却又听得宗亭问：“先前让你收的婚书呢？”

“在房里。”

“裱起来，等殿下登基了就送到宫里去给她挂着。若过几日，宗正寺卿来想要回去，就说婚可以离，但婚书没有收回去的道理，不准给他。”

“知道了。”宋珍风平浪静地应着，心中却已经是翻天覆地了。待宗亭走了，他小心地打开其中一只盒子瞧了一眼，里面竟是整整齐齐摆着西疆雪莲，出手实在阔绰得要命。一边是给对头送名贵药材，一边又要同吴王和离，相公之心真是难测哪！

此时延英殿内的讨论也快近尾声，宗正寺卿最后问道：“若循先帝例，新君登基也该同时册封皇夫，殿下若是现在决定，也还来得及制衣……”

“不用了。”李淳一出乎众人意料回道，“先帝留了遗诏，按遗诏执行。”

宗正寺卿瞪大眼睛：“是、是当真要与宗相公和离？”

“是。”她淡淡说完，又与宗正寺卿道，“择日不如撞日，就今日办吧。”

宗正寺卿惊得下颌都要掉下来，旁边礼部侍郎抢着回了一声“喏”，赶紧拽了宗正寺卿一把，宗正寺卿这才回过神，与众人一起告退往外去。

宗正寺卿出了殿门，虽然是一脸不满，却还是得兢兢业业去办事。

待翰林拟好制书已是下午，姚翰林捧着制书对宗正寺卿自夸道：“哎，和离也得写得这样冠冕堂皇，我也不容易哪。”

宗正寺卿说：“可不是？分明是让他同吴王和离的制书，却要送到中书省去让他先审批，这是什么鬼事情！”

他嘀嘀咕咕出了门，却未在中书省见到宗亭；又去吴王府，除了被狡猾的宋珍呛了一鼻子灰外，连宗亭影子也没见着；最后只得去宗宅，撞上宗如莱便问：“宗相公可在家？”

宗如莱认出他，回道：“回来好一阵了，眼下应在房里歇着。”说着就往东边厢房去找宗亭。宗正寺卿紧随其后，嘴里还不停念叨：“相公真是心宽，这般境况下竟然睡得着，也是令人服气。”

宗如莱不理他，抬手敲了敲门，道：“相公，宗正寺卿到了。”

此时暮色四合，门虚掩着，夕阳蹿进去，门里头却一点动静也无。宗如莱疑惑地再敲了敲门，却仍未有动静。

宗正寺卿面色一凛：“呀，不会出事了吧？”

宗如莱霍地推门入，房里哪有宗亭身影，他大呼了几声，转头却只瞥见了案上一张字条，一柄尖利的匕首稳稳扎在了上头。

宗如莱正要上前查看，宗正寺卿却是抢先一步冲过去拔了匕首。他抓起那字条“啊”了一声，辨清其中内容，惊魂不定地攥着字条冲出了门。宗如莱回过神赶紧追上去，到门口却被宗正寺卿一推搡，生生退回了门内。

“你在这好好待着！别乱打听！也不许同长辈乱说！”宗正寺卿将字条揣进袖中，火速登上停在门口的马车，催促车夫道，“快！进宫！”

此时闭坊声“咚咚”作响，承天门也将关闭，车马声滚滚如雷，逼得地面尘土纷涌、行人掩面急行。

车上的宗正寺卿一脸焦躁，收在袖中的手也不安得发颤。

字条内容写得甚是嚣张，生怕别人不知这恶事是谁干的。宗正寺卿自言自语叨叨“分明已经得瘟疫死了的人怎么就跳出来了，真是活见鬼”时，飞奔的马车终在鼓声落尽前赶到了承天门前。

已是宫禁时分，人车皆不能入。左监门卫一拥而上去拦车，宗正寺卿突然来了脾气：“出大事了拦什么拦！”说着将金鱼符一扔，跳下车来，捋起袖子就要往里冲。监门官上前将其一把揪住，厉声道：“倘有要事请由得某等转告，阑入可是大罪！”

宗正寺卿被他这一镇，才稍稍冷静下来：“我在这里等，你速遣人去禀殿下，就说事关中书相公，等不及明日再说了！”言罢一拢袖，见监门官吩咐下去，这才松口气往后退几步，回到门外等候。

沉甸甸的宫门依制关上，扑进眼帘的只有一对硕大的镏金铺首，兽目怒睁，瞪得人心慌。

李淳一处理完折子从延英殿出来，还未及用膳，就被内侍告知宗正寺卿此时候在宫门外，是有急事相禀，且又恰恰关乎宗亭。此时夜幕遮了光亮，高耸楼阙也失了颜色，唯剩一对鸱尾傲立正脊两端，仿要戳破天幕。李淳一闻言立在廊下，眉目担着沉忧：“令宗正寺卿速到门下政事堂。”

急促的步履踏碎夏夜虫鸣声，政事堂廊下昏睡的灯笼仿佛也被吵醒。李淳一预感不妙，遂将值守宫廷的谢翛也召了来。谢翛甫进门，还未及行礼，门外就传来喘气声：“殿、殿下——”

只见宗正寺卿气喘吁吁一路跑到门口，鞋也不及脱，大步一跨入得门内扑地道：“殿下看这字条！”他说着将攥在手中的字条塞给李淳一的内侍，这才抬起头来急促地补了口气，“元信那贼竟将宗相公给抓了！”

一旁谢翛闻言先怔一怔，登时将目光投向李淳一。

李淳一拿捏着字条，眉间忧虑愈沉，手背青筋更是纷纷突起。元信于押送途中被人劫走后再无音讯，对此她心中始终存了隐忧，如今果生枝节，竟将宗亭搭了进去。而元信的目的，断然不是只对付宗亭一人，否则他也不必留下这字条了。

然字条上仅是说宗亭现在他手里，其他一概不讲，教人无从下手。

宗正寺卿喘过气来，问道："元贼仰靠的是谁人势力，竟敢如此大胆？"太女已倒，山东元家军气数也尽，难道是皇夫留下来的那拨人？

他如此猜测，李淳一心中亦是同样想法。皇夫擅留暗棋，哪怕他已亡故，暗棋仍能动作，彼时半途将元信劫走的或许正是这些棋子。但这藏在暗中的力量是何等势头，元信到底想借此做什么，都没有确切结论。

谢翛扭头问宗正寺卿："此事距现在有多久了？"

宗正寺卿回："有一个多时辰了！"

"殿下——"谢翛转向李淳一，"应速追捕元贼，画其面影发至各坊、各城门官，同时发急报至函谷关、潼关，以免生变。"

"对对对，先将出路给堵死了，叫那贼插翅难飞！"宗正寺卿连忙附议，却又话锋一转，"不过元贼病亡一事先前是殿下亲自与先帝禀报的，如今却要明着追捕他，恐是不妥。眼下正值新旧交替，若生出什么闲话来怕是麻烦，不如暗中——"

他主张暗捕的提议还没讲完，门外骤响起传报声："殿下，有急报。"

宗正寺卿倏地止住话头，内侍匆匆出门接了消息，入内禀道："殿下，今日未时过后，长安、万年两县有十余坊遭遇危急火情。京兆尹疑是有人作乱，府廨人手不够，怕事态恶化，特请增派金吾卫巡夜。"

此事来得蹊跷，时机又微妙，不像巧合。

一众人等李淳一的决定，李淳一却只问："宗相公被抓，何人会担心？"

谢翛迟疑道："殿下会担心。"

"还有呢？"

谢翛接着道："宗家人会担心。"

"还有谁？"

谢翛不明就里蹙起眉，宗正寺卿却恍然大悟道："关陇会担心！他那武园表弟是十足莽夫，如今带个小娃娃守着西北，若是得了相公被抓的消息，指不定会干出什么事来！西北局势紧张，可容不得乱哪！”

他气躁语急，讲得对，却也不全对。

要看武园是怎么得到“宗亭被抓”的消息，更要看他是否相信此事。武园对李淳一成见颇深，甚至以为李淳一欲立颜伯辛为新夫，因此哪怕元信让人报信给他只是讲“李淳一欲与宗亭和离，因宗亭不肯而将其秘密抓获，并打算灭口”，武园也会信以为真。

这满腔怨怒之火一烧，届时关陇怎么平静得下来？

“先传信给关陇。”李淳一倏地起身往外走，同时也下了决断。内侍连忙跟上，谢翛拉起地上宗正寺卿亦跟出门，只闻得李淳一道：“传令左右金吾卫，速增派人手巡防，抓到作乱者立即送京兆府严审。”

谢翛已听明白了其中意思，李淳一认定今夜城中之乱是元信所施的障眼法，其真正目的是乱关陇。她要抢在元信前通知关陇，是先发制人，叫武园不要乱来。

“是否还要明着追捕元贼等人？”谢翛又将先前提议问了一遍，这时主张暗捕的宗正寺卿却抢着答道：“要的要的，面影要画，消息也得传到外边去，不然更易生误会。”

李淳一颔首，叫谢翛先去办。

得了令，日暮后便沉寂的皇城诸司又忙碌起来，这一忙就到五更二点，承天门上的大鼓毫无动静，城门坊门也因敕晚开，坊街里时不时有金吾卫骑马驰过，激起尘土一阵，混着昨夜火灾过后的焦臭味，实在难闻。

百姓在坊门口排起长队，等门开的同时又喋喋议论道：“瞧见那边贴的海捕文书没有？上头那人以前可是都督，且还是已故太女的丈夫，听说在山东恶事做得多了，被先帝降罪，本要押送回京，半途却佯死逃了，眼下带着人四处纵火扰民，真是可恨！”

“可不是吗？昨日闹了一夜，金吾卫却一个活口也没捉到，据说不是逃了便是吞毒死了。”

“依某看，留在城里作乱的皆是些小卒子，文书上的那贼哪，怕是早就逃出城去了！”

“让路！速让路！”

一众人正说着话，就闻得喊令与马蹄声急促传来，匆匆分成两路避让，只见红衣金吾卫骑着高马直奔坊门而去，后边拖着的囚车里竟关了个活人。

坊卒急急忙忙打开门，诸人也趁机往外挤。人群一阵哄乱，对街开的宗宅大门前却安安静静停了辆马车。宗国公一言不发登上车，宗如莱犯了错似的跟上去，坐在一旁大气也不敢出。

原来昨日宗国公歇得早，宗如莱没及时将宗亭失踪一事告诉宗国公，直至晨间吃饭才说了此事，宗国公自然气急黑脸，拄着拐杖就急急忙忙地要进宫去。

日头升得越发高，蝉鸣声中多了几分烦嚣之意。马车穿过宽阔坊道奔向朱雀门时，仍可看见南衙卫队巡逻的身影，俨然有全城戒严之态。

李淳一彻夜未睡，一边是南衙巡捕的进展报告，一边是安西最新的军情奏抄，没有一处顺当如意。内侍送了早膳来，却不敢贸然询问，只悄悄放在一旁便又退回去。他抬头望去，外边除了侍卫仍没有旁的身影，这便意味着京兆府仍未查问到有用消息。

然只分神的工夫，就闻得外边传来通报声：“宗国公求见——”

这边还未给回应，那厢“咚咚咚”的拐杖声却是愈近愈急迫。李淳一从军情奏抄中抬起头，宗国公已是带着宗如莱怒气冲冲地来了。

拐杖击地声顿住，宗国公站定，只将气稍捋，便指着宗如莱、面向李淳一质问道：“这样大的事，这孩子不懂事不与我说，殿下竟也不知会老臣一声吗？！”

宗国公近来旧疾复发，一气急，便紧握住拐杖猛咳，将日益老浊的眼也逼出通红血丝来。

李淳一放下手中奏抄从容起身，道：“国公请坐。”

内侍赶紧搬条案挪垫子，宗国公却双手撑住拐杖不动，压下咳嗽追问道：“人找得如何了？”

“在找。”李淳一答。

“如何找？像这样满京城翻？元信会留在京城等着被抓？”宗国公说话时白须微颤，语气更急，分明是对李淳一表露出不满，而这面上的不满又似乎是有意的刁难。

一大早就如此咄咄逼人地来讨要说法，他一方面是担心宗亭安危，另一方面也是不确信李淳一具备上位者的能力与手段——

怕她慌乱无措，也怕她无计可施。

李淳一见内侍已将条案软垫摆好，遂看向宗如莱，示意他扶宗国公坐下。

宗如莱得了暗示，连忙上前扶住宗国公。宗国公不客气地睨他一眼，还是不肯坐，这时候却听李淳一道："昨日出事是在未时后，一行人等若要在短短两个时辰内离开京畿之地，无太大可能，因此严查京畿关隘仍是必要。"

她取出压在奏抄下的字条递给内侍："这是元信所留，请国公过目。"

内侍赶忙将字条送到宗国公面前，宗国公快速地眯眼一瞥，确实未能从其中再寻到更多讯息。如此看，李淳一这般找法似乎也无可指摘。但他面色仍是难看，咳嗽也愈加剧烈。李淳一待他咳过这一阵，接着道："昨日已向关陇传了信，如此也好应对元信以相公性命来挑拨关陇的可能。"

李淳一这番话是将此事往里再推进了一层，可见她对元信的意图有更深入的考虑，也证明她清楚宗亭在关陇军中是何等的分量。

宗国公听完她所言，稳了稳气息，反问道："元信早不抓人晚不抓人，偏等到这时候，殿下可想过其中缘由？"

李淳一自然想过！

其一，当时在山东为控制元信，他们给他服了药，过了这么些时日，他的身体也正当是痊愈之际，这时行动更为方便；其二，近来正是西北局势最紧张之时，如她昨夜收到的军情奏抄上所言，关陇往西的安西军正疲于应对外敌，自然不可能如以往般向关陇支援；其三，她尚未登基，在朝中还没能站稳脚跟，随时都可能生出新动荡。

所以此时乱了关陇，会让西北这团乱麻越发扯不清，带来难估量的损失。

宗国公见她面上并无惶惑之色，便明白她是清楚个中缘由的，遂也不再故意逼她，面色稍缓，竟是撇开宗如莱的手，主动在软垫上坐了下来，并同如莱道："你去外边待着。"

宗如莱松了一口气，正要往外走，却发现几个内侍也退了出来，可见李淳一有事要同宗国公私下商量。一行人甫出了殿门，廊庑西侧就有人匆匆跑来，向李淳一的内侍递了奏抄，压着粗气禀道："京兆府刚递的，说是晨间捕的活口，审出些眉目就立刻送来了。"

内侍不动声色接下，又入殿将奏抄递进去。

天气愈燥，宫城桃花早已凋尽，只剩纹丝不动的绿叶与即将成熟的寥寥果实。而通往凤翔的官道两旁，风却挟着女贞树上残存的花束恣意舞动。一行商队疾驰在宽阔驿道上，看起来与其余商队并无不同。忽然，领头那车停了下来，后边诸车也纷纷停下。

有一人从领头那车里跳下来，径直朝后边一辆货车走去，指挥小厮掀开遮雨油布，从中抬下一只大箱。他俯身撬开那木箱，拨开上面所铺稻草，才显露出一只硕大麻袋。

那麻袋一动不动，旁边小厮只嘀咕了声"呀，不会给闷死了吧"，便立刻得了狠狠一瞪，周遭顿时没人再敢多嘴。

"抬去前边！"那人一声令下，俩小厮立即合力抬起麻袋，"吭哧吭哧"将其运到领头那辆车上去。那人又重新登车，三五下除去袋口麻绳后，里边的人才终于露出了面目——

正是宗亭。

第十四章

解开这袋口的人，便是易了容的元信。

宗亭动也不动，蜷了将近一夜的身体已经僵硬，他不想浪费力气。何况元信先前给他灌了药，说什么“李淳一在我身上做过的恶事也得让你尝尝滋味才解恨”之类，用脚趾想想也知道是要让他体验一番“难动弹”的痛苦。

他不仅无怨言，还极度配合元信，反令元信无端窝火。

这时他被困麻袋之中却一脸的甘之如饴，更是教元信反感。元信踹那麻袋一脚，宗亭这才抬起眼皮，悠悠忽忽看向对方。

关陇山东针锋相对多年，这两人素来水火不容。宗亭现下端出这般态度，实在没有半点“袋中囚”的觉悟。

“滋味怎样？”元信压下心头一撮火，以“占尽优势”的口吻问他。

“往凤翔这段路修得不太好，颠。”宗亭嘴皮翻动，却已经判断出现在走的是哪一段路。

末了，他扯了扯嘴角，甚至教起元信来：“既然你要押我去陇右，那我劝你走奉天驿，再取弹筝峡驿往姑臧（凉州治所）去。为何呢？因这样走只有一千八百里。但你眼下是打算从凤翔往陇州，出大震关，由秦州入凉州，这样得走两千里，且要过兰凉二十驿，关隘甚多，若半途被查出来，岂不是乱了你大计？”

他俨然一副陇右主人的姿态，语气欠揍，但显然狠狠踩了元信痛脚。毕竟他对陇右的熟悉程度远远甩了常人一大截，又何况元信这样初次入陇的人？

元信突然一撩帘，一小厮立刻朝这边跑来。元信板着脸吩咐：“让他闭嘴！”小厮立即扯了团布，按住宗亭脑袋往他嘴里一塞，倏地退了下去。

往宗亭嘴里塞的这布团，仿佛也将元信心头的一撮火往下压了压，让他重新掌握了主导。

他看向宗亭道：“李淳一辛苦了整晚，却一个活人也没抓着，不知眼下有无进展。倘若抓到了活口，恐怕也该知道我押着你往西边去了。安西军正同西戎打着仗，伸不了援手，凉州、肃州现下只有一介莽夫与一个奶娃子，你说李淳一会怎么做？”

说话间他取了手边匕首，耐心地擦着刃口：“她慌也好，不慌也罢，都不会袖手旁观。只要她征调府兵往西北去，朝臣就会不安，你的关陇军也会全力对抗。哪怕她抢先通知了你那表弟，你表弟会信她吗？关陇旧部会信她吗？”

宗亭说不了话，他也不想说话。

这时宫城里的日头忽被滚滚浓云遮了，天边起了一丝风。户部、兵部尚书正应诏匆匆忙忙赶往延英殿。两人上了玉阶，户部尚书抬手迅速抹了抹鬓角的汗，压着声音问旁边的兵部尚书：“倘殿下要征发府兵，有多少可征？”

“你可当真是未雨绸缪，还不知要不要征，难道就已想着备军需的事了？”

“依某看，这是不可避免了。好在先帝圣明，备边库还算充足，不然这突然征兵，某也是要急白头哪！”

两人说话间已是到了殿门口，等通报后，便一齐入内。甫入殿，见得宗国公在，且还另有两位南衙将军，想必李淳一已与他们谈过了。

原来李淳一得了京兆尹送来的审讯奏抄，被捕那人交代说皇夫筹谋多年，在关陇养了不少耳目内应，元信此行正是冲着搅乱关陇去的。至此，先前种种猜测便得了证实。元信的确绑了宗亭往西北去，也的确是要趁安西困顿、李淳一在朝中还没立稳脚跟之际作乱。

两位将军对发兵大约是没有异议的，尚书省两位相公一开始也无异议，直到李淳一说到要亲自出征，这才相继扑通跪下，反对道："殿下还未登基，万万不可亲征哪！"

"两位相公怕什么？"

"主父及先帝相继走了，太女亦不在了，朝中正需要殿下稳定局面，禁不起动荡。为殿下安危及朝局稳定考量，殿下此时哪里都不宜去！"兵部尚书如是答道。

李淳一却问："登基大典距今还有多久？"

户部尚书答："就这个月。"

"那再往后推一个月，望尚书省筹备得更细致些。"她好像没有要商量的意思，就已经做了决定。

兵部尚书还要反驳，宗国公却突然一阵猛咳，将他的话打断了。兵部尚书抬头看过去，却见宗国公缓过气来道："倘只是殿下不在京城，朝堂就乱了，那这朝堂里的人哪里还有忠心与能耐可言？岂不都是没用的草包了？"

宗国公开这个口，一是提醒他们这里仍有老臣坐镇；二是叫他们恪尽职守稳住后方。

这时李淳一又同内侍道："贺兰先生在回来的路上了吗？"

"回殿下，按原定的日子算，谏议大夫昨日应从山东出发，脚程快些，十日内也该抵京了。"

贺兰钦要回来，意味着可以稳住朝堂里的那些江左士族。这样看来，的确也没什么乱子可出，两位尚书虽还是无法理解李淳一亲自出征的必要性，但心定了些，便也不再出声反对。

这时外边的太阳彻底不见了踪迹，殿内外都阴沉了许多。夏季的雨来得蛮不讲理，说落就落，很快就浇湿了宫城，也淋到了城外驿道上。

马车顶着暴雨前行，元信收起擦得光亮的匕首，好整以暇地看着无法动弹的宗亭："原先关陇便不赞成你与她的婚事，担心你会将关陇的控制权拱手相让，加上现在她大张旗鼓地削减、改制山东军，关陇面对气势汹汹而来的朝廷西征军会做何想？关陇、山东军虽各踞一方，性质却是一样，都能屡拒朝命、制衡中央。山东军没了，关陇就是下一个山东，这时候朝廷率军发往西北，他们岂能不多疑紧张？”

元信很满意给李淳一设的套，且等着她往下跳。他甚至摆出一副好心态的模样来，说道：“哪怕我算计不到她，我还可以拖着你一起死。”

宗亭大约是听他讲得烦了，可又无法开口，遂十分反常地翻了个有失风度的白眼。

元信一怒之下起身重新捆住袋口，唤来小厮：“将他关到后边去！”

小厮连忙照做，冒着大雨又是停车又是抬箱，末了瞧见一只腿上缠了白布的乌鸦栖在油布上，便与身旁人嘀咕道：“这鸟哪来的？”

“昨晚就在后头跟着了，定是被人打伤了飞不远，当我们这是顺风车呢！”

“抓来吃了。”

“乌鸦肉酸，难吃得很，你是不是傻？”

行进途中不宜多言，这议论很快便打住了。

凤翔就在前边，城门官冒着急雨张贴海捕文书，商队的车也在城门口停下。守门小卒立刻迎上来检查人车，却并不十分仔细，只翻了几只箱子，见无异状就打算放行。

车队将行，被雨淋透的乌鸦却立在油布上扑腾，俩小卒一见那乌鸦，忽然迅速交换了眼色，其中一人速奔去同城门官道：“先前叫某等留意受伤黑禽，竟然真有，看来那队人是十分可疑了！要不要拦？”

原来昨晚李淳一寻遍各处都未见乌鸦，便疑心是被宗亭带走了，想着也是线索，遂在下发文书里多添了一条。

然凤翔城门官听得禀报，神色复杂，似是权衡了一番，却答复道：“不要拦。”

此时征兵的消息已下发至京畿各折冲府，尚书省忙作一团，至傍晚，皇城内四处灯火通明，值宿官员较往常也多了一倍。

宗国公在门下政事堂待了一整日，已快要熬不动，李淳一起身送他。

可刚出门，凤翔就传来急报。

“有消息了？”

“是，凤翔今日发现了元贼等人踪迹。”那卫兵说着将急报递上。

李淳一还不及看，便问：“拦住了吗？”

“没有！”

“为什么不拦下来？！”

卫兵一怔，道：“说是相公的意思。”

这下轮到李淳一怔住了。

卫兵接着道：“今日元贼等人进城之前，就有相公的人携印信见了凤翔县令，讲了昨日相公被捕一事，且叫凤翔县令哪怕发现异常都得放行，随后发信给殿下。”

李淳一先是难以置信地看向宗国公，却又立即冷静下来，问那卫兵道：“凤翔县安排人手跟着了吗？”

卫兵给了肯定的答复。

出了凤翔，行一百五十里便达陇州，就真正到了关陇的地界。是元信困他，还是他困元信？

“你先下去吧。”李淳一握紧奏抄道。

一旁的宗国公看着卫兵远去的背影，哑着嗓音叹道：“凤翔挨着陇右，县令宁可听他却不听殿下的，殿下该生气，将来也要整肃才是。”

顿了顿，他话锋一转道：“可眼下，他是在给殿下铺路啊。”

关陇要借此肃清内奸隐患，安西需要援军，李淳一要借此树立威望、推行军队改制、强化集权，以此稳固这把天下最难坐的交椅。

潮湿的廊庑中，一个即将登基的新帝，一个三朝元老，此刻达成了共识。

从长安往肃州，每站皆换最快的驿马，五日可及。

驿卒揣着京中加急传来的信件抵达肃州时，天还未亮，城内外都下起大雨，暂将连日暑气都浇灭。城门紧闭，驿卒勒马抬头看，巍峨楼阙上瞧不清半个人影，反被雨水淋了一脸。

他一抹面上的雨水，看向身后随行的几位府兵：“这是要紧急件，烦请军爷去知会一声。”

平日里只有过境文件才派兵护卫，此次为安全送达，却也一路破格动用军队力量。领头的府兵跳下马来大步往城门口走去，一边嘀咕“怎这样怪，门外边竟连个人也没有”，一边拍门唤人来。

风大雨急，敲门声也淹没其中，城门后仍毫无动静。那府兵有些不耐烦，扭头同后边人嚷道：“多来几个人一起哪！”其余几人闻声便纷纷跳下马，聚到门前抓着铺首吊环一通猛拍。

那驿卒听这声音心中徒生焦躁，下意识又抬头看看楼阙，隐约瞧见有人探头观望，正要朝他喊，却见那人头迅速缩了回去。驿卒心中觉着诡怪，但还未及细想，门后已有了动静。

里边士兵小心翼翼开门，隔着门缝盘问来者身份，闻得是长安送急信来，便将半扇门彻底打开予以放行。

府兵又倦又躁，极不耐烦地牵了马喊驿卒一道进城。一行人甫进门，几个守城士兵却迅疾将城门关上，驿卒闻声立刻扭头看，却见跟在自己身后的府兵猝然倒地！

“小心！”驿卒惊叫出声，其余人还未及反应，便又有数十支利箭俯冲而下，矛头正是对准了随行府兵与怀揣着重要信件的驿卒。

马在晦暗晨风里嘶鸣，但也很快被利刃毙命。尸体悄无声息被拖走，血液被骤雨迅速冲散，黎明将至的肃州城仍在沉睡，只半炷香的工夫，一切痕迹就被抹灭。城门铜铺首瞪着眼，它知晓一切，但什么也说不了。

只有一封标记了“马上飞递”的宫中急信被辗转送到了某个参军手里，上面所书内容正是叫武园不要妄动，安静等待关中军的到来。

当然这封急信还未送抵武园手中就已经化成了灰，倒是“关中大军逼近陇右”的消息在军中不胫而走，连伙房的兵丁都知道李淳一征发府兵出关往西北来了。

肃州的雨不停，消息在军中甚嚣尘上，一时间说什么的都有。

“宗相公先前回长安，不就是求个都督的任命吗？怎到现在还不回来？”

“哪里还回得来？！先帝一走，太女一死，可不就是老幺上位？依某看，她才是深藏不露的厉害角色，将相公骗得团团转，又不放他回来，不就是想要将陇右牢牢抓在手里！”

“不太可能吧……”

“不信你瞧瞧山东的下场！她不过就跑去赈个灾，将山东搅得什么样？杀得那叫一个狠！改日轮到我们，又有几人逃得过？”

这议论当然也传到了武园耳中，他原本就等宗亭等得不耐烦，这会儿火气更旺，在屋子里坐立难安，恨不得立刻奔去长安找李淳一讨说法。一旁伏案练字的阿璃见表兄这般焦躁，小声道：“不要急不要急……长安阿兄总说凡事要沉得住气，要等他回来。”

武园扭头反驳小娃：“小孩子懂个屁，那借势的恶女人一贯心狠手辣，你长安阿兄落到她手里，自身都难保！不行不行，我要入关瞧瞧去！”

他说到做到，搬过盔甲就往头上戴。阿璃立刻冲上去阻拦，死死抱住他大腿：“阿兄不要去，不要去！”

这时忽有一僚佐惊慌失措冲进来道：“不得了了！方才关中眼线传消息来，说相公被吴王给扣押了！吴王这是要拿相公当人质逼关陇就范哪！”

“什么？！”武园瞪大眼，“啊！那可恶的女人，心肠真是歹毒透了！我要去杀了她！”他说着就要挥开缠住自己的阿璃，阿璃这时却号哭起来。

“哭什么哭！大不了鱼死网破！这里不安全，阿兄叫人将你先送到西州去避避！”

“我不去西州！西州也在打仗！”小娃挂着鼻涕眼泪严词拒绝，转向那报信的僚佐道，“我不信！是哪个说的，叫他、叫他亲口来讲！”小娃抽噎着迅速抹完泪，又立刻抱紧了武园大腿。

武园毕竟疼表弟，遂叫那僚佐先出去，想着将小娃安顿好了再走。可那僚佐转身出去，小娃就手忙脚乱从怀里摸出个布袋来，仍是抽噎着：“长安阿兄叫我藏着的，给、给——”

居然还留了个锦囊给阿璃！

在宗亭眼里他竟然还不如一个小娃靠得住？！武园愤愤想着，将布袋撕开瞅了一眼，眉头登时紧锁，随后将布袋塞进怀里，只同阿璃说了句“你马上去密室里待着，我会叫姚司马给你送吃的，千万别出来”便出了门。

外面雨停了，武园一路走一路想，脑子里全是宗亭留的锦囊。一方面他信任宗亭，另一方面他又忠于自己的喜恶，因此这决断也变得困难起来。直到他遇见方才报信那僚佐，对方问他是否要戒严时，他才回过神来道：

“我已叫人送阿璃去西州了，你速去集结人马，我有要事宣布！”

那僚佐见他这态度，便认定他是要同李淳一决一死战了，于是立刻前去集结军队。

同时，一辆假装是载着阿璃的马车，也由几个亲兵护卫着往西州去了。

肃州城内动作不断，可这会儿，元信车队才抵贺兰山。一边是滚滚黄河，一边是浩瀚沙漠，西北壮景一览无余，但此刻无人欣赏无人深探。

宗亭安排的暗线始终尾随元信车队，一路上负责将行踪报给后面的关中军。李淳一亲率精锐骑兵自关中出发，到陇州时却兵分两路，一路往贺兰山，一路直奔肃州城。

肃州城做好了迎战准备，军旗被风刮得猎猎作响，仿佛就等着李淳一的关中军打上门。这一日半夜，姚司马匆忙赶到都督府找武园：“最新线报，关中军还有三十里到，我们的人都已在校场集合了。”

“李淳一也来了吗？”武园毫不忌讳地直呼其名。

姚司马回道：“没有。”

“她人呢？”

“属下不知道。”

武园心里登时冒了一撮火，又压下去问：“叫你办的事呢？”

姚司马简略回道：“妥了。”

鉴于宗亭在锦囊里怀疑关陇僚佐及兵丁中存有内奸，武园谁都不敢信，只好将事情全交给这个宗亭一手提拔上来的亲信姚司马。

“阿璃在密室里没哭没闹吧？”

“小郎君一切都好。”

武园这时没了后顾之忧，心头松了一口气，跳起来大步往外去：“走，点兵去！”

姚司马紧随其后，两人一路到了校场。火把将偌大场地映得通明，一眼看去乌泱泱一大片，铠甲鳞光闪动，阵仗十分唬人。武园领着姚司马登台高声道：“吴王以相公性命要挟关陇，马上就要带着关中军杀来了！山东前车之鉴在那，我等不能坐以待毙，要怎样做？！”

“逼她交出相公！”

“交出相公！”

底下应和声此起彼伏，一把火仿佛熊熊燃了起来，只姚司马在一旁冷眼看着。

这时武园道：“好！既然尔等这样积极，可有自请命当先锋的？！”

原本叫得最起劲的一拨人这时动静瞬时小了，武园呸了一声：“真要上就成缩头乌龟了？刚才叫个什么劲！”说着就扭头同姚司马道，“谁这几天上蹿下跳得最厉害就让谁上！一个个点！”

一直板着脸的姚司马突然拿出名簿念，底下渐渐有人察觉出不对劲来。

先前报信说宗亭被李淳一扣押的那僚佐此时最是不安，因姚司马所点竟几乎都是“自己人”！他神色大变，但不敢妄动，只将视线瞟向队列中某个参军。那参军沉稳得多，一直听着却始终面不改色，只眸色变深。

这时忽有一情报兵跑来：“报——关中军距此地还有不到十里！”

骑兵飞速，十里也不过转眼就到！军列不免起了骚动，姚司马这时也恰好点完名簿，武园正要开口，边上却突然横过来一柄大刀。他还不及避让，忽被人压倒在地！武园下意识夺刀，同时也看清楚突袭之人正是身边那报信参军，大骂一声“你果真是奸细”，双腿将对方一锁，用蛮力扭过他手腕，将其翻转在地。

军列突生骚乱，一僚佐边大喊着“与他们拼个鱼死网破”，边领着兵丁与身边人厮杀起来，更有甚者冲上高台，直奔姚司马、武园等人而去。

姚司马乃一介文官，杀不过就飞奔逃命；武园直性子，干掉那参军，举起大刀就蛮杀起来。一时间火把乱掷、鲜血飞溅，火舌舔上军旗甲衣，血腥气也在夜风里漫涌——黑夜巨大的腹腔中，满是不明所以的杀戮。

身边辨不清敌友，不杀人，就要被杀。

姚司马拼尽了力气逃进夹城，后肩已被流矢中伤，他顾不得太多，抓住迎面跑来的手下急促吩咐道：“有内乱，快、快开城门，迎关中军——”

“开——城——门——”

“速——开——城——门——”

指示口口传达，愈近城门愈高昂响亮，呼喊声直穿云雾。

姚司马因虚脱猝然倒地，恍惚间却闻得排山倒海般迫近的铁蹄声。

近了，近了……

此时另一队由李淳一率领的关中骑兵已到了贺兰山，横亘在他们面前的是绵延山脉，绕过去就是无情大漠，再往北，是北狄地界。

得不到命令，没有人继续前进。他们得到的有关元信车队的最后消息，到此地戛然而止，这也就意味着，元信等人是在这里消失的。

夜长得很，长安城也是难眠。无聊的夏虫总归是不会困的，舟车劳顿数日抵达京城的贺兰钦也不睡，连夜奔赴政事堂，与几位老臣一起坐镇。

偌大一张地图铺在主案上，最新的情报摆在一边，贺兰钦甫入座，宗国公就从案牍中抬起头来，咳嗽一阵道："先看，看了再说。"

贺兰钦丝毫不意外李淳一这次的动作，她很敢为，她在山东时的作为就已经让人领教了。看到兵分两路时的情报时，贺兰钦微敛了敛目，闻得斜对面的宗国公道："怎么看？"

贺兰钦手指迅速划过西北："定关陇，援安西——"又忽然往东北划过贺兰山，"镇北关，防北狄乘虚而入。"他说完抬起头，"殿下思虑还算周到，但能否将宗相公活着带回来，也要看运气。"

宗国公对上他的视线，贺兰钦平静无波道："元信是奔着鱼死网破去的，他也知道关中一定会发兵，这时候他那一小撮人马再赶去关陇意义不大。若我是他，这最后一搏便是——"

他低头，指腹仍按在贺兰山脉上，却突然往北，深入沙漠腹地："出其不意往这里去，若能穿过这大漠，能将宗相公交给北狄，那就不仅是送了人情给北狄，更是对殿下的莫大威胁。"

宗国公老浊的眸光有些许涣散，声音倒还是稳的："穿不过去呢？"

"穿不过去，就看是相公命硬，还是元信命硬了。"

李淳一率领的关中军才刚刚探触到大漠边缘，就发现了散落的货车与尸体。随行的南衙大将探看过后报给李淳一："此地并没有相公与元贼的尸身，臣斗胆推测，应当是元贼一众人在此地与相公的人撞见，双方厮杀，元贼见无胜算，带着相公往更北边去了。"

往更北边，只有去北狄才是出路。元信既然做了这个决定，意味着他仍将宗亭当筹码。而这筹码必须活着才有意义，不到万不得已他不会取宗亭性命。

可茫茫大漠，谁也不知他们会走到哪个角落，会遭遇怎样的变故。

带着担忧，迎着危险，一行人还是朝北边出发了。

烈日当空，尘沙翻滚。

已走过的路没有留下任何痕迹，只有连绵不断的沙丘令人迷茫。

倦极了的马艰难往前挪了两步，忽然前腿一折，整个儿都倒地，马背上的人随之跌了下来。黄沙烫人，但宗亭动弹不得，他一直被捆在马背上，此时马倒了，他也无法起来。一同跌下来的还有元信，他下意识要开骂，嗓子却发声困难，于是他撑臂坐起，吐掉嘴里的沙子，拔出匕首割开马颈，猛地凑上去饮起了生血。

元信这举动无异于饮鸩止渴，如此一番蛮饮并不能解决眼前的燥渴。饮完了，身体反而渗出更多汗液，心跳愈快，连握着匕首的手竟也控制不住地颤抖。

杀了马，只剩下满脸血与满目黄沙，对寻找前路毫无建树，反是雪上加霜。

元信有些盲目地想起身往前走，却因站不稳一下跌在了宗亭身边。风贴着皮肤游走，天地间盈聚不散的热量将人的意志力逼入绝境，他费力睁开眼，面前只有宗亭毫无波澜的一张脸。

宗亭连眼皮也懒得抬动，他需要尽可能地节省力气，因此只无声地呼吸着，丝毫不搭理对方。但元信突然一把揪过他，声音嘶哑含糊得几乎听不清："给老子起来，接着走！"

宗亭听不太清楚他说什么，但嗅到了近在咫尺的血腥气，于是抬起眼皮看向他。元信脸上沾满黄沙与血液，一双眼睛也逼得通红，累日疲惫几乎将他心志悉数摧毁，现在连"求生"这个最后信念也快要崩塌。

他一旦甘心死去，便不会再在意大计的落空与否，最后一定是要拉着自己一起死。

宗亭捕捉到了其中的危险，却一脸的无所惧，甚至弯起干裂的唇不急不忙道："我说了……靠你走不出去，可是你不信我。"

声音低哑无力，却透着挑衅。

元信在大漠中显然是个生手，在黄沙的狡诈与无情面前无计可施。宗亭却不同，身在西北多年，少年时期他就曾随军数次深入沙漠腹地击退外敌，对大漠的脾性显然更为熟悉。

元信面对他的嚣张怒气丛生，陡将他前襟攥得更紧，喉咙底更是发出一声愤怒低号。

宗亭任他揪着，被捆在身后的手这时却触到地上的一摊黏腻的东西，是已经开始凝结的血液。随之摸到的，是尖利的、被滚烫的沙子焐热的匕尖。

"求我带你出去。"宗亭闭上眼四平八稳地说道。他从容里透着万分的狡猾与优越，全然不在意再次激怒对方。

元信瞪着眼用含混不清的声音道："出不去老子就拿你陪葬！"说着就要将宗亭从地上拖起来，可宗亭仍与马捆在一起，他根本没那力气拽动，反又重重跌了下去。

空气里的血腥气更重，马开始腐烂，数只黑禽在上空盘旋，伺机对猎物下手。元信躺在沙地里猛补几口气，突然一个翻身，沾满血的双手瞬间就掐上了宗亭的脖颈，俨然已是歇斯底里的架势："老子要你一道死！"

他整个人都压在宗亭身上，双手死死扼住宗亭的咽喉，怒瞪的眼珠仿佛要掉出来。

这时宗亭倏地睁开眼，出声艰难却有力："我不一定能活，可你却——一定会死。"他说话时额颞血管简直要爆开，两肋下腹亦深深凹陷，手从背后移出，目不转睛盯住失控的元信，将手中利刃稳稳扎进对方后背，直捅心脏。

血溅了满手，身上压着的身体在瞬间变得更沉，喉间紧跟着一松，宗亭缓慢地补了口气。

霎时间，盘旋在上空的数只乌鸦俯冲而下，争相啄食新鲜的尸体，唯有一只无心夺食，稳稳落在宗亭脸侧，将叼来的马莲子送给他。

清苦味道入口，犹如雪中炭一样及时。

一众禽鸟争啄肉体，血腥气盘旋不散，宗亭身上仿佛压着一个屠宰场。他费力推开身上负累，挣脱已被割断的绳索。鸟儿们受了惊吓乍然飞起，扑棱棱的一阵，一同往北边飞去了。

宗亭抬头查看飞鸟的行迹，直到那一丛黑影消失在视界中，才咬牙站了起来。

累日疼痛让人麻木，关节也难以自如地配合，但此时为求生只能往前走。宗亭解下马背上的空水囊，割下马腿带上乌鸦，随鸟群也往北边去。

方才吃到的马莲子非常新鲜，意味着在不远处就有马莲草，或许还有沙枣树，甚至水源。只有找到水源，他才有可能活下来等待营救。毕竟以他目前的体力，想要独自徒步回贺兰山，几无可能。

日头渐渐下移，天边红得像要烧起来，翻滚的尘沙到了一天中最疲竭的时候，干枯的胡杨柽柳倒卧在沙子里，野羊从沙丘后蹿出又消失，宗亭身旁的乌鸦突然兴奋起来，在辽阔天地里呱呱叫唤，忽地展翅腾空，逐日而去，不见踪影。

宗亭体力几乎耗尽，全凭意志支撑，他在原地停了一阵，打算继续前行时，乌鸦却突然折返，浑身潮湿地带了未成熟的沙枣回来。

它湿漉漉地栖在宗亭肩上，用羽翼亲昵蹭擦着他的脸，让他感受到了久违的水，迫切想让他知道求证的结果。

宗亭笑了，这时天边终于敛起烧红的脸，挂上了沉沉夜幕。他吃下苦涩青果，抬起头就直面天河。夜风里繁星闪耀，置身其中，内心是前所未有地壮阔与孤独，也萌生出前所未有的期盼与挂念。

可等待是漫长的，哪怕李淳一特意带上了熟悉大漠的兵马前来寻他，效率也十分低下。

经历几日的徒劳找寻，人马皆倦极，带的食物也用了大半。这一日傍晚，大将斗胆同李淳一进言："倘明日还找不到，臣恳请殿下先行离开。"

他的担心不无道理，这儿不光环境恶劣，且随时会招来北边的敌人，李淳一身为储君不能有任何闪失。

他这一开口，其余人纷纷附议，其中一裨将甚至自请命要护送李淳一回去。

李淳一沉默不言，抬起头却突然看见呼啦啦的鸟群飞过，一阵又一阵。是斑鸠，它们通常会在日暮时分回到水源地，这意味着继续前行很可能会遇见大面积的湖泊。她突然偏头问身边一个熟悉沙漠的校尉："如果在大漠中水尽粮绝，你会怎样做？"

校尉一怔，回道："自然是先找水。"

“找到之后呢？”

“饮够了水再起程。若是太累便多歇些时候，做足准备再重新上路；或等人来救，毕竟有水的地方，总会有人找来。”

“凭相公的经验，能找到水吗？”她像是问别人，又像是自问。

校尉还没来得及回答，李淳一已经挥鞭起程：“跟上！寻到水源，也好有补给。”

茫茫暮色中，马蹄引得平息下去的沙尘又重新翻腾。

这声势浩大的找寻，惊得飞鸟起、爬虫遁，也唤醒了湖边沉睡的宗亭。乌鸦在他耳侧呱个不停，他一把抓住乌鸦坐起来，塞了果子给它，咧嘴看向远处，眼眸也亮起：“她来了。”

那马蹄声越发近，宗亭却抱着乌鸦一动也不动，甚至忘记了眼下自己披头散发，形容十分狼狈。

繁星引路，马蹄声在距离湖泊不远处终于停下。有人下马，举着点亮的火把沿星河的方向朝他走来。

火光将她的脸照亮，这一刻，宗亭数日以来的挂念与期许才真正有了安放之地。

他想站起来，但之前体力透支得太过，眼下每一块肌肉都疼，实在难起身，于是只能等她走向自己。

可李淳一在两步外停住了步子。

她看清了他的模样——原本无瑕的脸上多了伤口，衣服上更是血迹斑驳，因此无数要说的话就生生堵在了喉咙口，梗得她后牙槽发酸，逼得她眼眶涨疼。

他到底知不知道这计划有多自负多危险，就算要为她铺路，要这样将命搭进去吗？

她咬牙又仰头，多日来在旁人面前强装的镇定仿佛马上就要土崩瓦解。

宗亭察觉到异常，朝她伸出手，沙哑出声道：“我知道你会来。”哪怕心中其实也有过“万一再也见不到”的担忧，此刻也还是要这样笃定地开口。

可李淳一硬着心肠逼他以后不要再做这样的险事，遂道：“若有下次，我决不再来。”

“说是这样说，可真有下次你还是会来。”

她是他的软肋，他又何尝不是她的软肋？于是他转了话锋，反而安慰起她来：“不会有下次了。”语声低缓，这保证里甚至显出几分乖顺。

乌鸦在他怀中无辜地“呱”了一声，李淳一突然往前迈步，握住他伸出的手：“起来，我带你回去。”

“起不来了。”

李淳一抿唇，又往前一步借他支撑，才将他扶起来。

大将这时迎面跑来，本是好心要帮忙，却得宗亭不太友善的一瞥，于是立刻收了念头，识趣改口道：“殿下，是否立刻起程回去？”

李淳一肩头负着宗某人这个重担，咬牙应道：“让马喝够了，再补些水就上路。”

宗亭隐约察觉到她身上一触即发的怒气，于是也不敢乱说，只任由她摆布。末了，校尉将白马牵来，帮忙将宗亭扶上马，李淳一随即板着脸翻身上马，坐在他身后，越过他的腰握紧了缰绳，警告道：“别乱动。”

说着就掉转马头，率众往南行。

白日难挨，夜晚却凉爽。一路夜风相随，星空为引，再不必走弯路。到贺兰山，考虑到宗亭的身体状况，换了马车继续西行。

车驾颠簸，宗亭却睡得很沉。他熟睡的当口，李淳一正好处理公务。条案上压满了加急送来的奏抄，摊开的长卷垂了下去，上面密密麻麻，尽是筹谋。

车队进城门，于是先停了一停。李淳一合上手中奏抄，下意识要给宗亭拉一拉掉下去的薄毯子，可见他睁着眼，目光所及之处正是垂下去的半幅长卷。

他突然开口道：“看来殿下也并不只是为了我才来。”说着敛回视线，看向李淳一。

“我既然到了这里，自然不能白来。”李淳一索性将长卷抽出，递给他道，“既然已经看了，就索性看完吧。”

宗亭撑臂坐起，接过长卷从头读下去。字字触及军政格局，也事关人丁税赋。西北局势向来复杂，女皇在位的这些年也没能将这一团乱麻捋清楚，只放任它壮大放任它内斗，如此下去既威胁中央集权，也不利于地方长治久安。

先前他就已经向李淳一提议改制关陇军，眼下李淳一正是将此事一层层分解，制订出详细的操作方案来，更加周密且明确。

以前女皇一定也有此思虑，但她没有等到的东风，被李淳一逮住了。关陇是个难题，由宗亭来接题、解题，最合适不过。

除此之外，还有重建东西商道、中兴西北枢纽等计划，这当然都是改制军政格局之后的事了。

车队一路行至肃州，城内外一派风平浪静，一点也瞧不出数日前的内乱，只有到了演武场，才看到角楼上悬了若干个内奸人头。

士兵们仍如往常一样操练，武园听得宗亭回来了，连兵也不练了，急急忙忙地就去见，却忘了宗亭身边还有个难以对付的李淳一。

冤家路窄，武园瞧见李淳一，倏地顿住步子，进退维谷。

这时姚司马也过来，见武园傻呆呆地杵着，忙从后边拽了他一下，即刻俯身对李淳一及宗亭行礼，武园这才跟着手忙脚乱地拜了个大礼。

李淳一知道他之前对自己有意见，但该翻篇的没必要揪着不放，遂叫他们二人起来。

一贯话多毛躁的武园这回倒是没了声，全靠姚司马一人汇报情况，无非是伤亡计算与一些善后事宜。到最后了，武园才画蛇添足地补了句“好在关中军来得及时，伤亡不大”，算是讨好李淳一。

眼下关中军已是支援安西去了，离李淳一与长安朝臣们约定的登基吉日也剩不了多少天。她无法在关陇久留，因此将每一日都过得万分紧凑。以前只从账目与旁人叙述中获知关于这片土地的一切，真正走一遭才察觉到山河的广阔与计划推行的难处所在。

先帝没能完成的事，她得继续做下去。

这一日天色阴沉，芒草在风里齐齐弯腰，李淳一前去墓地祭拜。随行者除了卫兵，还有宗亭。墓地蔓草恣长，已是许久无人至。宗亭带着祭品与李淳一沿神道前行，碑上所载生平，正是关于宗亭父母的。

此时距离桓绣绣与宗如舟离世，已经过去了八年。这些年来宗亭一直惧怕揭开当年往事，怕回顾以前那个无能为力的自己，因此几乎不来墓地，甚至常常在父母忌日到来之际故意逃出关陇。

他痛恨自己曾经的无能，因此现在想方设法证明自己的力量。李淳一知他心中对此有很深的执念，怕他走得太远回不来，所以与他一起到此地，希望他明白，过去的芒刺，再痛恨再懊恼，攥在手里只是伤自己。

祭拜完，纸灰在风中翻跃挣扎，最终还是沉落。

宗亭若有所思地起身，握过李淳一的手："时辰不早，殿下该启程了。"

肃州往东三十几驿，一程程过去，就能回到长安。

回京队伍早已候在城外，宗亭有诸事缠身，无法送得太远，只取了一支卷筒交给李淳一，故作潇洒地说："送君千里，终须一别。"他说着看向李淳一，眼眸仍是那样明亮，像大漠里的星河，但又带了些狡诈，"卷筒回京再拆。"

李淳一握紧那带体温的卷筒，只节制地说了一声"相公保重"，便牵过侍卫递来的缰绳，翻身骑上白马，飞驰往东去。

与壮阔粗犷的西北市景比起来，长安的里坊日复一日地拘谨细腻。百姓们习惯了这样的生活，朝官们却不习惯宫中无人主政的日子。

皇城里多得是望眼欲穿，到了登基前夜，这期盼就彻彻底底化成了焦虑。

"明日一早就是登基大典，回不来怎么办？！这都什么时辰了？"宗正寺卿收不到驿站传来的信报，在衙署内急得直跳脚，偏偏这时候还有书吏凑上来问"何时才能下直"，宗正寺卿怒道："下直下直！下什么直？你看哪个衙门不是灯火通明，你还有心情下直？！"

无辜书吏本来困得不行，被他这一骂，顿时睡意全无，只好战战兢兢回到案后待命。

与宗正寺卿一样焦躁不安的还有尚书省一众长官，礼部尚书甚至丧气地询问司天监能不能改日子，司天监却抚须摇头，始终不慌不忙："会回来的，会回来的。"

报时的鼓声敲响，夜很快就要过去，整个皇城彻夜等待新君的归来。

一个礼部书吏忽然指向黑漆漆的夜空道："看哪，启明星！"

他这里话声甫落，天门街上就有一匹白马穿过朱雀门，迎着启明星，一路踏进了太极门。

早已等候多时的宫人悉数迎上去，在天亮前赶着做完大典前最后的准备。李淳一洗去一路尘埃，刚换上沉甸甸的衮服，外边就已经在催了。

天色将明未明，她起身从旧衣裳里取出宗亭临别赠的卷筒，对着不灭鱼灯展开卷轴——

上边唯书“谨言慎行”四字尔。

第十五章

还没到年节，长安里坊中就有硫黄味迫不及待地溢出来。

度支郎中府上的孩子们对爆竹惧怕又期待，于是站得老远，捂住耳朵眯了眼睛看家仆燃爆竹。噼里啪啦一阵响，小娃们便是又叫又嚷，待声音歇下去，才纷纷大笑起来，叫家仆接着放。

家仆见小主人高兴自然十分卖力，可没料到火还没点，管事就从廊庑北边冒了出来，恐吓道："不要再放了，郎君这会儿快从衙门回来了，万一给逮着又要挨训。"接着又同小娃子们道，"娘子叫小郎君们去温书。"

小娃被扫了兴，不高兴地嘀咕："明日都要过年了，不让放爆竹，还逼人读书！"另一娃也道："就是就是，且阿爷也讲话不算数，都除夕了还在衙门里待着，说好给我买的小马一点儿影也没有。"

小胳膊拧不过大腿，职权惊人的管事上前就将两个娃子揪着往西屋去，嘴里还说着："你们阿爷啊，那是朝廷股肱之臣，这会儿还留在衙门肯定是陛下的意思，这是受器重哪！小郎君得好好读书，将来也同郎君一样才好。"

不过，被念叨的这个度支郎中，眼下并不在衙署内，而在新宫城的延英殿。

殿内鱼灯悉数亮着，条案上堆满奏抄与簿子，因李淳一近年来十分惧寒，故炭火生得极旺，穿着厚厚棉服的度支裴郎中额头渗出细密汗珠来，手按在簿子上一页页翻过，纤芥无遗地同李淳一禀报来年的支度国用计划。

按说这事半个月前就该完成，然今年实在忙得要命，加上户部一摞子的人事变动，死赶着到除夕也才算真正收了尾。

各衙署夙兴夜寐，李淳一同样早起晏睡，浓茶已用了好几盏子。裴郎中说着话，内侍又送茶来，他顿了一顿，低头抬袖饮了一口润嗓，接着道："陇右一道岁得二千一百六万，其中屯军二十一万人，支用五百二十万。"

殿内只听得到裴郎中不疾不徐的说话声，李淳一有一瞬的走神，好在外边报时的鼓声响了，她才敛回神插话问道："今年陇右屯田余粟到哪里了？"

裴郎中回道："年前已转运至灵州，不日入太原仓，以备关中凶年。"

李淳一因为缺觉嗓子有些哑："你接着说。"

裴郎中于是接着说了下去，不过他能明显察觉到李淳一对陇右的额外关注。或许是因为陇右数十年来一直是帝王心病，也或许是因为这几年主持陇右局面的是帝王前夫、前中书相公宗亭。

距关陇内乱已过去了六年，这六年来，一切都似乎按着预期的方向发展。只凉州来说，其俨然成为连接东西的重要枢纽，因其交通便利贸易极为频繁发达，而大军屯驻带来的巨大需求无疑也促进了生产的繁荣，光人口就有五十万之众，已是西北最为富庶的大镇。

如果说以前的关陇是一团迷雾，现在的关陇则是一汪清水，只要想看，就能看得清清楚楚。

裴郎中的支度国用计划汇报临近尾声，外面天色也转黑了。

他收起度支抄，李淳一突然问："裴郎中家有两个小儿吧？"

裴郎中一愣，忙应道："是。"

李淳一转向内侍："宫里过年的果子叫裴郎中带回去给孩子们吃吧。"说着起身，"今日除夕还叫你过来，辛苦了。"

裴郎中连忙起身，俯身低首回："臣之本分，不敢称辛苦。"

李淳一没有再说话，等内侍送裴郎中出门口，转向一侧的起居舍人："如莱，去同先生说，阿瑛晚上的课不用上了，叫她过来。"

宗如莱得了口谕，躬身正要退出延英殿，李淳一又同他道：“你也早些回去吧，别让国公等久了。”

“是。”成年的宗如莱已显出合年纪的沉稳，再次行礼，这才离开去往东宫官署。

天几乎全黑了，宫灯将路照亮，空气虽冷，但氤氲着年味。宗如莱独自行走在宫道上，莫名想起某一年的深夜，他又急又慌，独自骑马穿过宫城替身陷危难的李淳一报信，现在回忆起来，突然发现时间过去了那么久。

宫城从旧搬到新，这些年发生了许多事，但他愿意相信，现在是较过去更好了，将来较现在也会更好。

穿过五拱丹凤门，又拐进延喜门，一直往西行，就是东宫官署。这会儿皇城内除了一些宿直官，其余人几乎都已经回家守岁，因此连灯光也寂寥。可东宫官署是个例外，仍然灯火通明，且还传出清朗读书声来。

小公主独自坐在案后，默背的正是汉书中的某段。她机灵又卖力，很会讨好老师，知道将书背完，老师就会早早地放她回宫里去见阿娘。

这位严厉的老师正是贺兰钦。他原打算李淳一继位后就回淮南去度余生，然总有人挽留他，送了雪莲还不说，之后更是名贵稀奇的药材不断，像是完全收起了“嫉妒”，铁了心要给他续命似的。

因此贺兰钦在京城一留就又是六年。

眼下他听小公主一字一句背完，却一句夸赞的话也没有。倒是来凑热闹的孤家寡人宗正寺卿抢着赞道：“公主好记性，真是不输陛下与宗都护哪！”

小公主难得听一句夸奖，自然很高兴，但想起平日里先生教导的戒骄戒躁，便不敢太得意。她好奇地问宗正寺卿：“阿娘记性比常人厉害这个我知道，宗都护也很厉害吗？”

“那是自然。”宗正寺卿夸张地说，“厉害得可怕哪！”

他的夸张神色将小娃逗笑了。小公主问：“我听他们说，我与宗都护长得很像，是真的吗？”

“可不是？公主的眉眼与宗都护的简直是一个模子里刻出来的，太像了，像得可怕。”

小公主听完忽然敛起笑，故作老成地感慨道：“听乳母讲我小时候见过他的，可那时我还不记事，因此我如今无论如何也想不起他的模样了。”

随后又惆怅地说：“我想阿爷了。”

“有三年未见了吧？”宗正寺卿刚说完，忽觉气氛有些不对，连忙换了话题说，“今年自除夕到元宵都不禁夜，数十年头一遭，外边可热闹了，灯轮啊——”他不遗余力地向小娃描述皇城外的世界，伸手比了一下，“比这屋子还大。”

小娃顿时被吸引住了，要知道她平日里虽然能够出入宫城，可也只能到承天门为止，再远就不允许去了。天门街上什么光景，她还没瞧过呢。

宗正寺卿接着“挑唆”：“殿下今晚求一求陛下，趁着不禁夜出去看看。小小年纪总在这皇城里待着，会闷坏的。”

小娃支着脑袋想想，又迅速瞥一眼贺兰钦，有些气馁地说：“阿娘不会允的。”

宗正寺卿一脸幸灾乐祸，起身道：“哎呀，那可惜了，那么大的灯轮——”又啧啧两声，“殿下没有眼福了，某这会儿啊就出去看看——”说着一拱手，言一声“下官告退”就要推门出去。

没料他甫开门，就见宗如莱在外边，他道：“宗舍人！还不回去有什么事吗？”

宗如莱拱手行礼：“某来传陛下口谕。”

“喔喔，那进去说吧。”

于是宗如莱推门而入，俯身行完礼，道：“陛下的意思，说今晚的课不必上了，请公主回去。”

小娃一听，心想也好，虽不能出去玩，但至少不必念书了。可贺兰钦说：“今日事今日毕，殿下功课没有结束，还是要做完了再走。”他转向宗如莱，“请转告陛下，到时辰会将公主送回去的。”

宗如莱犹豫片刻，突然一拱手：“是。”竟十分干脆地出去了。

小娃悄悄耷拉了脸，没想到贺兰钦却起身取了件小斗篷，递给她道：“请公主穿上。”

小娃两眼顿时一亮，讶异地问道：“先生要带学生去哪里？”

“殿下方才不是想看灯轮吗？”贺兰钦理所应当地说，“那就去看吧。”

“可是瞒着阿娘，不太好吧。”她手捧斗篷垂着脑袋犹豫道。

“她会知道的。”贺兰钦说着径自披上暖软斗篷，拢了手炉往外去。

小娃听了这话，麻利地将斗篷一系，三步并作两步跟出了门：“老师等等学生。”

果不其然，这边往外去，那边宗如莱就差人去回禀李淳一。

李淳一本打算叫人将他们追回来，可转念一想，突然说了声“罢了，让她去看”，最后只差人暗中跟着，保证他们安全。

由于今年除夕不禁夜，许多人不满足于在家守岁，纷纷拥出来凑热闹。有人看戏法，有人赏胡旋舞，有人踏歌，有人聚在一块儿看新奇的焰火，爆竹声更是不绝于耳。小公主捂住耳朵，跟着贺兰钦飞快地穿梭在人群里，在喧嚣中，她大声同老师说：“先生哪，外边真的好热闹好热闹啊。可是我——”

她大喘一口气，声音却没力气再高上去：“走不动啦。”

贺兰钦完全没有听清她后半句，回神转过头，却根本找不着她了。

小娃被留在原地，正慌神，忽有人将她抱了起来。

那人戴着金箔面具，虽只看得到眼睛与嘴唇，在灯轮下却格外夺目。小公主看呆了，斗胆伸手摸了一下，却也不害怕，反而觉得亲切，于是鬼使神差地摘下了他的假面，困惑地小声惊呼：“呀……你为何长得像我阿爷哪？”

说着她深深一嗅，心中有了答案，笃定道：“阿娘说阿爷身上香香的，像宫里的桃花。”

她开心地说：“真的是桃花的味道。”

– 正文终 –

番外

许多年后，我仍能想起那一年的除夕。

那日我像往常一样起早去读书。夹城中安静晦暗，如身处鱼腹，潮湿晨雾里涌动着与平日不同的气味。大约是放爆竹的硫黄味吧，我深嗅了嗅，用力去捕捉宫城外进来的那一星半点的热闹。

在方方正正的宫城里长到六岁，我从未见识过天门街上的光景，对外面世界的想象仅仅源于旁人描述，如我对阿爷的想象那般。

我出生时，他便身在陇右。人们说陇右没了他便很可能乱作一团，因此他只好经年累月地待在那里，极少有机会回到长安。有时哪怕回了京，待不了多久便又得返回陇右，实在繁忙得很。

除夕这天早上赶去官署读书的我，穿梭在夹城浓雾里的我，已三年没有见他了。

宫外的阿爷这会儿在做什么呢？他是像我这样早起读书，还是像阿娘那样一大早就要开始处理繁忙公务？

大约是我的想念与好奇，令期望成了真。

就在我快记不起他模样的这一天，他又回到了长安，出现在除夕深夜人声鼎沸的天门街上，突然将走得气喘吁吁的我举了起来。

我吓了一跳，可看到他戴着面具的脸，很快又不怕了。

这个面具我见过。

他身上的桃花气味我也觉得似曾相识。

于是我斗胆去摘他的面具，哎呀——

我的阿爷真是好看。

难怪人们议论起他时，总不忘说一句他有一副尤其不错的皮囊，令女皇与他和离后也忘不了，甚至——后来还有了我。

关于此，坊间传闻不一，我也一度感到非常困惑。

当初到底为何分开？既然彼此都放不下，又何必和离？抑或真的是像宫人们私下议论的——只是权宜之计？

就算是权宜之计，他们也确确实实分开了近十年的岁月。

后来我听特别多嘴的宗正寺卿说，他们二人早些年就分开过，大约早已经习惯了这种分离。然我仔细想了想，倘若要我十多年都见不到阿娘，我会非常难过的。

我望着他的眼睛，却并没有看到那种难过。

天门街上人语马嘶、流光溢彩，他的眼眸里满是笑意。

“阿爷带你回家。”

我们穿过灯轮下踏歌的人群，待到爆竹声与焰火都远去，终于到了务本坊西边那座宅子。

那是我长到六岁，头一回来到宗宅。

甫进宅便可见戟门，老师说过，设戟于门，为显贵之家。进了戟门，又见一株大槐树，它不知在此生长了多少年，比我阿爷年纪还要大。

它见证了许多，兴许其中就有我阿爷与阿娘的过去。

天冷得发干，空气里还有爆竹燃过的残余气味。我鼻子尖冻得痛，肚子也饿得扁扁的，正想问阿爷讨一点吃的，阿爷却早就知道了似的，将我带进暖和的屋子里，叫小仆送了热汤热饼来。

我一边小心吃着，一边偷偷打量他。

“看我做什么？”他百无聊赖地翻着书问我。

“阿爷还要回陇右吗？”

“你若肯一直留在宅里陪着阿爷，阿爷便哪里也不去。”

他瞧我一眼，随口说了这样的话，年幼的我却真的犯了难——

阿娘从不许我在宫外过夜，今晚本就是偷偷溜出来的，已经违背了她定的规矩，更不要提一直留在宗宅这样的事。可我又非常希望阿爷能从此都留在长安，那样我就再也不会忘记他的模样，阿娘也不会在旁人忽然提到陇右、宗都护时忍不住走神了。

我皱着眉头，想破脑袋也想不出一个万全之策。

阿爷却看着我大笑。

看别人犯难怎么还高兴起来？

我不开心地撇撇嘴，他就伸过手来捏我的脸，好像正要说什么话，却忽然一顿，满心欢喜地扬起眉来："有要客到了，你继续吃，阿爷出去一趟。"

说罢意气风发出了门，将我一个人撇在了屋里。

要客？我捧着吃了一半的油浴饼坐在暖炉旁发愣，在木炭燃烧的轻细噼啦声里，似乎听见了外面的一点动静——

好像是石子落地的声音，一颗接着一颗，像是哪家不干正事的少年郎在院墙外朝人家宅子里丢石子捣乱。奇怪的是，阿爷的脚步声从房门外的廊庑里消失后，竟然重新出现在了北面院墙附近。

阿爷是去制止那个丢石子的少年郎了吗？

不是说要去见要客？

我搁下油浴饼，挪到北面窗下，悄悄地支起一点来往外看。

啊？那丢石子的——

她坐在院墙上头，将手里最后一颗石子潇洒一抛，然那石子却没有落地，因我阿爷伸手接住了它。

我阿爷仰起头道："天家的人，翻臣下府邸的墙头，成何体统？"

墙头上的人一本正经回道："朕听闻你掳走了公主，特意前来追讨。"

我骇了一跳，赶紧关上了窗户。

翻院墙丢石子的竟是我阿娘……

我从不知道阿娘会做这样幼稚的事情。

她在朝臣面前向来都沉默寡言，就算与我在一块儿，也维持着帝王基本的威严，即便是表露亲切，也多少存在限度。老师说过，生在天家，有些事渴求不得，譬如父母之爱，若似寻常人家那样不加节制地倾倒，必然会有朝臣跳出来说三道四，痛陈溺爱储君的害处，叫我体谅她。

我明白的。

从我记事起，我就隐约感受得到。她坐上那个位置，就像鸟飞进囚笼，一举一动都被人看在眼里。如履薄冰似她，同样有着为人的局限，总有出错漏的时候，而待在笼子里，这错漏便要受尽检阅，仿佛人人可看得，人人可评得，就更显出其难处，好似一刻都放松不得。

但她坐在墙头的那个模样，明明松弛又自在，仿佛囚鸟飞出牢笼张开了羽翼。

我正想支起窗子再偷偷看上一眼，却听见她从墙头跳下来的声音，紧接着是逐渐走远的说话。

我阿爷道："怎么能说是臣掳走阿瑛的？她自己偷溜出来，又在天门街上迷了路，臣总不好不管，既然大半夜不好进宫去，那当然只有带回家了——"

好哇！阿爷这个坏人，怎能与阿娘说我是偷溜出来的呢？！这下好了，阿娘回头肯定又要责骂我……

听那脚步声绕了一圈往屋舍这边走来，我眼前一黑，三步并作两步爬上床榻，决心假寐躲过。

脚步声在门口停下来，我闭紧了双眼躲在床榻里侧，大气也不敢出。

先进来的是阿娘，她没有找见炉旁的我，立刻问："阿瑛呢？"

阿爷关上门应道："睡了吧？"

他都没走进来，怎知道我睡了？我心中正暗暗嘀咕，他们两个竟都往床榻来了，我阿娘更是在榻旁坐了下来——我熟悉她的香气，很小的时候我一闻那香气就能呼呼大睡，后来她与我说那是阿爷也用的熏香，我便记住了，是桃花的香气，可我今日发现，哪怕他们用的是同一种香，仔细闻起来其实是不一样的。

真好，现在我两种香气都能闻见。

我正沉醉其中，阿爷忽道："阿瑛长得还是更像臣吧？"

"阿瑛是我怀胎十月生的，当然更像我。"

"明明更像臣，你看那嘴、那鼻子、那眼睛——"

“相公不若取镜自照看看，顶多鼻子像些罢了。”

这有什么可争的？就在我暗暗嘀咕无聊时，一只手伸了过来，轻轻握住了我的手——似乎带一些薄茧子，应当不是阿娘的——我顿时紧绷起身体，生怕装睡被发现了，却又听阿爷问阿娘要帕子。

要帕子做什么？

哦，我想了起来，方才为了吃油浴饼弄得满手油，竟然忘记擦了，我真是粗心又邋遢。

“我来吧。”阿娘说。

“让臣来吧，陛下将被子取来就好，就在那边矮方柜里——”

“我知道。”

她说着起身离开了床榻，轻车熟路地找到了盛放被褥的四足矮柜，将被子拿到了榻上。就这样，阿爷替我擦了手，阿娘替我盖了被，两人各自轻抚了我的脸，痒得我差点笑出来。

然我庆幸地想，还好我是醒着的，记下了这难得的、像平常人家相处的珍贵瞬间。

后来屋里炉火愈盛，他们坐回案旁说着一些我不甚明白的朝廷要事，又隐约听见“关陇安顿好了便回来吧”“那臣要宠冠后宫才行”之类的话，再后来我便稀里糊涂真的睡过去了。

一夜的美梦，是宫里盛放的桃林，是飘散不去的桃花香气。

后记

故事写于 2015 年的春天，中途因一些琐事曾停笔搁置了小半年，幸好最终还是得以完稿。时隔六年再回望，既陌生又难为情——故事里的人我都认得，但又因为太久没见，生出一种奇怪的陌生感，这陌生似乎让我跳出了书写者的角色，在回看过程中暂时成为读者，是很奇异的体验；可完全成为读者又是不可能的，我还得跟个编辑一样，按行搜寻病句错词及表达不当之处，一旦发现不对劲，便像个上黑板写错题目的小学生似的，趁底下老师同学不注意赶紧偷偷擦掉重写，但这些东西毕竟曾经发表过，所以到底还是难为情。

有时错漏太多，甚至连修改表达也挽救不了，我便拍着键盘自暴自弃："干脆重写得了！"然此番宏愿最终不过成了气话，一来是实在没有那么多的精力，二来觉得尊重过去的自己也是必要的。因此撇开一些基础性错误，整个故事的人设和剧情设置都未做重大修改，基本保持了 2015 年发表时的大概样貌。

感谢李淳一、宗亭及其他角色的短暂陪伴，感谢孔老师、田女士、王师姐以及可爱的编辑们。

2021 年 5 月于成都